DESMOND BAGLEY

Blindlings

DESMOND BAGLEY
Blindlings

Aus dem Englischen
von Vivienne Wagner

Der Titel der bei William Collins Sons & Co. Ltd., London, Glasgow,
erschienenen Originalausgabe lautet RUNNING BLIND
Copyright © 1970 by L. J. Jersey Ltd.

Aus dem Englischen übertragen
von Vivienne Wagner

1. Auflage 1978
2. Auflage 1979
3. Auflage 1983
4. Auflage 1984

Copyright © 1976 by Marion von Schröder Verlag GmbH, Düsseldorf
Lizenzausgabe: Gustav Lübbe Verlag GmbH, Bergisch Gladbach
Printed in Western Germany 1984
Einbandgestaltung: Roberto Patelli
Gesamtherstellung: Ebner Ulm
ISBN 3-404-00987-8

Der Preis dieses Bandes versteht sich einschließlich
der gesetzlichen Mehrwertsteuer

Für:
Torfi
Gudjon
Helga
Gisli
Herdis
Valtýr
Gudmundur
Teitur
Siggi

und all die anderen Isländer.

Ich möchte euch danken, daß ihr mir euer Land überlassen habt.

KAPITEL 1

I

Nichts ist kompromittierender als eine Leiche. Besonders wenn der Totenschein fehlt. Gewiß, in diesem speziellen Fall hätte jeder Arzt, auch wenn er frisch von der Universität gekommen wäre, die Todesursache mit Leichtigkeit feststellen können. Der Mann war an Herzversagen oder, wie die Mediziner so eindrucksvoll sagen, an *ruptura cardialis* gestorben.

Ein scharfes Messer, das ihm jemand zwischen die Rippen gejagt hatte, war eben tief genug in den großen Herzmuskel eingedrungen, um dort einen tödlichen Blutverlust hervorzurufen. *Ruptura cardialis*, wie ich schon bemerkte.

Aber ich war nicht gerade wild darauf, einen Arzt aufzutreiben. Das Messer gehörte nämlich mir, und ich selber hatte den Toten erstochen. Ich stand auf offener Straße, die Leiche zu meinen Füßen, und hatte Angst. Eine so erbärmliche Angst, daß meine Eingeweide rebellierten und mich die Übelkeit würgte. Ich weiß nicht, was schlimmer ist – jemand umzubringen, den man kennt, oder einen Fremden. Dieser Tote war mir fremd. Ich hatte den Mann noch nie in meinem Leben gesehen.

Und so war es passiert.

Knapp zwei Stunden zuvor hatte das Flugzeug die Wolkendecke durchstoßen, und vor meinen Augen breitete sich die vertraute, herbe Landschaft Südislands aus. Das Flugzeug verlor über der Halbinsel Reykjanes an Höhe und landete pünktlich auf dem Internationalen Flughafen von Keflavik. Es nieselte. Der Himmel war eisgrau.

Bis auf das *sgian dubh* war ich unbewaffnet. Zollbeamte mögen Schußwaffen nicht, deshalb trug ich keine Pistole bei mir. Außerdem hatte Cooke gesagt, ich brauche keine. Das *sgian dubh* – das schwarze Messer der schottischen Hochländer – wird als Waffe häufig unterschätzt, falls es heutzutage überhaupt noch als Waffe angesehen wird. Man entdeckt es an den Strumpfrändern nüchterner Schotten, wenn sie im Glanz ihrer Nationaltracht einherschreiten. Im Grunde ist es nichts weiter als ein Trachtenschmuck.

Mein *sgian dubh* dagegen hatte mehr praktischen Wert. Ich hatte es von meinem Großvater geerbt und der wiederum von seinem Großvater. Das Messer war mindestens hundertfünfzig Jahre alt. Wie jedes gute Mordwerkzeug verfügte es über keinerlei überflüssigen Zierat – selbst die vorhandenen Dekorationen hatten eine Funktion. Der Ebenholzgriff war auf der einen Seite mit dem klassischen keltischen Korbmuster versehen, damit er beim Herausziehen gut in der Hand lag, aber auf der anderen war er glatt, damit er sich nicht verfangen konnte. Die Schneide war knapp zehn Zentimeter lang, gerade lang genug, um lebenswichtige Organe zu treffen. Sogar der auffällige Cairngorn-Stein oben am Knauf hatte einen Sinn – er sorgte für die Balance des Messers, so daß es sich als erstklassige Wurfwaffe einsetzen ließ.

Es steckte in meinen kniehohen schottischen Socken. Wo sonst sollte man ein *sgian dubh* tragen? Das einfachste Versteck ist häufig das beste, weil die meisten Leute nicht darauf kommen. Der Zollbeamte untersuchte weder mein Gepäck noch mich selbst. Ich war so oft in dieses Land ein- und ausgereist, daß ich relativ gut bekannt war. Auch die Tatsache, daß ich die Landessprache beherrsche, war von Vorteil. Es gibt nur zweihunderttausend Leute, die isländisch sprechen, und die Isländer sind jedesmal hocherfreut, einen Ausländer zu treffen, der sich die Mühe gemacht hat, ihre Sprache zu erlernen.

»Wollen Sie wieder angeln, Mr. Stewart?« fragte der

Zollbeamte.

Ich nickte. »Ich hoffe, ein paar eurer Lachse an Land zu ziehen. Mein Gerät ist sterilisiert – hier ist die Bescheinigung.« Die Isländer tun alles, um die Lachskrankheit fernzuhalten, die in britischen Flüssen grassiert.

Er nahm die Bescheinigung an sich und winkte mir, durch die Sperre zu gehen. »Petri Heil«, sagte er.

Ich lächelte ihm zu und begab mich, den Anordnungen Cookes entsprechend, durch die Flughalle ins Café. Dort bestellte ich mir einen Kaffee, als sich auch schon jemand neben mich setzte und eine Ausgabe der *New York Times* vor mich hinlegte. »Brr«, schüttelte sich der Mensch. »Hier ist's kälter als in den Staaten.«

»Sogar noch kälter als in Birmingham«, antwortete ich feierlich, und nachdem die alberne Zeremonie des Parolenaustauschs erledigt war, kamen wir zur Sache.

»Es steckt in der Zeitung drin«, erklärte der Mann.

Er war klein, mit einem Glatzenansatz und dem sorgenvollen Aussehen eines von Magengeschwüren geplagten leitenden Angestellten. Ich tippte auf die Zeitung. »Was ist es denn?«

»Keine Ahnung. Sie wissen, wohin Sie's bringen sollen?«

»Nach Akureyi«, erwiderte ich. »Aber wieso ich? Warum bringen Sie's nicht selbst hin?«

»Unmöglich«, sagte mein Gegenüber entschieden. »Ich fliege mit der nächsten Maschine in die Staaten.« Diese simple Tatsache schien ihn zu erleichtern.

»Benehmen wir uns doch wie normale Menschen«, sagte ich. »Darf ich Sie zu einem Kaffee einladen?« Ich winkte der Kellnerin.

»Danke«, sagte er und legte ein Schlüsselbund vor mich hin. »Der Wagen steht draußen auf dem Parkplatz. Die Nummer habe ich neben das Impressum der *Times* geschrieben.«

»Sehr zuvorkommend«, sagte ich. »Ich wollte schon ein Taxi nehmen.«

»Von Zuvorkommenheit kann keine Rede sein«, erwiderte er schroff. »Ich tue, was ich tue, weil es mir befohlen wird, genau wie Sie. Und im Augenblick gebe ich die Befehle und Sie führen sie aus. Sie fahren nicht über die Hauptstraße nach Reykjavik. Sie nehmen die Route über Krýsuvik und Kleifavatn.«

Ich hatte, während er sprach, an meinem Kaffee genippt und verschluckte mich plötzlich. Als ich mich wieder gefaßt hatte und zu Atem gekommen war, fragte ich: »Und warum, zum Teufel? Die Strecke ist doppelt so lang, und die Straßen sind miserabel.«

»Weiß ich nicht«, sagte er. »Ich gebe nur Instruktionen weiter. Es war eine Anweisung, die in letzter Minute kam. Vielleicht hat jemand Wind bekommen, daß man Ihnen an der Hauptstraße auflauert. Keine Ahnung.«

»Ihre Kenntnisse sind geradezu umwerfend«, konnte ich mir nicht verkneifen zu sagen und tippte auf die Zeitung. »Sie wissen nicht, was da drin ist. Sie wissen nicht, weshalb ich den Nachmittag damit vergeuden soll, auf der Reykjanes-Halbinsel herumzukutschieren. Ich bezweifle sogar, daß Sie mir sagen könnten, wieviel Uhr es ist, wenn ich Sie danach fragen würde.«

Er grinste mich von der Seite her verschlagen an. »Eins wette ich«, sagte er. »Wetten, daß ich mehr weiß als Sie?«

»Dazu gehört nicht viel«, brummte ich. Das alles war typisch Cooke. Er hielt sich an das Prinzip ›Kein Wort mehr als unbedingt nötig‹ oder ›Was ich nicht weiß, macht mich nicht heiß‹.

Der Mann trank seinen Kaffee aus. »Das wär's, Kumpel – bis auf eins. Wenn Sie nach Reykjavik kommen, lassen Sie den Wagen einfach vor dem Hotel Saga stehen und verschwinden. Irgendwer kümmert sich schon drum.«

Ohne ein weiteres Wort zu verlieren, erhob er sich und verzog sich mit sichtlicher Eile. Mich beunruhigte, daß er während unserer ganzen Unterhaltung so nervös gewirkt hatte. Diese Nervosität paßte überhaupt nicht zu dem, was Cooke mir über den Job gesagt hatte. ›Eine ganz einfache Sache. Sie spielen bloß den Botenjungen.‹ Seine verächtlich verzogenen Lippen hatten angedeutet, daß ich zu mehr ohnehin nicht taugte.

Ich stand auf und klemmte die Zeitung unter den Arm. Das verborgene Päckchen war verhältnismäßig schwer, aber unauffällig. Ich nahm das Angelgerät und ging hinaus, um mich nach dem Wagen umzusehen. Es handelte sich um einen Ford Cortina, und kurz danach verließ ich bereits Keflavik in Richtung Süden – weg von Reykjavik. Der Idiot sollte mir mal begegnen, dem der Spruch einfiel: ›Der Umweg ist oft der kürzeste Weg.‹

An einem einsamen Stück Straße hielt ich an und nahm die Zeitung vom Rücksitz. Das Päckchen paßte auf Cookes Beschreibung. Es war klein und dafür ungewöhnlich schwer, fein säuberlich in braunes Leinen eingenäht. Ich beklopfte und schüttelte es vorsichtig. Offensichtlich handelte es sich um einen Metallbehälter. Nachdenklich betrachtete ich es, aber das brachte mich auch nicht weiter. Ich packte es wieder in die Zeitung, warf sie auf den Rücksitz und fuhr weiter. Der Regen hatte aufgehört; die Straßen waren nicht allzu schlecht, wenigstens nicht für isländische Verhältnisse. Mit der gewöhnlichen isländischen Straße verglichen ist ein englischer Feldweg eine Autobahn. Das heißt, sofern es überhaupt Straßen gibt. Im Innern der Insel, dem Teil, den die Isländer als *Óbyggdir* bezeichnen, gibt es gar keine. Im Winter ist es praktisch unzugänglich, es sei denn, man wäre so ein couragierter Forscher. Man könnte diese Gegend mit der Mondlandschaft vergleichen. Neil Armstrong hat ja auch seinen Mondspaziergang dort geübt.

Ich fuhr weiter. Bei Krýsuvik wandte ich mich landeinwärts, vorbei an fernen, dunstumwölkten Hügeln, wo stark erhitzter Dampf aus dem Erdinnern quillt. Kurz vor dem See von Kleifavatn entdeckte ich einen Wagen am Straßenrand. Daneben stand ein Mann, der heftig winkte – ein Autofahrer, der offensichtlich Hilfe brauchte.

Wir waren beide verdammt blöd – ich, weil ich hielt,

und er, weil er allein war. Er sprach mich erst in schlechtem Dänisch und dann in gutem Schwedisch an. Ich verstand beides. Natürlich stellte sich heraus, daß mit seinem Wagen irgendwas nicht in Ordnung war. Der Motor sprang nicht an.

Ich stieg aus dem Cortina. »Lindholm«, begrüßte er mich förmlich und streckte mir seine Hand entgegen. Ich schüttelte sie, wie sich das gehört.

»Ich heiße Stewart«, sagte ich, ging zu seinem Volkswagen hinüber und sah mir den Motor an.

Ich glaube eigentlich nicht, daß er mich umbringen wollte, denn sonst hätte er gleich die Pistole gezogen. Statt dessen versuchte er, mich mit einem fachmännisch bleibeschwerten Totschläger unschädlich zu machen. Was für ein Idiot ich war, merkte ich erst, als er hinter mich trat. Das kommt davon, wenn man außer Übung ist. Ich drehte den Kopf, sah seinen erhobenen Arm und wich aus. Wäre der Totschläger auf meinen Kopf herabgesaust, so hätte er mein Gehirn zu Mus gemacht. So traf er nur meine Schulter, was meinen Arm von oben bis unten lähmte.

Ich trat ihm mit meinem Stiefel kräftig gegen sein Schienbein. Er schrie auf und wich zurück, was ich nutzte, um beiseite zu springen, so daß der Wagen zwischen uns zu stehen kam. Blitzschnell griff ich nach dem *sgian dubh*. Zum Glück ist es eine Waffe, die man auch mit der Linken handhaben kann, denn mein rechter Arm war völlig unbrauchbar.

Wieder kam er auf mich zu, zögerte jedoch, als er das Messer sah. Er ließ den Totschläger los; seine Hand fuhr unter die Jacke. Jetzt war es an mir zu zögern. Aber sein Totschläger war wohl zu perfekt – er hing nämlich an einer Lederschlaufe um sein Handgelenk –, was den Mann wiederum in seiner Bewegungsfreiheit hinderte. Als er die Pistole endlich hervorbrachte, warf ich mich auf ihn.

Dabei erstach ich ihn gar nicht. Er fuhr herum und stürzte sich sozusagen in die Klinge. Ein Blutschwall ergoß sich über meine Hand. Der Mann fiel gegen mich. Auf seinem Gesicht lag ein fast komisch wirkender Ausdruck von Überraschung. Dann sackte er vor meinen Füßen zusammen, das Messer löste sich, und immer mehr Blut sprudelte stoßweise aus seiner Brust in den Lavastaub.

Da stand ich nun auf einer einsamen Straße im südlichen Island mit einer funkelnagelneuen Leiche zu meinen Füßen und einem blutigen Messer in der Hand. Mir war, als hätte mein Verstand ausgesetzt, und ich hatte einen Geschmack von Galle im Mund. Keine zwei Minuten waren vergangen, seit ich aus dem Auto gestiegen war.

Ich glaube nicht, daß ich mir wirklich überlegte, was ich als nächstes tat. Vermutlich machte sich mein hartes Training bemerkbar. Ich lief zum Cortina und fuhr ihn ein Stück vor, so daß er den Toten verdeckte. Zwar war die Straße einsam, doch konnte jederzeit ein Wagen vorbeikommen, und eine so auffällige Leiche hätte sich nicht ohne weiteres wegerklären lassen.

Dann nahm ich die *New York Times*, die, von ihren sonstigen Vorzügen einmal abgesehen, mehr Druckseiten enthält als jede andere Zeitung der Welt, und legte damit den Kofferraum des Wagens aus. Danach setzte ich wieder zurück, hob den Toten auf, verstaute ihn im Kofferraum und schlug die Klappe zu. Lindholm, wenn er wirklich so hieß, war, wenn nicht aus meinen Gedanken, so wenigstens aus meinem Gesichtskreis verschwunden.

Er hatte wie ein Schwein geblutet. Eine große, rote Lache breitete sich am Straßenrand aus. Mein Jackett und die Hose waren ebenfalls reichlich blutverschmiert. Dagegen konnte ich im Augenblick nicht viel unternehmen, nur die Blutpfütze bedeckte ich mit Lavastaub. Ich klappte die Motorhaube des Volkswagens zu, setzte mich ans Steuer und drückte auf den Anlasser. Lindholm war nicht nur mordlustig gewesen, er hatte auch wie gedruckt gelogen – der Motor sprang nämlich sofort an. Ich setzte den Wagen zurück und ließ ihn über der blutbefleckten Stelle stehen. Es war kaum zu vermeiden, daß das Blut bemerkt wurde, wenn der Volkswagen schließlich abgeholt würde, aber ich wollte mein möglichstes tun.

Nach einem letzten Blick auf den Schauplatz des Verbrechens stieg ich endlich in den Cortina und fuhr davon. Erst dann setzte mein Verstand wieder ein. Cooke kam mir in den Sinn, und ich verwünschte ihn in die tiefste Hölle. Dann wandte ich mich praktischeren Überlegungen zu, zum Beispiel der Frage, wie ich Lindholm loswerden konnte. Man sollte meinen, in einem Land, das nur vier Fünftel der Größe von England hat und als Bevölkerung nicht einmal die Hälfte der Einwohner von, sagen wir, Plymouth, müßte es genügend Möglichkeiten geben, eine unbequeme Leiche zu verstecken. Das ist schon richtig, aber dieser spezielle Teil Islands, der Südwesten, hat die größte Bevölkerungsdichte, und so einfach war es nun doch wieder nicht.

Immerhin kannte ich das Land, und nach kurzer Zeit kam mir eine Idee. Ich warf einen Blick auf die Benzinuhr und stellte mich innerlich auf eine lange Fahrt ein – ich konnte nur hoffen, daß der Wagen gut in Schuß war. Denn falls ich irgendwo halten mußte und mich jemand im blutverschmierten Jackett sah, konnte es ganz schön peinlich für mich werden. Zwar hatte ich im Koffer noch einen anderen Anzug, aber inzwischen waren auch andere Autos auf der Straße, und ich wollte mich doch lieber unbeobachtet umziehen.

Der größte Teil Islands ist vulkanisch, vor allem der Südwesten mit seinen düsteren Ausblicken auf Lavafelder, Aschenkegel und Schildvulkane, von denen einige erloschen sind, andere nicht. Bei meinen Reisen war ich einmal auf einen erloschenen Vulkan gestoßen, der mir als letzte Ruhestätte für Lindholm ideal schien.

Gegen Ende der zweistündigen Fahrt mußte ich die Straße verlassen und über offenes Land fahren. Ich holperte durch eine Wüste aus Vulkanasche und Schlacke, was dem Cortina keineswegs zuträglich war. Das letztemal war ich mit meinem Landrover gekommen, der für solche Strecken wie geschaffen ist.

Die Gegend war genauso, wie ich sie in Erinnerung hatte. Die Caldera war an einer Seite gespalten, so daß man direkt in den Krater hineinfahren konnte, in dessen Mitte sich ein steiniger Vulkankegel befand mit einer Öffnung, durch die bei lange zurückliegenden Eruptionen die heißen vulkanischen Gase herausgeströmt waren. Nur die zum Kraterrand führenden Reifenspuren wiesen darauf hin, daß sich seit der Erschaffung der Erde noch andere menschliche Wesen hier aufgehalten hatten.

Die Isländer haben ihre spezielle Form des Motorsports. Sie fahren in einen Krater hinein und versuchen dann wieder hinauszukommen, was nicht gerade einfach ist. Ich habe zwar nie gehört, daß sich jemand bei diesem waghalsigen Sport das Genick gebrochen hat, aber sehr empfehlenswert ist es nicht.

Ich fuhr mit dem Wagen so dicht wie möglich an den Vulkankegel heran und ging das letzte Stück zu Fuß, bis ich in die undurchdringliche Finsternis der Öffnung hinabblicken konnte. Ich ließ einen Stein hinunterfallen; seine sich immer weiter entfernenden Aufschläge waren lange zu hören. Jules Vernes' Held, der ins Innere der Erde vordrang, hätte sich die Sache leichter machen können, wenn er sich statt Snaefellsjökull dieses Loch ausgesucht hätte.

Bevor ich Lindholm zu seiner letzten Ruhestätte beförderte, durchsuchte ich ihn. Das war unangnehm. Das Blut war noch klebrig, und ich war heilfroh, daß ich mich noch nicht umgezogen hatte. Ich fand einen schwedischen Paß, auf Axel Lindholm ausgestellt – aber das hatte nicht das Geringste zu bedeuten –, Pässe sind leicht zu beschaffen. Seine sonstigen Habseligkeiten waren uninteressant. Ich behielt den Totschläger und die Pistole, eine 38er Smith & Wesson.

Anschließend schleppte ich Lindholm zu der Öffnung und ließ ihn hinunterfallen. Er schlug ein paarmal dumpf auf. Danach herrschte Stille – ewige Stille, wie ich hoffte.

Ich kehrte zum Wagen zurück, zog mich um und kehrte das Äußere der blutbeschmierten Kleidungsstücke nach innen, damit nichts im Koffer schmutzig wurde. Den Totschläger, die Pistole und Cookes verdammtes Päckchen warf ich hinzu, bevor ich den Koffer schloß. Dann setzte ich die anstrengende Reise nach Reykjavik fort.

Ich war hundemüde.

II

Es war später Abend, als ich vor dem Hotel Saga hielt. Dank des nordischen Sommers war es immer noch hell draußen. Meine Augen brannten, weil ich auf die untergehende Sonne zugefahren war, und einen Moment lang blieb ich wie betäubt sitzen. Wäre ich zwei Minuten länger im Wagen geblieben, hätte ich dem nächsten Verhängnis entgehen können, aber das Schicksal wollte es offensichtlich anders. Ich stieg aus und wollte eben den Koffer herausholen, als ein großer Mann aus dem Hotel trat, stehenblieb und erstaunt ausrief: »Alan Stewart!«

Ich schaute hoch und fluchte innerlich. Der Mann in der Uniform des Icelandair-Piloten war so ziemlich der letzte, dem ich begegnen wollte – Bjarni Ragnarsson. »Hallo Bjarnie«, grüßte ich lustlos.

Wir schüttelten uns die Hände. »Elin hat mir gar nicht erzählt, daß du kommst.«

»Sie hat auch keine Ahnung«, sagte ich. »Ich habe mich ganz kurzfristig entschlossen. Ich hatte nicht mal Zeit zu telefonieren.« Er warf einen Blick auf meinen Koffer, der auf dem Gehsteig stand. »Wohnst du etwa im Saga?« fragte er verblüfft.

Ich mußte mir schnell was einfallen lassen. »Nein«, antwortete ich. »Ich fahre in die Wohnung.« Eigentlich wollte ich Elin gar nicht in die Sache hineinziehen. Aber ihr Bruder würde ihr mit Sicherheit brühwarm von meiner Ankunft in Reykjavik berichten, und ich wollte sie nicht dadurch verletzen, daß ich nicht zu ihr ging. Elin war etwas Besonderes.

Ich sah, wie Bjarni neugierig den Wagen betrachtete. »Den lasse ich hier«, erklärte ich wie beiläufig. »Kleiner Freundschaftsdienst für einen Bekannten. Zur Wohnung nehme ich ein Taxi.«

Das leuchtete ihm ein. »Bleibst du lang?« fragte er.

»Bis zum Ende des Sommers, wie immer.«

»Wir müssen mal zusammen angeln gehen.«

Ich pflichtete ihm bei. »Bist du schon Vater geworden?«

»Noch einen Monat«, antwortete er bedrückt. »Mir graust davor.«

Ich lachte. »Das ist doch wohl eher Kristins Problem. Die meiste Zeit bist du ja sowieso nicht im Land. Du wirst kaum Gelegenheit haben, das Baby zu wickeln.«

Wir unterhielten uns noch ein paar Minuten wie alte Freunde, die sich wieder mal getroffen haben. Dann warf Bjarni einen Blick auf seine Uhr. »Ich habe einen Flug nach Grönland«, sagte er. »Ich muß gehen. Ich ruf dich an.«

»Tu das.« Ich sah ihm nach, dann schnappte ich mir ein Taxi, das gerade vor dem Hotel hielt, und gab dem Fahrer die Adresse an. Vor Elins Haus angelangt, bezahlte ich und blieb dann unentschlossen auf dem Gehsteig stehen, während ich mich fragte, ob ich eigentlich das Richtige tat.

Elin Ragnarsdottir war wirklich jemand Außergewöhnliches.

Sie war Lehrerin, aber wie die meisten Isländerinnen hatte sie zwei Jobs. Es gibt gewisse Faktoren in Island – die geringe Bevölkerungsdichte, die Größe des Landes und seine Lage in den nördlichen Breiten –, die ein soziales System bedingen, das auf Außenstehende ziemlich absurd wirkt. Aber da dieses System auf die Isländer zugeschnitten ist, läßt es die Inselbewohner völlig kalt, was die anderen denken, was ich völlig richtig finde.

Ein Ergebnis dieser Sozialordnung ist, daß alle Schulen im Sommer für vier Monate schließen und einige als Hotels benutzt werden. Die Lehrer haben eine Menge Freizeit, und viele gehen einem Zweitberuf nach.

Als ich Elin vor drei Jahren kennenlernte, arbeitete sie für *Ferdaskrifstofaa Nordri*, eine Reiseagentur in Reykjavik, und führte Touristen im Land herum.

Im darauffolgenden Jahr hatte ich sie dazu überredet, den ganzen Sommer über meine persönliche Reiseführerin zu sein. Ich hatte befürchtet, daß ihr Bruder Bjarni dies vielleicht anstößig finden und Einwände erheben würde, aber nichts dergleichen geschah. Vermutlich fand er, daß seine Schwester erwachsen genug sei, um sich selbständig um ihre eigenen Angelegenheiten zu kümmern. Sie war nicht anspruchsvoll, und unsere Beziehung war problemlos. Aber es lag auf der Hand, daß es nicht in alle Ewigkeit so weitergehen konnte. Ich gedachte auch, etwas dagegen zu unternehmen, bezweifelte aber, daß dies der geeignete Zeitpunkt dafür war. Es bedurfte eines widerstandsfähigeren Magens als ich ihn besaß, jemandem am selben Tag, an dem man eine Leiche in einen Krater plumpsen ließ, einen Heiratsantrag zu machen.

Ich ging zur Wohnung hinauf, doch obwohl ich einen Schlüssel besaß, benutzte ich ihn nicht. Statt dessen klopfte ich an die Tür. Elin öffnete und sah mich mit einem Ausdruck der Überraschung an, der sich sogleich in Entzücken verwandelte. Der Anblick ihrer attraktiven Figur und ihres maisfarbenen Haars ging mir durch und durch.

»Alan! Warum hast du mir nicht gesagt, daß du kommst?«

»Ich habe mich ganz plötzlich entschlossen«, antwortete ich und hob die Angelrute in ihrer Hülle hoch. »Eine neue.«

Sie machte einen Schmollmund. »Macht insgesamt sechs«, sagte sie streng und öffnete dann weit die Tür. »Nun komm schon rein, Liebling.«

Ich trat ein, ließ Koffer und Angelrute fallen und nahm sie in die Arme. Sie drückte mich fest an sich und murmelte, den Kopf an meiner Brust: »Du hast nicht geschrieben, und ich dachte schon . . .«

»Du dachtest, ich würde nicht kommen.« Eine Bemerkung Cookes war der Grund gewesen, weshalb ich ihr meine Ankunft nicht angekündigt hatte, aber das konnte ich ihr nicht sagen. »Ich hatte schrecklich viel zu tun.«

Sie bog den Kopf zurück und betrachtete mich prüfend. »Stimmt, du siehst auch ganz mitgenommen aus. Bist du müde?«

Ich lächelte. »Vor allem hungrig.«

Sie küßte mich. »Gleich kriegst du was.« Dann ließ sie mich los. »Laß den Koffer. Ich pack ihn nach dem Essen aus.«

Mir war der blutbeschmierte Anzug eingefallen. »Laß mal, das kann ich selber machen.« Ich hob Koffer und Angelrute auf und trug beides in mein Zimmer, das so bezeichnet wurde, weil es der Raum war, in dem meine Sachen aufbewahrt wurden. Tatsächlich gehörte die ganze Wohnung mir. Sie war zwar auf Elins Namen eingetragen, doch bezahlte ich die Miete. Da ich etwa ein Drittel des Jahres in Island verbrachte, war es zweckmäßig, ein *pied-à-terre* zu haben.

Ich stellte die neue Angelrute zu den übrigen und setzte den Koffer ab, wobei ich mich fragte, was ich nun mit dem Anzug anfangen sollte. Bis zu diesem Augenblick hatte ich – mit einer Ausnahme – vor Elin keine Geheimnisse gehabt. Außerdem gab es in der Wohnung weder einen abschließbaren Schrank noch eine verschließbare Schublade. Ich öffnete den Kleiderschrank und musterte die nebeneinanderhängenden Anzüge und Jacken, die alle in ordentlich mit Reißverschlüssen versehenen Plastikbeuteln auf Bügeln hingen. Es wäre ausgesprochen riskant gewesen, den blutverschmierten Anzug zwischen die anderen zu schmuggeln. Elin war peinlich auf die Pflege meiner Sachen bedacht und hätte ihn mit Sicherheit entdeckt.

Ich leerte den Koffer bis auf den Anzug und die Waffen, verschloß ihn und hievte ihn auf seinen angestammten Platz auf dem Kleiderschrank. Es war unwahrscheinlich, daß Elin ihn herunterholen würde. Und selbst, wenn sie es wider Erwarten tun würde, wäre er verschlossen, was sie möglicherweise stutzig machen würde.

Ich zog mein Hemd aus, untersuchte es und entdeckte auf der Vorderseite einen Blutfleck, den ich im Badezimmer unter kaltem Wasser auswusch. Nachdem ich mein Gesicht ebenfalls längere Zeit unter den Wasserstrahl gehalten hatte, fühlte ich mich wesentlich wohler. Als Elin zum Abendessen rief, hatte ich bereits geduscht und blickte durchs Wohnzimmerfenster auf die Straße.

Gerade wollte ich mich abwenden, da blieb mein Blick an etwas hängen. Es war mir, als sähe ich auf der gegenüberliegenden Straßenseite jemanden hastig in einer schmalen Gasse verschwinden, gerade in dem Moment, als ich die Vorhänge bewegte. Ich starrte hinunter, konnte jedoch niemanden mehr sehen. Trotzdem blieb ich nachdenklich, als ich Elins Ruf zum Abendessen folgte.

»Was ist mit dem Landrover?« fragte ich, als wir beim Essen saßen.

»Vorige Woche habe ich ihn sicherheitshalber komplett überholen lassen, obwohl ich keine Ahung hatte, wann du kommen würdest. Er ist startbereit.«

Da die isländischen Straßen so unwegsam sind, sieht man fast überall nur Landrover. Die Isländer bevorzugen das Modell mit kurzem Radabstand, aber unserer hatte einen weiten Radabstand und war als Campingwagen eingerichtet. Damit waren wir unabhängig und konnten viele Wochen fern aller Zivilisation verbringen – was wir auch fleißig taten. Nur wenn uns der Proviant ausging, fuhren wir in die nächstbeste Stadt. Es gab weiß Gott Schlimmeres, als wochenlang mit Elin Ragnarsdottir allein zu sein.

Sonst waren wir immer sofort losgefahren, sobald ich in Reykjavik eingetroffen war, aber diesmal war das wegen Cookes Päckchen nicht möglich. Ich fragte mich, wie ich nach Akureyri kommen konnte, ohne daß Elin mißtrauisch wurde. Cooke hatte zwar den Auftrag als Bagatellsache hingestellt, aber der verstorbene Mr. Lindholm schien jetzt alles zu komplizieren. Auf gar keinen Fall wollte ich Elin da mit hineinziehen. Ich brauchte das Päckchen nur abzuliefern, und danach würde der Sommer sein wie alle bisherigen. Allzu schwierig konnte das nicht werden.

Ich grübelte noch vor mich hin, als sich Elin bemerkbar machte: »Du siehst wirklich hundemüde aus. So, als ob du völlig überarbeitet wärst.«

Ich brachte ein Lächeln zustande. »Wir hatten einen schlimmen Winter. Auf den Bergen lag zuviel Schnee – ich habe eine Menge Schafe verloren.« Plötzlich fiel mir etwas ein. »Du wolltest doch sehen, wie es in der Bergschlucht aussieht. Ich habe ein paar Fotos mitgebracht.«

Gemeinsam betrachteten wir die Bilder. Ich zeigte ihr Bheinn Fhada und Sgurr Dearg, aber Elin war mehr am Fluß und an den Pflanzen interessiert. »All diese Bäume!« rief sie hingerissen aus. »Schottland muß wunderschön sein.« Das war die typische Reaktion einer Isländerin. In Island gibt es nämlich so gut wie keine Bäume. »Habt ihr Lachse in euren Flüssen?«

»Nur Forellen. Wegen der Lachse komme ich ja nach Island!«

Sie griff nach einem anderen Foto. »Eine herrliche Landschaft. Was gehört davon dir?«

Ich warf einen Blick darauf. »So weit das Auge reicht«, grinste ich.

»Oh.« Sie schwieg eine Weile und sagte dann mit einem plötzlichen Anflug von Schüchternheit: »Ich hab nie darüber nachgedacht, Alan – aber am Hungertuch nagst du vermutlich nicht gerade.«

»Aber ein Krösus bin ich auch nicht«, wehrte ich ab. »Ich kann überleben. Dreitausend Morgen Heideland sind keine Goldgrube, aber die Schafe in den Bergen und der Wald in der Schlucht sorgen für das tägliche Brot. Und die Amerikaner, die zur Jagd kommen, für die Butter drauf.« Ich streichelte ihren Arm. »Du mußt mit nach Schottland kommen.«

»Gern«, war alles, was sie erwiderte.

Ich mußte es ihr schnell beibringen. »Morgen muß ich mich mit einem Mann in Akureyi treffen – nur eine Gefälligkeit für einen Bekannten. Das bedeutet, daß ich fliegen muß. Wie wär's, wenn du mit dem Landrover nachkommen würdest? Oder ist dir die Fahrt zu weit?«

Sie lachte. »Ich werd' mit dem Landrover besser fertig als du.« Sie begann nachzurechnen. »Das sind vierhundertfünfzig Kilometer. In einem Tag möchte ich es nicht machen, ich werde also irgendwo bei Hvammstangi übernachten. Dann könnte ich übermorgen im Lauf des Vormittags in Akureyri sein.«

»Rekordleistungen werden nicht verlangt«, bemerkte ich beiläufig. Mir fiel ein Stein vom Herzen. Nun konnte ich nach Akureyri fliegen, das Päckchen loswerden, bevor Elin dort ankam, und danach würde alles in bester Ordnung sein. Ich brauchte sie nicht in die Sache hineinzuziehen. »Wahrscheinlich werde ich im Hotel Vardborg übernachten«, kündigte ich an. »Dort kannst du mich anrufen.«

Später, im Bett, war ich immer noch gespannt, und der Ofen war sozusagen total aus. Während ich Elin im Dunkeln in den Armen hielt, verfolgte mich Lindholms geisterhaftes Gesicht, und wieder fühlte ich einen Brechreiz in mir hochsteigen. Ich würgte. »Tut mir leid«, murmelte ich.

»Schon gut, Liebling«, gab sie ruhig zurück. »Du bist müde. Schlaf jetzt schön.«

Aber das konnte ich auch nicht. Ich lag auf dem Rücken, und immer wieder gingen mir die Ereignisse des unerfreulichen Tages durch den Kopf. Angestrengt grübelte ich über jedes Wort nach, das der Mann bei unserem unergiebigen Rendezvous in Keflavik geäußert hatte. *Nehmen Sie nicht die Hauptstraße nach Reykjavik*, hatte er gesagt. *Fahren Sie über Krýsuvik.*

Ich hatte den Umweg über Krýsuvik gemacht und hätte dabei um Haaresbreite ins Gras gebissen. Zufall oder Planung? Wäre dasselbe geschehen, wenn ich die Hauptstraße benutzt hätte? War ich bewußt als Opfer ausgesucht worden?

Der Kerl im Flughafen war Cookes Mann gewesen – zumindest hatte er die Parole gekannt, die mit Cooke vereinbart worden war. Aber angenommen, er war doch nicht Cookes Mann und hatte die Parole trotzdem gewußt? Es gab sicher Möglichkeiten, sie herauszubekommen. Aber warum hatte er mich dann an Lindholm ausgeliefert? Bestimmt nicht wegen des Päckchens – das hatte er ja bereits in Händen gehabt. Alles Quatsch – noch mal von vorn!

Angenommen, der Bursche kam wirklich von Cooke und hatte mich trotzdem Lindholm in den Rachen jagen wollen – das war ziemlich unwahrscheinlich. Und auch dann konnte es nicht des Päckchens wegen gewesen sein; sonst hätte er es mir ja von vornherein gar nicht zu geben brauchen. Alles lief darauf hinaus, daß der Mann im Flughafen und Lindholm nichts miteinander zu tun hatten.

Aber Lindholm hatte eindeutig auf mich gewartet. Er hatte sich sogar meines Namens vergewissert, bevor er mich attackierte. Wie zum Teufel hatte er wissen können, daß ich über Krýsuvik kommen würde? Das war eine Frage, die ich nicht beantworten konnte.

Als ich sicher war, daß Elin fest schlief, stand ich leise auf und ging in die Küche, ohne dort Licht zu machen. Ich öffnete den Kühlschrank, goß mir ein Glas Milch ein und setzte mich ans Fenster. Die kurze nordische Nacht war schon fast vorüber, aber es war noch immer dunkel genug, um den plötzlich aufglühenden Punkt in der Gasse auf der anderen Straßenseite zu sehen, als der Beobachter dort an seiner Zigarette zog.

Er beunruhigte mich, denn nun wußte ich, daß auch Elin in Gefahr war.

III

Wir waren beide früh auf. Elin, weil sie schnell in Richtung Akureyri starten, und ich, weil ich vor ihr an den Landrover wollte. Ich hatte einiges in ihm zu verstauen, wovon Elin nichts zu wissen brauchte. Lindholms Pistole zum Beispiel. Sorgfältig befestigte ich sie an einem der großen Fahrgestellträger, so daß sie nicht zu sehen war. Den Totschläger steckte ich in meine Tasche. Wenn in Akureyri nicht alles glatt ging, konnte ich die Waffe vielleicht noch brauchen.

Ich benutzte den Hinterausgang, der zur Garage führte, so daß mich der Beobachter in der Gasse nicht zu Gesicht bekam. Doch ich beschloß, ihn mir anzusehen, und stieg mit dem Feldstecher bewaffnet im Haus eine Treppe höher, wo es ein Fenster mit Blick auf die Straße gab.

Er war ein großer, hagerer Mann mit einem säuberlich gestutzten Bärtchen auf der Oberlippe, und er schien zu frösteln. Wenn er die ganze Nacht über dort unten gestanden hatte, so mußte er nicht nur halb erfroren, sondern auch kurz vor dem Hungertod sein. Ich prägte mir sein Gesicht ein, um ihn gegebenenfalls wiederzuerkennen, und senkte das Glas gerade noch rechtzeitig, als ich jemanden die Treppe herunterkommen hörte. Es war eine grauhaarige Frau mittleren Alters, die erst einen Blick auf mich und dann einen zweiten auf den Feldstecher warf. Sie schnaubte bedeutungsvoll.

Ich grinste. Zum erstenmal in meinem Leben wurde ich für einen Voyeur gehalten.

Eingedenk meines hungrigen Freundes auf der anderen Straßenseite ließ ich mir das Frühstück besonders gut schmecken. »Du siehst heute schon viel besser aus«, fand Elin.

»Das machen deine Kochkünste.«

Sie warf einen Blick auf Hering, Käse, Brot und Eier. »Kochkünste? Ein Ei kann jeder kochen.«

»Nicht so wie du«, versicherte ich ihr.

Aber ich hatte wirklich bessere Laune. Die düsteren Gedanken, die mich in der Nacht gequält hatten, waren verflogen, und trotz aller ungeklärten Fragen deprimierte mich Lindholms Tod nicht mehr. Er hatte versucht, mich umzubringen, das war ihm mißlungen, und dafür war er bestraft worden. Die Tatsache, daß ich ihn getötet hatte, belastete mein Gewissen nicht unmäßig. Ich war nur Elins wegen beunruhigt.

Ich räusperte mich. »Um elf fliegt eine Maschine vom Reykjavik City-Flughafen nach Akureyri.«

»Genau rechtzeitig zum Lunch.« Elin lächelte mich an. »Vielleicht denkst du mal an mich, wenn ich dann gerade durch Kaldidalur holpere.« Hastig trank sie ihren heißen Kaffee aus. »Ich möchte so bald wie möglich losfahren.«

Ich zeigte auf den üppig gedeckten Frühstückstisch. »Ich räume das weg.«

Während sie alles für die Abfahrt fertigmachte, fiel ihr der Feldstecher in die Hände. »Ach, ich dachte, der wäre im Landrover.«

»Ich habe ihn mir noch mal angeguckt«, sagte ich. »Er schien das letztemal ein bißchen unscharf eingestellt zu sein. Aber er ist ganz in Ordnung.«

»Dann nehme ich ihn mit.«

Ich begleitete sie in die Garage hinunter und küßte sie zum Abschied. Sie sah mich eindringlich an. »Es *ist* doch alles in Ordnung, Alan, oder nicht?«

»Klar. Wieso fragst du?«

»Ich weiß nicht. Wahrscheinlich einfach weibliche Hysterie. Also dann – bis später in Akureyri.«

Ich winkte ihr nach und sah mich um, als sie abfuhr. Niemand schien sich darum zu kümmern. Nirgendwo tauchte ein Kopf hinter einer Ecke auf, niemand verfolgte sie in wilder Hast. Ich kehrte in die Wohnung zurück und hielt nach dem Aufpasser in der Gasse Ausschau. Er war nicht zu sehen. Ich stürzte die Treppe hoch ans Fenster, von wo aus ich einen besseren Überblick hatte, und atmete erleichtert auf, als ich ihn entdeckte. Er lehnte an der

Hausmauer und machte einen verfrorenen Eindruck.

Entweder hatte er Elins Verschwinden nicht bemerkt, oder, falls doch, schien es ihm egal zu sein. Mir fiel ein Stein vom Herzen.

Ich wusch das Frühstücksgeschirr ab und ging in mein Zimmer, wo ich eine Fototasche heraussuchte und ihren Inhalt ausschüttelte. Dann nahm ich den mit Leinen bezogenen Metallbehälter und verstaute ihn in dem Lederetui, wo er haargenau hineinpaßte. Von nun an würde ich das Ding nicht mehr aus den Augen lassen, bis ich es in Akureyri abliefern konnte.

Um zehn Uhr telefonierte ich nach einem Taxi und fuhr in Richtung Flughafen davon, was einige Aktivität auslöste. Als ich mich umdrehte, sah ich in der Nähe der Gasse einen Wagen halten, in den mein Beschatter hineinsprang. Der Wagen folgte dem Taxi in diskretem Abstand bis hinaus zum Flughafen.

Dort angekommen, ging ich zum Reservationsschalter. »Ich habe einen Platz in der Maschine nach Akureyri gebucht. Mein Name ist Stewart.«

Das Mädchen überprüfte die Liste. »Ah ja, Mr. Stewart.« Sie warf einen Blick auf die Uhr. »Aber Sie sind früh dran.«

»Das macht nichts, ich trink noch einen Kaffee.«

Sie händigte mir das Ticket aus und deutete auf den nächsten Schalter: »Ihr Gepäck wird dort drüben gewogen.«

Ich zeigte auf die Kameratasche. »Mehr habe ich nicht. Ich reise mit leichtem Gepäck.«

Sie lachte. »Das sehe ich, Mr. Stewart. Hat Ihnen eigentlich schon jemand gesagt, wie phantastisch Ihr Isländisch ist?«

»Oh, danke.« Als ich mich umdrehte, fiel mein Blick auf ein bekanntes Gesicht – mein Beschatter war wieder auf dem Posten. Ich steuerte an ihm vorbei auf die Cafeteria zu, wo ich eine Zeitung erstand und mich niederließ, um zu warten.

Mein Schatten hatte eine eilige Unterredung am Reservationsschalter, kaufte ein Ticket und schlenderte in meine Richtung. Wir bemühten uns, keinerlei Notiz voneinander zu nehmen. Er bestellte sich ein Frühstück, das er heißhungrig verschlang, während seine Blicke andauernd zu mir rüberirrten. Gleich darauf hatte ich Glück; aus dem Lautsprecher drang eine Stimme, die sich zuerst räusperte und dann auf isländisch sagte: »Mr. Buchner wird am Telefon verlangt!« Als es in fließendem Deutsch wiederholt wurde, sah der Mann auf, erhob sich und ging zur Telefonzelle.

Wenigstens konnte ich ihn jetzt mit einem Namen in Zusammenhang bringen. Ob der Bursche wirklich so hieß oder nicht, war unwesentlich.

Er beobachtete mich die ganze Zeit von der Zelle aus, so als wolle er einen eventuellen Fluchtversuch verhindern. Ich enttäuschte ihn, indem ich ostentativ gelassen eine weitere Tasse Kaffee bestellte und mich dann in einen Artikel vertiefte, in dem berichtet wurde, wie viele Lachse Bing Crosby bei seinem letzten Besuch auf Island an Land gezogen hatte.

Wartezeiten auf Flugplätzen scheinen immer endlos lang, und auch hier dauerte es einige Äonen, bevor der Flug nach Akureyri aufgerufen wurde. Herr Buchner stand direkt hinter mir in der Schlange der Passagiere, folgte mir direkt auf den Fersen zur Maschine und entschied sich dort für einen Sitz unmittelbar hinter mir.

Wir hoben ab und flogen über Island hinweg, über die kalten Gletscher von Langjökull und Hofsjökull. Bald darauf kreisten wir über Eyjafjördur, um uns auf die Landung in Akureyri vorzubereiten, einer Stadt mit zehntausend Einwohnern, der Metropole von Nordisland. Die Maschine kam leicht schlingernd zum Stillstand, und ich löste den Sicherheitsgurt. Aus einem Klicken hinter mir schloß ich, daß Buchner gerade dasselbe tat.

Als die Attacke schließlich erfolgte, verriet sie Geschicklichkeit und Erfahrung. Ich hatte das Flughafengebäude gerade verlassen und ging auf den Taxistand zu, als sie mich plötzlich umringten – es waren vier. Einer blieb vor mir stehen, schnappte sich meine rechte Hand und schüttelte sie heftig, während er mir lauthals verkündete, wie schön es sei, mich wiederzusehen, und was für ein ungeheures Vergnügen es ihm bereiten würde, mir die Sehenswürdigkeiten Akureyris zu zeigen.

Der Mann zu meiner Linken drängte sich an mich und packte meinen linken Arm. Er zischte mir ins Ohr: »Machen Sie keine Scherereien, Herr Stewartsen. Sonst sind Sie ein toter Mann.« Da mir jemand von hinten einen Pistolenlauf in die Rippen drückte, mußte ich ihm wohl Glauben schenken.

Ich hörte ein leise Klicken und drehte gerade rechtzeitig den Kopf, um mitanzusehen, wie der Mann zu meiner Rechten den Schulterriemen der Kameratasche mit einer kleinen Schere durchschnitt. Ich spürte, wie sich der Riemen löste, dann war der Mann verschwunden und die Tasche mit ihm. Der Bursche hinter mit hatte seinen Arm freundschaftlich um meine Schulter gelegt, während er mit der anderen Hand die Waffe in meine Rippen bohrte.

Buchner stand in ungefähr zehn Meter Entfernung neben einem Taxi. Er starrte mich ausdruckslos an, drehte sich um und bückte sich, um in den Wagen zu steigen. Er fuhr weg, und lange noch sah ich sein helles, verschwommenes Gesicht im Heckfenster des Autos.

Das ganze Theater wurde noch zwei Minuten länger aufrechterhalten, um dem Mann mit der Kameratasche Gelegenheit zu geben, sich zu verdrücken. Wieder ließ sich der Mann links neben mir auf schwedisch vernehmen: »Herr Stewartsen, wir lassen Sie jetzt laufen, aber an Ihrer Stelle würde ich keine Dummheiten machen.«

Dann ließen sie mich los, und jeder trat einen Schritt beiseite. Ihre Gesichter waren hart und ihre Augen wachsam. Schußwaffen waren keine zu sehen, aber das hatte nichts zu bedeuten. Nicht daß ich irgendwelche Heldentaten plante. Die Kameratasche war weg, und in jedem Fall war das Risiko zu groß. Wie auf ein Zeichen drehten sich alle drei um und gingen weg, jeder in eine andere Richtung. Mich ließen sie stehen. Es waren eine ganze Menge Leute in der Nähe, aber keiner der guten Bewohner von Akureyri ahnte auch nur im geringsten, daß sich unter ihren Augen irgend etwas Ungewöhnliches abgespielt hatte.

Ich strich das in Unordnung geratene Jackett glatt, nahm ein Taxi und fuhr zum Hotel Vardborg. Im Moment war das alles, was ich tun konnte.

IV

Elin hatte recht gehabt. Ich kam genau rechtzeitig, um im Vardborg zu Mittag zu essen. Gerade hatte ich ein Stück Hammelfleisch auf die Gabel gespießt, als Herr Buchner eintrat, suchend umherblickte, mich ausfindig machte und herüberkam. Er blieb am Tisch stehen, sein Schnurrbart zuckte, und fragte: »Mr. Stewart?«

Ich lehnte mich zurück. »Na, wenn das nicht Herr Buchner ist! Was kann ich für Sie tun?«

»Mein Name ist Graham«, erwiderte er kalt. »Ich möchte mit Ihnen sprechen.«

»Heute vormittag hießen Sie noch Buchner«, sagte ich. »Aber wenn ich einen solchen Namen hätte, würde ich mich auch anders nennen.« Ich wies auf einen Stuhl. »Nehmen Sie Platz. Die Suppe kann ich empfehlen.«

Er ließ sich steif nieder. »Ich bin nicht in der Stimmung, Ihnen die Stichworte für Späßchen zu liefern«, wies er mich zurecht und zog eine Brieftasche heraus. »Mein Ausweis.« Er schob ein zusammengefaltetes Papier über den Tisch.

Ich breitete es aus und fand darin die linke Hälfte eines Hundertkronen-Scheins. Als ich sie gegen die andere Hälfte aus meiner eigenen Brieftasche hielt, stellte ich fest, daß beide genau zusammenpaßten. Ich schaute hoch. »Na gut, Mr. Graham, das scheint ja in Ordnung zu sein. Was kann ich für Sie tun?«

»Sie können mir das Päckchen geben«, sagte er. »Mehr will ich nicht.«

Ich schüttelte bedauernd den Kopf. »Sie wissen doch Bescheid.«

Er runzelte die Stirn. »Was meinen Sie damit?«

»Ich meine, daß ich Ihnen das Päckchen nicht geben kann, weil ich es nicht mehr habe.«

Sein Schnurrbart zuckte wieder, und sein Blick verfinsterte sich. »Lassen Sie das Theater, Stewart. Her mit dem Päckchen.« Er streckte die Hand aus.

»Verdammt noch mal«, schimpfte ich. »Sie waren doch dabei – Sie wissen genau, was passiert ist.«

»Ich weiß nicht, wovon Sie reden. Ich war wo?«

»Draußen vor dem Flughafen von Akureyri. Sie stiegen in ein Taxi.«

Seine Augen wurden unruhig. »Wirklich?« fragte er ausdruckslos. »Fahren Sie fort.«

»Die Burschen packten mich, bevor ich wußte, was los war, und sind mit dem Päckchen entwischt. Es war in meiner Kameratasche.«

Seine Stimme schnappte über. »Soll das etwa heißen, daß Sie es nicht mehr haben?«

»Falls Sie als mein Leibwächter fungieren sollten«, warf ich grimmig ein, »haben Sie total versagt. Cooke wird das gar nicht gefallen.«

»Weiß Gott nicht«, pflichtete Graham mir mit Nachdruck bei. Unter seinem rechten Auge begann ein Nerv zu zucken. »Es war also in der Kameratasche.«

»Wo denn sonst? Ein anderes Gepäckstück hatte ich doch nicht bei mir. Das müssen Sie doch wissen. Schließlich standen Sie unmittelbar hinter mir, als ich in Reykjavik die Maschine bestieg.«

Er warf mir einen Blick zu, aus dem jedenfalls keine Sympathie sprach. »Sie halten sich für verdammt clever, was?« Er beugte sich vor. »Das wird einen verfluchten Ärger geben. Verschwinden Sie jetzt nur nicht von der Bildfläche, Stewart. Ich möchte Sie ohne Umstände finden können, wenn ich zurückkomme.«

Ich zuckte die Schultern. »Wohin soll ich denn schon gehen? Außerdem habe ich den schottischen Sparsamkeitsfimmel, und mein Zimmer hier ist bereits bezahlt.«

»Sie nehmen das alles verdammt gelassen hin.«

»Was erwarten Sie eigentlich? Daß ich in Tränen ausbreche?« Ich lachte ihm ins Gesicht. »Werden Sie endlich erwachsen, Graham.«

Sein Gesichtsausdruck wurde starr, aber er schwieg. Er stand auf und entfernte sich. Ich verbrachte eine Viertelstunde mit angestrengtem Nachdenken, während ich das Hammelfleisch verzehrte. Am Ende hatte ich einen Entschluß gefaßt, nämlich, daß ich reif sei für einen Drink. Ich ging, um einen aufzutreiben.

Beim Durchschreiten der Hotelhalle sah ich Buchner-Graham in einer Telefonzelle. Er redete angestrengt und er schwitzte, obwohl es nicht sonderlich warm war.

V

Ich erwachte aus traumlosem Schlaf. Jemand schüttelte mich heftig und zischte: »Stewart, los, stehen Sie auf!« Ich öffnete die Augen. Graham stand über mich gebeugt.

Ich blinzelte. »Seltsam, seltsam! Wenn mich nicht alles täuscht, hatte ich die Tür abgeschlossen.«

Er grinste hämisch. »Ganz recht. Los jetzt – Sie sollen ein paar Fragen beantworten. Hoffentlich haben Sie Ihren Grips beisammen.«

»Wieviel Uhr ist es?«

»Fünf Uhr früh.«

Ich lächelte. »Wenn das keine Gestapomethoden sind. Na schön. Wahrscheinlich fühle ich mich nach dem Rasieren besser.«

Graham wirkte nervös. »Machen Sie schnell. Er wird in fünf Minuten hier sein.«

»Aber wer denn?«

»Sie werden schon sehen.«

Ich ließ heißes Wasser ins Waschbecken laufen und begann, mein Gesicht einzuseifen. »Was für eine Funktion hatten Sie eigentlich bei diesem Unternehmen, Graham? Als Leibwächter waren Sie eine totale Niete, das kann's also nicht gewesen sein.«

»Hören Sie auf, sich über mich den Kopf zu zerbrechen. Denken Sie lieber an sich selbst«, brummte er. »Sie werden eine Menge Erklärungen liefern müssen.«

»Gewiß«, räumte ich ein, legte den Pinsel hin und griff nach dem Rasierapparat. Sich das Gesicht jeden Morgen mit einem Stück scharfgeschliffenem Stahl zu schaben, ist mehr oder minder verlorene Liebesmüh. Auf mich wirkt es immer ein bißchen deprimierend. In einem bärtigen Zeitalter hätte ich mich wohler gefühlt. – Gegenspion im Auftrag Ihrer Majestät der Königin Viktoria zu sein, das wäre mein Bier gewesen.

Anscheinend war ich doch nervöser, als ich dachte, denn ich schnitt mich gleich beim ersten Strich. Jemand klopfte an die Tür. Cooke kam herein. Er stieß die Tür mit dem Absatz zu. Finster starrten mich die Augen aus dem aufgedunsenen Gesicht an. Die Hände hatte er tief in den Manteltaschen vergraben. Er fragte gerade heraus: »Wie war das also, Stewart?«

Nichts bringt einen Menschen mehr aus der Fassung, als beim Rasieren, während das Gesicht mit eintrocknendem Seifenschaum bedeckt ist, lange Erklärungen abgeben zu müssen. Ich wandte mich also wieder dem Spiegel zu und rasierte mich schweigend weiter.

Cooke gab einen dieser unbeschreiblichen Laute von sich – ein explosives Ausstoßen von eingeatmeter Luft durch Mund und Nase. Er setzte sich aufs Bett, dessen Sprungfedern unter seinem unmäßigen Gewicht protestierend quietschten. »Ihre Geschichte hat hoffentlich Hand und Fuß«, sagte er. »Ich hasse es nämlich, aus dem Bett gezerrt und in den eiskalten Norden verfrachtet zu werden.«

Es mußte in der Tat schon etwas sehr Bedeutendes sein, was Cooke dazu bringen konnte, von London nach Akureyri zu fliegen. Nachdem ich die knifflige Stelle rund um den Adamsapfel endlich geschafft hatte, erklärte ich langsam: »Das Päckchen muß wichtiger sein, als Sie mir gesagt haben.« Ich drehte den Kaltwasserhahn auf und spülte mir den restlichen Schaum vom Gesicht.

». . . dieses verdammte Päckchen«, schimpfte er.

»Entschuldigung«, sagte ich. »Ich habe den ersten Teil nicht gehört. Ich hatte Wasser in den Ohren.«

Er beherrschte sich mühsam. »Wo ist das Päckchen?« fragte er mit betonter Geduld.

»Wo es im Augenblick ist, kann ich nicht sagen.« Ich trocknete mir energisch das Gesicht ab. »Es wurde mir gestern nachmittag von vier unbekannten Männern abgenommen – aber das hat Ihnen ja Graham schon gesagt.«

Seine Stimme hob sich. »Und Sie ließen es sich wegnehmen – einfach so?«

»Ich konnte zu dem Zeitpunkt nicht viel dagegen tun«, antwortete ich gelassen. »Man drückte mir eine Pistole gegen die Nieren.« Ich wies mit dem Kopf auf Graham. »Was hatte der denn eigentlich bei der Sache zu tun – falls das keine unhöfliche Frage ist?«

Cooke faltete die Hände über dem Bauch. »Wir vermuteten, daß sie Graham auf der Spur waren – deshalb haben wir Sie ins Spiel gebracht. Wir glaubten, sie würden sich an Graham heranmachen und Sie unbehelligt ins Ziel laufen lassen.«

Mir schien die Erklärung faul. Wenn sie – wer immer ›sie‹ waren – Graham auf dem Korn hatten, dann hätte er als Agent sinnigerweise kaum die Aufmerksamkeit auf mich gelenkt, indem er vor meiner Wohnung herumlungerte. Aber ich ließ es dabei. Cooke war schon immer aalglatt gewesen, und ich wollte noch einen Trumpf in der Hand haben.

»Sie haben sich aber nicht an Graham herangemacht«,

entgegnete ich, »sondern an mich. Doch vielleicht kennen sie die Rugbyregeln nicht so gut, in Schweden weiß man da nicht so gut Bescheid.« Ich betupfte ein letztes Mal die Stelle hinter den Ohren und ließ das Handtuch fallen. »In Rußland übrigens auch nicht«, fügte ich beiläufig hinzu.

Cooke hob den Blick. »Wie kommen Sie auf die Russen?«

Ich grinste ihn an. »Ich denke immer an die Russen«, erwiderte ich trocken. »Wie die Franzosen, die immer an Sex denken.«

Ich reichte an Cooke vorbei, um nach meinen Zigaretten zu greifen. »Außerdem nannten mich die Kerle Stewartsen.«

»Na und?«

»Sie wußten also, wer ich bin – oder vielmehr, wer ich einmal war. Das ist ein Unterschied.«

Cooke gab Graham ein Zeichen. »Warten Sie draußen«, befahl er kurz.

Graham schaute mißmutig drein, ging jedoch gehorsam zur Tür. Als sie sich hinter ihm geschlossen hatte, sagte ich: »Na prima, jetzt wo die Kinderchen aus dem Zimmer sind, können wir Erwachsene uns ja ungeniert unterhalten. Wo um Himmels willen haben Sie denn diesen Knaben aufgegabelt? Ich habe Ihnen doch gesagt, ich will bei diesem Unternehmen keine Anfänger dabei haben.«

»Wie kommen Sie darauf, daß er Anfänger ist?«

»Hören Sie bloß damit auf. Er ist ja noch naß hinter den Ohren.«

»Er ist ein guter Mann«, Cooke rutschte unruhig auf dem Bett hin und her. Er schwieg eine Weile und fuhr dann fort: »Na, diese Sache haben Sie gründlich verpfuscht, was? Sie sollten lediglich ein Päckchen von A nach B befördern und haben schon dabei Mist gebaut. Ich wußte ja, daß mit Ihnen nichts mehr los ist, aber daß Sie schon so vertrottelt sind, hätte ich nicht gedacht.« Er fuchtelte mit dem Finger in der Luft herum. »Und die haben

Sie mit Stewartsen angeredet! Sie wissen doch, was das bedeutet?«

»Kennikin«, rief ich aus. Der Gedanke an ihn gefiel mir gar nicht.

»Ist er hier – in Island?«

Cooke zog die Schultern hoch. »Soviel ich weiß, nicht.« Er sah mich von der Seite her an. »Was haben Ihnen denn die Männer gesagt, die in Reykjavik mit Ihnen Kontakt aufgenommen haben?«

Ich zuckte die Achseln. »Nicht viel. Es stünde ein Wagen für mich bereit. Mit dem sollte ich über Krýsuvik nach Reykjavik fahren. Anschließend sollte ich ihn vor dem Hotel Saga stehenlassen. Genau das habe ich gemacht.«

Cooke knurrte. »Hatten Sie dabei irgendwelche Schwierigkeiten?«

»Waren welche eingeplant?« erkundigte ich mich scheinheilig.

Er schüttelte gereizt den Kopf. »Wir hatten erfahren, daß etwas geschehen könnte. Es schien das Beste, Ihre Route zu ändern.« Er stand auf. Er wirkte ziemlich unzufrieden und ging zur Tür.

»Graham!«

»Es tut mir alles sehr leid, Cooke«, sagte ich. »Wirklich.«

»Das macht den Kohl nun auch nicht mehr fett. Wir müssen sehen, was bei dieser ganzen Schweinerei noch zu retten ist. Zum Teufel, ich habe Sie zugezogen, weil das Department unterbesetzt ist – und nun müssen wir wegen Ihrer Dummheit ein ganzes Land abriegeln. Und sprechen Sie mit Captain Lee am Flughafen. Die Maschine soll jederzeit innerhalb von fünf Minuten startbereit sein. Unter Umständen muß es schnell gehen.«

Ich hüstelte diskret. »Soll ich auch mit?«

Cooke starrte mich bösartig an. »Sie? Sie haben gerade genug Porzellan zerschlagen.«

»Na schön, und was soll ich tun?«

»Sie können sich von mir aus zum Teufel scheren«, rief

er erregt. »Hauen Sie ab nach Reykjavik und kriechen Sie für den Rest des Sommers zu Ihrer Freundin ins Bett.« Er drehte sich um und prallte gegen Graham. »Worauf zum Kuckuck warten Sie denn noch?« fauchte er, und Graham entfloh.

Cooke blieb an der Tür stehen. Ohne sich umzudrehen, fügte er hinzu: »Aber Sie täten gut daran, auf Kennikin aufzupassen – ich werde keinen Finger rühren, um ihn zu stoppen. Bei Gott, ich hoffe, er *wird* Sie fertigmachen.«

Die Tür knallte zu. Ich saß auf dem Bett und brütete vor mich hin. Eins war mir klar. Wenn ich je das Vergnügen hätte, Kennikin über den Weg zu laufen, würde ich dem Tod ins Auge sehen.

KAPITEL 2

I

Ich beendete gerade mein Frühstück, als Elin anrief. An dem Knistern und der schwankenden Lautstärke merkte ich, daß sie das Autotelefon im Landrover benutzte. Die meisten Fahrzeuge, mit denen man in Island lange Strecken zurücklegt, sind damit ausgestattet, eine Sicherheitsmaßnahme, die wegen der schwierigen Terrainverhältnisse nötig ist. Jedenfalls ist das die übliche Begründung – aber nicht die volle Wahrheit. Tatsache ist, daß die Isländer leidenschaftlich gerne telefonieren und eines der schwatzhaftesten Völker der Erde sind. Auf der Liste der Pro-Kopf-Telefongespräche rangieren sie gleich nach den USA und Kanada.

Sie erkundigte sich, ob ich gut geschlafen hätte, was ich bestätigen konnte. Dann fragte ich: »Wann wirst du hier sein?«

»Gegen halb zwölf.«

»Ich erwarte dich auf dem Campingplatz.«

Das ließ mir noch zwei Stunden Zeit, in denen ich mich wie ein typischer Tourist aufführte. Ich schlenderte in Akureyri umher, suchte hier und dort einen Laden auf, kehrte unvermittelt wieder um, kurzum, ich verhielt mich wie jemand, der planlos umherirrt. Als ich anschließend Elin auf dem Campingplatz traf, war ich mir ziemlich sicher, nicht beschattet zu werden. Anscheinend hatte Cooke also nicht gelogen, als er behauptet hatte, er habe keine weitere Verwendung mehr für mich.

Ich öffnete die Tür vom Landrover und sagte: »Rutsch rüber. Ich fahre.«

Elin sah mich überrascht an. »Bleiben wir nicht hier?«

»Wir fahren ein bißchen aus der Stadt hinaus und essen zu Mittag. Ich möchte etwas mit dir besprechen.«

Ich raste die nördliche Küstenstraße entlang, wobei ich mich immer wieder im Rückspiegel vergewisserte, daß uns auch niemand folgte. Allmählich fing ich an, mich zu entspannen. Doch Elin blieb spürbar besorgt. Sie merkte, daß mich etwas beschäftigte, und schwieg taktvoll, aber schließlich konnte sie es nicht mehr aushalten: »Irgend etwas stimmt nicht, oder?«

»Du hast verdammt recht«, antwortete ich. »Genau darüber will ich mit dir sprechen.«

Cooke hatte mich in Schottland davor gewarnt, Elin in die Sache hineinzuziehen. Er hatte sogar die Vorschriften über die Wahrung von Staatsgeheimnissen und die Strafen für Redselige zitiert. Aber wenn meine Zukunft mit Elin überhaupt einen Sinn haben sollte, dann mußte ich ihr die Wahrheit erzählen. Cooke und die Vorschriften über Staatsgeheimnisse konnten mir gestohlen bleiben.

Ich verlangsamte das Tempo und bog von der Straße ab, so daß wir über freies Feld rumpelten. Ich hielt an einer Stelle, von wo wir einen Ausblick über das Meer hatten. Das mit Felsbrocken übersäte Gelände fiel zum grauen Wasser hin ab, in der Ferne war im Dunst die Insel Grimsey zu erkennen. Nur noch dieser kleine Fetzen Land lag zwischen uns und dem Nordpol. Vor uns erstreckte sich der Arktische Ozean.

»Was weißt du eigentlich von mir, Elin?« fragte ich.

»Komische Frage. Du bist Alan Stewart – und ich mag dich.«

»Ist das alles?«

Sie zuckte die Achseln. »Muß ich sonst noch etwas wissen?«

Ich lächelte. »Bist du gar nicht neugierig, Elin?«

»Doch, ich bin schon neugierig, aber ich kann mich einigermaßen beherrschen. Wenn ich etwas wissen soll, wirst du's mir schon sagen.« Sie zögerte: »Eines jedenfalls weiß ich von dir.«

»Was denn?«

Sie wandte mir das Gesicht zu. »Ich weiß, daß dich irgend etwas tief verletzt hat. Das muß passiert sein, kurz bevor wir uns kennengelernt haben. Deshalb stelle ich auch keine Fragen – ich möchte nichts aufrühren.«

»Du bist sehr feinfühlig«, sagte ich. «Ich hätte nicht gedacht, daß man es merkt. Würde es dich überraschen zu hören, daß ich einmal britischer Agent war, ein Spion?«

Sie musterte mich prüfend. »Ein Spion«, wiederholte sie langsam, als koste sie den Geschmack dieses Wortes. »Doch, das überrascht mich. Es ist keine sehr ehrenhafte Beschäftigung – dafür bist du eigentlich nicht der Typ.«

»Das hat mir vor kurzem schon jemand gesagt«, erwiderte ich bitter. »Es stimmt aber trotzdem.«

Sie blieb eine Weile still. »Du *warst* Spion«, sagte sie dann. »Alan, deine Vergangenheit ist nicht wichtig. Mich interessiert, wie du jetzt bist.«

»Manchmal holt einen die Vergangenheit ein«, widersprach ich. »Mich *hat* sie eingeholt. Es gibt einen Mann namens Cooke . . .« Ich hielt inne und fragte mich, ob ich jetzt das Richtige tat.

»Ja« drängte sie.

»Er hat mich in Schottland aufgesucht. Ich werde dir davon erzählen – von Cooke in Schottland.«

II

Mit der Jagd war an diesem Tag nicht viel los gewesen. Irgend jemand mußte während der Nacht das Wild aufgescheucht haben, denn im Tal, wo es sich meiner Berechnung nach hätte aufhalten müssen, war es nicht mehr. Es hatte sich in die steilen Hänge von Bheinn Fhada geflüchtet. Ich konnte die Hirsche durch das Zielfernrohr sehen – blasse, graubraune Umrisse, die im Heidekraut ästen. Der Wind wehte aus einer ungünstigen Richtung – ich hätte mich gar nicht unbemerkt heranpirschen können, und da es sowieso der letzte Tag der Jagdsaison war, waren sie für den Rest des Sommers sicher vor mir.

Um drei Uhr nachmittags packte ich zusammen, um nach Hause zu gehen. Als ich Sgurr Mor hinunterstolperte, sah ich einen Wagen vor dem Wochenendhaus stehen und die winzige Gestalt eines Mannes, der unten auf und ab schritt. Das Haus ist schwer erreichbar – ein vom nächsten Weiler heraufführender, miserabler Fahrweg hält die meisten Ausflügler, die sich hierhin verirren, davon ab, heraufzukommen. Wenn da trotzdem jemand aufkreuzte, so mußte der Betreffende mich unbedingt sprechen wollen. Ich meinerseits bin auf Besuch nicht scharf. Ich bin eher zurückhaltend und ermutige niemanden, mich aufzusuchen.

Ich näherte mich dem Haus äußerst vorsichtig und blieb dann hinter einem Felsbrocken in der Nähe des Bachs stehen. Ich nahm das Gewehr ab, vergewisserte mich, daß es ungeladen war, und setzte es an die Schulter. Durch das Zielfernrohr konnte ich den Mann deutlich erkennen. Er hatte mir den Rücken zugewandt, aber als er sich umdrehte, erkannte ich Cooke.

Ich zielte auf sein großes, teigiges Gesicht und drückte sachte ab. Es klickte. Ich fragte mich, ob ich wohl auch abgedrückt hätte, wenn die Waffe geladen gewesen wäre. Die Welt wäre weitaus schöner ohne Männer wie Cooke. Aber ich hätte es nie fertiggebracht, das Gewehr zu laden und dann abzudrücken. Ich hängte es über die Schulter und ging auf das Wochenendhaus zu. *Hätte* ich es doch nur geladen!

Als ich mich Cooke näherte, drehte er sich um und winkte mir zu. »Guten Tag«, rief er, als wäre er ein regelmäßiger und gern gesehener Gast.

Ich ging auf ihn zu. »Wie haben Sie mich gefunden?«

Er zuckte die Achseln. »Das war nicht schwer. Sie kennen meine Methoden.«

Ich kannte sie, und sie mißfielen mir. »Hören Sie auf, Sherlock Holmes zu mimen. Was wollen Sie?«

Er zeigte auf die Haustür. »Wollen Sie mich nicht hereinbitten?«

»Ich könnte wetten, Sie haben die Hütte bereits durchsucht.«

Er hob die Hände in gespieltem Entsetzen. »Ehrenwort, nein.«

Am liebsten hätte ich ihm ins Gesicht gelacht, denn von Ehre konnte bei diesem Mann keine Rede sein. Ich wandte mich ab und stieß die Tür auf. Er folgte mir ins Innere und schnalzte geringschätzig mit der Zunge. »Unverschlossen? Sie sind aber vertrauensselig.«

»Hier gibt es nichts zu stehlen«, erwiderte ich gleichgültig.

»Höchstens Ihr Leben«, sagte er und musterte mich dabei scharf.

Ich überging diese Feststellung und stellte das Gewehr ab. Cooke sah sich neugierig um. »Primitiv, aber gemütlich«, bemerkte er. »Aber ich verstehe nicht, warum Sie nicht in dem großen Haus wohnen.«

»Das geht Sie nichts an.«

»Vielleicht.« Er setzte sich. »Sie verbergen sich also in Schottland und glauben, unauffindbar zu sein. Gute Tarnung, wie? Ein Stewart, der sich in einem Haufen anderer Stewarts versteckt. Sie haben uns einige Schwierigkeiten gemacht.«

»Wer behauptet, daß ich mich verstecke? Schließlich bin ich Schotte.«

Er lächelte breit. »Gewissermaßen. Aber lediglich durch Ihren Großvater väterlicherseits. Vor gar nicht langer Zeit waren Sie noch Schwede – und vorher Finne. Damals hießen Sie natürlich Stewartsen.«

»Sind Sie siebenhundertfünfzig Kilometer weit gereist, um von alten Kamellen zu reden?« fragte ich müde.

»Sie sehen eigentlich ganz fit aus«, stellte er fest.

»Das kann man von Ihnen nicht sagen. Sie sind in keiner guten Kondition und fangen an, Fett anzusetzen«, erwiderte ich böse.

Er lachte in sich hinein. »Die Fleischtöpfe, mein lieber Junge, die Fleischtöpfe. Alle diese Mahlzeiten auf Kosten der Regierung Ihrer Majestät.« Er machte eine Bewegung mit seiner plumpen Hand. »Aber kommen wir zur Sache, Alan.«

»Für Sie bin ich Mr. Stewart«, sagte ich betont.

»Oh, Sie mögen mich nicht.« Es klang verletzt. »Aber das spielt keine Rolle – jedenfalls letzten Endes nicht. Ich . . . wir . . . wollen, daß Sie einen Job für uns erledigen. Nichts Schwieriges, versteht sich.«

»Sie haben nicht alle Tassen im Schrank«, sagte ich.

»Ich weiß, was in Ihnen vorgeht, aber . . .«

»Sie wissen gar nichts«, entgegnete ich scharf. »Wenn Sie glauben, daß ich nach dem, was geschehen ist, für Sie arbeite, dann sind Sie noch bescheuerter, als ich dachte.«

Ich hatte natürlich unrecht. Cooke wußte haargenau, was in mir vorging – es gehörte zu seinem Geschäft, Menschen zu durchschauen und sie wie Werkzeuge zu benutzen. Ich wartete nur auf den Augenblick, wo er anfangen würde, Druck auszuüben, und natürlich dauerte es nicht lange, bis er das auf seine üblich hinterhältige Weise auch tat.

»Ja, die guten alten Zeiten«, fuhr er fort. »Sie erinnern sich doch sicher an Kennikin.«

Wie sollte ich mich nicht erinnern – ich hätte an totaler Amnesie leiden müssen, um Kennikin zu vergessen. Sein Gesicht tauchte verschwommen vor mir auf, so wie ich ihn das letztemal gesehen hatte. Augen wie graue Kiesel über hohen, slawischen Backenknochen, dazu die von der blassen Haut dunkel abstechende Narbe, die von der rechten Schläfe zum Mundwinkel hinablief. Sein Haß auf mich war damals so groß gewesen, daß er mich fast getötet hätte.

»Was ist mit Kennikin?« fragte ich langsam.

»Ich habe nur gehört, daß auch der nach Ihnen Ausschau hält. Sie haben ihn zum Narren gemacht, und das hat ihm gar nicht gefallen. Er möchte Sie . . .« Cooke machte eine Pause, als suchte er nach dem richtigen Ausdruck. »Wie sagen unsere amerikanischen Kollegen vom CIA noch? Ah ja – Kennikin ist ›außerordentlich voreingenommen gegen Sie und möchte Ihr Leben beendet sehen‹. Obwohl ich sagen muß, daß das KGB sich da nicht so ausdrücken würde. Eine schöne Umschreibung dafür, daß jemand in einer dunklen Nacht eine Kugel in den Hinterkopf kriegt.«

»Na und?« fragte ich.

»Er ist nach wie vor hinter Ihnen her«, betonte Cooke.

»Warum? Ich bin nicht mehr beim Department.«

»Ah, aber das weiß Kennikin nicht.« Cooke betrachtete eingehend seine Fingernägel. »Wir haben die Information vor ihm geheimgehalten – mit Erfolg, glaube ich. Es schien uns zweckmäßig.«

Ich wußte, was kam, aber ich wollte, daß Cooke damit herausrückte – es ganz deutlich aussprach – was er normalerweise verabscheute. »Aber er weiß nicht, wo ich bin.«

»Ganz recht, mein Junge – aber wenn es ihm nun jemand sagt?«

Ich beugte mich vor und sah Cooke scharf an. »Und wer könnte es ihm sagen?«

»Ich«, erwiderte er sanft, »wenn ich es für nötig hielte. Ich müßte natürlich taktvoll vorgehen und einen Dritten vorschieben. Aber es könnte arrangiert werden.«

Das war es also – Erpressung! Nichts Neues für Cooke; sein Lebenswerk bestand aus Korruption und Verrat. Nicht daß ich ihm das zum Vorwurf machen konnte; auch ich hatte einmal davon gelebt. Aber im Gegensatz zu mir liebte Cooke seine Arbeit.

Ich ließ ihn weiterreden. Er schlachtete das Thema weidlich aus. »Kennikin leitet eine sehr tüchtige Mordgruppe, wie wir zu unserem eigenen Schaden erfahren haben, nicht wahr? Mehrere Mitglieder des Departments sind durch Kennikins Leute . . . äh . . . ausgelöscht worden.«

»Warum sagen Sie nicht einfach ermordet?«

Er runzelte die Stirn, und seine Schweinsaugen schienen gänzlich in den Fettpolstern seines Gesichts zu verschwinden. »Sie haben sich immer sehr deutlich ausgedrückt, Stewart; vielleicht deutlicher, als für Sie gut war. Ich habe nicht vergessen, daß Sie damals versucht haben, mir bei Taggart Scherereien zu machen. Ich erinnere mich, daß Sie diesen Ausdruck verwendet haben.«

»Ich werde ihn wieder gebrauchen«, sagte ich. »Sie haben Jimmy Birkby ermordet.«

»Wirklich?« erwiderte Cooke ruhig. »Wer hat das Gelignit in seinem Wagen angebracht? Wer hat den Draht vom Auslöser zur Zündung geleitet? Niemand anders als Sie!« Mit einer heftigen Handbewegung wehrte er meinen Einwand ab. »Nur so ist es Ihnen gelungen, sich an Kennikin heranzumachen. Und das brachte ihn dazu, Ihnen so zu vertrauen, daß wir ihn fertigmachen konnten. Sie haben damals gute Arbeit geleistet, Stewart, wenn man alles in Betracht zieht.«

»Ja, Sie haben mich benutzt«, konstatierte ich.

»Und ich werde mich Ihrer erneut bedienen«, fügte er brutal hinzu. »Oder möchten Sie lieber Kennikin zum Fraß vorgeworfen werden?« Er lachte plötzlich. »Wissen Sie, ich glaube, Kennikin ist es scheißegal, ob Sie noch beim Department sind oder nicht. Er möchte Sie einfach erledigen.«

Ich starrte ihn an. »Was meinen Sie damit?«

»Wußten Sie nicht, daß Kennikin jetzt impotent ist?« fragte Cooke überrascht. »Ich weiß, Sie wollten ihn mit diesem letzten Schuß töten, aber das Licht war schlecht, und Sie dachten, Sie hätten ihn lediglich verletzt. Das hatten Sie auch, aber nicht nur verletzt – Sie haben den armen Burschen kastriert.« Sein Bauch und die darüber gefalteten Hände erzitterten, während er vor sich hin kicherte. »Um es ganz derb auszudrücken, oder deutlich, wenn Sie so wollen – Sie haben ihm die Eier weggeschossen. Können Sie sich vorstellen, was er mit Ihnen anstellen wird, falls – und wenn – er Sie erwischt?«

Mir war kalt. Plötzlich spürte ich eine gähnende Leere in meiner Magengrube. »Es gibt nur eine Möglichkeit, aus der Welt zu verschwinden, und das ist der Tod«, sagte Cooke in pseudophilosophischem Ton. »Sie haben es auf andere Art versucht, und das haut nicht hin.«

Er hatte recht. Ich hatte nichts anderes erwarten können. »Das Ganze läuft darauf hinaus, daß ich einen Auftrag ausführen soll. Wenn ich nicht spure, werden Sie der Gegenseite einen Tip geben, und man wird mich abmurksen. Und Sie werden Ihre Hände in Unschuld waschen.«

»Sehr exakt ausgedrückt«, bestätigte Cooke. »Sie haben von jeher gute, klare Berichte geschrieben.« Er redete wie ein Schulmeister, der einem Jungen zu einem guten Aufsatz gratuliert.

»Um was für einen Job handelt es sich?«

»Nun fangen Sie an, vernünftig zu werden«, lobte er. Er nahm ein Blatt Papier heraus und blickte darauf. »Wir wissen, daß Sie die Angewohnheit haben, Ihren Jahresurlaub in Island zu verbringen.« Er sah auf. »Ihre nordische Herkunft macht sich nach wie vor bemerkbar, wie ich sehe. Nach Schweden können Sie schlecht zurück – und Finnland wäre sogar noch riskanter. Zu nahe an der russischen Grenze.« Er spreizte die Finger. »Aber wer geht schon nach Island?«

»Soll der Auftrag in Island erledigt werden?«

»Jawohl.« Er tippte mit der Fingerkuppe auf das Papier. »Sie nehmen einen langen Urlaub – drei, vier Monate auf einmal. Was ein privates Einkommen doch für Vorteile hat – das Department hat Sie gut versorgt.«

»Das Department hat mir nichts zukommen lassen, was mir nicht zustand«, wies ich ihn zurecht.

Er beachtete mich nicht. »Ich stelle fest, Sie haben es in Island recht komfortabel. Alle häuslichen Annehmlichkeiten und dazu noch ein Liebesnest. Eine junge Dame hat sich, so viel ich weiß . . .«

»Bitte, lassen Sie sie aus dem Spiel.«

»Darauf wollte ich gerade zu sprechen kommen, mein Lieber! Es wäre höchst unklug, sie in die Sache zu verwickeln. Das könnte sehr gefährlich für sie werden, glauben Sie nicht auch? Ich würde ihr nichts davon erzählen.« Seine Stimme klang liebenswürdig.

Cooke hatte weiß Gott seine Hausaufgaben gut gemacht. Wenn er von Elin wußte, dann hieß es, daß er mich seit Jahren beschatten ließ. Cooke hatte mich die ganze Zeit unter der Lupe gehabt – und ich hatte mir eingebildet, daß ich gut untergetaucht war!

»Kommen Sie zur Sache!«

»Sie werden im Internationalen Flughafen von Keflavik ein Päckchen abholen.« Er umriß mit den Händen die ungefähre Größe. »Schätzungsweise zwanzig mal zehn mal fünf Zentimeter. Sie werden es einem Mann in Akureyri abliefern – Sie wissen doch, wo das ist?«

»Ja«, bestätigte ich und wartete, daß er fortfahren würde, was er jedoch nicht tat. »Ist das alles?«

»Ja. Ich bin überzeugt, Sie werden das ganz leicht bewerkstelligen können.«

Ich starrte ihn ungläubig an. »Haben Sie dieses ganze Theater samt Erpressung inszeniert, nur um mich als Botenjungen zu beschäftigen?«

»Ich wollte, Sie würden sich nicht so unhöflich ausdrücken«, entgegnete er empfindlich. »Genau das Richtige für einen Mann, der wie Sie außer Übung ist. Die Sache ist wichtig, und Sie waren zur Hand, deshalb nehmen wir Sie.«

»Da hat sich etwas sehr schnell ergeben, nicht wahr?« sagte ich aufs Geratewohl. »Sie waren gezwungen, mich zu nehmen.«

Cooke machte eine abwehrende Geste. »Wir sind im Augenblick ein bißchen knapp mit Personal, das ist alles. Kriegen Sie bloß keinen Größenwahn – wenn ich Sie einsetze, dann nur, weil ich bereits die Reste zusammenscharren muß.«

Cooke konnte seinerseits durchaus deutlich werden, wenn es ihm in den Kram paßte.

Ich zuckte die Achseln. »Wer ist denn dieser Mann in Akureyri?«

»Er wird sich schon melden.« Cooke nahm ein Stück Papier aus seiner Brieftasche und riß es in der Mitte entzwei. Er gab mir die eine Hälfte, die sich als eine halbe Hundert-Kronen-Note entpuppte. »Er wird die andere Hälfte haben. Die alten Methoden sind die besten, finden Sie nicht auch? Wirkungsvoll und unkompliziert.«

Ich blickte auf das wertlose Stück isländischer Währung in meiner Hand und fragte ironisch: »Vermutlich werde ich für diese Unternehmung nicht bezahlt?«

»Aber natürlich, mein Lieber. Die Regierung Ihrer Majestät ist niemals knickrig, wenn man ihr wertvolle Dienste erweist. Sagen wir, zweihundert Pfund?«

»Die können Sie sich an den Hut stecken.«

Er schüttelte mißbilligend den Kopf. »Was für eine Ausdrucksweise. Aber ich werde auf Ihren Vorschlag eingehen, darauf können Sie sich verlassen.«

Ich betrachtete Cooke aufmerksam, und er blickte mich seinerseits mit unschuldigen Babyaugen an. Ich witterte Unrat – das ganze Unternehmen roch so verdammt nach einem faulen Trick. Vielleicht war dies eine Trainingsübung, bei der ich als Versuchskarnickel herhalten sollte. Das Department trieb fortlaufend solche Spielchen, um Neulinge zu schulen, aber im allgemeinen waren dann alle Beteiligten informiert. Falls sich herausstellen sollte, daß Cooke mich nur für eine Übung benutzen wollte, ohne mir Bescheid zu sagen, würde ich den sadistischen Bastard erdrosseln.

Ich versuchte es also mit einer Testfrage: »Cooke, wenn Sie mich als Trainingsball benutzen wollen, kann das gefährlich werden. Es kann Sie einige Ihrer Kumpels kosten.«

Er sah schockiert aus. »Oh, so was würde ich Ihnen nie antun.«

»Na gut. Was soll ich tun, wenn jemand versucht, mir das Päckchen wegzunehmen?«

»Ihn davon abhalten«, erwiderte er kurz.

»Um jeden Preis?«

Er lächelte. »Sie meinen – ob Sie ihn töten sollen? Machen Sie, was Sie wollen. Bringen Sie nur das Päckchen nach Akureyri.« Sein Bauch hüpfte amüsiert auf und ab. »Killer Stewart!« sagte er in freundlichem Neckton. »O la la.«

Ich nickte. »Ich wollte es nur wissen. Ich würde ungern Ihre Personalprobleme verschlimmern. Und was geschieht nach Akureyri?«

»Danach können Sie weiterhin Ihr Dasein genießen. Machen Sie weiter Urlaub. Freuen Sie sich an der Gesellschaft Ihrer Freundin. Fühlen Sie sich frei wie ein Vogel.«

»Bis Sie das nächste Mal vorbeikommen.«

»Das halte ich für höchst unwahrscheinlich«, erwiderte Cooke spöttisch. »Die Dinge im Department sind nicht mehr so, wie sie waren – die Techniken haben sich geändert. Sie würden vieles nicht verstehen. Sie wären für eine wirkliche Arbeit völlig unbrauchbar, Stewart. Aber dieser Job ist einfach, und Sie sind nichts anderes als ein Botenjunge.« Er sah sich mit geringschätziger Miene im Raum um. »Nein, Sie können ruhig hierher zurückkommen und friedlich verbauern.«

»Und Kennikin?«

»Ah, da kann ich keinerlei Versprechen abgeben. Vielleicht findet er Sie nicht. Aber wenn ja, so liegt das nicht an mir, das versichere ich Ihnen.«

»Das reicht mir nicht«, protestierte ich. »Werden Sie ihm mitteilen, daß ich seit vier Jahren kein Mitglied des Departments mehr bin?«

»Schon möglich«, sagte er. »Schon möglich.« Er stand auf und knöpfte seinen Mantel zu. »Ob er das glaubt, ist fraglich – und auch, ob es für ihn eine Rolle spielt. Er ist aus persönlichen und völlig undienstlichen Gründen hinter Ihnen her, und ich fürchte, er wird Sie eher mit einem scharfen Messer traktieren, als Ihnen einen Schluck von seinem Calvados abgeben.«

Er griff nach seinem Hut und strebte der Tür zu. »Sie werden vor Ihrer Abreise weitere Instruktionen bezüglich des Päckchens erhalten. Es hat mich gefreut, Sie wiederzusehen, Mr. Stewart.«

»Ich wollte, ich könnte dasselbe sagen«, antwortete ich. Er lachte amüsiert.

Ich begleitete ihn zu seinem Wagen und wies auf den Felsbrocken, hinter dem hervor ich ihn vor der Hütte beobachtet hatte. »Ich habe Sie von dort aus durch das Zielfernrohr des Gewehrs aufs Korn genommen. Ich habe sogar abgedrückt. Leider war das Gewehr nicht geladen.«

Er sah mich an, sein Gesicht war voller Selbstvertrauen. »Wenn es geladen gewesen wäre, hätten Sie nicht abgedrückt. Sie sind ein zivilisierter Mann, Stewart. Zu zivilisiert. Ich frage mich manchmal, wieso man Sie so lange im Department behalten hat. Sie waren immer ein bißchen zu weich für die großen Jobs. Wenn es nach mir gegangen wäre, so wären Sie schon lange, bevor Sie sich . . . äh . . . zurückzogen, von dort entfernt worden.«

Ich sah in seine blassen, kalten Augen und wußte, daß ich mich, sofern es nach ihm gegangen wäre, gar nicht erst hätte zurückziehen *können*. Er lächelte mich an.

»Sie erinnern sich doch wohl an die Vorschriften des Geheimdienstes. Aber natürlich erinnern Sie sich.«

»Wo stehen Sie denn nun eigentlich in der Hierarchie, Cooke?« fragte ich.

»Ziemlich nahe an der Spitze«, antwortete er vergnügt. »Gleich unter Taggart. Ich treffe jetzt die Entscheidungen. Von Zeit zu Zeit speise ich mit dem Premierminister.« Er lachte selbstzufrieden und stieg in den Wagen. Dann kurbelte er das Fenster herunter und fügte hinzu: »Noch was. Dieses Päckchen – öffnen Sie es ja nicht, mein Lieber. Sie wissen doch, was mit der neugierigen Katze passiert ist.«

Der Wagen holperte den Berg hinunter, und erst als er verschwunden war, schien die Luft in der Bergschlucht wieder reiner zu werden. Ich blickte zum Sgurr Mor und zum Sgurr Dearg hinauf und war deprimiert. In knapp zwanzig Minuten war meine Welt in Stücke zerschlagen worden, und ich fragte mich, wie zum Teufel ich die Scherben wieder zusammenfügen sollte.

Ich schlief sehr unruhig. Als ich am nächsten Morgen aufwachte, wußte ich, daß mir nichts anderes blieb, als Cooke zu gehorchen, seine Befehle auszuführen, das verdammte Päckchen in Akureyri abzuliefern und zu Gott zu beten, daß es keine weiteren Komplikationen geben würde.

III

Mein Mund war vom Reden und Zigarettenrauchen wie ausgetrocknet. Ich warf den Stummel aus dem Fenster. Er blieb auf einem Stein liegen und sandte einsame Rauchsignale in Richtung Nordpol. »Das wär's«, seufzte ich. »Man hat mich erpreßt.«

Elin bewegte sich auf ihrem Sitz. »Ich bin froh, daß du es mir erzählt hast. Ich hab mich schon gewundert, warum du so plötzlich nach Akureyri fliegen mußtest.« Sie beugte sich vor und streckte sich. »Aber nachdem du nun das geheimnisvolle Päckchen abgeliefert hast, hast du doch nichts mehr zu befürchten.«

»Das ist es ja eben. Ich habe es gar nicht abgeliefert.« Ich erzählte ihr von den vier Männern am Flughafen von Akureyri, und sie wurde blaß. »Cooke kam aus London geflogen. Er war verärgert.«

»Er war hier – in Island?«

Ich nickte. »Er sagte zwar, ich hätte mit dem Ganzen nichts mehr zu tun. Aber das stimmt nicht. Elin, ich möchte, daß du nicht mit mir zusammenbleibst – es könnte dir etwas zustoßen.«

Sie sah mich groß an. »Ich glaube nicht, daß du mir alles erzählt hast.«

»Nein«, gab ich zu. »Das habe ich auch nicht vor. Du läßt besser die Finger von dieser ganzen Schweinerei.«

»Ich glaube, es ist besser, wenn du mir alles sagst.«

Ich biß mir auf die Unterlippe. »Kannst du irgendwohin gehen – ich meine irgendwohin, wo du völlig aus dem Weg bist?«

Sie zuckte die Achseln. »In die Wohnung nach Reykjavik?«

»Das wäre zu gefährlich«, wandte ich ein. »Cooke weiß davon, und einer seiner Leute hat sie beschattet.«

»Ich könnte meinen Vater besuchen.«

»Ja, das wäre möglich.« Ich hatte Ragnar Thorsson nur einmal gesehen; er war ein zäher alter Bauer, der in der Wildnis von Strandasysla lebte. Dort würde Elin ziemlich sicher sein. »Wenn ich dir alles erzähle, wirst du dann hinfahren und dortbleiben, bis ich dir Nachricht zukommen lasse?«

»Das kann ich nicht garantieren«, erwiderte sie unnachgiebig.

»Himmel!« rief ich aus. »Wenn ich mich aus dieser Sache herausgewunden habe, wirst du eine verteufelte Ehefrau abgeben. Ich weiß nicht, ob ich das aushalten werde.«

Sie wandte mir mit einem Ruck ihr Gesicht zu. »Was hast du da gesagt?«

»Man könnte es auch einen Heiratsantrag nennen.«

Das nun folgende Durcheinander dauerte ein paar Minuten an, dann faßten wir uns wieder einigermaßen. Elin lachte mich mit gerötetem Gesicht und zerzaustem Haar verschmitzt an. »Nun erzähl schon.«

Ich seufzte und öffnete die Tür. »Ich werde es nicht nur erzählen, sondern auch zeigen.«

Ich trat hinter den Landrover und löste die flache Büchse vom Fahrgestellträger, an dem ich sie festgeklebt hatte. Dann reichte ich sie Elin. »Das ist die Ursache allen Übels. Du hast das Ding selbst von Reykjavik hierherbefördert.«

Sie tippte vorsichtig mit dem Zeigefinger darauf. »Diese Männer haben es dir also gar nicht abgenommen.«

»Was sie bekommen haben«, erklärte ich, »ist eine Blechschachtel, die ursprünglich schottische Karamelbonbons aus Oban enthielt – voller Watte und Sand und in das braune Originalleinen eingenäht.«

IV

»Wie wär's mit einem Schluck Bier?« fragte Elin.

Ich verzog das Gesicht. Das isländische Bier ist ein Gebräu, das an die Prohibition erinnert, geschmackloses Zeug, das sich zu Alkohol etwa so verhält wie Süßstoff zu Zucker. Elin lachte. »Schon gut. Bjarni hat von seinem letzten Flug nach Grönland einen Kasten Carlsberg mitgebracht.«

Das war schon besser. Die Dänen verstehen wirklich was von Bier. Ich sah zu, wie Elin die Büchsen öffnete und das Carlsberg eingoß. »Ich möchte, daß du bei deinem Vater bleibst«, bat ich.

»Ich werde darüber nachdenken.« Sie reichte mir ein Glas. »Aber ich möchte wissen, warum du das Päckchen noch immer hast.«

»Es war alles ein Schwindel«, sagte ich. »Das ganze Unternehmen stank zum Himmel. Cooke behauptete, Graham sei von der Gegenseite durchschaut worden, deshalb habe er mich in letzter Minute zugezogen. Aber nicht Graham wurde attackiert – sondern ich.« Von Lindholm erzählte ich Elin nichts. Ich wußte nicht, wieviel ich ihr zumuten konnte. »Ist das nicht merkwürdig?«

Sie überlegte. »Ja, irgendwie schon.«

»Und Graham beschattete unsere Wohnung, ein ziemlich sonderbares Verhalten für einen Mann, der weiß, daß er möglicherweise von seinen Gegnern beschattet wird. Ich glaube, daß Cooke mir einen Haufen Lügen aufgetischt hat.«

Elin schien völlig von den Kohlensäurebläschen in ihrem Glas absorbiert zu sein. »Wenn wir schon von Gegnern reden – wer ist eigentlich der Gegner?«

»Ich nehme an, es sind meine alten Freunde vom KGB«, erwiderte ich. »Russischer Geheimdienst. Ich kann mich täuschen, aber ich glaube es nicht.«

Ich sah ihrem Gesicht an, daß ihr das gar nicht zusagte, und so brachte ich das Thema wieder auf Cooke und Graham. »Noch etwas – Graham sah, wie ich am Flughafen von Akureyri überfallen wurde. Er hat keinen Finger gerührt, um mir zu helfen. Er hätte wenigstens dem Mann folgen können, der mit der Fototasche wegrannte, aber er tat nichts dergleichen. Wie findest du das?«

»Ich weiß nicht.«

»Ich auch nicht. Das macht die ganze Sache so anrüchig. Sieh dir Cooke an – er erfährt von Graham, daß ich Mist gebaut habe, und schon kommt er aus London angeflogen. Und wozu? Er gibt mir einen Klaps und sagt, ich sei ein unartiger Junge gewesen. Das ist völlig untypisch für Cooke.«

»Du traust Cooke nicht«, sagte Elin. Es war eine Feststellung.

Ich blickte über das Meer weg auf Grimsey. »Ich traue Cooke nicht eine Sekunde. Er hat da einen komplizierten Trick ausgekocht, und ich möchte gern herausfinden, was ich dabei für eine Rolle spiele – bevor das Hackebeilchen fällt, denn möglicherweise soll es genau auf mein Genick fallen.«

»Was ist mit dem Päckchen?«

»Das ist die Trumpfkarte.« Ich hob die Blechdose. »Cooke glaubt, die Gegner hätten sie, aber solange das nicht der Fall ist, ist alles o. k. Und die Gegenseite bildet sich auch ein, das Ding zu haben – vorausgesetzt, die haben es noch nicht geöffnet.«

»Ist das anzunehmen?«

»Ich glaube schon. Man ermuntert Agenten nicht, den Dingen allzusehr auf den Grund zu gehen. Das Quartett, das mir das Päckchen weggenommen hat, wird aller Wahrscheinlichkeit nach Order haben, es ungeöffnet dem Boß zu bringen.«

Elin betrachtete die Dose. »Was wohl da drin ist?«

Ich starrte es an. Das Ding starrte zurück und sagte gar nichts. »Vielleicht hole ich am besten den Büchsenöffner«, schlug ich vor. »Aber nicht jetzt gleich. Vielleicht ist es viel besser, wenn wir es nicht wissen.«

Elin gab einen Laut der Empörung von sich. »Warum müssen Männer immer alles komplizieren? Was willst du denn nun tun?«

»Ich werde mich ruhig verhalten«, log ich, »und gründlich nachdenken. Vielleicht gebe ich das Ding in Akureyri postlagernd auf und teile Cooke telegrafisch mit, wo er es abholen kann.«

Ich hoffte, Elin würde das schlucken. In Wirklichkeit hatte ich etwas ganz anderes vor – etwas, das weit gefährlicher war. Irgend jemand würde demnächst herausfinden, daß er für dumm verkauft worden war. Er würde ein Mordsgeschrei machen, und ich wollte dann in der Nähe sein, um herauszufinden, wer da schrie. Aber auf keinen Fall wollte ich Elin dabeihaben, wenn es passierte.

»Dich ruhig verhalten«, wiederholte Elin nachdenklich und wandte sich mir zu. »Wie wär's mit Asbyrgi für heute nacht?«

»Asbyrgi!« Ich lachte und leerte mein Glas. »Warum nicht?«

V

In grauer Vorzeit, als die Götter jung waren und Odin über die arktischen Wüsten ritt, stolperte eines schönen Tages sein Pferd Sleipnir und setzte einen Huf auf Nordisland. Die Gegend, wo sich der Huf in die Erde eingrub, ist heute unter dem Namen Asbyrgi bekannt. So geht die Sage, wenn auch meine geologisch gebildeten Freunde etwas anderes behaupten.

Asbyrgi ist eine hufeisenförmige Felsformation von rund drei Kilometer Durchmesser. In ihrem Windschatten wachsen die Bäume für isländische Verhältnisse ungewöhnlich gut, einige werden fast sieben Meter hoch. Es ist eine grüne und fruchtbare Gegend, umgeben von hoch aufragenden Felswänden. Bis auf die Sage und den ungewohnten Anblick der wachsenden Bäume wird dort eigentlich nichts weiter geboten, und obwohl es sich um eine Touristenattraktion handelt, bleibt dort niemand über Nacht. Und was noch viel wichtiger für uns war, die Stelle liegt weit von der Hauptstraße ab.

Wir zwängten uns durch den schmalen Zugang zu Asbyrgi und fuhren den Weg entlang, der unter den Rädern der Touristenwagen entstanden war, bis wir zu einer Stelle kamen, wo die Felsen eng zusammenstanden und die Bäume dichter waren. Dort ließen wir uns nieder. Gewöhnlich schliefen wir auf dem Boden, wenn es die Witterung zuließ. Ich stellte eine Zeltwand schräg gegen die eine Seite des Landrover und holte Luftmatratzen und Schlafsäcke heraus, während Elin mit den Vorbereitungen zum Abendessen begann.

Ich nahm die Liegestühle und den Tisch heraus und stellte alles auf. Elin brachte eine Flasche Scotch und zwei Gläser, und wir genehmigten uns einen Drink, bevor sie die Steaks briet. Zwar ist Rindfleisch ein Luxus in Island – aber das ewige Hammelfleisch kann man wirklich schnell leid werden. Beim Campen pflegten wir uns nie etwas abgehen zu lassen – ja wir veranstalteten die reinsten Schlemmermahle.

Alles war ruhig und friedlich. Wir genossen den Abend und den rauchigen Geschmack des Whiskys und redeten über alles mögliche, wobei wir vermieden, das nagende Problem Cooke und sein verdammtes Päckchen zu berühren. Wir brauchten wirklich eine Ruhepause. Das Einrichten unserer nächtlichen Unterkunft war wie eine Rückkehr zu glücklicheren Tagen, die wir in vollen Zügen genossen.

Elin stand auf, um das Abendessen zu richten, während ich mir einen weiteren Drink eingoß und überlegte, wie ich sie am besten los wurde. Wenn sie nicht freiwillig ging, dann war es vielleicht das Beste, mich in aller Frühe zu verdrücken und ihr ein paar Büchsen mit Lebensmitteln und eine Wasserflasche dazulassen. Damit und mit dem Schlafsack konnte sie gut ein, zwei Tage ausharren, bis jemand nach Asbyrgi kam und sie in die Zivilisation zurückbrachte. Sie würde wütend wie eine gereizte Hornisse, aber immerhin am Leben sein.

Denn mich nur ›ruhig zu verhalten‹ war nicht genug. Ich mußte in Erscheinung treten – sozusagen als Tontaube, auf die man schießen konnte. Und dabei wollte ich Elin unter keinen Umständen in meiner Nähe haben.

Sie brachte das Abendessen, und wir machten uns darüber her.

»Alan«, sagte sie nach einer Weile, »warum hast du das . . . Department verlassen?«

Ich zögerte, die Gabel blieb in der Luft hängen. »Es gab Meinungsverschiedenheiten«, erwiderte ich dann kurz.

»Mit Cooke?«

Ich legte die Gabel sachte hin. »Wegen Cooke – ja. Ich möchte nicht darüber sprechen, Elin.«

Sie sah mich grübelnd an. »Es wäre aber besser, wenn du darüber reden würdest. Du willst die Dinge gar nicht für dich behalten.«

Ich lachte leise. »Komisch, und das sagst du einem Agenten des Departments. Hast du nie etwas von den Vorschriften des Geheimdienstes gehört? Wenn das Department rauskriegt, daß ich an der falschen Stelle den Mund aufgemacht habe, werde ich für den Rest meines Lebens eingesperrt.«

»Ach was«, sagte sie verächtlich. »Das gilt doch nicht für mich.«

»Versuch mal, das Sir David Taggart klarzumachen«, verteidigte ich mich. »Ich habe dir sowieso schon viel zuviel erzählt.«

»Warum erzählst du mir dann nicht alles? Du weißt, daß ich es niemandem weitererzähle.«

Ich blickte auf den Teller. »Freiwillig sicher nicht. Aber ich möchte nicht, daß dir jemand weh tut, Elin.«

»Wer soll mir denn was antun?«

»Zum Beispiel Cooke. Außerdem gibt es da einen gewissen Kennikin, der sich möglicherweise auch hier in der Nähe herumtreibt. Ich kann nur hoffen, daß das nicht der Fall ist.«

»Wenn ich je heirate«, sagte Elin bedächtig, »dann nur einen Mann, der keine Geheimnisse hat. Das ist nicht gut.«

»Du meinst, geteilter Schmerz ist halber Schmerz. Ich glaube kaum, daß das Department in dieser Hinsicht deine Auffassung teilt. Die Beichte wird dort keineswegs als Balsam für die Seele angesehen, und katholische Priester und Psychiater werden mit tiefem Mißtrauen betrachtet. Aber da du darauf bestehst, sollst du noch ein bißchen mehr erfahren – nicht zuviel –, damit es nicht gefährlich für dich wird.«

Ich schob noch einen Bissen in den Mund. »Es war bei einer Aktion in Schweden. Ich arbeitete für eine Spionageabwehrgruppe, die versuchen sollte, den KGB-Apparat in Skandinavien zu unterwandern. Cooke war der Leiter des Kommandos. Eines muß man ihm lassen, er ist sehr clever – hinterhältig und trickreich, mit einer Vorliebe für Aufträge, in denen Musik drin ist.«

Der Appetit war mir vergangen, ich schob den Teller weg. »Ein Mann namens V. V. Kennikin war der Boß auf der Gegenseite, und ich kam ziemlich nahe an ihn heran. Für ihn war ich ein schwedischer Finne namens Stewartsen, ein Mitläufer, der bereit war, sich benutzen zu lassen.

Wußtest du, daß ich in Finnland geboren bin?«

Elin schüttelte den Kopf. »Du hast es mir nie erzählt.«

Ich zuckte die Schultern. »Vermutlich betrachte ich diesen Abschnitt meines Lebens als abgeschlossen. Wie dem auch sei, nach einer Menge Arbeit und Angstschweiß wurde ich von Kennikin akzeptiert. Getraut hat er mir nicht, aber er setzte mich bei kleineren Aufträgen ein, und es gelang mir, eine Menge Informationen zu sammeln, die ich an Cooke weitergab. Aber das war nur Kleinkram. Ich gehörte zu Kennikins ›innerem Kreis‹, war ihm aber doch nicht nahe genug.«

»Das klingt schrecklich«, sagte Elin. »Kein Wunder, daß du Angst hattest.«

»Die meiste Zeit hatte ich eine Todesangst. Das haben Doppelagenten meistens.« Ich machte eine Pause, um zu überlegen, wie ich ihr die komplizierte Situation am einfachsten erklären könnte. Schließlich sagte ich bedächtig: »Und dann war es soweit, daß ich einen Mann töten mußte. Cooke warnte mich, ich könne jederzeit erwischt werden. Er behauptete, der verantwortliche Mann habe Kennikin noch nicht informiert, und das Beste sei, ihn unschädlich zu machen. Das tat ich dann auch mit Hilfe einer Bombe.« Ich schluckte. »Ich habe den Mann, den ich umbrachte, noch nicht einmal gesehen – ich deponierte ganz einfach eine Bombe in seinem Wagen.«

Elins Augen waren vor Entsetzen weit aufgerissen. Meine Stimme war rauh, als ich hinzufügte: »Wir haben dort draußen nicht ›Backe-backe-Kuchen‹ gespielt.«

»Aber jemand, den du gar nicht kanntest – den du nie gesehen hast!«

»Es ist besser so«, sagte ich. »Frag einen Bomberpiloten. Aber das ist nicht der springende Punkt. Es geht darum, daß ich Cooke vertraut hatte und nachher herausfand, daß der Mann, den ich umgebracht hatte, ein britischer Agent war – einer von meiner eigenen Seite.«

Elin starrte mich voller ungläubigem Entsetzen an.

»Ich setzte mich mit Cooke in Verbindung und stellte

ihn zur Rede. Er behauptete, der Mann sei ein freier Agent gewesen, dem keine Seite getraut habe – in dieser Branche wimmelt es von solchen Typen. Cooke schlug vor, Kennikin zu erzählen, was ich getan hatte, und das tat ich. Darauf stieg ich in seiner Gunst. Anscheinend hatte er ein Leck in seiner Organisation entdeckt, und es gab genügend Hinweise auf den Mann, den ich getötet hatte. Ich wurde einer seiner Lieblinge. Wir wurden richtige Busenfreunde – und das war sein Verderben, denn nun hatten wir alle Informationen, um sein Spionagenetz völlig zerstören zu können.«

Elin atmete tief aus. »Ist das alles?«

»Nein, zum Kuckuck, es ist noch nicht alles«, erwiderte ich heftig. Ich griff nach der Whiskyflasche, meine Hand zitterte. »Als alles vorüber war, kehrte ich nach England zurück. Man gratulierte mir zu meiner guten Arbeit. Die skandinavische Abteilung des Departments befand sich in einem Stadium der Euphorie, und ich war ein kleiner Held, verdammt! Dann fand ich heraus, daß der Mann, den ich umgebracht hatte, ebensowenig ein freier Agent gewesen war wie ich. Sein Name war – sofern das eine Rolle spielt – Birkby, und er war Mitglied des Departments gewesen, genau wie ich.«

Ich schüttete Whisky ins Glas. »Cooke hatte so eine Art von Schach mit uns gespielt. Weder Birkby noch ich waren tief genug in Kennikins Organisation eingedrungen, um Cooke wirklich nützlich zu sein. Folglich opferte er einen Bauern, um den anderen in eine bessere Position zu bringen. Aber was mich anging, hatte er gegen die Spielregeln verstoßen – so als ob ein Schachspieler einen seiner eigenen Steine weggenommen hätte, um den König schachmatt zu setzen, und das ist gegen die Regeln.«

»Gibt es denn Spielregeln in deiner dreckigen Welt?« fragte Elin mit zitternder Stimme.

»Die Frage ist berechtigt«, räumte ich ein. »Es gibt keine. Aber ich dachte, es gäbe welche. Ich versuchte, Stunk zu machen.« Ich goß den unverdünnten Whisky hinunter und spürte, wie er mir in der Kehle brannte. »Natürlich hörte niemand hin – die Sache war prima gelaufen und war schon fast vergessen. Die Zeit für größere und bessere Dinge war gekommen. Es war Cookes Werk, und niemand wollte nachforschen und allzu genau wissen, wie es geschehen war.« Ich lachte böse. »Im Gegenteil, er war im Department die Treppe hochgefallen, und es hätte wie ein Affront gegen den Vorgesetzten, der ihn befördert hatte, ausgesehen, wenn ich versucht hätte, schmutzige Wäsche zu waschen. Ich war ein Ärgernis, und Ärgernisse sind unerwünscht und müssen beseitigt werden.«

»Also warfen sie dich hinaus«, sagte sie mit ausdrucksloser Stimme.

»Wenn es nach Cooke gegangen wäre, so wäre ich liquidiert worden – endgültig. Tatsächlich hat er mir das vor gar nicht langer Zeit selbst gesagt. Aber damals war er in der Organisation noch nicht hoch genug gestiegen und verfügte nicht über das nötige Gewicht.« Ich starrte auf den Grund des Glases. »Ich hatte einen Nervenzusammenbruch. Einen teilweise echten Nervenzusammenbruch – sagen wir mal fünfzig zu fünfzig. Ich hatte meine Nerven zu lange strapaziert, und dies war der Tropfen, der das Faß zum Überlaufen brachte. Wie dem auch sei, das Department verfügt über eine Klinik mit dressierten Psychiatern, die für Fälle wie mich zuständig sind. Dort gibt es Krankengeschichten, die selbst Freud erröten ließen. Wenn ich Schwierigkeiten mache, dann steht da ein Gehirnschlosser bereit, der mir bescheinigt, daß ich an allem leide, angefangen von Bettnässen bis zu Größenwahn. Wer zweifelt schon im Ernst am Gutachten eines prominenten Medizinmannes?«

Elin war außer sich. »Aber das verstößt doch gegen jedes Berufsethos! Du bist ebenso normal wie ich.«

»Es gibt keine Spielregeln, hast du das vergessen?« Ich goß mir wieder einen Drink ein, diesmal vorsichtiger als vorher. »Man erlaubte mir also, mich zurückzuziehen.

Dem Department nützte ich ohnehin nichts mehr, ich war wertlos geworden – ein Geheimagent, der bekannt ist wie ein bunter Hund. Ich verkroch mich in eine schottische Bergschlucht, um meine Wunden zu lecken. Ich dachte, dort sei ich sicher – bis Cooke auftauchte.«

»Und dich mit Kennikin erpreßt hat. Wird er Kennikin verraten, wo du bist?«

»So wie ich Cooke kenne, halte ich das nicht für ausgeschlossen. Es ist richtig, daß Kennikin Grund zur Rache hat. Angeblich ist er impotent geworden und macht mich dafür verantwortlich. Mir wäre es lieber, er würde mich nicht finden.«

Ich dachte an unsere letzte Begegnung im Dunkel des schwedischen Waldes. Ich wußte, daß ich ihn nicht getötet hatte. Ich wußte es, sobald ich abgedrückt hatte. Ein Schütze hat seltsamerweise oft eine Vorahnung, ob er getroffen hat oder nicht. Ich hatte zu niedrig gehalten und konnte ihn nur verwundet haben. Was die Art der Verwundung betraf, so war mir klar, daß ich von Kennikin keine Gnade erwarten konnte, wenn er mich erwischte.

Elin wandte den Blick von mir ab und schaute auf die kleine Lichtung, die im schwindenden Licht ruhig dalag. Nur das schläfrige Zwitschern der Vögel, die sich eine Schlafstätte suchten, unterbrach die Stille. Sie schauderte und schlang die Arme um ihren Körper. »Du kommst aus einer anderen Welt – einer Welt, die ich nicht kenne.«

»Es ist eine Welt, vor der ich dich schützen möchte.«

»War Birkby verheiratet?«

»Das weiß ich nicht«, erwiderte ich. »Mir ist nur ein Gedanke gekommen. Wenn Cooke der Meinung gewesen wäre, Birkby hätte eine bessere Chance, an Kennikin heranzukommen, dann hätte er ihm gesagt, er solle mich umbringen, und das aus demselben Grund. Manchmal denke ich, es wäre besser so gewesen.«

»Nein, Alan!« Elin beugte sich vor und nahm meine Hand. »So etwas darfst du nicht denken!«

»Keine Sorgen, ich habe keine Selbstmordambitionen«, erwiderte ich. »Jedenfalls weißt du jetzt, warum ich Cooke nicht leiden kann und ihm mißtraue – und weshalb mir dieser spezielle Job so verdächtig erscheint.«

Elin sah mich eindringlich an, dabei umklammerte sie meine Hand. »Alan, hast du außer Birkby sonst noch jemanden umgebracht?«

»Ja«, erwiderte ich schwerfällig.

Ihr Gesicht erstarrte, und sie ließ meine Hand los, dann nickte sie langsam. »Ich muß über sehr vieles nachdenken, Alan. Ich mache einen Spaziergang.« Sie stand auf. »Alleine, wenn du nichts dagegen hast.«

Ich sah ihr nach, wie sie zwischen den Bäumen verschwand, nahm die Flasche, wog sie in der Hand und überlegte, ob ich noch etwas trinken wollte. Ein Blick auf den Inhalt zeigte mir, daß die Flasche nach mehrmaligem Einschenken bereits halb leer war. Ich stellte sie wieder hin. Ich hatte es nie gut gefunden, meine Probleme in Alkohol zu ersäufen, und dies war wohl kaum der richtige Moment, um damit anzufangen.

Ich wußte, was mit Elin los war. Es ist ein ganz schöner Schock für eine Frau, wenn sie erfährt, daß der Mann, mit dem sie schläft, ein staatlich lizenzierter Killer ist, egal, wie lobenswert der Grund sein mag. Außerdem gab ich mich nicht der Illusion hin, daß Elin diesen Grund als sonderlich löblich empfinden würde. Was konnte eine friedliche Isländerin schon über die schmutzigen Hintergründe des unaufhörlichen, geheimen Krieges zwischen den Nationen wissen?

Ich stellte das benutzte Geschirr zusammen und begann, es abzuwaschen. Wie würde Elin reagieren? Alles, was für mich sprach, waren die gemeinsam verbrachten Sommer und die Hoffnung, daß diese Tage und Nächte des Glücks in ihren Überlegungen Gewicht haben würden. Ich hoffte, daß das, was sie von mir als Mann, als Liebhaber und als menschliches Wesen kannte, mehr zählen würde als meine Vergangenheit.

Ich räumte alles auf und zündete mir eine Zigarette an. Das Abendlicht am Himmel verebbte, und die lange Dämmerung, so wie sie im Sommer in nordischen Ländern üblich ist, brach an. Es wurde nie richtig dunkel – und da es schon fast Mittsommernacht war, verschwand die Sonne nur für wenige Stunden.

Ich sah Elin zurückkommen, ihre weiße Bluse schimmerte zwischen den Bäumen. Als sie sich dem Landrover näherte, blickte sie zum Himmel. »Es wird spät.«

»Ja.«

Sie bückte sich zu den Schlafsäcken hinab, zog die Reißverschlüsse auf und verband sie so miteinander, daß ein einziger großer Sack entstand. Als sie sich mir zuwandte, waren ihre Lippen zu einem halben Lächeln geöffnet. »Komm ins Bett, Alan«, sagte sie, und ich wußte, daß nichts verloren war und alles gut werden würde.

Später in der Nacht hatte ich eine Idee. Ich zog den Reißverschluß auf meiner Seite des Schlafsacks auf und rollte mich hinaus, bemüht, Elin nicht zu stören.

»Was tust du?« murmelte sie schläfrig.

»Ich möchte Cookes mysteriöse Büchse nicht so herumliegen lassen. Ich werde sie verstecken.«

»Wo?«

»Irgendwo unter dem Chassis.«

»Hat das nicht Zeit bis morgen?«

Ich zog einen Pullover an. »Ich mache es lieber sofort. Schlafen kann ich sowieso nicht – mir geht die Geschichte andauernd im Kopf herum.«

Elin gähnte. »Kann ich helfen – eine Taschenlampe halten oder so was?«

»Schlaf weiter.« Ich nahm den Blechbehälter, eine Rolle Isolierband und eine Taschenlampe und ging zum Landrover. Während ich die Büchse an der Innenseite der hinteren Stoßstange befestigte, stutzte ich plötzlich, denn meine Finger waren auf etwas Klebriges gestoßen.

Ich verrenkte mir fast den Hals in dem Bemühen, nachzusehen was es war. Im Schein der Taschenlampe entpuppte es sich als ein weiteres Metallkästchen, aber viel kleiner und grün angestrichen, von derselben Farbe wie der Landrover. Doch ganz entschieden gehörte es nicht zu der Standardausrüstung, so wie sie von der Rover-Company geliefert wird. Vorsichtig griff ich danach und riß es ab. Die eine Seite des kleinen Würfels war magnetisch, damit er an einer Metalloberfläche halten konnte, und als ich ihn so in der Hand hielt, wurde mir klar, daß da jemand äußerst clever gewesen war.

Es handelte sich um einen Funksender von dem Typ, der als ›Stoßstangenwanze‹ bekannt ist – und der auch jetzt in diesem Augenblick mit Sicherheit sein ›Hier bin ich! Hier bin ich!‹ – Signal für jeden aussandte, der über einen auf die richtige Frequenz eingestellten Empfänger verfügte. Damit konnte er jederzeit den Landrover ausfindig machen.

Ich rollte mich unter der Stoßstange hervor und stand auf. Einen Augenblick war ich versucht, die Wanze einfach zu zertrümmern. Wie lange sie schon am Landrover gehaftet hatte, wußte ich nicht – wahrscheinlich seit Reykjavik. Und wer außer Cooke oder Graham konnte sie dort angebracht haben? Seine Warnung, Elin aus dem Spiel zu lassen, hatte ihm wohl nicht genügt, er wollte auf Nummer Sicher gehen und sie auf Schritt und Tritt unter Kontrolle haben. Oder war die Wanze für mich gedacht?

Ich war gerade im Begriff, sie fallenzulassen, um sie zu zertreten, als ich stoppte. Das wäre nicht sehr klug gewesen – es gab viel bessere Verwendungsmöglichkeiten. Cooke wußte, daß ich den Sender im Wagen hatte, und ich ebenfalls – aber er wußte nicht, daß ich ihn entdeckt hatte, und diese Tatsache konnte von Vorteil für mich sein. Ich bückte mich, um die Wanze zu befestigen. Ein leises Klicken, und sie haftete wieder an der Stoßstange.

Pötzlich geschah etwas. Ich hatte keine Ahnung, was es war, denn es war kaum wahrnehmbar. Eigentlich nichts weiter als eine winzige Veränderung in der nächtlichen Stille. Wenn mich die Entdeckung der Wanze nicht außergewöhnlich wachsam gemacht hätte, so wäre es mir wahrscheinlich entgangen. Ich hielt den Atem an, lauschte angespannt und hörte es wieder – das weit entfernte metallische Knacken einer Gangschaltung. Danach folgte nichts mehr. Aber das reichte.

KAPITEL 3

I

Ich beugte mich über Elin und stupste sie. »Wach auf!« flüsterte ich.

»Was ist los?« fragte sie schlaftrunken.

»Sei leise! Zieh dich schnell an.«

»Aber was . . .«

»Pscht – mach schnell – zieh dich an!« Ich drehte mich um und starrte zu den Bäumen rüber, die im Dämmerlicht nur undeutlich zu sehen waren. Nichts rührte sich, auch zu hören war nichts. Die nächtliche Stille war unverändert. Der schmale Zugang zu Asbyrgi war knapp anderthalb Kilometer entfernt. Es war anzunehmen, daß das Fahrzeug dort halten würde. Das wäre jedenfalls das Nächstliegende, um jemandem den Fluchtweg abzuschneiden – so wie man einen Korken in einen Flaschenhals steckt.

Vermutlich würde die weitere Durchsuchung von Asbyrgi zu Fuß erfolgen, und wer immer kam, würde von einem Funkempfänger mit einem Lautstärkemesser geleitet werden. Eine Wanze an einem Wagen ist ebenso wirksam, wie wenn man ihn mit einem Scheinwerfer anstrahlt.

»Ich bin fertig«, flüsterte Elin.

Ich drehte mich zu ihr um. »Wir kriegen Besuch«, warnte ich sie leise. »In einer Viertelstunde etwa – möglicherweise sogar noch schneller. Bitte versteck dich.« Ich zeigte ihr die Richtung. »Dort ist es am besten. Such dir das nächstbeste Versteck unter den Bäumen und leg dich auf den Boden. Und komm auf keinen Fall heraus, bevor ich dich rufe.«

»Aber . . .«

»Nichts aber – tu's!« bestimmte ich barsch. Noch nie hatte ich so zu ihr gesprochen; sie schaute mich überrascht an. Aber dann drehte sie sich schnell um und rannte auf die Bäume zu.

Ich kroch unter den Landrover und tastete nach Lindholms Pistole, die ich in Reykjavik dort befestigt hatte, aber sie war verschwunden. Alles, was ich noch fand, war ein klebriges Stück Isolierband. Die Straßen in Island sind ganz schön holprig – so holprig, daß sich beim Fahren alles mögliche vom Wagen lösen konnte, und ich hatte ein sagenhaftes Glück, daß ich nicht das Allerwichtigste verloren hatte – das Blechkästchen.

So blieb mir einzig und allein das Messer – das *sgian dubh*. Es lag neben dem Schlafsack. Ich hob es auf und steckte es in den Hosenbund. Dann zog ich mich unter die Bäume am Rand der Lichtung zurück und wartete.

Es dauerte lange, fast eine halbe Stunde, bevor sich etwas tat. Er kam wie ein Gespenst, eine dunkle Gestalt, die sich völlig lautlos den Fahrweg entlang bewegte. Es war zu dunkel, um das Gesicht des Mannes zu erkennen, aber gerade hell genug, um zu sehen, was er bei sich trug. Die Art und Weise, wie er es hielt, war unverkennbar – ein Gewehr trägt man anders als einen Stock. Dies jedenfalls war kein Stock.

Ich erstarrte. Er war am Rand der Lichtung stehengeblieben. Er verhielt sich völlig ruhig, und wenn ich nicht gewußt hätte, daß er dort war, hätte ich diesen Mann mit Schießeisen leicht für einen dunklen Fleck neben den Bäumen halten können. Seine Waffe machte mir Sorge. Es mußte entweder eine Schrotflinte oder ein Gewehr sein, und das konnte nur bedeuten, daß er ein Profi war. Pistolen sind zu ungenau, wenn es ans Töten geht – das kann jeder Soldat bestätigen –, sie neigen dummerweise dazu, im ungeeigneten Augenblick zu versagen. Der Profi zieht etwas Todsicheres vor.

Wenn ich mich auf ihn stürzen wollte, mußte ich von hinten kommen. Zu dem Zweck mußte ich ihn an mir vorübergehen lassen, aber das würde wiederum bedeuten, daß ich ungeschützt gegen seinen Kollegen war – sofern ihm einer folgte. Also wartete ich ab, ob noch ein zweiter Mann auftauchen würde oder ob dieser hier allein war. Ob er wohl ahnte, was geschehen würde, wenn er in Asbyrgi dieses Gewehr abfeuerte? Wenn nicht, würde er eine Überraschung erleben.

Irgend etwas bewegte sich, und plötzlich war er verschwunden. Ich fluchte leise vor mich hin. Dann knackte ein Zweig. Jetzt mußte er sich unter den Bäumen auf der anderen Seite der Lichtung aufhalten. Es mußte sich tatsächlich um einen Profi handeln – um einen äußerst vorsichtigen sogar. Regel Nummer eins: Komm nie aus der Richtung, aus der du erwartet wirst, selbst wenn du nicht damit zu rechnen brauchst, daß man dich erwartet. Geh auf Nummer Sicher. Er umkreiste die Lichtung unter den Bäumen, um von der anderen Seite her zu kommen.

Ich setzte mich ebenfalls in Bewegung, aber in der anderen Richtung. Das war knifflig, denn früher oder später mußten wir uns begegnen. Ich zog das *sgian dubh* aus dem Bund und hielt es lose in der Hand – ein armseliger Schutz gegen ein Gewehr, aber etwas anderes hatte ich nicht. Bei jedem Schritt vergewisserte ich mich sorgfältig, daß ich auf keinen Zweig trat. Das war zeitraubend, und der Schweiß brach mir aus.

Ich suchte Deckung hinter einer Birke und spähte in das Halbdunkel. Zwar konnte ich nichts sehen, nur ein leises Klicken war zu hören, als ob ein Stein auf einen anderen aufschlüge. Ich blieb regungslos stehen und hielt den Atem an. Dann sah ich, wie ein dunkler Schatten auf mich zukam, keine zehn Meter von mir entfernt. Ich nahm das Messer fester in die Hand und wartet.

Ein Rascheln im Gebüsch unterbrach die Stille. Etwas Helles tauchte vor dem Mann auf. Es konnte nur eins passiert sein – er war auf Elin gestoßen, die sich dort versteckt hielt. Er war verblüfft, trat einen Schritt zurück und hob das Gewehr. »Runter, Elin!« schrie ich, als er abdrückte und ein Lichtblitz die Dunkelheit durchzuckte.

Es klang, als ob eine Schlacht ausgebrochen sei, als ob

eine Infanteriekompanie eine Gewehrsalve abgegeben hätte. Der Schuß hallte von den Felsen Asbyrgis wider, und die Wände gaben das immer schwächer werdende Echo zurück, das allmählich in der Ferne verebbte. Dieses unerwartete Resultat schien den Mann vorübergehend zu verwirren, so daß er sein Gewehr einer Prüfung unterzog.

Dann warf ich das Messer. Ein weicher, dumpfer Laut war zu hören, als es ihn traf. Er stieß einen unterdrückten Schrei aus, ließ das Gewehr fallen und griff sich an die Brust. Seine Knie gaben nach, er stürzte zu Boden. Um sich schlagend und sich windend blieb er zwischen den Büschen liegen.

Ich kümmerte mich nicht um ihn und rannte auf die Stelle zu, wo ich Elin gesehen hatte, wobei ich die Taschenlampe aus der Hosentasche zog. Elin saß auf dem Boden, eine Hand an der Schulter, mit vor Schreck weit aufgerissenen Augen. »Ist alles in Ordnung?«

Sie ließ die Hand sinken, ihre Finger waren blutverschmiert. »Er hat auf mich geschossen«, erwiderte sie dumpf.

Ich kniete mich neben sie hin und untersuchte ihren Arm. Die Kugel hatte sie gestreift und oben an der Schulter eine Fleischwunde verursacht. Später würde es höllisch weh tun, aber es war Gott sei Dank nichts Ernsthaftes. »Wir machen am besten einen Verband darum«, schlug ich vor.

»Er hat auf mich geschossen!« Ihre Stimme klang jetzt kräftiger, es lag etwas wie Verwunderung darin.

»Ich bezweifle, daß er je wieder auf jemanden schießen wird«, sagte ich und richtete den Lichtkegel auf ihn. Er lag ganz still mit abgewandtem Kopf da.

»Ist er tot?« Elins Augen starrten auf den Messerschaft, der aus seiner Brust ragte.

»Ich weiß nicht. Halt die Lampe.« Ich griff nach seinem Handgelenk und tastete nach dem Puls, der beschleunigt war. »Er lebt«, konstatierte ich. »Vielleicht wird er es sogar überstehen.« Dann drehte ich seinen Kopf, so daß ich ihm ins Gesicht sehen konnte. Ich erkannte Graham – was mich einigermaßen überraschte. Innerlich leistete ich ihm Abbitte, daß ich ihn für einen Anfänger gehalten hatte. Die Art und Weise, wie er sich unserem Lagerplatz genähert hatte, war durchaus professionell gewesen.

»Im Landrover ist ein Erste-Hilfe-Kasten« murmelte Elin.

»Du gehst voraus. Ich schaffe ihn rüber.« Ich bückte mich, hob Graham auf und folgte Elin. Sie breitete den Schlafsack aus, und ich legte ihn darauf. Dann holte sie den Verbandskasten heraus und kniete sich hin.

»Nein, erst du«, sagte ich. »Zieh deine Bluse aus.« Ich reinigte die Wunde an ihrer Schulter, bestäubte sie mit Penicillinpuder und klebte einen Verband darüber. »Etwa eine Woche lang wirst du den Arm nicht über Schulterhöhe heben können. Ansonsten ist es nicht allzu schlimm.«

Der Knauf des Messers, das in Grahams Brust steckte, schimmerte wie Bernstein. Elin schien davon wie hypnotisiert zu sein. »Dieses Messer – trägst du das immer bei dir?«

»Immer«, erwiderte ich. »Wir müssen es herausziehen.« Graham war mitten in die Brust unmittelbar unter dem Sternum getroffen worden; das Messer zeigte nach oben. Die Klinge war tief in seinen Körper eingedrungen, und der Himmel wußte, was sie alles durchtrennt hatte.

Ich schnitt ihm das Hemd vom Leib und wandte mich an Elin: »Hol die Verbandswatte.« Ich nahm den Griff in die Hand und zog daran. Der geriffelte Messerrücken ließ Luft in die Wunde dringen, so daß sich das *sgian dubh* ganz leicht entfernen ließ. Ich hatte mit einer großen Menge Blut gerechnet, was Grahams sofortiges Ende bedeutet hätte, aber es war nur ein kleines Rinnsal, das über seinen Magen rann und sich über dem Nabel sammelte.

Elin tat Mull auf die Wunde und befestigte ihn mit Leukoplast, während ich Grahams Puls fühlte. Er war eine Spur schwächer als vorher.

»Hast du eine Ahnung, wer das ist?« fragte Elin und kauerte sich hin.

»Ja«, erwiderte ich zögernd. »Er hat behauptet, er hieße Graham. Er gehört zum Department – arbeitet mit Cooke zusammen.« Ich nahm das *sgian dubh* und fing an, das Blut abzuwischen. »Im Augenblick möchte ich nur eins wissen, ob er allein gekommen ist oder ob sich noch irgendwelche Kumpel von ihm in der Nähe aufhalten. Wir sind die reinen Zielscheiben.«

Ich stand auf, ging zu den Bäumen zurück und begann, nach Grahams Gewehr zu suchen. Ich fand es und trug es zum Landrover. Es war ein Remington, ein vollautomatischer Karabiner, Kaliber 30/06 – eine vorzügliche Mordwaffe. Der Lauf war gerade richtig in der Länge, der Ausstoß rapide – fünf gezielte Schüsse in fünf Sekunden –, Geschoßgewicht und -geschwindigkeit reichten aus, um einen Menschen auf der Stelle zu töten. Ich betätigte die Magazinsperre und fing das herausspringende Magazin auf. Es enthielt die üblichen Jagdpatronen mit abgerundeter Spitze, die dazu geschaffen waren, die Wirkung des Aufpralls zu verstärken. Elin hatte Glück gehabt.

Sie beugte sich über Graham und wischte ihm die Stirn ab. »Er kommt zu sich.«

Grahams Lider bewegten sich und öffneten sich halb. Er sah mich mit dem Karabiner in den Händen vor sich stehen. Er versuchte, sich aufzurichten, aber die Schmerzen hinderten ihn daran. Schweiß trat auf seine Stirn.

»Sie müssen sich jetzt ruhig halten«, bemerkte ich. »Sie haben ein Loch im Magen.«

Er sank zurück und fuhr sich mit der Zunge über die Lippen. »Cooke sagte . . .« Er rang nach Luft. ». . . sagte, Sie seien nicht gefährlich.«

»Wirklich? Da hat er sich eben getäuscht!« Ich hielt den Karabiner hoch. »Wenn Sie ohne das da angerückt wären, lägen Sie jetzt nicht hier auf dem Boden. Was hatten Sie eigentlich vor?«

»Cooke war hinter dem Päckchen her«, flüsterte er.

»Ja? Aber das hat doch die Gegenseite. Die Russen – ich nehme doch an, daß es Russen sind?«

Graham nickte schwach. »Aber sie haben es nicht. Darum hat mich Cooke hergeschickt. Er sagte, Sie trieben ein Doppelspiel – sie spielten falsch.«

»Das ist ja hochinteressant.« Ich kauerte mich neben ihn hin, den Karabiner auf den Knien. »Hören Sie, Graham – wer hat Cooke erzählt, die Russen hätten das Päckchen nicht? Eins ist schon mal sicher – ich war's nicht. Vermutlich haben ihm die Iwans freundlicherweise berichtet, daß sie reingelegt wurden?«

Auf seinem Gesicht malte sich Erstaunen ab. »Ich habe keine Ahnung, woher er es weiß. Er befahl mir einfach, hierherzukommen und es zu holen.«

Ich hob den Karabiner. »Und er hat Ihnen das hier gegeben. Vermutlich sollte ich liquidiert werden.« Ich warf einen Blick auf Elin und sah dann wieder Graham an. »Und was ist mit Elin? Was sollte mit ihr geschehen?«

Graham schloß die Augen. »Ich wußte nicht, daß sie hier war.«

»Sie vielleicht nicht«, gab ich zu. »Aber Cooke wußte es. Wie zum Teufel, glauben Sie, ist denn der Landrover hierhergekommen?«

Grahams Lider zuckten. »Sie wissen verdammt gut, daß eventuelle Zeugen umzubringen sind.«

Ein Blutrinnsal floß aus seinem Mundwinkel. »Sie Scheißkerl«, fluchte ich. »Wenn ich sicher wäre, daß Sie gewußt haben, was Sie taten, dann würde ich Sie jetzt gleich abknallen. Also hat Cooke Ihnen erzählt, ich sei ein Überläufer, und Sie glaubten ihm – Sie nahmen das Gewehr, das er Ihnen gab, und folgten seinen Anordnungen. Haben Sie je von einem Mann namens Birkby gehört?«

Graham öffnete die Augen. »Nein.«

»Das war vor Ihrer Zeit«, erklärte ich. »Zufällig hat Cooke diesen Trick schon früher einmal angewandt. Aber das spielt jetzt keine Rolle. Sind Sie allein gekommen?«

Graham kniff die Lippen zusammen, ein eigensinniger Ausdruck trat auf sein Gesicht. »Spielen Sie nicht den Helden«, riet ich. »Ich kann es ohne weiteres aus Ihnen rauskriegen. Wie wär's, wenn ich gleich mal auf Ihrem Bauch herumtrampelte?« Ich hörte Elin nach Luft schnappen, achtete jedoch nicht auf sie. »Sie haben eine üble Wunde und werden wahrscheinlich abkratzen, wenn wir Sie nicht in ein Krankenhaus schaffen. Aber das geht nicht, wenn jemand auf uns schießt, sobald wir Asbyrgi verlassen. Ich werde Elin keiner Gefahr aussetzen, nur um Ihr Fell zu retten.«

Er blickte an mir vorbei auf Elin und nickte dann. »Cooke«, stammelte er, »er ist hier . . . ungefähr anderthalb Kilometer . . .«

»Am Zugang von Asbyrgi?«

»Ja.« Seine Augen fielen wieder zu. Ich faßte nach seinem Handgelenk, der Puls war wesentlich schwächer. Dann wandte ich mich Elin zu. »Fang schon an mit Einladen. Laß genügend Platz für Graham, damit ich ihn hinten auf die Schlafsäcke legen kann.« Ich stand auf und öffnete das Schloß des Karabiners.

»Was hast du vor?«

»Vielleicht komme ich nahe genug an Cooke heran, um mit ihm reden zu können«, sagte ich. »Er soll wissen, daß der Knabe schwer verletzt ist. Vielleicht auch nicht – dann werde ich das hier reden lassen.« Ich hielt den Karabiner hoch.

Sie wurde blaß. »Willst du ihn umbringen?«

»Himmel, ich weiß nicht«, entgegnete ich erbittert. »Ich weiß lediglich, daß es ihm anscheinend nichts ausmacht, wenn ich umgebracht werde – und du auch. Er hockt am Zugang zu Asbyrgi wie ein Korken in einem Flaschenhals, und das hier ist der einzige Korkenzieher, den ich habe.«

Graham stöhnte leise und öffnete die Augen. Ich beugte mich über ihn. »Wie fühlen Sie sich?«

»Schlecht.« Das Rinnsal an seinem Mundwinkel hatte sich zu einem Bach verbreitert, der über seinen Hals lief. »Das ist doch merkwürdig«, flüsterte er. »Woher wußte Cooke das?«

»Was ist in dem Päckchen?« drängte ich.

»Weiß . . . nicht.«

»Wer leitet jetzt das Department?«

Sein Atem ging pfeifend. »Ta . . . Taggart.«

Wenn mir überhaupt jemand Cooke vom Halse schaffen konnte, dann nur Taggart. »Na gut«, räumte ich ein, »ich werde mit Cooke sprechen. Wir werden Sie schnell von hier fortschaffen.«

»Cooke sagt . . .« Graham machte eine Pause und rang nach Atem. Er schien Schwierigkeiten mit dem Schlucken zu haben und hustete ein bißchen. Rote Schaumbläschen erschienen zwischen seinen Lippen. »Cooke sagt . . .«

Der Husten wurde stärker, plötzlich schon ein neuer Blutschwall aus seinem Mund, und sein Kopf fiel zur Seite. Ich faßte nach seinem Handgelenk und wußte plötzlich, daß Graham mir nie erzählen würde, was Cooke gesagt hatte – er war tot. Ich schloß seine starr gewordenen Augen und erhob mich. »Ich muß dringend mit Cooke sprechen.«

»Er ist tot«, flüsterte Elin erschreckt.

Graham war tot – ein Bauer, der plötzlich vom Schachbrett gefegt worden war. Er war gestorben, weil er blindlings Befehle befolgt hatte, genau wie ich damals in Schweden. Er war gestorben, weil er überhaupt nicht begriffen hatte, was er tat. Cooke hatte ihm befohlen, etwas zu tun, er hatte es versucht, es war ihm mißlungen, und das hatte ihn das Leben gekostet. Mir war ebenfalls nicht ganz klar, welche Rolle ich übernommen hatte – jetzt wollte ich wenigstens versuchen, keinen Fehler zu machen.

Tränen quollen aus Elins Augen und rollten über ihre Wangen. Sie schluchzte nicht, sondern stand nur lautlos weinend da und starrte auf Grahams Leiche.

»Du brauchst nicht um ihn zu trauern – er wollte dich umbringen, du hast es selbst gehört«, fuhr ich sie an.

Als sie sprach, war sie ruhiger, nur kamen noch immer Tränen aus ihren Augen: »Ich weine nicht wegen Graham«, murmelte sie traurig, »deinetwegen. Einer muß es doch tun.«

II

Wir räumten unser Nachtlager hastig zusammen und verstauten alles im Landrover, wobei ›alles‹ auch Grahams Leiche einschloß. »Wir können ihn nicht hierlassen«, sagte ich. »Irgend jemand wird mit Sicherheit über ihn stolpern – allerspätestens innerhalb der nächsten Woche. Wie heißt es noch mal so schön – ›wir werden die Eingeweide ins Nebenzimmer schleppen‹.«

Elin lächelte schwach über die Anspielung. »Wohin denn?«

»Zum Dettifoss«, sagte ich. »Oder vielleicht zum Selfoss.«

Wenn es uns gelang, die Leiche in zwei der größten Wasserfälle Europas purzeln zu lassen, dann wäre sie anschließend bis zur Unkenntlichkeit entstellt, und mit etwas Glück als Verstand würde auch niemand mehr feststellen können, daß der Tote erstochen worden war. Man würde annehmen, daß es sich um einen Touristen handelte, der einen tödlichen Unfall gehabt hatte.

Wir deponierten Grahams Leiche hinten im Landrover. Ich nahm den Remington-Karabiner und blickte Elin an: »Laß mir eine halbe Stunde Zeit, dann komm so schnell wie möglich angefahren.«

»Ich kann nicht schnell fahren und gleichzeitig geräuschlos sein«, wandte sie ein.

»Du brauchst nicht leise zu sein – fahr einfach, so schnell du kannst, auf den Eingang zu und schalte die Scheinwerfer ein. Dann verlangsame das Tempo ein bißchen, damit ich aufspringen kann.«

»Und dann?«

»Dann fahren wir zum Dettifoss – aber nicht auf der Hauptstraße. Wir benutzen den Fahrweg auf der westlichen Flußseite.«

»Was hast du mit Cooke vor? Willst du ihn umbringen?«

»Vielleicht bringt er mich vorher um«, erwiderte ich.

»Man darf sich über Cooke keine Illusionen machen.«

»Keinen Mord mehr, Alan«, flehte sie. »Bitte – keinen Mord mehr!«

»Das habe ich nicht in der Hand. Wenn er auf mich schießt, schieß ich zurück.«

»Na gut«, sagte sie leise.

Ich verließ sie und machte mich zum Eingang von Asbyrgi auf. Lautlos schlich ich den Fahrweg entlang und betete, daß Cooke nicht auf die Idee gekommen war, nach Graham Ausschau zu halten. Ich hielt es nicht für wahrscheinlich.

Sicherlich hatte er den Schuß gehört, aber er hatte ihn vermutlich auch erwartet. Da er damit rechnen mußte, daß Graham eine halbe Stunde für den Rückweg brauchte, nachdem er das Päckchen gefunden hatte, erwartete Cooke nach meiner Schätzung Graham nicht vor einer Stunde zurück.

Ich kam schnell voran, verlangsamte jedoch das Tempo, als ich mich dem Zugang näherte. Cooke hatte es nicht für nötig gehalten, seinen Wagen zu verstecken. Er wußte, was er tat, wenn er völlig ungeniert und für alle sichtbar parkte. Die kurze nordische Sommernacht war fast vorüber, und der Himmel war schon hell, und es war demnach unmöglich, nahe an den Wagen heranzukommen, ohne gesehen zu werden.

Ich verbarg mich hinter einem Felsen und wartete auf Elin. Ich war nicht gerade wild darauf, mich ungeschützt vorwärtszubewegen, nur um von einer Kugel getroffen zu werden.

Endlich hörte ich Elin kommen, und ich bemerkte, wie sich im Innern des parkenden Wagens etwas rührte. Ich preßte die Wange gegen den Kolben des Karabiners und zielte. Der Profi Graham hatte das Visier mit Leuchtfarbe betupft, doch wäre es in der Morgendämmerung auch ohne das gegangen.

Ich zielte auf die Fahrerseite. Das Motorengeräusch hinter mir wurde stärker. In Sekundenschnelle feuerte ich drei Geschosse durch die Windschutzscheibe, die anscheinend aus Sicherheitsglas war, denn sie wurde sofort völlig undurchsichtig. Cooke preschte in weitem Bogen davon, und dann sah ich auch, was ihn gerettet hatte. Sein Wagen hatte den Fahrersitz auf der rechten Seite, wie das in England üblich ist. Ich hatte die Kugeln in die falsche Seite der Windschutzscheibe geballert.

Mir blieb keine Zeit, meinen Irrtum zu korrigieren. Sein Wagen ratterte in atemberaubendem Tempo den Fahrweg entlang. Der Landrover hatte mich eingeholt, ich sprang auf.

»Los«, schrie ich. »Schnell, schnell!«

Vor uns schlingerte Cookes Wagen um eine Ecke und hinterließ eine Staubwolke. Er strebte der Hauptstraße zu, doch wir folgten ihm nicht, denn an der Ecke bog Elin meiner Anweisung folgend in die entgegengesetzte Richtung ab.

Es wäre sinnlos gewesen, hinter Cooke herzujagen – ein Landrover eignet sich nicht besonders für eine Verfolgungsjagd, und Cooke war sowieso im Vorteil.

Wir fuhren in südlicher Richtung auf dem Weg weiter, der parallel zum *Jökulsá á Fjöllum* verläuft, dem großen Fluß, der das Schmelzwasser nördlich des Vatnajökulls aufnimmt. Der unebene Boden zwang uns, das Tempo zu verlangsamen. »Hast du mit Cooke gesprochen?« frage Elin.

»Ich bin gar nicht an ihn herangekommen.«

»Bin ich froh, daß du ihn nicht umgebracht hast.«

»Ich habe es versucht«, sagte ich. »Wenn sein Fahrersitz auf der linken Seite gewesen wäre, wäre er jetzt tot.«

»Würdest du dich dann wohler fühlen?« Ihre Stimme klang eisig.

Ich sah sie an. »Elin, der Mann ist gefährlich. Entweder hat er nicht mehr alle Tassen im Schrank – was ich für unwahrscheinlich halte – oder . . .«

»Oder was?«

»Ich weiß nicht«, erwiderte ich kleinlaut. »Alles ist so verdammt kompliziert, ich schau da einfach nicht mehr durch. Aber eines ist mir völlig klar – Cooke will meinen Tod. Es muß etwas geben, das ich weiß – oder zumindest scheint er es zu glauben –, was für ihn gefährlich ist. So gefährlich, daß er mich umbringen will. Unter diesen Umständen möchte ich dich nicht bei mir haben – du könntest in die Schußlinie geraten. Das ist ja heute früh schon passiert.«

Sie verlangsamte das Tempo wegen einer besonders tiefen Furche. »Allein wirst du damit nicht fertig«, wandte sie ein. »Du brauchst Hilfe.«

Ich brauchte mehr als nur Hilfe. Ich brauchte einen genialen Einfall, um diese harte Nuß zu knacken. Aber dazu war jetzt keine Zeit, denn Elins Schulter fing an, höllisch zu schmerzen. »Halt an«, sagte ich. »Ich werde jetzt fahren.«

Anderthalb Stunden lang ging es in südlicher Richtung weiter, als Elin plötzlich ausrief: »Dort ist der Dettifoss.«

Ich blickte über die felsige Landschaft auf die ferne Sprühwolke, die über der tiefen Schlucht hing, welche der *Jökulsá á Fjöllum* tief in den Felsen eingeschnitten hatte. »Wir fahren zum Selfoss weiter«, verkündete ich. »Zwei Wasserfälle sind besser als einer. Außerdem sind am Dettifoss häufig Camper.«

Nach drei Kilometern hielt ich am Straßenrand. »Näher können wir an den Selfoss nicht heran.«

Ich stieg aus. »Ich werde mal zum Fluß rübergehen und nachsehen, ob die Luft rein ist. Es gilt als schlechter Stil, sich beim Leichentransport erwischen zu lassen. Bleib schön hier und laß dich nicht von fremden Männern ansprechen.«

Als ich mich vergewissert hatte, daß die Leiche noch ordentlich unter der Decke verborgen lag, ging ich auf den Fluß zu. Es war noch früh am Morgen, und keine Menschenseele war zu sehen. Ich kehrte zurück, öffnete die hintere Tür des Landrovers und kletterte hinein.

Dann zog ich die Decke von Grahams Leiche weg und durchsuchte den Toten. Seine Brieftasche enthielt isländisches Geld sowie ein Bündel deutscher Banknoten, dazu den Ausweis eines deutschen Automobilclubs, auf den Namen Dieter Buchner ausgestellt, genau wie in seinem deutschen Paß. Da war auch ein Foto, auf dem er den Arm um ein hübsches Mädchen gelegt hatte. Beide standen vor einem Laden mit Aufschriften in deutscher Sprache. In diesen Kleinigkeiten ist das Department immer sehr gründlich.

Der einzig interessante Fund war ein angebrochenes Paket Gewehrmunition. Ich legte es zur Seite, zog die Leiche heraus und steckte die Brieftasche wieder in die Brusttasche von Grahams Jacke. Dann hievte ich den Toten auf die Schulter und trug ihn zum Fluß. Elin folgte mir auf den Fersen.

Am Rand der Schlucht deponierte ich meine Last und überdachte die Situation. Die Schlucht machte an dieser Stelle eine Biegung, und der Fluß hatte die Felswand unten so ausgewaschen, daß sie steil zum Wasser abfiel. Ich stieß die Leiche über den Rand und sah zu, wie sie mit schlegelnden Armen und Beinen hinabstürzte und in das graue, wirbelnde Wasser platschte. Von der im Jackett gefangenen Luft an der Oberfläche gehalten, wurde sie in die schnelle Strömung in der Flußmitte hinausgeschwemmt. Dann trieb sie flußabwärts, bis sie über dem Rand des Selfoss verschwand, um in den tosenden Hexenkessel zu stürzen.

Elin sah mich bedrückt an. »Was machen wir jetzt?«

»Ich geh nach Süden«, verkündete ich und schritt eilig auf den Landrover zu. Als Elin mich eingeholt hatte, war ich bereits dabei, die ›Wanze‹ mit einem großen Stein zu zertrümmern.

»Warum nach Süden?« fragte sie atemlos.

»Ich möchte nach Keflavik und zurück nach London. Da ist jemand, mit dem ich sprechen muß – Sir David Taggart.«

»Fahren wir über Mývatn?«

Ich schüttelte den Kopf und verpaßte der ›Wanze‹ einen letzten Schlag, damit sie keine verräterischen Signale mehr aussenden konnte. »Ich möchte die Hauptstraßen vermeiden – das ist zu gefährlich. Ich fahre über Odádahraun und an der Askja vorbei – in die Wüste. Aber du kommst nicht mit.«

»Das werden wir sehen«, entgegenete sie, warf den Autoschlüssel in die Luft und fing ihn wieder auf.

III

Gott hat Island noch nicht zu Ende geschaffen.

In den letzten fünfhundert Jahren ist ein Drittel aller aus dem Innern der Erde quellenden Lava in Island ans Tageslicht gekommen, und von zweihundert bekannten Vulkanen sich dreißig noch sehr aktiv. Island leidet sozusagen an geologischer Akne.

In den letzten tausend Jahren konnte man im Durchschnitt alle fünf Jahre einen großen Vulkanausbruch registrieren. Askja – der Aschenvulkan – brach zuletzt 1961 aus. Damals konnte man sogar auf den Dächern Leningrads Vulkanasche entdecken – also zweitausend Kilometer entfernt. Die Russen waren dadurch nicht sonderlich beunruhigt, aber das Land nördlich und östlich der Askja war ausgedörrt und verwüstet. Die Lava hatte sich darüber ergossen und eine trostlose Öde hinterlassen. Das nordöstliche Island wird von der Askja beherrscht, die dort eine der furchteinflößendsten Landschaften der Welt geschaffen hat.

In diese Wüste, das *Odádahraun*, die abweisend und öde ist wie die Oberfläche des Mondes, fuhren wir nun. *Odádahraun* heißt soviel wie ›Mörderland‹ und war in alten Zeiten der letzte Zufluchtsort der Geächteten, der Ausgestoßenen und Vogelfreien.

Es gibt einige Fahrwege im Odádahraun. Sie sind mehr oder weniger Hinterlassenschaft jener, die sich bis ins Innere gewagt haben. Meistens handelt es sich dabei um Wissenschaftler, um Geologen und Hydrographen. Nur wenige fahren zum Vergnügen in diesen Teil des *Óbyggdir*. Jedes Fahrzeug fährt den Pfad ein bißchen mehr aus. Im Winter werden die Spuren wieder ausgelöscht – durch Wasser, Schneelawinen und Steinschläge. Wer, so wie wir, im Frühsommer ins Innere vordringt, ist im wahrsten Sinne des Wortes ein Pionier, der von Zeit zu Zeit auf den alten Weg stößt und ihn ein wenig mehr ausfährt. Findet er ihn nicht, so muß er sich einen neuen suchen.

Am ersten Vormittag kamen wir einigermaßen voran.

Der Weg war passabel und nicht allzu holperig und verlief parallel zum *Jökulsá á Fjöllum,* der mit seinem graugrünen Schmelzwasser in den Arktischen Ozean fließt. Gegen Mittag waren wir auf gleicher Höhe mit dem auf der anderen Flußseite gelegenen Mödrudalur, und Elin stimmte den traurigen Klagegesang an, der die Notlage der Isländer im Winter schildert: ›Kurz ist der Morgen in den Bergen von Mödrudal. Wenn die Sonne aufgeht, ist er schon halb vorbei.‹ Vermutlich entsprach das ihrer Gemütslage. Meine war nicht viel besser.

Ich hatte den Plan, Elin loszuwerden, längst aufgegeben. Cooke wußte sowieso, daß sie in Asbyrgi gewesen war – die ›Wanze‹ am Landrover hatte sie verraten. Es konnte gefährlich für sie werden, wenn ich sie schutzlos in einer der Küstenstädte zurückließ. Cooke war Komplize bei einem Mordversuch gewesen, und Elin war Zeugin hierfür. Mir war klar, daß er alles dransetzen würde, sie zum Schweigen zu bringen. Bei mir war sie sicherer als irgendwo anders, so bedrohlich meine eigene Situation auch war.

Um drei Uhr nachmittags hielten wir bei der Schutzhütte an, direkt unter dem hoch aufragenden Schildvulkan, den man Herdubreid oder ›Breite Schultern‹ nannte. Wir waren beide müde und hungrig, und Elin fragte: »Können wir heute nicht einfach hierbleiben?«

Ich blickte zur Hütte hinüber. »Nein. Möglicherweise erwartet jemand, daß wir genau das tun. Wir fahren noch ein bißchen in Richtung Askja. Aber essen können wir hier.«

Elin bereitete eine Mahlzeit, die wir vor der Hütte im Freien einnahmen. Ich wollte gerade in ein Hering-Sandwich beißen, als mir schlagartig eine Idee kam. Ich besah mit den Antennenmast neben der Hütte und die Wagenantenne am Landrover. »Elin, man kann doch Reykjavik von hier aus erreichen? Ich meine, telefonisch?«

Elin blickte auf. »Natürlich. Wir nehmen mit Gufunes Radio Kontakt auf, und sie verbinden uns mit dem Telefonnetz.«

»Was für ein Glück«, schwärmte ich träumerisch, »daß

die transatlantischen Kabel durch Island laufen. Wenn man uns ins Telefonnetz einschalten kann, dürfte es auch kein Problem sein, uns mit London zu verbinden.« Ich deutete auf den Landrover, dessen Funkantenne sich sachte in der Brise bewegte. »Und das von hier aus.«

»Das hat noch niemand ausprobiert«, meinte Elin zweifelnd. Ich aß mein Sandwich auf. »Warum sollte es nicht klappen? Nixon hat ja auch mit Neil Armstrong auf dem Mond gesprochen. Die technischen Hilfsmittel haben wir hier auch, wir brauchen uns ihrer bloß zu bedienen. Kennst du jemand im Telefondepartment?«

»Ich kenne Svein Haraldson«, entgegnete sie.

Ich wäre jede Wette eingegangen, daß sie jemanden im Telefondepartment kannte; in Island kennt jeder jeden. Ich kritzelte eine Nummer auf einen Fetzen Papier und reichte ihn ihr.

»Das ist die Nummer in London. Ich möchte Sir David Taggart persönlich sprechen.«

»Und was, wenn dieser . . . Taggart den Anruf nicht entgegennimmt?«

Ich grinste. »Ich habe das Gefühl, daß Sir Taggart im Augenblick jeden Anruf entgegennimmt, der aus Island kommt.«

Elins Blick wanderte zum Antennenmast. »Das große Gerät in der Hütte wird uns die Verbindung erleichtern.«

Ich schüttelte den Kopf. »Das darfst du nicht benutzen – möglicherweise läßt Cooke die Telefonleitungen abhören. Er kann von mir aus belauschen, was ich Taggart zu sagen habe, aber er darf nicht wissen, woher ich spreche. Ein Anruf aus dem Landrover kann von überall her kommen.«

Elin ging zum Wagen, schaltete das Funktelefon ein und versuchte, Gufunes zu erreichen.

Alles, was sie dem Gerät entlocken konnte, war ein einziges Geknatter. Dann und wann wurde es von einem geheimnisvollen Geräusch unterbrochen, das sich anhörte wie das gespenstische Klagen verdammter Seelen, die sich nicht mehr verständlich machen können.

»Es muß Sturm in den Bergen im Westen sein«, sagte Elin. »Soll ich es mit Akureyri versuchen?« Das war die nächste der vier Funktelefonstationen.

»Nein«, erwiderte ich. »Wenn Cooke überhaupt abhört, dann wird er sich auf Akureyri konzentrieren. Versuch es mit Seyjdisfjördur.«

Die Verbindung mit Seydisfjördur in Ostisland kam überraschend leicht zustande, und bald sprach Elin über die Landleitung nach Reykjavik mit ihrem Freund Svein. Er machte einige Einwände und schien alle möglichen Bedenken zu haben, aber sie setzte ihren Kopf durch. »Man muß mit einer Stunde Verzögerung rechnen«, verkündete sie.

»Das macht nichts. Bitte Seydisfjördur, sich mit uns in Verbindung zu setzen, wenn der Anruf durchkommt.« Ich blickte auf meine Uhr. In einer Stunde würde es in England 15.45 Uhr sein – eine gute Zeit, um Taggart zu erreichen.

Wir packten zusammen und fuhren in südlicher Richtung auf den Vatnajökull zu, dessen Eiskuppe im Licht schimmerte. Ich ließ den Empfänger angeschaltet, dämpfte jedoch die Lautstärke, so daß nur ein leises Gebabbel zu hören war.

»Was hast du davon, wenn du diesen Taggart sprichst?« fragte Elin.

»Es ist Cookes Boß«, erklärte ich. »Er kann mir den Kerl vom Halse schaffen.«

»Aber meinst du, das tut er?« fragte sie. »Du solltest doch das Päckchen übergeben, und das hast du nicht getan. Du hast dich den Befehlen widersetzt. Taggart wird das gar nicht mögen.«

»Ich glaube nicht, daß Taggart weiß, was sich hier abspielt. Er hat bestimmt keine Ahnung, daß Cooke versucht hat, mich und dich umzubringen. Ich vermute, daß Cooke auf eigene Faust und eigenes Risiko handelt. Ich kann mich täuschen, aber genau das möchte ich von Taggart erfahren.«

»Und *wenn* du dich täuschst? Wenn Taggart dir Anweisung gibt, Cooke das Päckchen zu geben? Wirst du es tun?«

Ich zögerte. »Ich weiß nicht.«

»Vielleicht hatte Graham recht«, überlegte Elin. »Vielleicht dachte Cooke wirklich, du spielst falsch – du mußt zugeben, er hat allen Grund, das zu glauben. Würde er dann . . .?«

»Einen Mann mit einer Knarre schicken? Darauf kannst du Gift nehmen.«

»Dann bist du meiner Ansicht nach dumm, Alan. Sehr, sehr dumm. Vor lauter Haß auf Cooke kannst du nicht mehr klar denken. Ich fürchte, du steckst bis zum Hals in der Tinte.«

Das schien mir allmählich auch so. »Es wird sich alles klären, wenn ich mit Taggart spreche. Wenn er Cooke unterstützt . . .« Wenn Taggart Cooke unterstützte, dann bedeutete das, daß das Department und die Gegenseite mich in der Mangel hatten und ich Gefahr lief, zwischen beiden zermalmt zu werden. Das Department schätzte es nicht, wenn an seinen Plänen herumgedoktert wurde, und Taggarts Zorn konnte ganz schön unangenehm sein.

Und doch stimmte da einiges nicht – erstens: Der Auftrag war völlig sinnlos, und zweitens: Cooke war nicht wirklich böse, nachdem ich so offensichtlich versagt hatte – und schließlich Grahams widersprüchliches Verhalten. Dann war da noch etwas, was mich stutzig gemacht hatte, ohne daß ich es formulieren konnte. Irgend etwas, das Cooke getan oder nicht getan, gesagt oder nicht gesagt hatte – etwas, das tief in meinem Innern ein Warnsignal ausgelöst hatte.

Ich bremste und brachte den Landrover zum Halten. Elin sah mich überrascht an. »Es ist besser, wenn ich weiß, was für Karten ich in der Hand halte, bevor ich mit Taggart rede«, erklärte ich. »Such den Büchsenöffner raus – ich mache das Päckchen auf.«

»Ist das klug? Du hast selbst gesagt, es könnte vielleicht besser sein, es nicht zu wissen.«

»Kann sein, daß du recht hast. Aber wenn man pokert, ohne alle seine Karten zu kennen, verliert man mit großer

Wahrscheinlichkeit. Es ist schon besser, wenn ich weiß, worauf sie alle so scharf sind.«

Ich stieg aus und ging zur hinteren Stoßstange, entfernte das Isolierband von der Blechdose und löste sie vom Wagen. Als ich nach vorne kam, hatte Elin bereits den Büchsenöffner herausgeholt. Vermutlich war sie ebenso neugierig wie ich.

Die Dose war aus gewöhnlichem, glänzendem Blech, wie man es für Konservenbüchsen verwendet, doch hatte sie an ihrem exponierten Aufbewahrungsort ein paar Rostflecken abbekommen. Ein Lötstreifen lief an den vier Kanten auf der einen Seite entlang, also war anzunehmen, daß es sich um die Oberseite handelte. Ich klopfte und drückte versuchsweise darauf, wobei der obere Teil ein wenig mehr nachgab als die übrigen fünf Seiten. Wahrscheinlich war es das sicherste, den Büchsenöffner dort anzusetzen.

Ich holte tief Atem, setzte den Büchsenöffner an der einen Ecke an und hörte, wie die Luft zischend hineindrang, als ich das Blech durchstieß. Offensichtlich war es eine Vakuumverpackung – ich konnte nur hoffen, daß sich der Inhalt am Ende nicht als ein paar Gramm Pfeifentabak entpuppte. Ziemlich verspätet fiel mir ein, daß es sich auch um eine Bombe handeln könnte.

Aber da weiter nichts passierte, holte ich wieder tief Luft und begann, mit dem Büchsenöffner rundum zu schneiden.

Es entstand ein gezackter, scharfrandiger Schnitt – eine ausgesprochen unsaubere Arbeit –, aber die Büchse war innerhalb kurzer Zeit offen.

Ich nahm das Oberteil ab, und mein Blick fiel auf ein Stück braunen, schimmernden Plastikmaterials, das den Eindruck von etwas Elektronischem erweckte – man sieht solche Teile in jeder Radioreparaturwerkstatt. Ich kippte den Inhalt der Dose auf meine Handfläche und starrte den Gegenstand gedankenvoll und mit leiser Verzweiflung an.

Das Stück braunen Kunststoffs bildete die Basis für einen kleinen elektronischen Schaltkreis, und zwar einen sehr komplizierten. Ich identifizierte Widerstände und Transistoren, aber das meiste war mir fremd. Es war ewig lange her, seit ich Funktechnik studiert hatte, und der technologische Fortschritt hatte mich längst überholt. Zu meiner Zeit war ein Bauteil ein Bauteil gewesen, aber die Jungens, die sich heutzutage mit Mikro-Elektronik befassen, setzen komplette und komplizierte Anlagen mit einem Dutzend Bauteilen auf einem Stückchen Silikon zusammen, so daß man schon ein Mikroskop braucht, um überhaupt etwas zu sehen.

»Was ist das?« erkundigte sich Elin im hehren Glauben, ich wüßte Bescheid.

»Keinen blassen Schimmer«, gestand ich. Ich untersuchte es und versuchte, ein paar der Schaltkreise zu identifizieren, aber es war unmöglich. Zum Teil handelte es sich um winzige Modularkonstruktionen aus gegeneinandergerichteten Plättchen mit aufgedruckten Schaltkreisen. Auf jedem Plättchen schimmerten Dutzende von Bauteilen.

Dann waren da wieder konventionellere Strukturen, und in der Mitte befand sich ein seltsam geformter metallischer Körper, für den es keine Erklärung gab, alles in allem war es für mich ein Buch mit sieben Siegeln.

Das einzige, was mir sinnvoll erschien, waren die beiden Pole am Ende der Basisplatte, über die eine kleine, gravierte Messingplatte geschraubt war. Einer der Pole war mit ›+‹ bezeichnet, der andere mit ›−‹, und darüber war ›110 V. 60 ∼‹ eingraviert.

»Spannung und Energie sind amerikanisch«, konstatierte ich. »In England benutzen wir 240 Volt und 50 Watt. Vermutlich ist das die Eingangsenergie.«

»Dann ist es wohl amerikanisch?«

»Möglicherweise«, räumte ich vorsichtig ein. Es gab keine Stromquelle, und die beiden Pole waren nicht miteinander verbunden, so daß das Gerät im Augenblick nicht arbeiten konnte. Wenn eine entsprechende Stromquelle an diese Pole angeschlossen wurde, würde es sicher funktionieren. Ich hatte aber nicht die geringste Ahnung, wie es funktionieren würde.

Eins war mir klar – dieses Gerät war hochentwickelt, was immer es auch war. Die Elektronenprofis haben solche rasanten Fortschritte gemacht, daß dieses handtellergroße Spielzeug möglicherweise ein Computer war, mit dem man beweisen konnte, daß $e = mc^2$ ist – oder notfalls auch das Gegenteil.

Es konnte natürlich auch sein, daß irgend so ein Supergehirn es nur erfunden hatte, um sein Bier zu kühlen, aber das glaubte ich eigentlich nicht. Das Ganze hatte gar nichts Handgestricktes an sich, sondern etwas eiskalt Professionelles und äußerst Kompliziertes, so als handelte es sich um ein Endprodukt auf einem sehr langen Fließband. Einem Fließband in einem fensterlosen Gebäude, bewacht von Männern mit harten Gesichtern und Schießeisen.

»Ist Lee Nordlinger noch immer auf dem Stützpunkt in Keflavik?« fragte ich nachdenklich.

»Ja«, bestätigte Elin. »Ich habe ihn vor zwei Wochen gesehen.«

Ich tippte auf den Gegenstand. »Er ist der einzige Mensch in Island, der vielleicht eine Ahnung hat, was das hier sein könnte.«

»Willst du es ihm zeigen?« – »Ich weiß nicht«, erwiderte ich zögernd. »Möglicherweise identifiziert er es als abhanden gekommenes Eigentum der amerikanischen Regierung, und da er Commander bei der US-Marine ist, wird das so seine Folgen haben. Schließlich ist es widerrechtlich in meinem Besitz – es wird eine Unmenge Fragen geben.«

Ich schob das Gerät in seinen Behälter zurück, stülpte das Oberteil drüber und klebte es fest. »Ich glaube, nachdem es offen ist, befestigen wir es besser nicht mehr unter dem Wagen.«

»Achtung«, flüsterte Elin. »Das ist unsere Nummer.«

Ich drehte am Verstärker, und die Stimme wurde deutlicher. »Seydisfjördur ruft sieben, null, fünf; Seydisfjördur ruft sieben, null, fünf.«

Ich nahm den Hörer ab. »Sieben, null, fünf antwortet Seydisfjördur.«

»Seydisfjördur ruft sieben, null, fünf. Ihr Gespräch nach London. Ich verbinde.«

»Danke, Seydisfjördur.«

Die Geräusche im Hörer veränderten sich plötzlich, und eine sehr weit entfernte Stimme sagte: »Hier spricht David Taggart. Sind Sie das, Cooke?«

»Ich spreche über eine öffentliche Leitung – sehr öffentliche Leitung. Seien Sie vorsichtig.«

Eine Pause entstand, dann wieder Taggarts Stimme: »Ich verstehe. Wer ist am Apparat? Die Verbindung ist sehr schlecht.«

Damit hatte er recht. Die Lautstärke schwankte fortwährend, und Taggarts Stimme wurde ab und zu von lauter werdenden Störgeräuschen völlig überlagert.

»Hier spricht Stewart.«

Ein undefinierbarer Laut drang aus dem Hörer. Möglicherweise war dies ebenfalls eine atmosphärische Störung, aber sehr viel wahrscheinlicher war Taggart einem Schlaganfall nahe. »Was fällt Ihnen eigentlich ein?« brüllte er.

Ich zuckte zusammen und warf einen Blick auf Elin. Allem Anschein nach war Taggart nicht auf meiner Seite, aber es mußte sich erst noch herausstellen, ob er Cooke unterstützte. Er legte mit Volldampf los. »Ich habe heute früh mit Cooke gesprochen. Er sagte, Sie . . . äh . . . versuchten, seinen Vertrag zu kündigen.« Ein ebenso nützlicher wie beschönigender Ausdruck. »Und was ist mit Philips passiert?«

»Wer zum Teufel ist Philips?« warf ich ein.

»Oh! Vielleicht kennen Sie ihn besser als Buchner – oder Graham.«

»Ich hab seinen Vertrag tatsächlich gekündigt«, fügte ich hinzu.

»Um Himmels willen!« schrie Taggart. »Sind Sie total übergeschnappt?«

»Er versuchte, meinen Vertrag zu kündigen, aber ich bin ihm zuvorgekommen«, erwiderte ich. »Der Konkurrenzkampf in Island ist schrecklich hart. Cooke hat ihn geschickt.«

»Cooke hat mir was ganz anderes erzählt.«

»Kann ich mir denken«, knurrte ich. »Entweder hat er nicht mehr alle Tassen im Schrank, oder er ist zur Konkurrenz übergelaufen. Ich bin hier auch auf einige ihrer Vertreter gestoßen.«

»Unmöglich«, widersprach Taggart kategorisch.

»Die Vertreter der Konkurrenz?«

»Nein – Cooke – völlig undenkbar.«

»Wie kann es undenkbar sein, wenn ich daran denke?« wandte ich ein.

»Er ist schon so lange bei uns. Sie wissen selbst, was für gute Arbeit er geleistet hat.«

»MacLean«, fuhr ich fort. »Burgess, Kim Philby, Blake, die Krogers, Lonsdale – alles gute, ehrenhafte Männer. Wieso soll Cooke nicht dazugehören?«

Taggarts Stimme klang nervös. »Sie sprechen über eine öffentliche Leitung – passen Sie auf, was Sie sagen. Stewart, Sie wissen nicht Bescheid. Cooke sagt, Sie hätten die Ware noch – stimmt das?«

»Ja«, gab ich zu.

Taggart atmete schwer. »Dann müssen Sie nach Akureyri zurückkehren. Ich werde dafür sorgen, daß Cooke Sie dort findet. Geben Sie ihm das Päckchen.«

»Das einzige, was Cooke kriegen wird, ist ein endgültiges Kündigungsschreiben«, tat ich kund. »Dasselbe, was auch Graham bekommen hat – oder wie immer er hieß.«

»Soll das heißen, daß Sie meine Befehle nicht befolgen?« fragte Taggart in drohendem Ton.

»Cookes Befehle – keinesfalls«, empörte ich mich. »Als

er Graham auf mich hetzte, stand zufällig meine Verlobte im Weg.«

Eine lange Pause folgte: »Ist irgendwas . . .! Ist sie . . .?«

»Sie hat nur ein Loch im Körper.« Ich war kurz angebunden, und es war mir völlig egal, ob die Leitung öffentlich war oder nicht. »Sorgen Sie dafür, daß Cooke mir nicht mehr über den Weg läuft, Taggart.«

Er wurde seit so langer Zeit Sir David genannt, daß ihm der schmucklose Klang seines Namens weh tun mußte. Es dauerte eine Weile, bis er es geschluckt hatte. Schließlich sagte er in gedämpftem Ton: »Cooke akzeptieren Sie also nicht?«

»Noch nicht einmal in Geschenkpackung per Post. Ich traue ihm nicht.«

»Wen akzeptieren Sie denn?«

Das mußte ich mir erst überlegen. Ich hatte lange nichts mehr mit dem Department zu tun gehabt und wußte nicht, wie viele Leute inzwischen ausgetauscht worden waren. »Würden Sie Case akzeptieren?« fragte Taggart.

Case war o. k. Ich kannte ihn und traute ihm, soweit ich im Department überhaupt jemandem traute. »Jack Case, ja.«

»Wo wollen Sie ihn treffen? Und wann?«

Ich erwog die zeitlichen und räumlichen Möglichkeiten. »In Geysir – übermorgen um siebzehn Uhr.«

Taggart schwieg. Nur noch die Störgeräusche, die mein Trommelfell malträtierten, waren zu hören. Schließlich sagte er: »Unmöglich – ich muß ihn erst herholen. Sagen wir vierundzwanzig Stunden später.« Er versuchte es mit einem Trick. »Wo sind Sie jetzt?«

Ich grinste Elin an. »In Island.«

Der rauhe Ton in Taggarts Stimme war trotz der schlechten Leitung nicht zu überhören. Es klang wie eine Betonmischmaschine. »Stewart, Sie sind sich hoffentlich im klaren, daß Sie im Begriff sind, eine außerordentlich wichtige Operation zu ruinieren. Wenn Sie sich mit Case treffen, nehmen Sie seine Anweisungen entgegen und befolgen sie haargenau. Verstanden?«

»Er tut gut daran, Cooke nicht mitzubringen«, warnte ich. »Sonst wird nichts daraus. Nehmen Sie Ihren Hund an die Leine, Taggart?«

»Na gut«, stimmte Taggart zögernd zu. »Ich werde ihn nach London zurückholen. Aber Sie sind im Irrtum. Stewart. Erinnern Sie sich, was er mit Kennikin in Schweden gemacht hat.«

Ich schnappte nach Luft. Plötzlich ging mir auf, was mich die ganze Zeit im Unterbewußtsein irritiert hatte. Es war, als ob eine Mine explodierte. »Ich brauche eine Information«, sagte ich schnell. »Sie wird vielleicht notwendig sein, um diesen Auftrag ordnungsgemäß zu erledigen.«

»Na schön, was ist es?« fragte Taggart ungeduldig.

»Was haben Sie über Kennikins Trinkgewohnheiten in Ihren Akten?«

»Zum Teufel!« brüllte er. »Soll das ein Witz sein?«

»Ich brauche die Information«, wiederholte ich geduldig. Ich hatte Taggart am Wickel, was er auch wußte. Das elektronische Gerät war in meinem Besitz, und er hatte keine Ahnung, wo ich war. Ich saß am längeren Hebel. Er würde mir keine anscheinend unwichtige Information vorenthalten. Immerhin versuchte er es.

»Das braucht Zeit«, wandte er ein. »Rufen Sie mich wieder an.«

»Sie machen wohl Witze«, höhnte ich. »Bei der Menge Computer im Büro wachsen Ihnen die Elektronen nur so aus den Ohren. Sie müssen nur auf einen Knopf drücken, und die Antwort kommt in zwei Minuten. Nun machen Sie schon.«

»Na gut«, sagte er verärgert. »Bleiben Sie am Apparat.« Er hatte allen Grund, ärgerlich zu sein – normalerweise spricht man nicht so mit seinem Boß.

Ich konnte mir lebhaft vorstellen, was sich nun abspielen würde. Der Computer würde den Mikrofilm in aller

Schnelle vergrößern, und der interne Fernsehmonitor würde ihm die Antwort in knapp zwei Minuten auf den Schreibtisch liefern, vorausgesetzt, er hatte das richtige Schlüsselwort gewählt. Alle bekannten Agenten der Gegenseite waren mit allen bekannten Details auf diesem Mikrofilm aufgeführt, so daß ihre Lebensläufe ausgebreitet dalagen wie aufgespießte Schmetterlinge in einer Vitrine. Scheinbare Bagatellen aus dem Dasein eines Mannes konnten überaus nützlich sein, wenn man sie sich zum richtigen Zeitpunkt oder an der richtigen Stelle ins Gedächtnis rief.

»Ich hab's.« Taggarts Stimme klang sehr weit entfernt. Die Störgeräusche waren jetzt viel ausgeprägter.

»Sprechen Sie lauter – ich kann Sie kaum hören. Ich möchte wissen, ob und was er trinkt.«

Taggarts Stimme drang nun etwas lauter an mein Ohr. »Kennikin scheint ein Puritaner zu sein. Er trinkt nicht, und seit seinem letzten Rencontre mit Ihnen geht er auch nicht mehr mit Frauen aus.« Seine Stimme klang grimmig. »Anscheinend haben Sie ihm sein einziges Vergnügen im Leben ruiniert. Seien Sie lieber vorsichtig, wenn . . .« Der Rest des Satzes ging im Lärm unter.

»Wie war das?« rief ich.

Das Geknatter im Hörer ließ Taggarts Stimme gespenstisch hohl klingen. ». . . soviel wir wissen . . . Kenni . . . Island . . . er ist . . .«

Mehr war nicht zu verstehen, aber es reichte. Vergeblich versuchte ich, die Verbindung wiederherzustellen, es war nichts mehr zu machen. Elin deutete in Richtung Westen, wo sich schwarze Wolken am Himmel zusammenballten. »Der Sturm zieht nach Osten. Du mußt warten, bis der Sturm vorüber ist.«

Ich legte den Hörer auf. »Dieser Drecksack Cooke. Ich hatte recht.«

»Was meinst du damit?«

Ich blickte zu den Wolken, die sich über Dyngjufjöll zusammenbrauten. »Ich mache mich aus dem Staub«, sagte ich. »Uns bleiben vierundzwanzig Stunden, und die will ich nicht ausgerechnet hier verbringen. Laß uns zur Askja fahren, bevor der Sturm richtig losgeht.«

KAPITEL 4

I

Die große Caldera der Askja ist schön – aber nicht bei Sturm. Der Wind peitschte das Wasser des Kratersees auf, und es goß wie aus Kübeln. Vermutlich hatte der alte Odin gerade den Stöpsel aus dem Himmel gezogen. Es war unmöglich, zum See hinunterzukommen, bevor der vom Wasser schlüpfrig gewordene Boden trocken war. Wir bogen vom Fahrweg ab und blieben innerhalb der Kraterwand stehen.

Es soll Leute geben, die schon bei dem Gedanken, sich innerhalb eines immer noch aktiven Vulkans aufzuhalten, Zustände kriegen. Aber da die Askja sich 1961 mehr als bemerkbar gemacht hatte, war anzunehmen, daß sie sich jetzt, abgesehen von kleineren Ausbrüchen, ruhig verhalten würde. Wir waren also ziemlich sicher, wenn man den Statistiken Glauben schenken durfte. Ich öffnete das Dach des Landrover, um nach oben mehr Platz zu haben, und bald brutzelten auch die Lammkoteletts auf dem Grill, und Eier zischten in der Pfanne. Wir waren trocken, warm und behaglich.

Während Elin die Eier briet, sah ich nach dem Benzin. Im Tank waren gut siebzig Liter, und weitere achtzig hatten wir in vier Kanistern bei uns, was für rund tausend Kilometer auf guten Straßen reichte. Aber hier, im *Óbyggdir*, gab es eben keine guten Straßen, und wir konnten von Glück reden, wenn wir für hundert Kilometer keine zwanzig Liter brauchten. Die vielen Steigungen und die Unebenheit des Bodens machten häufiges Schalten erforderlich, was Unmengen von Benzin verschluckt, und die nächste Tankstelle lag weit unten im Süden. Trotzdem schätzte ich, daß wir bis Geysir reichen würden.

Elin zauberte zwei Flaschen Carlsberg aus dem Kühlschrank, und dankbar füllte ich mein Glas. Ich schaute ihr zu, wie sie die Eier mit zerlassener Butter übergoß. Sie sah blaß und erschöpft aus.

»Wie geht es deiner Schulter?«

»Sie ist steif und tut weh«, klagte sie.

Das war zu erwarten gewesen. »Nach dem Essen mache ich dir einen neuen Verband«, schlug ich vor. Ich trank einen Schluck aus meinem Glas, das kalte Bier prickelte mir angenehm auf der Zunge. »Ich wünschte, ich hätte dich aus der ganzen Angelegenheit raushalten können, Elin.«

Sie wandte mir das Gesicht zu und lächelte flüchtig. »Aber es ist nun mal nicht so.« Mit einer geschickten Drehung des Fleischwenders beförderte sie ein Ei auf den Teller. »Obwohl ich nicht behaupten kann, daß ich es besonders genieße.«

»Es soll auch keine Vergnügungsreise sein.«

Sie stellte den Teller vor mich hin. »Warum hast du dich nach Kennikins Trinkgewohnheiten erkundigt? Das kommt mir ziemlich abwegig vor.«

»Dazu gibt's eine lange Vorgeschichte«, erklärte ich. »Als junger Mann kämpfte Kennikin in Spanien auf der republikanischen Seite. Danach lebte er eine Weile in Frankreich, wo er bei der Volksfront mitmischte – meiner Meinung nach war er schon damals Geheimagent. Auf alle Fälle bekam er zu der Zeit Geschmack an Calvados – dem Apfelschnaps aus der Normandie. Hast du Salz?«

Elin reichte mir den Salzstreuer.

»Ich nehme an, irgendwann wurde seine Sauferei zu einem Problem. Er muß aber beschlossen haben, damit aufzuhören, denn laut Department trinkt er nicht mehr. Du hast ja gehört, was Taggart darüber gesagt hat.«

Elin begann, Brot aufzuschneiden. »Ich verstehe nicht, worauf das hinauslaufen soll.«

»Das kommt noch. Wie viele Trinker schafft er es, monatelang die Finger von dem Zeug zu lassen, aber wenn es hart auf hart geht und er unter Druck steht, dann fängt er wieder an zu saufen. Weiß Gott, in unserer Branche mangelt es nie an Streß. Der springende Punkt ist – er trinkt nur heimlich. Das fand ich erst raus, als ich in Schweden nahe an ihn herankam. Als ich ihn einmal unangemeldet besuchte, traf ich ihn sternhagelblau an – voller Calvados, was anderes rührte er nicht an. Er war so betrunken, daß er darüber redete. Wie dem auch sei, ich packte ihn ins Bett und verdrückte mich taktvoll. Mir gegenüber erwähnte er den Zwischenfall nie wieder.«

Ich nahm ein Stück Brot und wischte das Eigelb auf. »Wenn ein Agent nach einem Auftrag wieder zur Zentrale zurückkehrt, wird er von Experten nach Strich und Faden verhört. Ich bildete keine Ausnahme, als ich von Schweden zurückkam, aber weil ich wegen der Sache mit Jimmy Birkby Stunk machte, fiel das Verhör vielleicht nicht ganz so gründlich aus, wie es erforderlich gewesen wäre. Die Tatsache, daß Kennikin trinkt, ist jedenfalls nicht in die Akten gelangt. Und wie sich eben herausgestellt hat, ist es bis zum heutigen Tag nicht registriert worden.«

»Ich begreife immer noch nicht«, murmelte Elin hilflos.

»Du wirst es gleich verstehen«, entgegnete ich. »Als Cooke mich in Schottland aufsuchte, erzählte er mir, an welcher Stelle ich Kennikin verletzt hätte. Dabei ließ er verlauten, daß Kennikin mich eher mit einem scharfen Messer traktieren als eine Flasche Calvados mit mir teilen würde. Woher zum Teufel weiß Cooke von der Calvadosgeschichte? Er ist nie nahe an Kennikin herangekommen, und von der Calvadosgeschichte steht nichts in seinen Akten. Dieser Widerspruch hat mich lange beschäftigt, aber der Groschen ist erst heute nachmittag gefallen.«

Elin seufzte. »Das ist ein sehr kleiner Anhaltspunkt.«

»Warst du schon mal bei einem Mordprozeß dabei? Das maßgebliche Indiz, das zur Verurteilung eines Menschen führt, ist oft eine ganze Kleinigkeit. Aber da ist noch etwas. Die Russen rissen sich ein Päckchen unter den Nagel, das sie vermutlich bereits als Fälschung identifiziert haben. Das Normalste wäre doch, daß sie jetzt hinter dem richtigen Päckchen herjagen. Aber der einzige, der wutschnaubend angerast kam, war kein anderer als unser

Freund Cooke.«

»Du willst doch nicht behaupten, daß Cooke ein russischer Agent ist?« fragte Elin. »Aber das haut nicht hin. Wer war denn für die Vernichtung von Kennikins Spionagenetz in Schweden verantwortlich?«

»Das hat Cooke inszeniert«, bestätigte ich. »Er hat mir die Richtung gezeigt und auf den Abzug gedrückt.«

Elin zuckte die Achseln. »Na, und? Würde ein russischer Agent so was den eigenen Leuten antun?«

»Cooke ist zur Zeit ein großes Tier«, antwortete ich. »Auf einem sehr wichtigen Gebiet des britischen Geheimdienstes kommt er gleich nach Taggart. Inzwischen speist er sogar mit dem Premierminister – wie er mir erzählt hat. Was würden es sich die Russen wohl kosten lassen, einen Mann in eine solche Position zu manövrieren?«

Elin starrte mich an, als sei ich übergeschnappt. »Wer das alles auch geplant haben mag«, fuhr ich ruhig fort, »hat Gehirnwindungen, die so verschlungen sind wie eine Brezel. Trotzdem, alles paßt zusammen! Cooke ist ein Spitzenmann im britischen Geheimdienst – aber wie hat er es so weit gebracht? Antwort – dadurch, daß er die russische Organisation in Schweden vernichtet hat. Was ist nun den Russen wichtiger – das schwedische Spionagenetz zu erhalten, das notfalls wieder ersetzt werden kann – oder Cooke in seine jetzige Stellung zu hieven?«

Ich klopfte mit dem Messergriff auf den Tisch. »Überall kannst du dasselbe komplizierte Muster erkennen. Cooke brachte mich Kennikin näher, indem er Birkby opferte. Die Russen brachten Cooke an Taggart heran, indem sie Kennikin und seine Gruppe opferten.«

»Aber das ist doch albern!« platzte Elin heraus. »Warum sollte sich Cooke die ganzen Scherereien mit Birkby und dir aufhalsen, wenn die Russen sowieso gemeinsame Sache mit ihm machen?«

»Damit es glaubhaft wirkt«, sagte ich. »Das Unternehmen wurde hinterher von Leuten mit Röntgenaugen durchleuchtet, und da mußte mit echtem Blut aufgewartet werden, nicht mit Tomatenketchup. Das Blut lieferte der arme Birkby – und Kennikin steuerte auch noch ein bißchen was bei.« Mir kam plötzlich ein Gedanke. »Ich frage mich, ob Kennikin überhaupt wußte, was gespielt wurde? Ich wette, seine Organisation wurde einfach unter ihm weggepustet – der arme Bastard wußte nicht mal, daß seine Herren und Meister ihn ans Messer lieferten, um Cooke eine Stufe höhersteigen zu lassen.« Ich rieb mir das Kinn. »Ob er es wohl immer noch nicht weiß?«

»Das ist alles nur Theorie«, protestierte Elin. »So etwas gibt es doch gar nicht.«

»Nein? Du lieber Himmel, du brauchst nur mal die Berichte über ein paar Spionageprozesse zu lesen, die veröffentlicht wurden, um dir klarzuwerden, daß die sagenhaftesten Dinge passieren. Weißt du, warum Blake zu zweiundvierzig Jahren Gefängnis verurteilt wurde?«

Sie schüttelte den Kopf. »Ich habe nichts darüber gelesen.«

»Du wirst es auch nirgendwo abgedruckt finden, aber im Department ging das Gerücht um, die Zahl unserer Agenten, die ins Gras beißen mußten, weil er sie verraten hatte, sei zweiundvierzig gewesen. Ob es wahr ist, weiß ich nicht, weil er bei einer anderen Gruppe war – aber stell dir einmal vor, was Cooke anrichten könnte!«

»Du kannst also niemandem trauen«, konstatierte Elin. »Was für ein Leben!«

»So schlimm ist es auch wieder nicht. Taggart traue ich bis zu einem gewissen Punkt – und auch Jack Case – das ist der Mann, den ich in Geysir treffen soll. Aber mit Cooke ist es was anderes. Er ist unvorsichtig geworden und hat zwei Fehler gemacht – einen, als er den Calvados erwähnte, und den anderen, als er selbst hinter dem Päckchen herrannte.«

Elin lachte spöttisch. »Und der einzige Grund, weshalb du Taggart und Case traust, ist der, daß sie keine Fehler gemacht haben, oder wie du das nennst.«

»Sagen wir mal so. Ich habe Graham umgebracht – einen Agenten des britischen Geheimdienstes –, und jetzt sitze ich in der Klemme. Aus der kann ich mich nur herauswinden, wenn ich nachweise, daß Cooke ein russischer Agent ist. Wenn mir das gelingt, bin ich der Held des Tages und habe wieder eine reine Weste. Mein Glück, daß ich Cooke nicht ausstehen kann.«

»Aber wenn du dich täuschst?«

»Ich täusche mich nicht«, erwiderte ich mit Nachdruck – wobei ich hoffte, daß es stimmte. »Ein anstrengender Tag heute, Elin. Aber morgen können wir ausruhen. Komm, ich verbinde deine Schulter.«

Als ich den letzten Streifen Leukoplast festdrückte, fragte sie: »Bist du eigentlich dahintergekommen, was Taggart gesagt hat, kurz bevor der Sturm losging?«

Daran dachte ich nicht gern. »Ich glaube, er wollte mir mitteilen, daß Kennikin in Island ist«, murmelte ich.

II

Obwohl ich nach der langen Fahrt bleiern müde war, schlief ich schlecht. Der Wind heulte von Westen her über den Askja-Krater weg und rüttelte am Landrover, so daß er zu schwanken begann, während der Regen hart gegen eine Seite prasselte. Einmal hörte ich es blechern klappern, so als ob sich irgendein Metallteil losgerissen hätte. Ich ging hinaus, um nachzusehen, konnte jedoch nichts Auffälliges bemerken und wurde lediglich naß bis auf die Haut. Später fiel ich dann doch in einen schweren von Alpträumen durchsetzten Schlaf.

Als ich am nächsten Morgen aus dem Fenster blickte, fühlte ich mich jedoch wesentlich wohler. Die Sonne schien, und der See reflektierte den tiefblauen, wolkenlosen Himmel. In der klaren, vom Regen reingewaschenen Luft schien die hintere Kraterseite nur einen Kilometer weit entfernt. Doch waren es in Wirklichkeit zehn Kilometer. Ich stellte Wasser auf, und als der Kaffee fertig war, beugte ich mich über Elin und stupste sie sachte in die Rippen.

»Mpf«, murmelte sie undeutlich und kuschelte sich noch tiefer in den Schlafsack. Ich stieß sie erneut an. Sie öffnete ein Auge und sah mich damit böse zwischen zwei blonden Strähnen hindurch an.

»Hör auf.«

»Kaffee«, verkündete ich und schwenkte die Tasse vor ihrer Nase.

Plötzlich wurde sie lebendig und griff mit beiden Händen danach. Ich nahm meine eigene Tasse und einen Krug heißes Wasser und ging hinaus. Draußen legte ich mein Rasierzeug auf die Motorhaube und begann, mein Gesicht einzuseifen. Nach dem Rasieren wollte ich zum See hinuntergehen und mich gründlich säubern – das *Odádahraun* ist nämlich eine staubige Gegend. Ich freute mich auf das klare Wasser.

Ich rasierte mich, und während ich den restlichen Seifenschaum abspülte, überlegte ich, was ich tun sollte. Das Vordringlichste war zweifellos, mich mit Taggart in Verbindung zu setzen, sobald ich damit rechnen konnte, ihn in seinem Büro zu erwischen. Ich wollte ihm in allen Einzelheiten klarmachen, was ich gegen Cooke hatte.

Elin tauchte mit der Kaffeekanne auf. »Willst du noch was?«

»Ja, gerne.« Ich hielt ihr meine Tasse hin. »Heute machen wir uns einen faulen Tag. Wie wär's mit Schwimmen?«

Sie deutete auf ihre verletzte Schulter. »Schwimmen kann ich nicht, aber vielleicht ein bißchen mit den Füßen paddeln.« Ihr Blick wanderte zum Himmel. »Himmlisches Wetter heute.«

Plötzlich veränderte sich ihr Gesichtsausdruck.

»Was ist?« fragte ich.

»Die Radioantenne«, antwortete sie. »Sie ist weg.«

Ich fuhr herum. »Verdammt noch mal!« Das war ziemlich unangenehm. Ich stieg hinauf und besah mir den

Schaden. Es lag auf der Hand, was geschehen war. Der rauhe Boden in Zentralisland ist so beschaffen, daß sich alles, was nicht fest verschweißt ist, beim Fahren lösen kann. Schrauben, die man mit einem Schraubenzieher kaum aufdrehen kann, lösen sich irgendwie und fallen herunter. Schraubensicherungen, ja selbst Nieten, springen heraus. Eine Autoantenne, die dauernd schwankt, ist besonders anfällig. Ich kenne einen Geologen, der auf diese Weise allein drei in einem Monat eingebüßt hat. Hier stellte sich die Frage, wann wir sie verloren hatten.

Ganz gewiß erst, nachdem ich mit Taggart gesprochen hatte – also vermutlich bei der wilden Fahrt in Richtung Askja, als wir vor dem Sturm flüchteten. Aber dann erinnerte ich mich an das metallische Klirren während der Nacht. Sicher war die Antenne unterwegs so weit aus der Verankerung gerissen worden, daß der heftige Sturm sie einfach weggefegt hatte. »Vielleicht liegt sie irgendwo hier in der Nähe«, schlug ich vor. »Suchen wir mal.«

Wir kamen nicht sehr weit, denn plötzlich hörte ich ein vertrautes Geräusch – das Brummen eines kleinen Flugzeugs. »Runter!« sagte ich schnell. »Bleib still liegen und schau nicht hoch.«

Wir ließen uns dicht neben dem Landrover fallen, als die kleine Maschine über dem Kraterrand auftauchte. Sie flog ziemlich tief und verschwand dann im Krater zu unserer Linken.

»Heb ja nicht den Kopf«, warnte ich Elin. »Nichts ist leichter zu erkennen als ein helles Gesicht.«

Die Maschine flog dicht über dem See dahin und wendete dann, um im Spiralflug die Kratermulde abzusuchen. Offensichtlich handelte es sich um eine Cesna, einen Viersitzer. Wir hatten den Landrover inmitten von Felsblöcken, die das Eis und Wasser geformt hatten, geparkt, und vielleicht gelang es uns, unentdeckt zu bleiben, wenn wir uns still verhielten.

»Glaubst du, daß uns jemand sucht?« fragte Elin leise.

»Wir müssen jedenfalls damit rechnen«, sagte ich. »Es

können natürlich auch Touristen sein, die das *Óbyggdir* von der Luft aus betrachten wollen, aber dafür ist es ein bißchen früh am Tag. Touristen sind selten vor neun auf den Beinen.«

Diese Entwicklung hatte ich nicht vorausgesehen. Verdammt, Cooke hatte recht, ich *war* außer Übung. Fahrspuren im *Óbyggdir* sind selten, und daher war es nicht schwierig, sie von der Luft aus zu verfolgen und über Funk die Richtung anzugeben. Die Tatsache, daß mein Landrover einen weiten Radabstand hatte, machte es noch einfacher. Allzu viele Wagen dieses Typs gab es hierzulande nicht.

Das Flugzeug beendete seinen Rundflug über dem Krater, stieg und drehte nach Nordwesten ab. Ich behielt es im Auge, bewegte mich aber nicht.

»Meinst du, die haben uns gesehen?« fragte Elin.

»Das weiß ich auch nicht. Hör auf, Fragen zu stellen, die ich doch nicht beantworten kann – und rühr dich nicht. Vielleicht kommt es noch mal zurück.«

Ich wartete weitere fünf Minuten, während ich fieberhaft überlegte, was als Nächstes zu tun war. Von einem erfrischenden Bad im See konnte keine Rede mehr sein, soviel war sicher. Die Askja war selbst für isländische Verhältnisse sehr abgelegen, doch hatte sie einen gewaltigen Haken – der Fahrweg in den Krater zweigte vom Hauptweg ab und war eine Sackgasse. Wenn jemand die Ausfahrt aus dem Krater blockierte, gab es kein Vorbeikommen, jedenfalls nicht mit unserem Landrover. Und über einen Fußmarsch machte ich mir keine Illusionen. Im *Óbyggdir* kann man sich auf diese Weise urplötzlich in eine Leiche verwandeln.

»Wir müssen machen, daß wir wegkommen.«

»Was ist mit dem Frühstück?«

»Das kann warten.«

»Und die Antenne?«

Ich zögerte. Wir *brauchten* diese Antenne. Ich mußte mit Taggart reden – aber falls man uns von der Luft aus entdeckt hatte, dann raste jetzt womöglich ein Wagen voller Gewehre auf die Askja zu, und wir hatten keine Zeit mehr zu verlieren. Die Antenne lag entweder hier ganz in der Nähe herum, oder sie war schon beim Fahren heruntergefallen und somit kilometerweit entfernt.

Ich faßte einen Entschluß. »Zum Teufel damit. Bloß weg von hier.«

Wir brauchten nur die Kaffeetassen und das Rasierzeug einzupacken. Zwei Minuten später rumpelten wir den schmalen Fahrweg hinauf in Richtung des Ausgangs der Caldera. Bis zum Hauptweg waren es zehn Kilometer, und als wir dort ankamen, brach mir der Angstschweiß aus bei dem Gedanken, was uns da erwarten würde. Aber nichts rührte sich. Ich bog nach rechts ab, und wir fuhren in südlicher Richtung weiter.

Eine Stunde später hielt ich an einer Weggabelung. Zu unserer Linken floß der *Jökulsá á Fjöllum*, der hier schon nahe der Quelle war und nicht so breit wie am Dettifoss.

»Laß uns hier frühstücken«, schlug ich vor.

»Warum gerade hier?«

Ich deutete auf die Kreuzung. »Wir haben drei Alternativen – wir können zurückfahren oder einen der beiden Wege vor uns einschlagen. Falls das Flugzeug zurückkommt, um uns ausfindig zu machen, dann lieber hier als anderswo. Es kann ja nicht bis in alle Ewigkeit dort oben rumkurven. Am besten warten wir, bis es weg ist, bevor wir weiterfahren.«

Während Elin Frühstück machte, untersuchte ich Grahams Gewehr. Ich entlud es und sah in den Lauf. Eine gute Waffe durfte man eigentlich nicht so behandeln – man sollte sie nach dem Schießen reinigen. Zum Glück hat das moderne Schießpulver keine so zersetzende Wirkung wie früher, und man kann es sich schon mal leisten, das Gewehr erst einen Tag später zu putzen. Ich hatte sowieso weder Gewehröl noch ein Reinigungsmittel bei mir. In diesem Fall mußte Motoröl dafür herhalten.

Nachdem ich das Gewehr gereinigt hatte, zählte ich die

Munition. Graham hatte fünfundzwanzig Patronen geladen. Er hatte einen Schuß abgegeben, und ich selber drei auf Cooke – blieben einundzwanzig übrig. Ich stellte das Visier auf hundert Yards ein; auf eine größere Distanz mußte ich im Ernstfall wahrscheinlich nicht schießen. Nur Filmhelden greifen nach fremden Waffen mit unbekannter Munition und treffen auf fünfhundert Meter Entfernung todsicher ins Schwarze.

Ich legte das Gewehr griffbereit neben mich, was mir einen mißbilligenden Blick von Elin eintrug. »Was soll ich denn sonst tun?« verteidigte ich mich. »Vielleicht mit Felsbrocken um mich schmeißen?«

»Ich hab' ja nichts gesagt.«

»Nein, stimmt«, pflichtete ich bei. »Ich gehe jetzt zum Fluß runter, um mich endlich zu säubern. Ruf mich, wenn du fertig bist.«

Aber zuerst kletterte ich auf einen kleinen Erdhügel, von wo aus ich die Umgebung überblicken konnte. So weit ich sehen konnte – und in Island kann man meistens endlos weit sehen –, rührte sich nichts. Befriedigt wanderte ich zum Fluß hinab, dessen Schmelzwasser eine milchige, graugrüne Färbung hatte und erschreckend kalt war. Aber nach dem ersten Schock war es sehr erfrischend. Einigermaßen aufgepulvert kehrte ich zurück, um zu frühstücken.

Elin stand über die Landkarte gebeugt da. »Wohin willst du eigentlich fahren?«

»Ich möchte zwischen Hofsjökull und Vatnajökull durch«, erwiderte ich. »Wir nehmen die linke Abzweigung.«

»Das ist aber eine Einbahnstraße«, meinte Elin und reichte mir die Karte.

Das stimmte. Entlang der gestrichelten Linie, die den Weg anzeigte, stand die strenge Anweisung: *Adeins faert til austurs* – nur ostwärts befahrbar. Wir wollten aber nach Westen.

Ich runzelte die Stirn. Die meisten Leute glauben, daß,

weil Grönland – sprich ›Grünes Land‹ – mit Eis bedeckt ist – und der Name infolgedessen irreführend ist, auch Island – sprich ›Eisland‹ – eine falsche Bezeichnung sein müsse. Aber das ist ein gewaltiger Irrtum. Sechsunddreißig Eisfelder überziehen ein Achtel des Landes, und schon ein einziges, nämlich der Vatnajökull – übertrifft an Gletschermassen alles, was in Skandinavien und den Alpen zusammen geboten wird.

Die Eiswüste des Vatnajökull lag genau südlich von uns, und der Fahrweg nach Westen wurde durch das aufragende Massiv des Trölladyngja – Dom der Trolle –, eines riesigen Schildvulkans, förmlich gegen ihn gequetscht. Ich war noch nie dort entlanggefahren, konnte mir jedoch lebhaft vorstellen, warum man ihn nur in einer Richtung benutzen durfte. Mit Sicherheit führte er dicht an den Felswänden entlang und steckte voller Haarnadelkurven – war also auch ohne gefährlichen Gegenverkehr eine knifflige Strecke.

Ich seufzte und ging die anderen Möglichkeiten durch. Die Abzweigung nach rechts führte in die entgegengesetzte Richtung nach Norden. Und die Straße, die wir gekommen waren, zurückzufahren, bedeutete das Dreifache der Wegstrecke. Die Geographie Islands hat ihre eigene erbarmungslose Logik, und die Auswahl der Routen ist äußerst bschränkt.

Ich sah Elin an. »Wir riskieren es einfach. Wir nehmen den kürzesten Weg und beten, daß wir dabei niemandem begegnen. Touristen sind wahrscheinlich keine unterwegs, es ist ja noch früh im Jahr.« Ich grinste Elin an. »Jedenfalls ist kaum anzunehmen, daß sich dort ein Polizist herumtreibt und uns aufschreibt.«

»Und auch kein Krankenwagen, der uns am Fuß eines Felsens aufsammelt.«

»Ich bin ein vorsichtiger Fahrer. Vielleicht passiert uns gar nichts.«

Elin ging zum Fluß hinunter, und ich bestieg erneut den Erdhügel. Rundherum war alles still. Keine verräterische

Staubwolke auf dem Weg zur Askja, die auf einen uns verfolgenden Wagen hinwies, kein geheimnisvolles Flugzeug, das am Himmel kurvte. Vielleicht war ich ein Opfer meiner blühenden Phantasie und rannte vor einem Hirngespinst davon?

Der Schuld'ge flieht, wo keiner ihn verfolgt . . . Und wenn jemand Schuldgefühle haben muße, dann ich! Lediglich meiner Intuition folgend hatte ich Cooke das Päckchen vorenthalten – und Taggart hielt nicht viel von meinen Vorahnungen. Außerdem hatte ich Graham umgebracht. Das Department hätte mich längst für schuldig befunden und abgeurteilt. Wie würde sich Jack Case wohl verhalten, wenn ich ihn in Geysir traf?

Ich sah, daß Elin zum Landrover zurückkehrte, und noch einmal ließ ich den Blick über die Umgebung schweifen und ging dann zu ihr hinunter. Ihr Haar war feucht, und ihre Wangen glühten, als sie sich das Gesicht mit einem Handtuch abrieb. Ich wartete, bis sie wieder auftauchte, und sagte dann: »Du steckst jetzt ebenso tief in dieser Affäre drin wie ich, also hast du ein Stimmrecht. Was soll ich deiner Meinung nach tun?«

Sie ließ das Handtuch sinken und sah mich nachdenklich an. »Ich würde genau das tun, was du vorgehabt hast. Triff dich mit diesem Mann in Geysir und gib ihm das . . . dieses Ding da.«

Ich nickte. »Und wenn jemand versucht, uns aufzuhalten?«

Sie zögerte. »Wenn es Cooke ist, gib ihm das Ding. Wenn es Kennikin ist . . .« Sie brach ab und schüttelte bedrückt den Kopf.

Ich begriff, was sie meinte. Wenn ich Cooke das Päckchen übergab, kam ich vielleicht ungeschoren davon. Aber Kennikin würde damit nicht zufrieden sein – er wollte mir an den Kragen. »Angenommen, es ist Kennikin«, bohrte ich weiter. »Was soll ich dann deiner Ansicht nach tun?«

Sie ließ den Kopf hängen und sah mich unglücklich an.

»Wahrscheinlich wirst du dann mit ihm kämpfen – auf ihn schießen. Du wirst versuchen, ihn umzubringen.«

Ich ergriff ihren Arm. »Elin, ich bringe nicht wahllos Leute um – ich bin doch nicht psychopathisch. Ich verspreche dir, daß ich nur in Notwehr töten werde. Nur, wenn mein Leben in Gefahr ist. Oder deins.«

»Tut mir leid, Alan«, murmelte sie. »Aber dies ist mir alles ziemlich fremd. Ich habe mich nie mit so was auseinandersetzen müssen.«

Ich zeigte auf den Erdhügel. »Dort oben habe ich ein bißchen nachgedacht. Vielleicht schätze ich die Situation falsch ein – und beurteile die Leute und die Ereignisse nicht richtig.«

»Nein«, widersprach sie entschieden. »Du hast schwerwiegende Beweise gegen Cooke.«

»Und trotzdem findest du, daß ich ihm das Päckchen geben soll?«

»Was bedeutet dieses Ding mir schon?« rief sie erregt. «Oder dir? Gib's ihm, wenn es soweit ist. Und dann laß uns wieder unser eigenes Leben führen.«

»Das würde ich verdammt gern tun, wenn man mich nur ließe.« Ich blickte zur Sonne auf, die bereits hoch am Himmel stand. »Komm, wir fahren los.«

Als wir uns der Weggabelung näherten, warf ich einen Blick auf Elins versteinertes Gesicht und seufzte. Ich verstand ihre Einstellung, sie entsprach der aller Isländer. Die Tage, als die Wikinger die Geißel Europas waren, liegen lange zurück. Die Inselbewohner haben seit Jahrhunderten in völliger Isolation gelebt, so daß ihnen die Angelegenheiten der übrigen Welt zumeist fremd sind und sie möglichst nicht damit behelligt werden wollen.

Der einzige Kampf, den sie ausfechten mußten, war der Kampf um ihre Unabhängigkeit von Dänemark, und diese war mit friedlichen Verhandlungen erreicht worden. Sicher, ihre Isolierung hat die Isländer keineswegs gehindert, Handelsbeziehungen mit der ganzen Welt anzuknüpfen, aber Geschäft ist Geschäft, und Krieg – ob offen oder geheim – ist etwas für verrückte Ausländer, aber nichts für nüchterne, vernünftige Isländer. Sie vertrauen völlig darauf, daß ihnen niemand ihr Land streitig machen will. Wer sollte das Land auch haben wollen, wenn selbst die Isländer mit ihrer jahrtausendealten Erfahrung Mühe haben, dem Boden ihren Lebensunterhalt abzugewinnen.

Alles in allem sind sie ein friedliches Volk, das von Kriegen verschont geblieben ist. Es überraschte mich nicht, daß Elin diese ganz finsteren Geschichten, in die ich da verwickelt war, abstoßend und schmutzig fand. Ich selbst kam mir auch nicht gerade wie die Reinheit in Person vor.

III

Der Weg war geradezu miserabel, was das Fahren immer beschwerlicher machte, nachdem wir den Fluß verlassen hatten und am Vatnajökull hochkrochen. Ich fuhr im ersten Gang und schaltete den Vierradantrieb ein. Der Weg schlängelte sich zwischen steilen Felsen hoch und beschrieb dabei so haarsträubende Kurven, daß ich die unangenehme Vorstellung hatte, demnächst in mein eigenes Heck hineinzufahren. Es war kaum Platz für einen Wagen da, und ich schlich förmlich um jede Kurve, wobei ich jeweils ein Stoßgebet zum Himmel schickte, daß mir kein anderes Fahrzeug entgegenkäme.

Einmal gerieten wir seitwärts in einen Geröllrutsch hinein, und ich spürte, wie die Hinterräder des Landrovers anfingen durchzudrehen. Ich gab Gas und schickte ein Stoßgebet zum Himmel. Die Vorderräder blieben auf festem Grund und zogen uns in Sicherheit. Als gleich darauf eine einigermaßen gerade Strecke kam, hielt ich an. Meine Hände waren schweißnaß und zitterten.

»Verdammt knifflige Fahrerei«, fluchte ich vor mich hin.

»Soll ich dich mal eine Weile ablösen?« fragte Elin.

Ich schüttelte den Kopf. »Nein, nicht mit deiner verletzten Schulter. Es ist auch nicht das Fahren. Nur die Vorstellung, daß uns hinter jeder Biegung jemand entgegenkommen kann.« Ich beugte mich über den Rand des Abgrunds und schaute hinunter. »Einer von uns müßte dann wenden, und das geht hier nicht.« Dabei wäre das noch das Beste, was passieren konnte; an das Schlimmste wagte ich gar nicht erst zu denken. Kein Wunder, daß dies hier eine Einbahnstrecke war.

»Ich könnte vorangehen«, schlug Elin vor, »und dich an den Biegungen weiterwinken.«

»Das würde viel zuviel Zeit in Anspruch nehmen«, wandte ich ein.

»Und wir haben noch einen langen Weg vor uns.«

Sie deutete nach unten. »Besser, als im Abgrund zu landen. Wir kommen sowieso nur im Schrittempo voran. Ich könnte mich auf den geraden Strecken auf die vordere Stoßstange stellen und vor den Biegungen abspringen.«

Das klang zwar nicht schlecht, aber begeistert war ich nicht. »Das ist nichts für deine Schulter.«

»Ich kann ja den anderen Arm benutzen«, erwiderte sie ungeduldig und öffnete die Tür, um auszusteigen.

In früheren Zeiten hatte es in England einmal eine Verordnung gegeben, die vorschrieb, daß jedem mechanisch betriebenen Fahrzeug auf öffentlichen Straßen ein Mann voranzugehen hatte, um mit einer roten Flagge die arglose Bevölkerung vor dem Ungeheuer, das auf sie zukam, zu warnen. Nie hätte ich damit gerechnet, eines Tages in dieselbe Situation zu geraten. Und das nennt man Fortschritt.

Elin stellte sich also auf die vordere Stoßstange, bis wir uns einer Kurve näherten, und sprang ab, wenn ich das Tempo verlangsamte. Letzteres war übrigens nicht allzu schwierig, selbst wenn es abwärts ging. Ich fuhr im ersten Gang, ein phantastisches Gefühl im Landrover. Das Übersetzungsverhältnis von ungefähr 40:1 hat eine große Wirkung, was Zugwirkung und Motorbremse betrifft. In diesem Gang legte das gute Auto ungefähr dreizehn Kilometer pro Stunde zurück, trotz seiner fünfundneunzig PS – und eine starke Zugwirkung war genau das, was ich auf dieser isländischen Achterbahn brauchte. Aber der Benzinverbrauch war höllisch.

Elin leitete mich um die Kurven herum und stellte sich wieder auf die Stoßstange bis zur nächsten. Das hört sich an, als wären wir nur sehr langsam vorangekommen, aber merkwürdigerweise schien es sogar eher schneller zu gehen. Wir legten auf diese Weise eine ganz beachtliche Strecke zurück. Doch plötzlich hob Elin die Hand und deutete nach oben. Als sie zum Landrover zurückkehrte, mußte ich den Hals verdrehen, um zu sehen, was sie entdeckt hatte. Es war ein Helikopter, der wie ein riesiger Grashüpfer hinter dem Tröllandyngja auftauchte. Die Sonne verwandelte den wirbelnden Drehflügel in eine glänzende Scheibe, fing sich im Cockpit und wurde dort reflektiert. Ich bin schon oft mit diesen Dingern geflogen; an einem sonnigen Tag fühlt man sich dort wie eine heranreifende Tomate im Treibhaus.

Ich sah mich nach Elin um und schrak zusammen. Sie stand auf der falschen Seite des Landrovers. »Auf die andere Seite!« schrie ich. »In Deckung, schnell!« Ich schlüpfte hastig aus dem Wagen, und wir trafen uns unterhalb der steil aufragenden Felsen.

»Gibt es Ärger?« fragte Elin.

»Möglich.« Ich öffnete die Wagentür und griff nach dem Gewehr. »Bis jetzt hab ich noch keine Autos gesehen, aber immerhin haben sich schon zwei Flugzeuge für uns interessiert. Das kommt mir irgendwie komisch vor.« Ich spähte um das Heck des Landrovers herum, wobei ich darauf achtete, daß die Waffe unsichtbar blieb. Der Helikopter näherte sich uns und verlor an Höhe. Als er ganz in seiner Nähe war, hob er die Nase und kam leicht schwankend – als mache er eine Verbeugung – in rund hundert Meter Entfernung in der Luft zum Stillstand. Dann senkte er sich wie ein Lift herab, bis er sich mit uns auf gleicher Höhe befand.

Ich begann zu schwitzen und umfaßte das Gewehr fester. Wir hockten auf diesem Felsen wie Tontauben in einem Schießstand, und zwischen uns und den möglichen Geschossen war einzig und allein der Landrover. Es war ein solide gebautes Fahrzeug, aber im Augenblick wünschte ich, er wäre gepanzert gewesen. Der Helikopter wippte, schwankte und schien uns interessiert zu betrachten, aber hinter dem reflektierenden Glas des Cockpits konnte ich niemanden erkennen. Langsam begann sich der Rumpf zu drehen, bis er uns die Breitseite zuwandte. Ich atmete erleichtert auf. Mit großen Buchstaben stand dort ein einziges Wort – NAVY. Ich entspannte mich, legte das Gewehr hin und trat hinter dem Landrover vor. Wenn es einen Ort gab, an dem sich Kennikin mit Sicherheit nicht aufhielt, dann in einem US-Marine Sikorsky LH-34 Helikopter.

Ich winkte Elin: »Schon gut. Du kannst rauskommen.«

Sie trat neben mich, und wir blickten zu dem Helikopter hinüber. Eine Seitentür öffnete sich, und ein Mann mit einem weißen Helm wurde sichtbar. Er beugte sich heraus, wobei er sich mit einer Hand festhielt, machte eine Drehbewegung mit der anderen und hielt dann die Faust ans Ohr. Dies wiederholte er zwei-, dreimal, bevor ich kapierte.

»Er möchte, daß wir das Telefon benutzen – ein Jammer, daß es nicht geht.« Ich stieg auf das Trittbrett des Landrovers und deutete bedauernd auf die Stelle, wo sich eigentlich die Antenne hätte befinden sollen. Der Mann begriff sofort. Er winkte, zog sich zurück und schloß die Tür. Ein paar Sekunden später stieg der Helikopter in die Höhe, drehte den Rumpf, bis die Schnauze in westlicher Richtung stand, und machte sich davon. Langsam verebbte sein Knattern in der Ferne.

Ich sah Elin an. »Was er wohl gewollt hat?«

»Anscheinend wollten sie mit dir reden. Vielleicht will der Helikopter weiter unten auf dem Fahrweg landen.«

»Hier ging es jedenfalls nicht«, erwiderte ich. »Vielleicht hast du recht. Ich hätte jedenfalls nichts gegen eine geruhsame Rückfahrt nach Keflavik.« Ich blickte in die Richtung, in welcher der Helikopter verschwunden war. »Aber niemand hat mir gesagt, daß auch die Amerikaner mit von der Partie sind.«

»Ach, ich weiß nicht, verdammt. Ich wollte, ich wüßte es.« Ich legte das Gewehr in den Wagen zurück. »Laß uns weiterfahren.«

Also fuhren wir auf dem elenden Weg weiter, um eine Kurve nach der anderen, auf und ab – meistens aufwärts –, bis wir schließlich am Rand von Vatnajökull ankamen, in unmittelbarer Nähe des Eises. Von dort aus führte nur noch ein einziger Weg im rechten Winkel abwärts. Da war noch eine unangenehme Stelle, als wir einen abseits gelegenen Berggrat des Trölladyngja hinauffahren mußten, aber danach wurde es besser, und ich holte Elin wieder an Bord.

Ich warf einen letzten Blick zurück auf den Weg, den wir gekommen waren, und war für eines dankbar – nämlich, daß es ein heller, sonniger Tag gewesen war. Bei Nebel oder strömendem Regen hätten wir es nicht geschafft. Ich zog die Karte zu Rate, aus der hervorging, daß wir die Einbahnstrecke hinter uns hatten, was mich ungeheuer erleichterte.

Elin sah müde aus. Das Auf- und Abspringen von der Stoßstange und das Weiterwinken war ziemlich anstrengend für sie gewesen. Ich sah auf die Uhr. »Wenn wir erstmal gegessen und eine Tasse heißen Kaffee getrunken haben, geht's uns besser. Laß uns mal eine Weile hier halten.«

Das sollte sich als ein Fehler herausstellen, doch das merkte ich erst geraume Zeit später. Wir hatten eine Stunde lang Rast gemacht und gegessen und waren dann anderthalb Stunden lang weitergefahren, bis wir zu einem äußerst wasserreichen Fluß kamen. Ich hielt am Ufer und entdeckte Fahrspuren, die im Flußbett verschwanden. Eine schöne Bescherung!

Nachdem ich die vermutliche Tiefe abgeschätzt hatte,

bemerkte ich die trockenen Steine am Uferdamm. »Das Wasser steigt noch, verdammt. Wenn wir keine Rast gemacht hätten, so hätten wir ihn vor einer Stunde noch überqueren können. Wer weiß, ob es jetzt noch klappt.«

Vatnajökull heißt nicht zu Unrecht der ›Wassergletscher‹. Er beherrscht das Flußsystem von Ost- und Südisland – ein gewaltiges Reservoir gefrorenen Wassers, das langsam schmelzend das gesamte Land mit einem Netz von Flußläufen überzieht. Ich war für den sonnigen Tag dankbar gewesen, was nun aber Ströme von Wasser bedeutete. Am besten überquert man einen Gletscherfluß im Morgengrauen. Während des Tages, vor allem bei sonnigem Wetter, nimmt das Schmelzwasser zu, um am späten Nachmittag seinen Höhepunkt zu erreichen. Dieser spezielle Fluß hier war noch nicht einmal bei seinem Höchstand angelangt, aber trotzdem schon zu tief, um bedenkenlos überquert zu werden.

Elin blickte auf die Karte. »Wohin willst du noch? Heute, meine ich?«

»Ich möchte auf die Hauptstraße von Sprengisandur. Der Weg geht mehr oder weniger durch, und dann müßten wir von dort aus eigentlich leicht nach Geysir kommen können.«

Sie maß die Entfernung. »Sechzig Kilometer.« Sie hielt inne und ich sah, wie sich ihre Lippen bewegten.

»Was ist?«

Sie blickte auf. »Ich habe ausgerechnet, daß wir bei sechzig Kilometern sechzehn Flüsse überqueren müssen, bevor wir auf die Sprengisandur-Straße kommen.«

»Ach du meine Güte«, rief ich aus. Bisher hatte ich es auf meinen Fahrten durch Island nie sonderlich eilig gehabt. Ich hatte die Flüsse nie gezählt, und wenn man einen gerade nicht durchqueren konnte, hatte es keine Rolle gespielt, wenn ich ein paar Stunden Pause machte, bis sich der Wasserspiegel wieder gesenkt hatte.

Nun ja, die Zeiten ändern sich.

»Wir müssen hier übernachten«, sagte Elin.

Ich starrte auf den Fluß und wußte, daß ich mich rasch entscheiden mußte. »Ich glaube, wir müssen versuchen hinüberzukommen.«

Elin sah mich bestürzt an. »Aber warum? Du kannst vor morgen früh die anderen Flüsse doch nicht überqueren.«

Ich warf einen Kieselstein ins Wasser. Es war nicht zu erkennen, ob er Kreise zog, da die schnelle Strömung sie sofort verwischte. »Falls auf das Prickeln in meinem Nakken irgendein Verlaß ist, dann gibt's Ärger.« Ich drehte mich um und zeigte auf den Weg, den wir gekommen waren. »Und ich nehme an, er kommt aus dieser Richtung. Wenn wir schon übernachten müssen, dann lieber auf der anderen Flußseite.«

Elin warf einen zweifelnden Blick auf den Strudel mitten im Fluß.

»Das wird gefährlich.«

»Hier zu bleiben, ist wahrscheinlich noch gefährlicher.« Mich beschlich ein Gefühl des Unbehagens, das vielleicht nur von meinem Widerwillen herrührte, in einer Sackgasse zu sitzen, aus der es kein Entrinnen gab. Das hatte mich auch veranlaßt, die Askja zu verlassen, und deswegen wollte ich diesen Fluß jetzt überqueren. Vielleicht erwachte auch nur mein ausgeprägter Sinn für Taktik wieder, den ich so lange vernachlässigt hatte. Ich fügte hinzu: »In einer Viertelstunde wird es noch gefährlicher sein. Komm, laß uns losfahren.«

Danach prüfte ich, ob sich die Stelle, an der der Fahrweg im Fluß endete, tatsächlich am besten zum Überqueren eignete. Das war notwendig, stellte sich jedoch hinterher als reine Zeitvergeudung heraus. Sowohl flußauf- als auch flußabwärts war es unmöglich, den Fluß zu durchqueren; entweder war das Wasser zu hoch oder der Uferdamm zu steil. Ich beschloß, mich an die übliche Furt zu halten, und hoffte auf festen Untergrund.

Ich legte den ersten Gang ein und fuhr langsam ins Flußbett. Das schnell dahinströmende Wasser wirbelte um die Räder, und die hohen Wellen schwappten gegen die Wagenseite. In der Flußmitte war es am tiefsten, und ich rechnete jeden Augenblick damit, daß es unter der Tür hereindringen würde. Die Strömung war so stark, daß ich ein paar Sekunden lang – und bei dem Gedanken sträubten sich mir die Haare – spürte, wie der Wagen seitlich wegrutschte und mit einer seltsam schlingernden Bewegung abzutreiben drohte.

Ich trat das Gaspedal durch und versuchte, seichteres Wasser und das gegenüberliegende Ufer zu erreichen. Die Vorderräder gruben sich ins Flußbett, aber das Heck des Wagens hob sich buchstäblich an und trieb ab, so daß wir schließlich mit der Breitseite am Ufer ankamen und mühsam über einen mit Moos überwucherten Lavahügel krochen, während das Wasser vom Landrover herabströmte wie bei einem Hund nach seinem morgendlichen Bad.

Wieder auf dem Fahrweg angelangt, holperten und schlingerten wir über die Lava. Als wir schließlich auf einigermaßen festem Grund waren, schaltete ich den Motor ab und sah Elin an. »So. Weitere Flüsse überqueren wir heute nicht mehr. Der eine reicht. Es lebe der Vierradantrieb.«

Elin sah etwas mitgenommen aus. »Das hätte schiefgehen können«, wandte sie ein. »Beinahe wären wir flußabwärts getrieben worden.«

»Es ist aber gut gegangen«, erwiderte ich und ließ den Motor wieder an. »Wie weit ist es bis zum nächsten Fluß? Wir übernachten dort und überqueren ihn in der Morgendämmerung.«

Sie konsultierte die Karte. »Gut anderthalb Kilometer.«

Wir fuhren weiter und kamen bald an Fluß Nummer zwei, den das Schmelzwasser des Vatnajökull ebenfalls hatte anschwellen lassen. Ich bog ab und fuhr auf eine Felsgruppe zu, hinter der ich den Landrover parkte, so daß er weder vom Fluß noch vom Weg aus zu sehen war – was lediglich eine taktische Vorsichtsmaßnahme war.

Ich war verärgert. Es war noch nicht spät, und uns standen noch mehrere Stunden Tageslicht zur Verfügung, die wir gut zum Weiterfahren hätten benutzen können, wären die verdammten Flüsse nicht gewesen. Aber nun blieb uns nichts anderes übrig, als bis zum nächsten Morgen zu warten in der Hoffnung, daß der Wasserspiegel sinken würde. Ich sah Elin an.

»Du siehst müde aus. Das war ein harter Tag für dich.«

Sie nickte bedrückt und stieg aus, wobei sie ihren rechten Arm zu schonen schien. »Wie geht es deiner Schulter?« fragte ich.

Sie zog eine Grimasse. »Sie ist steif.«

»Dann sehe ich sie mir besser mal an.«

Ich machte das Klappverdeck des Landrover zu und stellte Wasser auf. Elin setzte sich und versuchte, ihren Pullover auszuziehen. Es gelang ihr nicht, weil sie den rechten Arm nicht heben konnte. Ich half ihr dabei. Obwohl ich sehr behutsam vorging, stöhnte sie vor Schmerz auf. Vernünftigerweise trug sie keinen Büstenhalter, da der Träger genau auf die Verletzung gedrückt hätte.

Ich nahm den Verband ab und betrachtete die Wunde. Sie war rot und entzündet, aber Gott sei Dank war kein Eiter zu sehen.

»Ich habe dir ja gesagt, daß es ziemlich weh tun würde«, bemerkte ich. »So eine Schramme kann höllisch schmerzen – sei bloß nicht so schrecklich heldenhaft. Ich weiß, wie sich das anfühlt.«

Sie kreuzte die Arme über der Brust. »Hast du auch schon mal so was gehabt?«

»Ich hab mal einen Streifschuß über die Rippen verpaßt bekommen«, erwiderte ich, während ich warmes Wasser in eine Tasse goß.

»Ah, daher die Narbe.«

»Bei dir ist es schlimmer, weil der Trapezmuskel was abbekommen hat, und den bewegst du dauernd. Du solltest deinen Arm in eine Schlinge legen. Ich werd mal nachsehen, ob ich was Geeignetes finde.« Ich wusch die Wunde aus und legte einen neuen, mit Penicillinpuder bestäubten Verband an. Dann half ich ihr wieder in den

Pullover. »Wo ist dein Schal – der neue, wollene?«

»In der Schublade dort.«

»Mit dem wird es gehen.« Ich nahm ihn heraus und legte ihn ihr so um, daß die verletzte Schulter so wenig wie möglich bewegt werden konnte. »Setz dich hin und schau mir beim Kochen zu.«

Ich fand, daß dies der richtige Zeitpunkt war, um die ›Schatzkammer‹ zu öffnen – der Kasten, in dem wir die bescheidene Kollektion wirklicher Delikatessen für besondere Gelegenheiten aufbewahrten. Wir hatten beide eine Aufmunterung nötig, und nichts hebt die Lebensgeister mehr als ein erstklassiges Mahl. Ich weiß nicht, ob Mr. Fortnum und Mr. Mason sich darüber im klaren sind, welche Genüsse sie mit ihren Konserven Fremden in fernen Ländern verschaffen, aber nach der Austernsuppe, den gebratenen Wachteln und den in Cognac eingelegten Pfirsichen war ich nahe daran, den Gentlemen ein Dankschreiben zukommen zu lassen.

Während des Essens kehrte langsam die Farbe in Elins Wangen zurück. Ich achtete darauf, daß sie ihre rechte Hand nicht benutzte. Das wäre auch nicht nötig gewesen, denn die Wachtel war so zart, daß sich das dunkle, zarte Fleisch mühelos mit der Gabel von den Knochen lösen ließ. Anschließend kochte ich Kaffee, wozu wir einen Brandy tranken, den ich als medizinischen Nothelfer ebenfalls mitgenommen hatte.

Elin nippte an ihrem Kaffee und seufzte. »Fast wie in alten Zeiten, Alan.«

»Ja«, murmelte ich träge. Ich fühlte mich auch schon wesentlich wohler. »Aber jetzt gehst du besser schlafen. Morgen starten wir sehr früh.« Ich rechnete mir aus, daß es um drei Uhr morgens, bei niedrigstem Wasserstand, hell genug sein würde, um loszufahren.

Elin sah, wie ich nach dem Feldstecher griff. »Was hast du vor?« fragte sie.

»Ich will mich bloß mal ein bißchen umsehen. Leg du dich ins Bett.«

Sie blinzelte schläfrig und gähnte. »Ich bin hundemüde.«

Das erstaunte mich nicht. Wir hatte eine endlos lange und beschwerliche Fahrt im *Óbyggdir* hinter uns, die alles andere als ein Vergnügen gewesen war. Meiner Ansicht nach hatten wir kein einziges Schlagloch ausgelassen. »Leg dich hin – ich bleib nicht lange weg.«

Ich hängte mir den Feldstecher um, öffnete die hintere Wagentür und sprang heraus. Als ich mich eben auf den Weg machen wollte, fiel mir etwas ein. Ich ging zum Landrover, holte das Gewehr heraus und hoffte nur, daß Elin mich nicht beobachtete.

Zuerst inspizierte ich den Fluß, den wir überqueren mußten. Er floß friedlich dahin. Nur einige nasse Steine ließen darauf schließen, daß sich der Wasserspiegel zu senken begann. Im Morgengrauen war es vermutlich eine Kleinigkeit, ihn zu überqueren, und meiner Schätzung nach mußte es uns gelingen, auch alle anderen Flüsse zwischen uns und Sprengisandur zu durchqueren, bevor die anschwellenden Wassermassen dies verhindern würden.

Ich hängte das Gewehr über meine Schulter und kehrte zu der rund anderthalb Kilometer entfernten Stelle zurück, wo wir den Fluß durchfahren hatten. Ich pirschte mich mit äußerster Vorsicht heran, aber alles wirkte ganz friedlich. Der Fluß floß dahin und gluckerte – nichts Beunruhigendes war zu sehen. Mit dem Feldstecher suchte ich die weitere Umgebung ab, setzte mich dann hin und lehnte mich an einen bemoosten Felsblock. Während ich mir eine Zigarette anzündete, begann ich nachzudenken.

Elins Schulter machte mir Sorgen, Nicht, daß ihr Zustand besonders alarmierend gewesen wäre, aber ein Arzt hätte die Wunde besser behandeln können als ich, und diese holprige Fahrt war auch nicht gerade die beste Medizin gewesen. Vielleicht würde es schwirig sein, dem Doktor zu erklären, wie Elin zu einer Schußwunde gekommen war, aber schließlich passieren ja manchmal Unfälle, und mit etwas Geschick würde ich das schon hinkriegen.

Ich blieb zwei Stunden sitzen, rauchte, grübelte und betrachtete den Fluß. Aber am Ende war mir trotz allen Kopfzerbrechens keine Erleuchtung gekommen. Das Auftauchen des amerikanischen Helikopters war ein neues rätselhaftes Ereignis, das nirgendwo in das Puzzle zu passen schien. Ein Blick auf meine Uhr zeigte mir, daß es kurz nach neun war. Nachdem ich meine herumliegenden Zigarettenstummel beerdigt hatte, griff ich nach dem Gewehr und brach auf.

Sobald ich stand, sah ich etwas, das mich erstarren ließ – nämlich eine Staubwolke in einiger Entfernung vom Fluß. Ich legte die Waffe wieder hin und schaute durch den Feldstecher. Vor der aufwirbelnden Staubwolke konnte ich, vorläufig noch als winzigen Punkt, ein Fahrzeug erkennen. Es sah aus wie ein Flugzeug, das einen Kondensstreifen hinter sich herzieht. Ich sah mich um. In der Nähe des Flusses gab es keine Möglichkeit, sich zu verstecken, aber ungefähr zweihundert Meter weiter entdeckte ich ein Lavariff, ein Überbleibsel längst vergangener vulkanischer Kräfte. Das würde Schutz bieten. Ich rannte darauf zu.

Das Fahrzeug entpuppte sich als ein Willys Jeep – der auf seine Weise ebenso geeignet für dieses Land ist wie mein Landrover. Er verlangsamte seine Fahrt, als er sich dem Fluß näherte, und hielt am Ufer an. Die Nacht war so ruhig, daß ich sogar das Schnappen des Türgriffs hören konnte, als ein Mann ausstieg und ans Wasser trat. Er drehte sich um und sagte etwas zu dem Fahrer. Obwohl ich die Worte nicht verstehen konnte, wußte ich, daß er weder isländisch noch englisch sprach.

Es war Russisch.

Der Fahrer stieg aus, blickte auf das Wasser und schüttelte den Kopf. Gleich darauf standen vier Männer am Ufer und schienen heftig zu diskutieren. Ein zweiter Jeep tauchte auf, und weitere Männer kletterten heraus, um sich mit dem Problem zu beschäftigen, bis es schließlich insgesamt acht Leute waren. Zwei vollbesetzte Jeeps. Einen der Burschen – denjenigen, der so energische Gesten machte und der Boss zu sein schien – glaubte ich zu erkennen.

Ich hob den Feldstecher an die Augen und ich konnte sein Gesicht in der Dämmerung deutlich erkennen. Elin hatte unrecht gehabt. Es war kein ungerechtfertigtes Risiko gewesen, den Fluß doch noch zu überqueren – und die Rechtfertigung lag in diesem Gesicht. Da war die Narbe, die vom Ende der rechten Braue bis zum Mundwinkel verlief, da waren die Augen, grau und hart wie Kieselsteine. Nur das ehemals schwarze Haar war jetzt graumeliert, das Gesicht war gedunsen, und am Hals begannen sich kleine Hautwülste zu bilden.

Wir beide, Kennikin und ich, waren vier Jahre älter geworden, aber ich fand, ich hatte mich besser gehalten als er.

KAPITEL 5

I

Ich streckte die Hand nach dem Gewehr aus und zögerte dann. Das Licht war nicht sehr gut und wurde zunehmend schlechter, die Waffe war mir fremd und hatte nicht den richtigen Lauf, um einen Mann mit Sicherheit auf diese Entfernung zu treffen. Ich schätzte die Distanz auf knapp dreihundert Meter ein. Wenn es mir trotzdem gelingen würde, einen Treffer zu landen, dann nur durch reinen Zufall.

Wenn ich meine eigene Waffe gehabt hätte, so hätte ich Kennikin genauso leicht töten können, wie man ein Stück Wild erlegt. Einmal hatte ich ein abgerundetes Bleigeschoß in eines dieser Tiere hineingejagt, worauf es noch achthundert Meter weiterrannte, bevor es tot zusammenbrach. Und das mit einer faustgroßen Ausschußwunde. Ein Mensch käme nicht so weit – sein Nervensystem ist zu empfindlich, er ist dem Schock nicht gewachsen.

Aber ich hatte nun mal mein Gewehr nicht bei mir, und es war sinnlos, auf gut Glück loszuballern. Damit hätte ich Kennikin lediglich verraten, daß ich in der Nähe war. Und vielleicht war es besser, wenn er das nicht wußte. Ich ließ die Waffe sinken und konzentrierte mich auf die Szene am gegenüberliegenden Ufer.

Die Diskussion war bei Kennikins Eintreffen verstummt, und ich wußte auch warum. Schließlich hatte ich mit ihm zusammengearbeitet. Kennikin hatte nichts für überflüssiges Geschwätz übrig. Er befaßte sich mit vorgetragenen Einwänden – und wehe, wenn sie unzutreffend waren – und fällte dann seine Entscheidungen. Im Augenblick war er intensiv damit beschäftigt, eine Entscheidung zu treffen.

Ich grinste, als ich sah, wie jemand auf die Spuren vom Landrover deutete, die ins Wasser führten, und dann aufs gegenüberliegende Ufer wies. Dort, wo wir normalerweise den Fluß hätten verlassen sollen, war nichts zu sehen, wir waren nämlich seitlich abgetrieben worden. Das mußte jeden, der das nicht mitgekriegt hatte, verblüffen.

Der Mann wies mit beredter Geste flußabwärts, aber Kennikin schüttelte den Kopf. Offensichtlich war er anderer Meinung. Er sagte irgendwas, wobei er ungeduldig mit den Fingern schnippte. Sofort stürzte jemand mit einer Landkarte herbei. Er studierte sie und deutete auf irgendeinen Punkt auf der rechten Seite, worauf vier der Männer in den einen Jeep stiegen, auf dem Fahrweg zurückstießen und dann über das offene Land rumpelten.

Ich runzelte die Stirn, aber dann fiel mir ein, daß es in dieser Richtung eine kleine Seengruppe gab, die Gaesvötn hieß. Wenn Kennikin annahm, daß ich dort kampieren würde, so war er zwar auf dem Holzweg, aber es verriet seine Gründlichkeit und Umsicht.

Die Mannschaft des anderen Jeep begann, direkt neben dem Fahrweg eifrig, aber unbeholfen Zelte für die Nacht zu errichten. Einer der Männer kam mit einer Thermosflasche zu Kennikin und goß eine Tasse dampfend heißen Kaffee ein, die er ihm unterwürfig offerierte. Kennikin nahm sie und nippte daran, während er am Ufer stand und über den unpassierbaren Fluß blickte. Mir war, als starre er mir direkt in die Augen.

Ich senkte den Feldstecher und zog mich vorsichtig zurück. Nachdem ich vom Lavariff heruntergeklettert war, hängte ich das Gewehr über die Schulter und legte im Dauerlauf den Rest der Strecke zum Landrover zurück, sorgfältig darauf achtend, daß keine verräterischen Radspuren zu sehen waren, aus denen hervorgehen würde, wo wir vom Fahrweg abgebogen waren.

Es war unwahrscheinlich, daß Kennikin einen Mann über den Fluß schwimmen lassen würde – denn dadurch hätte er eine ganze Menge Leute verlieren können –, aber trotzdem mußte ich verhindern, daß meine Gegner per Zufall über uns stolperten.

Elin schlief. Sie lag auf der linken Seite, in ihren Schlafsack vergraben, und ich war dankbar, daß sie niemals laut atmete oder schnarchte. Ich weckte sie nicht. Es hätte keinen Sinn gehabt, sie um ihren Seelenfrieden zu bringen. Wir kamen jetzt doch nicht weiter – und Kennikin ebensowenig. Ich knipste meine Taschenlampe an und schirmte sie mit einer Hand ab, damit der Lichtstrahl Elin nicht traf. Dann begann ich, in einer Schublade herumzuwühlen, bis ich das Nähtäschchen fand, dem ich eine Rolle schwarzen Fadens entnahm.

Danach kehrte ich zum Fahrweg zurück und spannte ein Stück Faden quer darüber, wobei ich beide Enden an einem Klumpen losen Lavagesteins befestigte. Ich wollte es wissen, falls Kenikin während der Nacht vorüberkam, denn ich hatte keine Lust, am nächsten Morgen den Fluß zu überqueren, nur um ihm auf der anderen Seite in die Arme zu rennen.

Dann ging ich zum Ufer hinab. Der Wasserspiegel sank immer noch, und wenn das Licht besser gewesen wäre, hätte man vielleicht durchfahren können. Aber ich wollte das auf gar keinen Fall ohne aufgeblendete Scheinwerfer riskieren, was wiederum unmöglich war, weil sie sich zu deutlich gegen den Nachthimmel abgezeichnet hätten. Kennikins Bande saß uns zu dicht auf den Fersen.

So wie ich war, ließ ich mich auf mein Nachtlager fallen. Unter den Umständen rechnete ich sowieso nicht damit, einzuschlafen. Trotzdem stellte ich den Wecker meiner Armbanduhr auf zwei Uhr früh. Und das war das letzte, woran ich mich erinnerte, bevor er wie ein wild gewordener Moskito zu summen begann und mich wieder aufweckte.

II

Um zwei Uhr fünfzehn waren wir startbereit. Als der Wecker klingelte, rüttelte ich Elin wach, ohne auf ihren schlaftrunkenen Protest zu achten. Erst als sie erfuhr, wie nahe uns Kennikin war, wurde sie quicklebendig.

»Zieh dich schnell an«, drängte ich sie. »Ich werde mich inzwischen draußen umsehen.«

Der schwarze Faden hing unverändert zwischen den Steinen, was bedeutete, daß kein Fahrzeug durchgekommen war. Jeder in der Nacht vorbeikommende Jeep mußte sich einfach an diese Route halten, denn es war ein Ding der Unmöglichkeit, in der Dunkelheit die Lavafelder zu überqueren. Man hätte den Weg zwar auch zu Fuß machen können, aber das schien mir unwahrscheinlich.

Inzwischen war kaum noch Wasser im Flußbett, und es mußte eine Kleinigkeit sein, ans andere Ufer zu gelangen. Als ich zurückkehrte, warf ich einen Blick in Richtung Osten. Die kurze nordische Sommernacht neigte sich ihrem Ende zu. Mir schien es das Beste, den Fluß so schnell wie möglich zu überqueren und den Vorsprung vor Kennikin so weit wie möglich zu vergrößern.

Elin hatte eine andere Idee. »Warum bleiben wir nicht einfach hier und lassen ihn vorausfahren? Bis er merkt, daß er hinter einer Schimäre herjagt, hat er schon eine weite Strecke zurückgelegt.«

»Ausgeschlossen«, erwiderte ich. »Wir wissen, daß er mindestens zwei Jeeps zur Verfügung hat, vielleicht sind es auch mehr. Wenn wir ihn vorausfahren lassen, kann es uns passieren, daß wir eingekeilt werden, was verdammt unangenehm wäre. Wir überqueren den Fluß jetzt.«

Es ist gar nicht so einfach, einen Wagenmotor leise anzulassen. Ich stopfte Decken um den Anlasser, um den unverkennbaren Krächzton zu dämpfen. Der Motor sprang an und tuckerte friedlich weiter, worauf ich die Decken wieder wegnahm. Danach trat ich nur sehr leicht aufs Gaspedal, während wir auf den Fluß zufuhren. Wir durchqueren ihn ohne Mühe, obwohl dabei mehr Lärm entstand, als mir lieb war, und weiter gings zum nächsten Fluß.

Elin mußte ihre Augen nach hinten offenhalten, während ich mich darauf konzentrierte, so schnell und so leise wie möglich zu fahren. Während der nächsten vier Kilometer überquerten wir zwei weitere Flüsse, dann kam eine lange Strecke in nördlicher Richtung, auf der ich schneller fahren konnte. Da wir uns jetzt weit genug von Kennikin entfernt hatten, konnte ich das Tempo beschleunigen und mußte nicht mehr so auf Geräuschlosigkeit achten.

Sechzehn Flüsse auf sechzig Kilometer, hatte Elin gesagt. Wenn man die Zeit, die wir zum Überqueren der Flüsse brauchten, außer acht ließ, schafften wir jetzt einen Durchschnitt von fünfundzwanzig Stundenkilometern, wobei uns allerdings sämtliche Knochen durcheinandergeschüttelt wurden. Für diesen Weg fuhren wir entschieden zu schnell. Ich schätzte, daß wir in rund vier Stunden die Sprengisandur-Route erreichen würden. Tatsächlich brauchten wir sechs, weil sich einige der Flüsse als ausgesprochen heimtückisch erwiesen.

Mit dem Erreichen der Sprengisandur-Route hatten wir zugleich die Wasserscheide hinter uns gelassen. Von hier an flossen die Flüsse nach Süden und Westen und nicht mehr nach Norden und Osten. Um acht Uhr dreißig waren wir auf der Hauptroute. Erleichtert sah ich Elin an.

»Ein Frühstück wäre jetzt genau das Richtige. Kannst du mal nach hinten klettern und uns was zu essen zurechtmachen?«

»Willst du nicht halten?«

»Lieber Himmel, nein. Kennikin muß schon stundenlang unterwegs sein. Ich habe keinen blassen Schimmer, wie nahe er ist, und lege auch keinerlei Wert darauf, daß er uns hier überrascht. Brot, Käse und Bier wären phantastisch.«

Wir frühstückten während der Fahrt und hielten nur

einmal um zehn, um den Tank aus dem letzten Bezinkanister aufzufüllen. Während wir noch damit beschäftigt waren, tauchte plötzlich unser Freund vom Tag zuvor auf, der Helikopter der US Marine. Diesmal kam er von Norden, flog nicht sehr tief und schien uns überhaupt keinerlei Aufmerksamkeit zu schenken.

Ich sah ihm nach, wie er sich in Richtung Süden entfernte. Elin schüttelte verwundert den Kopf: »Das finde ich aber merkwürdig.«

»Ich auch«, pflichtete ich ihr bei.

»Aber nicht so sehr wie ich«, entgegnete sie. »Normalerweise fliegen hier keine amerikanischen Militär-Maschinen herum.« Sie runzelte die Stirn.

»Stimmt, jetzt wo du es sagst – es ist wirklich seltsam.« In Island herrscht eine gewisse Gereiztheit über die permanente Anwesenheit amerikanischen Militärs in Keflavik. Viele Inselbewohner halten das für eine Zumutung, und wer kann es ihnen verdenken? Die amerikanischen Behörden sind sich dessen bewußt und versuchen, das Problem so klein wie möglich zu halten. Jedenfalls ist die amerikanische Marine auf Island im allgemeinen bemüht, nicht aufzufallen. Eine Militärmaschine am isländischen Himmel hatte zweifellos Seltenheitswert.

Achselzuckend schob ich das Problem fürs erste beiseite und konzentrierte mich darauf, den letzten Tropfen aus dem Kanister zu gießen. Dann fuhren wir weiter. Anscheinend folgte uns niemand. Wir gerieten auf eine gerade, wenn auch unebene Strecke zwischen dem Fluß Thjórsá und dem Bergkamm des Búdarháls. Die Hauptstraße war nur noch siebzig Kilometer entfernt – sofern man irgendwelche Straßen auf Island überhaupt als Hauptstraßen bezeichnen kann.

Aber verglichen mit den Fahrwegen des *Óbyggdir* ist selbst die lausigste Hauptstraße noch eine wahre Pracht – vor allem, wenn man wie wir eine aufgeweichte Piste vor sich hatte. Dies ist ein Kernproblem im Juni, wenn die gefrorene Wintererde sich als eine gelatineartige Autofalle herausstellt. Das hinderte uns zwar nicht am Weiterfahren, verlangsamte jedoch beträchtlich unser Tempo. Mein einziger, wenn auch schwacher Trost war, daß es auch Kennikin nicht bessergehen würde.

Um elf Uhr hatten wir eine Panne – ein Reifen platzte. Es war ausgerechnet ein Vorderreifen, und ich focht einen wilden Kampf mit dem Lenkrad aus, bevor wir zum Stillstand kamen. »Bloß schnell«, sagte ich und griff nach dem Wagenheber.

Wenn wir schon einen Platten haben mußten, dann war dies noch eine einigermaßen günstige Stelle. Der Boden war eben und trocken genug, um den Wagenheber nicht abrutschen zu lassen. Ich hievte den vorderen Teil des Landrovers in die Höhe und machte mich daran, das Rad abzunehmen. Elin konnte wegen ihrer Schulter keine große Hilfe sein, und deshalb schlug ich ihr vor, Kaffee zu kochen, da wir etwas Heißes durchaus vertragen konnten.

Ich rollte den kaputten Reifen weg und ersetzte ihn durch einen Ersatzreifen. Die ganze Operation nahm knapp zehn Minuten in Anspruch, eine Verzögerung, die wir uns an dieser Stelle und zu diesem Zeitpunkt nicht leisten konnten. Etwas weiter im Süden würden wir uns in einem mehr oder minder verzweigten Straßennetz verkrümeln können, aber auf diesen einsamen Pfaden in der Wildnis saß man wie in einer Falle.

Ich zog die letzte Schraube an und untersuchte den kaputten Reifen, um herauszufinden, was die Panne verursacht hatte. Was ich dabei entdeckte, ließ mir das Blut gerinnen.

Nur ein Geschoß konnte ein solches Loch in einen Reifen reißen. Irgendwo oben auf dem Kamm, in einer Felsspalte verborgen, mußte ein Heckenschütze hocken. Und wahrscheinlich hatte er mich genau im Visier.

III

Wie zum Teufel war es Kennikin gelungen, uns zu überholen?
Das war mein erster erbitterter Gedanke. Aber Gedanken waren müßig, ich mußte handeln.

Ich hievte die Felge mit dem ruinierten Reifen hoch und befestigte sie auf der Motorhaube. Während ich den Schraubenschlüssel drehte, warf ich einen versteckten Blick zum Bergkamm. Zwischen seinem Fuß und dem Fahrweg lagen mindestens zweihundert Meter. Also mußte der Scharfschütze gut und gern vierhundert Meter weit weg sein, wahrscheinlich sogar weiter.

Ein Mann, der auf über vierhundert Meter Entfernung einen Reifen treffen kann, muß ein verdammt guter Schütze sein. So gut, daß er jederzeit auch mir eine Kugel in den Leib jagen konnte. Warum hatte er das nicht getan? Ich war doch eine ideale Zielscheibe für ihn, und trotzdem flogen mir keine Kugeln um den Kopf. Als ich die letzte Schraube anzog, wandte ich dem Bergkamm den Rücken zu, was mir ein unangenehm prickelndes Gefühl zwischen den Schulterblättern verursachte, genau dort, wo mich die Kugel treffen würde, sofern der Mann noch einmal schoß.

Ich sprang herunter, verstaute den Schraubenschlüssel und den Wagenheber und bemühte mich, so unbefangen wie möglich zu wirken. Meine Handflächen klebten vor Schweiß. Ich ging nach hinten und steckte meinen Kopf durch die geöffnete Wagentür.

»Wie steht's mit dem Kaffee?«
»Gerade fertig«, antwortete Elin.

Ich stieg ein und ließ mich nieder. Dieser winzige Raum verschaffte mir die angenehme Illusion des Geschütztseins – aber mehr als eine Illusion war es wirklich nicht. Zum zweitenmal wünschte ich mir, der Landrover wäre gepanzert. Von meinem Sitz aus konnte ich unauffällig die Hänge des Bergkamms inspizieren, wovon ich reichlich Gebrauch machte.

Zwischen den roten und grauen Felsen rührte sich gar nichts, niemand stand auf, winkte oder jauchzte. Falls überhaupt noch jemand da war, dann verhielt er sich mucksmäuschenstill, was von seinem Standpunkt aus gesehen natürlich das einzige Vernünftige war.

Aber war der Schütze überhaupt noch dort oben? Vermutlich ja. Welcher halbwegs normale Mensch, käme schon auf die Idee, ein Loch in einen Autoreifen zu schießen und sich dann einfach zu verdrücken? Dieser Jemand lauerte mit großer Wahrscheinlichkeit dort oben und beobachtete die Situation aus seinem sicheren Versteck heraus. Aber warum hatte er mich nicht attackiert? Mir schien das nicht sehr sinnvoll zu sein – es sei denn, er hatte mich lediglich manövrierunfähig machen wollen.

Ich starrte gedankenverloren auf Elin, die Zucker in eine Dose füllte. Wenn meine Überlegungen stimmten, dann bedeutete das, daß Kennikin mich in die Zange genommen hatte. Das war nicht besonders schwer zu arrangieren, solange er wußte, wo ich war. Funkanlagen sind eine herrliche Einrichtung. Ich hätte wetten mögen, daß dieser Bursche Order hatte, mich aufzuhalten, damit Kennikin mich einholen konnte. Und das bedeutete, daß er mich lebend fassen wollte.

Was würde wohl passieren, wenn ich mich einfach ans Lenkrad setzte und versuchen würde weiterzufahren? Aller Wahrscheinlichkeit nach würde eine weitere Kugel den nächsten Reifen zerfetzen. Bei einem parkenden Wagen war das ein Kinderspiel. Ich machte mir nicht die Mühe, es herauszufinden, ich hatte nämlich nur einen Ersatzreifen.

In der Hoffnung, daß die Kette meiner Überlegungen nicht allzu brüchig sei, begann ich Vorbereitungen zu treffen, um uns der Reichweite dieses Gewehrs zu entziehen. Ich holte Lindholms Totschläger unter der Matratze hervor, wo ich ihn versteckt hatte, und schob ihn in die Tasche.

»Komm, gehen wir«, schlug ich vor. Meine Stimme war

nur noch ein heiseres Krächzen. Ich räusperte mich. »Wir trinken unseren Kaffee draußen.«

Elin blickte überrascht auf. »Ich dachte, wir hätten es so eilig.«

»Wir haben gutes Tempo vorgelegt«, erwiderte ich. »Meiner Meinung nach haben wir genügend Vorsprung, um uns eine Ruhepause gönnen zu können. Ich nehme die Kaffeekanne und den Zucker. Bring du die Tassen.« Liebend gern hätte ich auch das Gewehr mitgenommen, aber das wäre zu auffallend gewesen. Für gewöhnlich nimmt ein harmloser Mann seinen Kaffee nicht schwer bewaffnet ein.

Ich sprang aus der hinteren Wagentür und setzte die Kaffeekanne und die Zuckerdose, die Elin mir herausreichte, auf der Stoßstange ab, bevor ich ihr selbst herunterhalf. Ihr rechter Arm war immer noch in der Schlinge, aber sie konnte Tassen und Löffel in der linken Hand tragen. Ich nahm die Kanne und deutete damit auf den Höhenrücken. »Komm. Wir gehen hinüber zu den Felsen.« Ohne ihr Zeit zu einem Einwand zu lassen, wanderte ich davon.

Wir gingen über das offene Gelände auf den Fuß der Felsen zu. Ich hielt – ein Bild der Unschuld – die Kaffeekanne in der einen und die Zuckerdose in der anderen Hand. Das *sgian dubh* steckte in meinem linken kniehohen schottischen Socken, und den Totschläger hatte ich in der Tasche, aber beide waren nicht zu sehen. Während wir uns dem Berg näherten, konnte ich mir lebhaft vorstellen, daß unser Freund möglicherweise anfing, sich Sorgen zu machen. Jede Sekunde konnte er uns aus dem Blickfeld verlieren – vielleicht beugte er sich sogar ein wenig vor, um uns im Auge zu behalten.

Ich drehte mich zu Elin um, wie um mit ihr zu sprechen, und wandte mich dann schnell wieder nach vorne, wobei ich einen Blick nach oben warf. Es war zwar niemand zu sehen, doch wurde ich immerhin durch den Anblick von etwas Glitzerndem belohnt, das schnell wieder verschwand. Irgend etwas hatte in der Sonne reflektiert. Vielleicht war es nur ein Stück glasglatter Lava gewesen, aber das glaubte ich nicht. Lava hüpft nicht umher, wenn sie sich selbst überlassen bleibt, jedenfalls nicht in erkaltetem Zustand.

Ich prägte mir die Stelle ein und ging weiter, schaute jedoch nicht mehr auf. Wir kamen an den Fuß des ungefähr sieben Meter hohen Felsens, um den herum struppiges Birkenunterholz wucherte, alles in allem dreißig Zentimeter hoch. Zwergbäume gedeihen auf der Insel bestens, und ich bin nur erstaunt, daß die Isländer kein Kapital daraus schlagen und einen florierenden Handel mit Japan angefangen haben. Ich setzte Kaffeekanne und Zuckerdose ab, ließ mich auf dem Boden nieder und zog mein linkes Hosenbein hoch, um das Messer herauszuziehen.

Elin kam nach. »Was machst du da?«

»Nun fahr nicht vor Schreck die Felswände hoch«, erwiderte ich.

»Auf dem Bergrücken hinter uns ist ein Kerl, der gerade vorhin ein Loch in unseren Reifen geschossen hat.«

Elin starrte mich wortlos an. »Er kann uns hier nicht sehen«, fuhr ich fort, »aber das bereitet ihm wahrscheinlich kein Kopfzerbrechen. Er möchte uns nur aufhalten, bis Kennikin eingetroffen ist. Und er macht seine Sache gut. Solange er den Landrover sieht, weiß er, daß wir nicht weit weg sein können.« Ich steckte das Messer in den Hosenbund.

Elin sank auf die Knie. »Bist du ganz sicher?«

»Völlig. Wie sonst sollte ein neuer Reifen plötzlich einen Platten haben?« Ich stand auf und betrachtete den Bergrücken. »Ich werde den Drecksack aus seinem Versteck treiben. Ich glaube, ich weiß, wo er ist.« Ich zeigte auf eine rund anderthalb Meter hohe Spalte am Ende des Felswand. »Geh dort hinein und warte. Rühr dich nicht, bis du mich rufen hörst – und paß ja auf, daß ich es auch wirklich bin.«

»Und wenn du nicht zurückkommst?« fragte sie ängstlich.

Sie war sehr realistisch. »In diesem Fall bleibst du, wenn sonst nichts weiter passiert, in der Spalte, bis es dunkel ist. Dann rennst du zum Landrover hinüber und machst dich aus dem Staub. Sollte Kennikin aufkreuzen, so vermeide auf alle Fälle, in sein Blickfeld zu geraten.« Ich lächelte sie aufmunternd an. »Aber ich werd schon zurückkommen.«

»Mußt du überhaupt gehen?«

Ich seufzte. »Wir sitzen in der Falle, Elin. Jedenfalls so lange, wie dieser Spaßvogel da oben mit dem Gewehr auf den Landrover zielt. Was soll ich denn sonst tun? Hier warten, bis Kennikin eintrifft, und mich ihm ergeben?«

»Aber du bist doch nicht bewaffnet.«

Ich tippte an den Messergriff. »Das reicht. Nun tu, was ich dir gesagt habe.« Ich begleitete sie bis zur Felsspalte und half ihr hinein. Sehr bequem konnte es dort nicht sein. Die Spalte war ungefähr einen halben Meter breit und, wie gesagt, knapp anderthalb hoch. Sie mußte sich ducken – doch fand ich, daß es Schlimmeres gibt als solche Unbequemlichkeiten.

Jetzt mußte ich überlegen, wie ich am besten vorging. Der Bergrücken war von kleinen Schluchten durchzogen, die das Wasser in den weichen Fels genagt hatte. Das war eine Chance, hinaufzuklettern, ohne von oben gesehen zu werden. Es kam darauf an, zu einer Stelle zu gelangen, die über der lag, wo ich das Glitzern bemerkt hatte. Im Krieg – und dies war Krieg – ist immer der im Vorteil, der einen höheren Punkt erreicht als der Gegner.

Ich hielt mich links und blieb dicht am Felsen. Es gab dort eine rund sieben Meter lange, tiefe, nach oben führende Rille, die mir jedoch nichts nützte, weil sie ein erhebliches Stück unterhalb des Bergrückens endete. Die nächste war besser, weil sie bis beinahe an den Grat führte. Ich begann sie hochzuklettern.

Früher, während meines Trainings mußte ich auch

Kletterunterricht nehmen. Mein Ausbilder hatte einmal etwas sehr Weises gesagt: »Folgen sie nie einem Wasserlauf, weder auf- noch abwärts.« Die Begründung war durchaus einleuchtend gewesen. Wasser fließt auf dem schnellsten Weg bergab und der schnellste ist meistens auch der steilste. Es ist viel besser, sich an die kahlen Bergwände zu halten und die vom Wasser gebildeten Schluchten zu meiden. Aber Ausnahmen bestätigen die Regel – es gibt Fälle, in denen man gezwungen ist, eine steile, schlüpfrige ausgewaschene Rille im Felsen hinaufzuklettern, damit man keine Kugel in den Kopf kriegt.

Die Wände dieses ausgetrockneten Bachbetts waren jeweils gut drei Meter hoch. Es bestand also keine Gefahr, gesehen zu werden. Aber weiter oben wurden sie niedriger, und am Ende waren sie nur noch einen guten halben Meter hoch, so daß ich gezwungen war, bäuchlings aufwärtszurobben. Oben angelangt, mußte ich mich meiner Berechnung nach oberhalb des Heckenschützen befinden, und daher wagte ich es, meinen Kopf hinter einem Brocken zerklüfteter Lava hervorzustrecken.

Tief unter mir auf dem Weg stand einsam der Landrover. Ungefähr siebzig Meter weiter rechts und gut dreißig Meter tiefer mußte die Stelle sein, an der sich meiner Berechnung nach der Scharfschütze aufhielt. Die Findlingsblöcke, die aus der sandigen Oberfläche des Grats ragten, versperrten mir die Sicht – aber ihm auch. Diese Blöcke waren genau das Richtige, um mich an ihn heranzupirschen.

Ich ging mit äußerster Vorsicht vor, denn ich mußte damit rechnen, daß ich es nicht nur mit einem Mann zu tun hatte. Zum Teufel, vielleicht trieb sich ein rundes Dutzend von ihnen hier oben herum! Ich versuchte, meinen Atem unter Kontrolle zu bringen, und beobachtete eine Weile lang sehr genau jeden einzelnen Felsbrocken.

Nichts rührte sich. Vorsichtig robbte ich aus der Schlucht heraus und auf die Felsbrocken zu. Dort hielt ich inne und lauschte wieder angestrengt. Nur das ferne

Murmeln des Flusses unter mir war zu hören. Ich kletterte höher, um einen riesigen Felsbrocken herum, den Totschläger hielt ich griffbereit in der Hand.

Vorsichtig steckte ich meinen Kopf um den Felsen herum, und da sah ich sie – knapp zwanzig Meter unter mir in einer Mulde. Der eine saß da, das Gewehr lag vor ihm auf einer zusammengefalteten Jacke, der andere hockte weiter hinten und fummelte an einem Funksprechgerät herum. In seinem Mundwinkel hing eine unangezündete Zigarette.

Ich zog den Kopf zurück und überlegte. Mit *einem* Mann hätte ich es vielleicht aufnehmen können. Bei zweien war es schon schwieriger, vor allem ohne Schußwaffe. Langsam kroch ich an eine Stelle, von der aus ich die beiden besser beobachten konnte und selbst weniger auffiel, nämlich hinter zwei Felsbrocken, die sich beinahe berührten, so daß für mich ein gut zwei Zentimeter breites Guckloch blieb.

Der Mann mit dem Gewehr bewegte sich nicht. Er machte überhaupt einen gelassenen Eindruck. Wahrscheinlich war er ein erfahrener Jäger und hatte viele Stunden seines Lebens damit verbracht, auf seine Beute zu lauern. Der andere war wesentlich zappeliger. Er rutschte hin und her, kratzte sich, schlug mit der Hand nach einem Insekt auf seinem Bein und fingerte an dem Funksprechgerät herum.

Plötzlich sah ich, wie sich unten am Fuß des Bergrückens etwas bewegte und hielt den Atem an. Der Mann mit dem Gewehr schien es ebenfalls bemerkt zu haben, denn seine Muskeln spannten sich.

Es war Elin. Sie kam unterhalb der Felswand hervor und ging auf den Landrover zu.

Ich fluchte in mich hinein und zerbrach mir den Kopf darüber, was zum Teufel sie sich dabei dachte. Der Mann drückte das Gewehr fest an die Schulter und zielte. Der Lauf folgte Elin auf ihrem Weg, und das Auge des Schützen schien förmlich am Zielfernrohr zu kleben. Falls er abdrückte, war ich entschlossen, mich sofort und ohne Rücksicht auf Verluste auf den Kerl zu stürzen.

Elin ging zum Landrover und stieg ein. Gleich darauf erschien sie wieder und schlenderte auf die Felswand zu. Auf halbem Weg rief sie etwas und warf irgendeinen Gegenstand in die Luft. Ich war zu weit weg, um erkennen zu können, was es war; ich hielt es für ein Päckchen Zigaretten. Der Knallkopf mit dem Gewehr mußte es jedenfalls erkennen, denn er war mit einem der größten Zielfernrohre ausgerüstet, das ich je in meinem Leben zu Gesicht bekommen hatte.

Elin verschwand wieder aus meinem Blickfeld, und ich atmete erleichtert auf. Sie hatte dieses Theater absichtlich inszeniert, um die Burschen hier oben zu überzeugen, daß ich mich noch unten aufhielt, wenn sie mich auch nicht sehen konnten. Es klappte. Der Mann mit dem Gewehr entspannte sichtlich, drehte sich um und sagte irgend etwas zu dem anderen. Was, konnte ich nicht hören, denn er sprach leise, aber der Zappelige lachte laut.

Offensichtlich hatte er Schwierigkeiten mit dem Funksprechgerät. Er zog die Antenne heraus, drückte auf Tasten und drehte an Knöpfen. Schließlich warf er das Gerät neben sich aufs Moos. Dann sagte er etwas zu dem Gewehrschützen, und dieser nickte. Der andere stand auf und begann, in meine Richtung nach oben zu klettern.

Ich sah mich nach einer Stelle um, an der ich ihm auflauern konnte. Direkt hinter mir befand sich ein ungefähr ein Meter hoher Felsblock. Ich zog mich von meinem Guckloch zurück, kroch hinter den Felsbrocken und umfaßte den Totschläger fester. Gleich darauf hörte ich den Burschen kommen, denn er gab sich keine große Mühe, leise zu sein. Seine Stiefel knirschten auf dem Boden, einmal rutschte er aus, Geröll rieselte nach unten, und er fluchte unterdrückt. Plötzlich verdunkelte sein Schatten das Sonnenlicht, als er an mir vorüberkam. Ich richtete mich hinter ihm auf und verpaßte ihm einen Schlag auf den Kopf.

Es wird ziemlich viel Quatsch über Schläge, die jemand auf den Schädel bekommt, verzapft. Sofern man den Drehbuchautoren von Film und Fernsehen Glauben schenken kann, ist so was genau so sicher wie eine Vollnarkose im Operationssaal. Alles, was ein solcher Schlag angeblich bewirkt, ist eine kurze Ohnmacht und Kopfschmerzen, die nicht schlimmer sind als bei einem handfesten Kater. Ein Jammer, daß das alles nicht stimmt, denn sonst könnten die Anästhesisten auf ihre gesamte kostspielige Ausrüstung verzichten und statt dessen nach dem ebenso altehrwürdigen wie berüchtigten ›stumpfen Instrument‹ greifen.

Die Bewußtlosigkeit wird bei einem Schlag durch den heftigen Druck der Schädeldecke auf die Gehirnmasse hervorgerufen. Der Schaden, den letztere dabei nimmt, kann eine leichte Erschütterung oder auch den Tod zur Folge haben. Irgendein Schaden entsteht immer. Der Schlag muß ziemlich wuchtig sein, und da die Menschen verschieden ausfallen, kann es passieren, daß er den einen umbringt, während ein anderer davon nur benebelt wird. Das Problem ist nur, daß man vorher nie weiß, was für eine Art von Schlag es sein wird.

Ich war nicht in der Stimmung, halbe Arbeit zu leisten. Ich knallte ihm den Totschläger kräftig auf den Kopf. Seine Knie gaben nach, und er sackte zusammen. Ich konnte ihn gerade noch auffangen, bevor er hinstürzte.

Ich ließ ihn vorsichtig auf den Boden sinken und drehte ihn um, so daß er auf dem Rücken lag. Eine Zigarette hing ihm halb zerkaut aus dem Mundwinkel. Blut tröpfelte von ihr herab. Offensichtlich hatte er sich auf die Zunge gebissen. Er atmete noch.

Ich tastete seine Taschen ab und zog eine automatische Pistole hervor – eine Smith & Wesson, eine Doublette der Waffe, die ich Lindholm weggenommen hatte. Ich prüfte das Magazin, um mich zu überzeugen, daß es noch voll war, und entsicherte dann.

Selbst wenn der Haufen Unglück zu meinen Füßen zu

Bewußtsein kommen sollte, konnte er nicht mehr viel taugen. Ich brauchte mir seinetwegen den Kopf nicht zu zerbrechen. Meine Hauptsorge galt dem Mann mit dem Gewehr. Ich kehrte an mein Guckloch zurück, um zu sehen, was er trieb.

Er tat immer noch dasselbe – er beobachtete mit unerschütterlicher Geduld den Landrover. Ich stand auf und stieg zu der Mulde hinab, die Pistole in der Hand. Jetzt galt es, besonders schnell zu sein, Geräuschlosigkeit war nicht mehr so wichtig. Außerdem hätte es den Burschen wahrscheinlich eher alarmiert, wenn ich mich angeschlichen hätte, statt mich ihm auf normale Weise zu nähern.

Er drehte noch nicht einmal den Kopf. Statt dessen fragte er in der schleppenden Tonart des amerikanischen Westens: »Was vergessen, Joe?«

Ich klappte den Mund zu, bevor mir der Unterkiefer zu weit herabsank. Ich hatte einen Russen erwartet. Keinen Amerikaner. Aber es war nicht der richtige Zeitpunkt, über Nationalitätsprobleme nachzugrübeln. Ein Mann, der einen mit Gewehrkugeln bombardiert, ist ein Mistvieh, gleichgültig, ob ein russisches oder ein amerikanisches.

»Umdrehen«, befahl ich kurz. »Das Gewehr bleibt da, wo es ist, sonst haben Sie ein Loch im Kopf.«

Er verhielt sich sehr still und drehte nur den Kopf. Er hatte himmelblaue Augen in einem gebräunten, schmalen Gesicht und wäre die ideale Besetzung für Pa's Ältesten in einem Fernsehwestern gewesen. Im übrigen sah er gefährlich aus. »Verdammte Scheiße«, fluchte er vor sich hin.

»In der werden sie mit Sicherheit landen, wenn sie die Finger nicht von dem Gewehr lassen«, verkündete ich. »Arme ausstrecken.«

Er warf einen Blick auf die Pistole in meiner Hand und breitete zögernd die Arme aus. So wie er jetzt auf dem Boden lag, würde er sich wenigstens nicht überraschend erheben können. »Wo ist Joe?« fragte er.

»Der macht ein Nickerchen.« Ich ging zu ihm hin, drückte ihm den Pistolenlauf in den Nacken und spürte, wie er erschauerte. Das mußte nicht unbedingt heißen, daß er Angst hatte – mich überläuft auch immer ein angenehmer Schauer, wenn Elin mich auf den Nacken küßt. »Bleiben Sie ja ruhig«, riet ich und hob das Gewehr auf.

Im Augenblick hatte ich keine Zeit, es näher zu untersuchen, aber später sollte es sich als eine beachtliche Waffe herausstellen. Genau genommen war es eine geglückte Promenadenmischung. Ursprünglich hatte das Gewehr wahrscheinlich als Stutzen begonnen, aber ein guter Büchsenmacher mußte viel Zeit darauf verwendet haben, es umzumodeln und Verfeinerungen anzubringen, wie zum Beispiel einen geschnitzten Kolben mit einer Vertiefung drin und ähnliche Raffinessen. Das Endergebnis war ein komplettes Mordwerkzeug für große Entfernungen. Das Gewehr hatte keine Automatik, es war für einen Schützen bestimmt, dessen erster Schuß garantierte, daß er sich viel Zeit für den zweiten lassen kann. Die Kammer faßte eine 375er Magnum-Patrone, ein schweres Geschoß mit einer gewaltigen Ladung, hoher Geschwindigkeit und niedriger Flugbahn. In den richtigen Händen konnte dieses Gewehr auf achthundert Meter Entfernung einem Menschen das Lebenslicht ausblasen – vorausgesetzt, es war hell genug und völlig windstill.

Außerdem verfügte das Ding über ein phantastisches Zielfernrohr, ein auf verschiedene Entfernungen einstellbares Monstrum mit bis zu dreißigfacher Vergrößerung. Um es benutzen zu können, bedurfte es entweder eines Mannes mit gußeisernen Nerven, dessen Arme nicht zitterten, oder einer soliden Unterlage. Das Zielfernrohr war mit einem eigenen Entfernungsmesser ausgestattet, einer Anzahl von Markierungen auf dem Vertikalstrich des Fadenkreuzes. Es war auf fünfhundert Meter justiert.

Ein ganz tolles Schießeisen.

Ich stieß den Lauf in das Rückgrat meines Freundes. »Es ist Ihr eigenes Gewehr, was Sie da spüren«, erinnerte ich ihn. »Sie brauchen mir nicht zu erzählen, was passiert, wenn ich abdrücke.«

Sein Kopf lag auf der Seite. Auf der Sonnenbräune machten sich Schweißperlen bemerkbar. Er brauchte seine Phantasie nicht sonderlich anzustrengen, denn mit Sicherheit war er ein Experte auf seinem Gebiet und wußte, daß er im Zweifelsfall kurzerhand in zwei Hälften zerrissen würde.

»Wo ist Kennikin?« fragte ich.

»Wer?«

»Haben Sie nicht gehört«, fuhr ich ihn an. »Ich frage Sie nochmal – wo ist Kennikin?«

»Ich kenne keinen Kennikin«, stammelte er undeutlich, was daher rührte, daß seine eine Gesichtsseite gegen den Boden gepreßt war.

»Überlegen Sie sich's noch mal.«

»Ich sage Ihnen doch, daß ich ihn nicht kenne. Ich habe nur Befehle befolgt.«

»Ja«, bestätigte ich. »Sie haben auf mich geschossen.«

»Nein«, erwiderte er schnell. »Nicht auf Sie, auf Ihren Reifen. Sie leben ja noch, oder nicht? Ich hätte Sie jederzeit erschießen können.«

Ich warf einen Blick auf den Landrover. Der Mann hatte recht. Es war nichts leichter als das – so als ob ein prämierter Meisterschütze in einer Schießbude auf Blechfiguren schießt.

»Sie hatten den Befehl, mich aufzuhalten. Was dann?«

»Nichts weiter.«

Ich verstärkte den Druck auf sein Rückgrat um eine Spur. »Stellen Sie sich nicht dümmer, als sie sind.«

»Ich sollte warten, bis jemand auftaucht, und dann abhauen.«

»Und wer war dieser Jemand?«

»Keine Ahnung. Man hat es mir nicht gesagt.«

Das klang völlig verrückt; so unwahrscheinlich, daß es sogar wahr sein konnte. »Wie heißen Sie?« fragte ich.

»John Smith.«

Ich lächelte. »Na gut, Johnny. Nun kriechen Sie mal zurück, und zwar langsam. Und wenn ich zwischen Bauch und dem Boden mehr als einen Zentimeter Tageslicht sehe, ist der Bart ab.«

Er robbte mühselig vom Rand der Mulde zurück in ihre Mitte.

Dort hielt ich ihn an. So gern ich das Verhör fortgesetzt hätte, ich mußte es beenden, weil es reine Zeitverschwendung war.

»So, Johnny«, warnte ich ihn. »Ich rate Ihnen, machen Sie keine plötzliche Bewegung, ich bin ein ausgesprochen nervöser Typ. Verhalten Sie sich ruhig.«

Ich trat an die Seite, auf der er nichts sehen konnte, weil sein Gesicht mir abgewandt war, holte mit dem Gewehrkolben aus und ließ ihn auf seinen Hinterkopf sausen. So ging man normalerweise nicht mit einem solchen Gewehr um, aber ich hatte nichts anderes zur Hand. Der Kolben war wesentlich härter als der Totschläger, und bedauerlicherweise mußte ich damit rechnen, ihm einen Schädelbruch zugefügt zu haben. Aber wenigstens konnte er mir keinen Ärger mehr bereiten.

Ich hob die Jacke auf, die er als Unterlage für das Gewehr benutzt hatte. Sie war ziemlich schwer, und ich erwartete, eine Pistole in der Tasche zu finden. Jedoch rührte das Gewicht von einer unangebrochenen Schachtel Munition her. Neben der Jacke lag eine offene Schachtel. Beide waren ohne Etikett.

Ich untersuchte die Waffe. Das Magazin war für fünf Schuß gedacht und enthielt noch vier. Eine steckte schußbereit in der Kammer. In der angebrochenen Schachtel befanden sich noch neunzehn Patronen. Mr. Smith war zweifellos ein Profi. Er hatte das Magazin gefüllt, eine Patrone in den Lauf befördert, dann das Magazin herausgenommen und es wieder mit einer Patrone nachgeladen, damit er insgesamt sechsmal schießen konnte. Nicht, daß das nötig gewesen wäre – er hatte auf vierhundert Meter Entfernung den Reifen eines fahrenden Autos mit einem einzigen Schuß zum Platzen gebracht.

Ja, ein Profi war er, aber ganz bestimmt hieß er nicht Smith, denn in seinem amerikanischen Paß stand der Name Wendell George Fleet. Außerdem trug er einen Ausweis bei sich, der ihn ermächtigte, sich auch in den entfernteren Winkeln der amerikanischen Marinebasis in Keflavik aufzuhalten, in Gegenden, zu deren Besuch die Öffentlichkeit in keiner Weise ermuntert wird, im Gegenteil. Er trug keine Pistole bei sich. Ein Scharfschütze seines Kalibers verachtet sie im allgemeinen.

Ich stopfte die Munitionsschachtel in meine Jackentaschen, die durch das enorme Gewicht sofort nach unten gezogen wurden. Dann steckte ich Joes Pistole in den Hosenbund, nachdem ich sie entladen hatte. Ich wollte nicht zu meinem eigenen Kennikin werden. Sicherungen sind nicht besonders zuverlässig, und eine Menge Männer haben sich und ihre Frauen um wesentliche gemeinsame Freuden gebracht, weil sie sich wie gewisse Revolverhelden auf dem Fernsehschirm verhielten.

Dann schaute ich nach Joe und stellte fest, daß er noch immer schlief. Seinem Paß zufolge hieß er nicht Joe, sondern Patrick Aloysius McCarthy. Ich betrachtete ihn nachdenklich. Eigentlich sah er eher italienisch als irisch aus. Wahrscheinlich waren alle Namen falsch, genau wie Buchner, der nicht Graham war, sondern in Wirklichkeit Philips hieß.

McCarthy trug zwei volle Reservemagazine für die Smith & Wesson bei sich, die ich konfiszierte. Dieses Unternehmen brachte mir allmählich ein ganz beachtliches Waffenarsenal ein. Ich begann mit einem kleinen Messer und hatte es schon zu einem erstklassigen Gewehr gebracht. Das alles innerhalb einer Woche war gar nicht schlecht. Als nächstes war eigentlich eine Maschinenpistole oder auch ein ausgewachsenes Maschinengewehr fällig. Wie lange würde ich wohl brauchen, um an ein Vernichtungsinstrument größeren Ausmaßes zu kommen, wie zum Beispiel eine Atlas-Rakete.

McCarthy hatte irgendwohin gehen wollen, bevor ich ihn ins Land der Träume geschickt hatte. Offenbar hatte er vorher versucht, über das Funksprechgerät mit jemandem Kontakt aufzunehmen, aber da das Gerät nicht funktionierte, hatte er sich entschlossen, zu Fuß zu dem Betreffenden zu gehen. Ich starrte zum höchsten Punkt des Bergrückens hinauf und beschloß, einen Blick über die nächste Anhöhe zu werfen. Das war eine Klettertour von rund zweihundert Metern. Als ich den Kopf vorsichtig über die Spitze streckte, stockte mir der Atem.

Der gelbe US-Marine-Helikopter parkte in ungefähr vierhundert Meter Entfernung. Zwei Besatzungsmitglieder und ein Zivilist saßen davor und unterhielten sich in aller Ruhe. Ich setzte Fleets Gewehr an die Schulter und spähte durch das auf Maximalvergrößerung eingestellte Zielfernrohr. Die beiden Besatzungsmitglieder waren unwichtig, aber möglicherweise kannte ich den Zivilisten. Ich hatte ihn jedoch noch nie gesehen und prägte mir sein Gesicht ein.

Einen Augenblick lang war ich versucht, sie mit Hilfe des Gewehrs ein bißchen aufzuscheuchen, verwarf den Gedanken jedoch gleich wieder. Es war besser, mich unbemerkt zu verdrücken, denn ich legte keinen Wert darauf, diesen Helikopter für den Rest des Wegs auf den Fersen zu haben. Ich zog mich vorsichtig zurück und kletterte den Berg hinab. Da ich eine ganze Weile weggewesen war, würde Elin sich noch mehr Sorgen machen als vorher, sofern das überhaupt noch möglich war.

Aus halber Höhe hielt ich nach Kennikin Ausschau. Da war er auch schon. Durch das Zielfernrohr sah ich in weiter Ferne einen schwarzen Punkt, der den Weg entlanggekrochen kam. Der Jeep mußte meiner Schätzung nach noch fünf bis sechs Kilometer entfernt sein. Da die Strecke sehr schlammig war, rechnete ich mir aus, daß der Wagen allenfalls im Fünfzehnkilometertempo vorankam. Das ließ uns etwa eine Viertelstunde Zeit.

Ich rannte den Abhang hinunter.

Elin kauerte immer noch in der Felsspalte, kam jedoch sofort heraus, als ich sie rief. Sie umarmte mich heftig, so als wollte sie sich vergewissern, daß ich auch wirklich heil und ganz sei. Dabei lachte und weinte sie zugleich. Ich machte mich von ihr los. »Kennikin ist uns auf den Fersen. Wir müssen weg.«

Ich packte sie am Arm und setzte mich in Trab, aber sie riß sich los. »Die Kaffeekanne!«

»Zum Teufel damit!« Frauen sich doch komische Geschöpfe. Weiß der Himmel, dies war nicht der geeignete Zeitpunkt, an häusliche Sparsamkeit zu denken. Wieder griff ich nach ihrem Arm und zerrte sie weiter.

Kurz darauf ließ ich den Motor an, und wir rasten ohne Rücksicht auf Sicherheit oder Bequemlichkeit den Weg entlang, wobei ich nur noch entscheiden konnte, welche Schlaglöcher ich den Vorderrädern zumuten konnte und welche nicht. Entscheidungen, Entscheidungen, nichts als verdammte Entscheidungen – und wenn ich nur einen Fehler machte, blieben wir mit gebrochener Achse auf der Strecke oder im Dreck stecken, und das wäre das Ende vom Lied gewesen.

In einem Wahnsinnstempo legten wir den Weg zum Tungnaá Fluß zurück. Dort war der Verkehr dichter – ein Wagen kam uns entgegen, der erste, den wir am *Óbyggdir* zu Gesicht bekamen. Mir gefiel das gar nicht, weil Kennikin ihn aller Wahrscheinlichkeit nach stoppen und den Fahrer fragen würde, ob er vor kurzem einen großen Landrover gesehen habe. Mich durch die Wildnis zu hetzen, ohne zu ahnen, wo ich steckte, war etwas anderes, als zu wissen, daß ich nicht viel mehr als einen Steinwurf entfernt war. Das mußte einen psychologischen Ansporn für ihn bedeuten und seine Jagdinstinkte zum Leben erwecken.

Andererseits ermunterte mich der Anblick des Wagens, weil es bedeutete, daß der Autotransporter über den Tungnaá auf unserer Uferseite lag und wir nicht warten mußten. Ich habe bei meinen Reisen oft Fähren benutzt – vor allem in Schottland –, und es scheint mein Schicksal zu sein, daß sie immer auf der anderen Flußseite sind, wenn ich am Ufer ankomme. Aber dies war offensichtlich die Ausnahme.

Von einer Fähre konnte hier allerdings nicht die Rede sein. Man überquert den Tungnaá auf sehr originelle Weise – auf einem Floß, das an einem von einer Seite zur anderen gespannten Kabel befestigt ist. Dann zieht man sich mit Hilfe einer Kurbel selbst hinüber und vermeidet dabei tunlichst, den Blick auf das weißschäumende Wasser unter dem Floß zu richten. Dem *Ferdahandbokin* zufolge, das jeder durch das *Óbyggdir* Fahrende konsultieren sollte, ist für Reisende, die mit diesem System nicht vertraut sind, äußerste Vorsicht geraten. Ich persönlich kann es, vor allem bei heftigem Wind, Leuten mit schwachem Magen kaum empfehlen.

Wir trafen am Tungnaá ein, wo sich das Floß tatsächlich auf unserer Uferseite befand. Es schien gut befestigt zu sein, und vorsichtig lenkte ich den Landrover darauf. »Bleib sitzen«, sagte ich zu Elin, »mit deinen lahmen Flügeln kannst du mir beim Kurbeln sowieso nicht helfen.«

Ich stieg aus und begann, an der Kurbel zu drehen. Gleichzeitig hielt ich nach Kennikin Ausschau. Ich fühlte mich ziemlich ungeschützt und wehrlos und hoffte inständig, meinen Vorsprung von einer Viertelstunde beibehalten zu haben. Es dauert nämlich eine Ewigkeit, den Tungnaá zu überqueren. Es klappte jedoch reibungslos, und wesentlich erleichtert fuhr ich den Landrover vom Floß herunter.

»Jetzt können wir den Bastard stoppen«, rief ich aus, als wir am Ufer standen.

Elin richtete sich kerzengerade auf. »Du wirst doch wohl nicht das Kabel durchschneiden?« entrüstete sie sich. Daß man auf uns schoß, schien sie ganz normal zu finden, aber die mutwillige Zerstörung öffentlichen Eigentums mißbilligte sie entschieden.

Ich grinste sie an. »Wenn ich's könnte, würde ich's tun,

aber dazu reichen meine Kräfte nicht aus.« Ich fuhr den Wagen vom Weg herunter und blickte zurück. Der Fluß war außer Sicht. »Nein, ich werde das Floß anketten, damit Kennikin es nicht herüberziehen kann. Dann wird er drüben so lange warten müssen, bis es jemand auf dieser Seite wieder losmacht. Gott weiß, wann das geschehen wird – viel Betrieb ist hier nicht. Bleib sitzen.«

Ich stieg aus, kramte im Werkzeugkasten und fischte die Schneeketten heraus. Es war kaum anzunehmen, daß wir sie jetzt im Sommer brauchen würden, und sie konnten im Augenblick den erfreulichen Zweck erfüllen, uns Kennikin für einige Zeit vom Hals zu halten. Ich nahm sie und rannte den Fahrweg entlang zurück. Natürlich kann man mit Ketten keine Knoten machen, doch gelang es mir, das Floß mit einem solchen Gewirr von Ketten zu vertäuen, daß der Unglückliche, der es zu lösen hatte, mindestens eine halbe Stunde dazu brauchen würde, es sei denn, er hatte zufällig einen Schneidbrenner bei sich. Ich war beinahe damit fertig, als Kennikin auf der anderen Uferseite eintraf und der Spaß begann.

Der Jeep hielt, und vier Männer sprangen heraus, Kennikin als erster. Ich wurde durch das Floß verdeckt, so daß mich zuerst keiner bemerkte. Kennikin sah sich das Kabel an und las dann die auf isländisch und englisch abgefaßten Instruktionen. Als er den Dreh raushatte, befahl er seinen Männern, das Floß über den Fluß zu ziehen.

Sie zerrten angestrengt, aber nichts geschah.

Ich arbeitete fieberhaft, um mein Werk zu vollenden, und wurde gerade noch rechtzeitig fertig. Das Floß schlingerte ins Wasser hinaus und kam dann, durch die Ketten aufgehalten, zum Stillstand. Von der anderen Seite drang ein Ruf herüber, und jemand rannte am Ufer entlang, um nachzusehen, wodurch das Floß festgehalten wurde. Er entdeckte auch sofort den Grund – nämlich mich. Blitzschnell zog er seine Pistole heraus und begann zu schießen.

Die Wirkung einer Pistole wird leicht überschätzt. Eine

Pistole ist angebracht, wenn das Ziel ungefähr zehn Meter entfernt ist, aber noch besser sind fünf. Die Erbsenkanone, mit der er auf mich ballerte, war ein Ding mit kurzem Lauf, und an seiner Stelle hätte ich nicht damit gerechnet, jemanden zu treffen, den ich nicht auch zugleich mit den Händen packen konnte. Solange er auf mich zielte, war ich ziemlich sicher. Wenn er begann, anderswohin zu schießen, konnte es der Zufall wollen, daß ich dabei getroffen wurde, aber das Risiko war nicht sehr groß.

Die anderen Männer eröffneten das Feuer, als ich das letzte Stück Kette verankerte. Ein Geschoß wirbelte in zwei Meter Entfernung Staub auf, näher kamen sie nicht. Trotzdem ist es kein Vergnügen als Zielscheibe zu dienen. Ich drehte mich um und rannte den Weg zurück.

Elin stand neben dem Landrover. Sie hatte die Schüsse gehört und schaute mich verängstigt an.

»Schon gut«, beruhigte ich sie. »Der Krieg ist noch nicht ausgebrochen.« Ich beugte mich in den Wagen und holte Fleets Gewehr heraus. »Mal sehen, ob wir sie nicht ein bißchen abwimmeln können.«

Sie blickte voller Abscheu auf die Waffe. »O Gott – mußt du sie denn umbringen? Hast du noch nicht genug angerichtet?«

Ich starrte sie an. Endlich fiel der Groschen. Sie schien zu glauben, daß ich nur deswegen im Besitz von Fleets Gewehr war, weil ich ihn getötet hatte. Wahrscheinlich konnte sie sich nicht vorstellen, daß man auch auf andere Art und Weise an ein Gewehr kommen kann.

»Elin«, erklärte ich, »diese Männer auf der anderen Flußseite haben versucht, mich umzubringen. Daß es ihnen nicht gelungen ist, ändert nichts an der Tatsache, daß sie es beabsichtigt haben. Nun hör gut zu – ich will niemanden erschießen, ich will die Burschen nur abwimmeln.« Ich hob das Gewehr. »Und diesen hier habe ich auch nicht umgebracht!«

Ich ging zum Fluß hinunter, bog jedoch vom Weg ab, bevor ich am Wasser angelangt war. Endlich fand ich eine geeignete Deckung, legte mich hin und schaute zu, wie Kennikin und seine Mannschaft erfolglos versuchten, das Floß zu sich herüberzuziehen. Ich stützte den Gewehrlauf auf einen Felsbrocken und stellte das Zielfernrohr auf die Entfernung von hundert Metern ein.

Ich wollte niemanden umlegen. Nicht, daß ich allzu große Hemmungen gehabt hätte, aber Leichen, die man nicht verschwinden lassen kann, sind äußerst lästig und geben Anlaß zu peinlichen Fragen bei den zuständigen Behörden. Andererseits würde ein verwundeter Russe ebenso von der Bildfläche verschwinden müssen wie ein toter. Mit Sicherheit würde er von seinen Freunden auf den Fischkutter geschmuggelt werden, der vermutlich gerade passenderweise im Hafen von Reykjavik lag. Die Russen verfügen über mehr getarnte Fischkutter als irgendeine andere Nation der Erde.

Nein, umbringen wollte ich niemanden, aber bald würde sich jemand sehnlichst wünschen, tot zu sein.

Kennikin war verschwunden. Die drei anderen waren in eine hitzige Diskussion darüber verwickelt, auf welche Weise sie ihr kleines Problem lösen sollten. Ich unterbrach sie, indem ich innerhalb von dreißig Sekunden fünf Schüsse in ihre Richtung abgab. Die erste Kugel traf den Mann, der unmittelbar neben dem Jeep stand, in die Kniescheibe. Danach war ganz plötzlich niemand mehr da, auf den man schießen konnte. Der Kerl, den ich getroffen hatte, lag auf dem Boden, wand sich und schrie. Gesetzt den Fall, er kam schnell in ein Krankenhaus, würde sein eines Bein für den Rest seines Lebens kürzer sein als das andere. Wenn nicht, so konnte er von Glück reden, wenn er es überhaupt noch benutzen konnte.

Diesmal zielte ich auf den linken Vorderreifen des Jeeps und drückte ab. Es war das beste Gewehr, das ich je in Händen gehalten hatte. Bei hundert Metern Distanz war die Flugbahn so flach, daß ich genau dahin treffen konnte, wohin ich wollte. Der Reifen wurde nicht einfach durchlöchert. Unter der Wucht des großen 375er Geschosses wurde er völlig zerfetzt, ebenso wie der andere Vorderreifen, den ich sofort danach aufs Korn nahm.

Irgend jemand ballerte mit einer Pistole. Ich ignorierte das und lud das Gewehr neu. Jetzt nahm ich das Vorderteil des Kühlers ins Fadenkreuz und drückte ab. Der Jeep schwankte unter dem Aufprall des Geschosses. Das Gewehr war für die Großwildjagd geschaffen worden, und alles, was den Schädel eines Büffels zerschmettern kann, wirkt auch auf einen Motorblock nicht gerade wohltuend. Ich jagte eine weitere Kugel hinterher in der Hoffnung, den Jeep damit endgültig außer Gefecht zu setzen. Dann zog ich mich geduckt zurück.

Beim Landrover angekommen, sagte ich zu Elin: »Es ist ein prima Gewehr.«

Sie sah mich nervös an. »Ich dachte, ich hätte einen Schrei gehört.«

»Ich habe niemanden umgebracht«, verteidigte ich mich. »Aber mit diesem Jeep werden sie nicht mehr weit kommen. Wir verdrücken uns besser. Jetzt kannst du mal zur Abwechslung fahren.« Plötzlich war ich sehr müde.

KAPITEL 6

I

Wir verließen das *Óbyggdir* und gelangten auf die Hauptstraße. Selbst wenn es Kennikin gelingen sollte, uns zu folgen, so konnten wir ihn jetzt wahrscheinlich abhängen, denn hier begann eines der Hauptsiedlungsgebiete und ein Straßennetz, das schwerer im Auge zu behalten war als die wenigen Pisten im *Óbyggdir*. Elin fuhr, während ich mich entspannte, und sobald wir auf richtigen Straßen waren, konnten wir das Tempo beschleunigen.

»Wohin?« fragte sie.

»Ich möchte dieses Fahrzeug irgendwie verschwinden lassen. Es ist zu auffällig. Hast du eine Idee?«

»Du mußt morgen abend in Geysir sein«, sagte sie. »Ich habe Freunde in Laugarvatn – du erinnerst dich doch sicher an Gunnar.«

»Hattest du nicht etwas mit ihm, bevor wir uns kennenlernten?«

Sie lächelte. »Nichts Ernsthaftes. Wir sind gute Freunde geblieben. Außerdem ist er jetzt verheiratet.«

Für viele Männer bedeutet Heirat keineswegs automatisch das Ende der Jagdzeit, aber ich beließ es dabei. Ein mehr oder minder zivilisierter Schlagabtausch mit Elins Exfreund war einem tödlichen Rencontre mit Kennikin auf jeden Fall vorzuziehen.

»Na schön«, murmelte ich. »Auf nach Laugarvatn.«

Wir schwiegen eine Weile, dann fügte ich hinzu: »Danke für das, was du getan hast, als ich auf dem Búdarháls war. Es war völlig verrückt, aber es hat geholfen.«

»Ich dachte, damit könnte ich die Aufmerksamkeit der Leute auf mich lenken«, erklärte sie.

»Jedenfalls hat es meine für eine Minute abgelenkt. War dir klar, daß dich jemand die ganze Zeit über durch das Zielfernrohr eines Gewehrs beobachtet hat, und dabei den Finger am Abzug hatte?«

»Mir war ziemlich mulmig zumute«, gestand sie und schauderte unwillkürlich. »Was ist eigentlich dort oben passiert?«

»Ich habe zwei Burschen die Köpfe zurechtgesetzt. Einer wird wahrscheinlich im Krankenhaus in Keflavik landen.«

Sie sah mich scharf an. »Keflavik?«

»Ja. Amerikaner.« Ich berichtete ihr von Fleet, McCarthy und dem wartenden Helikopter. »Ich habe mir schon die ganze Zeit über den Kopf zerbrochen, um mir einen Vers auf die Sache zu machen. Leider ohne Erfolg.«

Sie grübelte eine Weile vor sich hin. »Aber das ist irgendwie nicht logisch«, wandte sie ein. »Warum sollten die Amerikaner mit den Russen zusammenarbeiten? Bist du ganz sicher, daß es wirklich Amerikaner waren?«

»Amerikanischer geht's schon gar nicht mehr – jedenfalls Fleet. Mit McCarthy habe ich kein Wort gewechselt.«

»Vielleicht sind sie Sympathisanten«, meinte Elin. »Oder was man bei uns ›fellow travellers‹ nennt.«

Ich nahm Fleets Ausweis heraus, der ihn dazu berechtigte, die unter Geheimschutz stehenden Teile der Luftbasis von Keflavik aufzusuchen. »Wenn sie getarnte Überläufer sind, dann kann man den Amis nur zur Vorsicht raten – in ihrem Mobiliar sitzt der Holzwurm.« Ich besah mir den Ausweis und dachte an den Helikopter. »Das ist so ziemlich das Absurdeste, was ich je gehört habe.«

»Was für eine Erklärung gibt es sonst?«

Der Gedanke, daß ein Nest kommunistischer Sympathisanten in Keflavik etabliert war und auch noch von einer Minute auf die andere über einen Marine-Helikopter verfügte, war wirklich grotesk.

»Ich bezweifle, daß Kennikin in Keflavik angerufen und gesagt hat: ›Hört mal, Jungens, ich bin hinter einem britischen Spion her und brauche eure Hilfe. Könnt ihr einen Helikopter und einen Scharfschützen lockermachen, der ihn aufhält?‹ Aber es gibt jemanden, der das tun könnte.«

»Wen?«

»In Washington sitzt ein gewisser Helms, der kann einen Telefonhörer abnehmen und bestimmen: ›Admiral, da treffen demnächst zwei Burschen in Keflavik ein. Stellen Sie ihnen einen Helikopter und die erforderliche Besatzung zur Verfügung. Und fragen Sie nicht weiter, wozu und warum.‹ Und der Admiral erwidert: ›Ja, Sir, ja, Sir. Selbstverständlich, Sir.‹ Helms ist nämlich der Boss des CIA.«

»Aber wozu denn das Ganze?«

»Verdammt, wenn ich's nur wüßte«, fluchte ich vor mich hin.

»Aber mir scheint das erheblich wahrscheinlicher als die Vorstellung, daß Keflavik von russischen Agenten wimmelt.« Ich dachte an meine ebenso kurze wie unbefriedigende Unterhaltung mit dem Scharfschützen. »Fleet behauptete, er habe den Befehl erhalten, uns im Tal unten festzunageln, bis jemand – vermutlich Kennikin – eintreffen würde. Er bestritt, je den Namen Kennikin gehört zu haben. Er sagte auch, unmittelbar nach Kennikins Eintreffen sei sein Auftrag beendet und er könne sich verdrükken. Es gibt allerdings noch eine Frage, die ich ihm hätte stellen sollen.«

»Und die wäre?«

»Ob er die Anweisung hatte, sich Kennikin zu erkennen zu geben, oder ob ihm das ausdrücklich untersagt worden ist. Ich würde viel darum geben, wenn ich das wüßte.«

»Bist du denn so sicher, daß wir von den Russen gejagt werden? Ich meine, bist du ganz sicher, daß es wirklich Kennikin war?«

»Dieses Gesicht kann ich nicht vergessen«, antwortete ich. »Und da hinten am Tungnaá habe ich einen Haufen russischer Flüche gehört.«

Man sah förmlich, wie sich ein Räderwerk in Elins Kopf in Bewegung setzte, während sie angestrengt überlegte. »Hör mal, was wäre, wenn Cooke ebenfalls hinter uns herjagte und die Amerikaner um Beistand gebeten hätte und wenn er dabei übersehen hätte, daß uns Kennikin bereits dichter auf den Fersen sitzt als er? Vielleicht sollten uns die Amerikaner aufhalten, bis Cooke und nicht Kennikin eingetroffen war?«

»Das wäre eine Möglichkeit«, gab ich zu. »Aber das wäre ja miserable Kommunikation. Und wozu haben sie sich die Mühe gemacht, einen Scharfschützen auf dem Berg zu plazieren? Die Amerikaner hätten uns doch auf viel einfachere Weise aufhalten können.« Ich schüttelte den Kopf. »Außerdem sind die Beziehungen des Departments zum CIA nicht so innig. Sie haben auch ihre Grenzen.«

»Meine Erklärung ist trotzdem stichhaltiger«, wandte Elin ein.

»Ich weiß nicht, ich frage mich, ob überhaupt Vernunft hinter alldem steckt. Allmählich kommt mir das wie hirnverbrannter Unsinn vor. Mich erinnert das Ganze an einen Physiker, der einmal sagte: ›Das Universum ist nicht nur seltsamer, als wir uns vorstellen, sondern wahrscheinlich seltsamer, als wir uns vorstellen *können*.‹ Ich kann mir jetzt vorstellen, was er damit sagen wollte.«

Elin lachte.

»Was ist da so komisch dran?« fragte ich. »Cooke hat auf uns geschossen, und wahrscheinlich wird er wieder schießen, wenn Taggart ihn nicht zurückpfeift. Kennikin schwitzt Blut und Wasser, um mir den Hals umdrehen zu können. Und jetzt mischen sich vielleicht auch noch die Amerikaner ein. Demnächst werden vielleicht die Westdeutschen aufkreuzen oder Agenten des chilenischen Geheimdienstes. Überraschen wird mich gar nichts mehr. Aber eins macht mir wirklich Sorge.«

»Was?«

»Angenommen, ich übergebe dieses kleine Gerät morgen abend Case – das wird doch Kennikin nicht erfahren? Oder? Ich kann mir nicht vorstellen, daß Case ihm einen Befehl mit folgendem Inhalt schreibt: ›Lieber Vaslav, Stewart hat den Fußball nicht mehr. Ich habe ihn jetzt. Jagen

Sie jetzt hinter *mir* her.‹ Ich sitze dann genauso in der Klemme wie vorher. Sogar noch schlimmer, denn wenn Kennikin mich erwischt und ich hab das verdammte Ding gar nicht mehr, dann wird er noch viel rabiater werden, wenn das überhaupt noch möglich ist.«

Ich fragte mich, ob es gut wäre, Case das Kästchen auszuhändigen. Denn wenn ich schon meinen Kopf riskierte, tat ich gut daran, einen Trumpf in der Hand zu behalten.

II

Laugarvatn ist das Bildungszentrum der umliegenden Bezirke. Die Kinder der gesamten ländlichen Umgebung werden dort unterrichtet. Das Land ist nicht sehr dicht besiedelt, und die Menschen wohnen so weit verstreut, daß das Erziehungssystem höchst merkwürdig ist. Die meisten ländlichen Schulen sind gleichzeitig Internate, und in einigen von ihnen verbringen die Schüler im Winter zwei Wochen dort und zwei Wochen zu Hause. Diejenigen, die noch weiter weg wohnen, verbringen den ganzen Winter in der Schule. Im Sommer verwandeln sich die Schulen für vier Monate in Touristenhotels.

Da Laugarvatn so nahe bei Thingvellir, Geysir, Gullfoss und anderen Touristenattraktionen liegt, werden die beiden großen Schulen als Sommerhotels benützt. Der Ort erfreut sich großer Beliebtheit bei Touristen und besitzt unter anderem eine Pony-Reitschule. Ich persönlich mache mir nicht viel aus Pferden, nicht einmal etwas aus Island-Ponys, die hübscher aussehen als die meisten Tiere dieser Gattung. Pferde sind dumm. Ein Tier, das zuläßt, daß jemand auf ihm reitet, muß einfach dumm sein. Ich lasse mich lieber von einem Landrover durchrütteln, als von einem so eigensinnigen Vieh, das am liebsten nach Hause traben würde.

Im Winter war Gunnar Arnarsson Lehrer und im Sommer organisierte er Pony-Ausritte. Wirklich vielseitige

Leute, diese Isländer.

Als wir eintrafen, war nur seine Frau anwesend. Sigurlin Asgeirsdottir hieß uns willkommen und stieß beim Anblick von Elins Arm in der improvisierten Schlinge einen unterdrückten Schrei aus.

In Island ist es schwierig, Ledige von Verheirateten zu unterscheiden, da die Frau ihren Namen nicht ändert, wenn sie heiratet. Überhaupt sind Namen eine einzige Fallgrube, in die Fremde mit lautem Plumps hineinfallen. Der Nachname verrät lediglich, wer der Vater ist. Sigurlin war die Tochter von Asgeir, und Gunnar der Sohn von Arnar. Falls nun Gunnar wieder einen Sohn bekam und sich entschloß, den Jungen nach dessen Großvater zu taufen, so würde er Arnar Gunarsson heißen. Alles sehr kompliziert und zugleich der Grund, weshalb das isländische Telefonbuch die Vornamen in alphabetischer Reihenfolge aufführt. Elin Ragnarsdottir war unter ›E‹ eingetragen.

Gunnar hatte nicht schlecht für sich gesorgt. Sigurlin gehörte zu diesen großen, langbeinigen, schlanken skandinavischen Typen, die in Hollywood Furore machen, auch wenn sie über keinerlei schauspielerische Fähigkeiten verfügen. Die weitverbreitete Ansicht, daß die Weiblichkeit bei den nordischen Nationen ausschließlich aus solchen hellblonden Göttinnen bestünde, ist indessen ein bedauerlicher Irrglaube.

Nach Sigurlins Begrüßung zu urteilen, war sie bereits informiert – jedoch, wie ich hoffte, nicht in allen Details. Jedenfalls wußte sie eine ganze Menge, zumindest genügend, um schon die Hochzeitsglocken läuten zu hören. Es ist merkwürdig, aber sobald ein Mädchen unter der Haube ist, erwacht der Kupplerinneninstink in ihr.

Dank Kennikin würden die Hochzeitsglocken keineswegs sofort läuten. Die Chance, daß die Totenglocke bimmeln würde, war im Augenblick viel größer. Aber ganz abgesehen von meinem russischen Freund wollte ich mich keinesfalls von irgendeiner vollbusigen Blonden mit kupplerischem Funkeln in den Augen zu meinem Glück drängen lassen.

Erleichtert fuhr ich den Landrover in Gunnars Garage. Jetzt, wo er von der Straße weg war, fühlte ich mich wesentlich wohler. Sorgsam versteckte ich meine Waffensammlung und ging ins Haus. Sigurlin kam gerade die Treppe herab. Sie warf mir einen seltsamen Blick zu. »Was ist mit Elins Schulter?« fragte sie schroff.

»Hat sie Ihnen das nicht erzählt?« erkundigte ich mich vorsichtig.

»Sie behauptet, sie sei geklettert und dabei auf einen spitzen Stein gefallen.«

Ich gab einen vage zustimmenden Laut von mir, doch Sigurlin blieb mißtrauisch. Eine Schußwunde ist eigentlich immer leicht als eine solche zu erkennen, selbst von Leuten, die noch nie vorher eine zu Gesicht bekommen haben. Hastig fügte ich hinzu: »Es ist reizend von Ihnen, uns über Nacht hierzubehalten.«

»Nicht der Rede wert«, wehrte sie ab. »Wie wär's mit einem Kaffee?«

»Danke, gern.« Ich folgte ihr in die Küche. »Kennen Sie Elin schon lange?«

»Seit unserer Kindheit.« Sigurlin ließ eine Handvoll Kaffeebohnen in die Mühle rieseln. »Und Sie?«

»Seit drei Jahren.«

Sie füllte einen elektrischen Topf mit Wasser und schob den Stecker in die Fassung. Dann drehte sie sich zu mir um. »Elin sieht sehr müde aus.«

»Es war ein bißchen anstrengend im *Óbyggdir*.«

Es hatte wohl nicht sonderlich überzeugend geklungen, denn Sigurlin sagte: »Ich möchte nicht gern, daß ihr etwas zustößt. Diese Wunde . . .«

»Ja?«

»Ist sie wirklich auf einen Stein gefallen?«

Hinter diesen schönen Augen verbarg sich ein gesunder Menschenverstand. »Nein«, gab ich zu.

»Das dachte ich mir«, seufzte sie. »Ich kenne solche

Wunden. Bevor ich heiratete, war ich Krankenschwester in Keflavik. Ein amerikanischer Matrose wurde mal ins Krankenhaus gebracht – er hatte sein Gewehr gereinigt, und da war ein Schuß losgegangen. Wessen Gewehr hat Elin gereinigt?«

Ich setzte mich an den Küchentisch. »Es hat da gewisse Schwierigkeiten gegeben«, räumte ich ein. »Ich möchte Sie in keinem Fall in die Sache verwickeln, deshalb werde ich Ihnen nichts davon erzählen. Es ist zu Ihrem eigenen Besten. Ich habe Elin von Anfang an aus der Angelegenheit heraushalten wollen, aber sie hat einen Dickkopf.«

Sigurlin nickte. »Wie die ganze Familie.«

»Ich werde morgen abend nach Geysir fahren, und es wäre mir lieb, wenn Elin hierbleibt. Ich rechne mit Ihrer Unterstützung.«

Sigurlin betrachtete mich ernst. »Ich mag keine Schereien mit Schußwaffen.«

»Ich bin auch nicht gerade außer mir vor Freude. Deshalb möchte ich ja, daß sich Elin fernhält. Kann sie eine Weile hierbleiben?«

»Eine Schußwunde müßte eigentlich der Polizei gemeldet werden.«

»Ich weiß«, erwiderte ich müde. »Aber ich glaube nicht, daß Ihre Polizei in der Lage ist, mit dieser speziellen Angelegenheit fertig zu werden. Es handelt sich um eine internationale Affäre, und es ist mehr als nur ein Gewehr im Spiel. Wenn wir nicht vorsichtig sind, könnten Unschuldige ums Leben kommen. Und bei allem Respekt vor Ihrer Polizei befürchte ich, daß sie alles nur verschlimmern würde.«

»Sind diese – Schwierigkeiten, wie Sie das nennen – krimineller Art?«

»Nicht im üblichen Sinn. Eher eine extreme und militante Form politischer Aktivität.«

Sigurlin verzog die Mundwinkel und erwiderte gereizt: »Das einzig Positive, was ich bis jetzt von Ihnen gehört habe, ist, daß Sie Elin aus dem Spiel lassen wollen. Hören

Sie, Alan Stewart – lieben Sie sie?«

»Ja.«

»Wollen Sie sie heiraten?«

»Wenn sie mich noch haben will . . .«

Sie sah mich überlegen lächelnd an. »Keine Angst, sie wird Sie schon nehmen. Im Gegenteil, sie hat Sie bereits an der Angel, da gibt es kein Entrinnen.«

»Ich bin da nicht so sicher«, entgegnete ich. »Neuerdings sind ein paar Dinge passiert, die meine Reize in Elins Augen nicht gerade erhöht haben.«

»Schüsse zum Beispiel?« Sigurlin goß Kaffee ein. »Sie brauchen nicht zu antworten. Ich bohre nicht nach.« Sie schob mir die Tasse hin. »Na gut, Elin kann hierbleiben.«

»Ich weiß nicht, wie Sie das bewerkstelligen wollen. Ich konnte sie nie zu etwas bewegen, was sie nicht tun wollte.«

»Ich werde sie einfach ins Bett stecken«, erwiderte Sigurlin.

»Strenge ärztliche Anweisung. Sie wird widersprechen, aber sich fügen. Tun Sie, was Sie tun müssen, Elin wird hierbleiben. Aber lange werde ich sie nicht halten können. Was geschieht, wenn Sie von Geysir nicht zurückkommen?«

»Keine Ahnung«, antwortete ich. »Aber lassen Sie sie bloß nicht nach Reykjavik zurückfahren. Es wäre ausgesprochen falsch, in die Wohnung zurückzukehren.«

Sigurlin holte tief Luft. »Mal sehen, was sich machen läßt.« Sie goß sich selbst Kaffee ein und setzte sich. »Wenn Sie nicht so ehrlich besorgt um Elin wären, würde ich am liebsten . . .« Sie schüttelte irritiert den Kopf. »Mir gefällt das alles nicht, Alan. Bringen Sie um Himmels willen die Sache so schnell wie möglich in Ordnung.«

»Ich werde mein Bestes tun.«

III

Der nächste Tag schien kein Ende zu nehmen.

Beim Frühstück las Sigurlin die Zeitung und stutzte plötzlich: »Na so was – jemand hat das Autofloß am Tungnaá gleich gegenüber von Hald festgebunden. Eine Gruppe von Touristen wurde auf der anderen Seite mehrere Stunden lang aufgehalten. Wer tut denn so was?«

»Als wir übersetzten, war noch alles in Ordnung«, bemerkte ich scheinheilig. »Was steht da über die Touristen? Ist jemand verletzt worden?«

Sie betrachtete mich gedankenvoll. »Warum sollte jemand verletzt werden? Nein, davon steht hier nichts.«

Hastig wechselte ich das Thema. »Ich bin erstaunt, daß Elin immer noch schläft.«

Sigurlin lächelte. »Ich nicht. Sie weiß nichts davon, aber ich hab ihr gestern ein Schlafmittel gegeben. Sie wird mit einem dicken Kopf aufwachen und keine Lust haben, aus dem Bett zu springen.«

Das war natürlich auch eine Möglichkeit, mit Elin fertig zu werden.

»Mir fiel gestern auf, daß Ihre Garage leer ist«, sagte ich. »Haben Sie keinen Wagen?«

»Doch. Gunnar hat ihn bei den Ställen gelassen.«

»Wann wird er zurückkommen?«

»In zwei Tagen – vorausgesetzt, die Touristengruppe hat sich nicht wundgeritten.«

»Wenn ich nach Geysir fahre, würde ich den Landrover lieber nicht benützen«, sagte ich.

»Wollen Sie unseren Wagen nehmen? Na gut, aber ich möchte ihn heil wiederhaben.« Sie erklärte mir, wo ich ihn finden konnte.

»Der Schlüssel ist im Handschuhfach.«

Nach dem Frühstück betrachtete ich tiefsinnig das Telefon und überlegte, ob ich Taggart anrufen sollte. Ich hatte ihm eine Menge mitzuteilen. Aber es war wohl besser, abzuwarten, was Jack Case zu sagen hatte. Statt dessen ging ich hinaus und reinigte Fleets Gewehr.

Es war wirklich eine ausgezeichnete Waffe. Aus der sinnvollen Vertiefung für den Daumen und dem auch sonst unkonventionellen Kolben schloß ich, daß es sich um eine Maßanfertigung handelte. Wahrscheinlich war Fleet ein Gewehr-Fan. Womit sich die Leute auch beschäftigen, es gibt immer einige, die die Perfektion bis zum äußersten, ja sogar Absurden treiben. Bei Hi-Fi-Geräten zum Beispiel. Mit Waffennarren ist es ähnlich. Sie sind der Ansicht, daß es keine Waffe im Handel gibt, die ihren Ansprüchen genügt. Sie ruhen nicht eher, als bis sie einem Gebilde gleicht, das man am ehesten noch mit einer modernen abstrakten Skulptur vergleichen könnte. Außerdem sind solche Knaben der festen Überzeugung, daß Munitionshersteller keine Ahnung von ihrem Beruf haben. Sie laden ihre Magazine mit sorgfältig laborierten Patronen, deren Schießpulveranteil bis auf ein Zehntel Gramm genau berechnet ist. Es soll sogar vorkommen, daß sie auch noch sehr gut schießen.

Ich untersuchte die Munition in der angebrochenen Schachtel und entdeckte tatsächlich Kratzer, die von einem Werkzeug herrühren mußten. Offensichtlich fertigte Fleet seine Patronen selbst, etwas, das ich persönlich nie für notwendig gehalten habe. Aber bei meinen eigenen Schießübungen kam es auch gar nicht darauf an, auf wer weiß wie viele hundert Meter haargenau zu treffen. Das erklärte auch, weshalb die Schachteln keine Etiketten hatten.

Weshalb hatte Fleet wohl fünfzig Schuß mit sich herumgeschleppt? Er schien ein ausgezeichneter Schütze zu sein, denn er hatte uns mit einem einzigen Druck auf den Abzug gestoppt. Er hatte das Gewehr mit gewöhnlicher Jagdmunition geladen, die vorne abgefeilt war und dafür geschaffen, beim Aufprall volle Wirkung zu erzielen. Die volle Schachtel enthielt fünfundzwanzig mit Stahlmantel versehene Patronen – die übliche Militärmunition.

Mir ist es immer widersinnig vorgekommen, daß Kugeln, die man auf Wild abschießt und die dem Zweck dienen, so schnell und barmherzig wie möglich zu töten, dank der Genfer Konvention nicht auf Menschen abgefeuert werden dürfen. Schießen Sie auf jemand mit Jagdmunition, dann werden Sie beschuldigt, gesetzwidrig Dum-Dum Geschosse benutzt zu haben. Sie können den Betreffenden ruhig mit Napalm zu Tode rösten und ihn mit einer Tellermine zerfetzen. Aber Sie dürfen ihn nicht mit derselben Kugel erschießen, die Sie benützen würden, um einen Hirsch waidgerecht zu erlegen.

Ich blickte auf die Patronen in meiner Hand und wünschte, ich hätte sie mir schon eher genau angesehen. Eines dieser zurechtgedokterten Geschosse hätte im Motor von Kennikins Jeep weit mehr Schaden angerichtet als die Kugel, die ich hineingejagt hatte.

Ich füllte das Magazin des Gewehrs mit verschiedenen Patronen, drei abgefeilten und zwei Stahlmantelgeschossen, immer abwechselnd. Darauf untersuchte ich MacCarthys Smith & Wesson Automatic, ein wesentlich prosaischeres Schießeisen als Fleets tolle Knarre. Dann steckte ich sie in die Tasche, zusammen mit den Reservemagazinen. Das elektronische Gerät ließ ich da, wo es war – unter dem Vordersitz des Landrover. Ich wollte es nicht mit zu Jack Case nehmen – aber ich kam auch nicht mit leeren Händen.

Als ich ins Haus zurückkehrte, war Elin wach. Sie schaute mich verschlafen an. »Ich weiß gar nicht, weshalb ich so erledigt bin.«

»Na, hör mal«, sagte ich, »du hast einen Schuß abgekriegt, bist zwei Tage lang im *Óbyggdir* durchgeschüttelt worden und hast kaum geschlafen. Kein Wunder, daß du müde bist. Ich bin auch nicht gerade hellwach.«

Elin riß erschreckt die Augen auf und warf einen Blick auf Sigurlin, die Blumen in einer Vase arrangierte.

»Sigurlin weiß, daß du keine Sturzverletzung hast. Ich hab ihr gesagt, daß auf dich geschossen wurde, aber nicht wie und warum – und ich möchte nicht, daß du es ihr sagst. Sprich mit niemandem darüber, nicht mit Sigurlin und auch mit niemand anderem.« Ich wandte mich an Sigurlin. »Sie werden zum geeigneten Zeitpunkt alles erfahren, aber im Augenblick wäre es einfach zu gefährlich für Sie.«

Sigurlin nickte zustimmend.

»Ich glaube, ich werde den ganzen Tag schlafen«, murmelte Elin.

»Aber wenn wir nach Geysir fahren, bin ich wieder okay.«

Sigurlin ging durchs Zimmer und begann, die Kissen unter Elins Kopf aufzuschütteln. Ihre nüchterne Sachlichkeit verriet die geschulte Krankenschwester. »Du wirst nirgendwohin fahren«, erklärte sie in scharfem Ton. »Jedenfalls nicht in den nächsten zwei Tagen.«

»Aber ich muß!« protestierte Elin.

»Du mußt gar nichts. Deine Schulter sieht schlimm aus.« Mit zusammengepreßten Lippen blickte sie auf Elin hinab. »Du solltest wirklich einen Arzt aufsuchen.«

»Ach wo«, sagte Elin.

»Na schön, dann tust du aber, was ich sage.«

Elin sah mich flehend an.

»Ich muß nur jemanden aufsuchen«, sagte ich. »Im übrigen würde Jack Case in deiner Anwesenheit kein Wort reden. Du bist kein Clubmitglied. Ich fahre nach Geysir, unterhalte mich mit Jack und komme wieder hierher zurück. Zur Abwechslung hältst du mal deine Stupsnase aus der Sache raus.«

Elin sah etwas bockig aus, und Sigurlin fügte hinzu: »Ich laß euch beide jetzt allein, damit ihr endlich Süßholz raspeln könnt.« Sie lächelte. »Euer zukünftiges Leben wird bestimmt sehr interessant.«

Und schon hatte sich die Tür hinter ihr geschlossen.

»Das klingt beinahe wie der chinesische Fluch – ›mögest du in interessanten Zeiten leben‹«, bemerkte ich düster.

»Na gut«, Elin klang erschöpft. »Ich will dir keine Scherereien machen. Du kannst allein nach Geysir fahren.«

Ich setzte mich auf den Bettrand. »Du machst keine Schererein. Ich möchte nur, daß du dich aus der Sache raushältst. Außerdem kann ich mich dann nicht so gut konzentrieren. Wenn ich auf Schwierigkeiten stoße, will ich nicht auch noch auf dich aufpassen müssen.«

»Bin ich dir auf den Wecker gefallen?«

Ich schüttelte den Kopf. »Nein, Elin, im Gegenteil. Aber es kann sich alles ändern. Ich bin quer durch Island gejagt worden. Ich hab das jetzt satt. Sobald es geht, möchte ich den Spieß umdrehen und selbst den Jäger spielen.«

»Und dabei bin ich dir im Weg«, erwiderte sie matt.

Ich lächelte sie an. »Du bist eine zivilisierte Person. Du achtest die Gesetze und steckst voller Skrupel. Ich bezweifle, daß du je ein Strafmandat wegen falschen Parkens bekommen hast. Möglicherweise bewahre ich mir selbst noch ein paar Skrupel, solange ich gejagt werde. Nicht viele, aber einige. Aber wenn ich der Jäger bin, kann ich sie mir nicht mehr leisten. Ich fürchte, du wärst über das, was ich tun muß, entsetzt.«

»Du tötest«, es klang wie eine Feststellung.

»Ich werde vielleicht noch Schlimmeres tun«, erwiderte ich grimmig, und sie schauderte. »Nicht, daß ich wild darauf wäre. Ich bin kein Sadist. Am liebsten möchte ich mit all dem nichts zu tun haben, aber ich bin gegen meinen Willen hineingezogen worden.«

»Du kleidest alles in wunderschöne Worte«, empörte sie sich. »Du *müßtest* nicht töten.«

»Es sind keine schönen Worte«, erwiderte ich. »Ich will einfach überleben. Ein zur Armee eingezogener amerikanischer Collegestudent mag Pazifist sein, aber wenn die Vietcong mit russischen 7.62er Gewehren auf ihn schießen, schießt er zurück, verlaß dich drauf. Und wenn Kennikin mir auf die Pelle rückt, kenne ich auch kein Pardon. Ich hab ihn nicht aufgefordert, am Tungnaá auf mich zu schießen – er hat auch meine Erlaubnis gar nicht gebraucht –, aber bestimmt war er nicht sehr überrascht, als ich zurückschoß. Zum Teufel, er hat es nicht anders erwartet!«

»Ich kapiere, was du meinst«, sagte Elin. »Aber verlange keine Sympathiekundgebungen von mir.«

»Verdammt nochmal, glaubst du vielleicht, mir gefällt das alles?«

»Tut mir leid, Alan«, murmelte sie und lächelte schwach.

»Mir auch.« Ich stand auf. »Nach diesem Ausflug in die Tiefen der Philosophie frühstückst du jetzt am besten. Ich werde nachsehen, was Sigurlin zu bieten hat.«

IV

Um acht Uhr abends verließ ich Laugarvatn. Pünktlichkeit mag eine Tugend sein, aber meiner Erfahrung nach sterben die Tugendhaften oft jung, während die Gottlosen ein hohes Alter erreichen. Ich hatte zwar versprochen, mich mit Jack Case um fünf Uhr nachmittags zu treffen, aber es konnte ihm nicht schaden, ein paar Stunden lang zu schmoren. Außerdem war mir eingefallen, daß dieser Termin bei einem Gespräch über Funk vereinbart worden war, das leicht abgehört werden konnte.

Ich traf in Gunnars Volkswagen in Geysir ein und parkte den Käfer unauffällig im weiteren Umkreis des Sommerhotels. Ein paar Leute schlenderten mit schußbereiten Kameras zwischen den Teichen mit kochendem Wasser umher. Der Geysir selbst, der allen anderen heißen Springquellen in der Welt seinen Namen gegeben hat, war still. Es war lange her, seit er das letztemal seine Pflicht erfüllt hat. Die Angewohnheit, ihn zum Leben zu erwecken, indem man Felsbrocken in den Teich warf, erwies sich als Dummheit, da die Druckkammer blockiert wurde. Aber Strokkur, die Konkurrenz, sprudelte mit bemerkenswerter Tüchtigkeit und schickte etwa alle sieben Minuten eine Fontäne kochenden Wassers in die Luft.

Ich blieb lange Zeit im Wagen sitzen und benutzte fleißig das Fernglas, konnte jedoch während der nächsten Stunde keine bekannten Gesichter entdecken, was mich allerdings nicht sonderlich wunderte. Schließlich stieg ich aus und wanderte auf das Hotel Geysir zu. Meine Hand in der Tasche hielt die Pistole fest umklammert.

Case saß in einer Ecke der Halle und las in einer Zeitung. Ich ging auf ihn zu und sagte: »Hallo, Jack. Sind Sie braungebrannt! Waren Sie viel in der Sonne?«

Er blickte auf. »Ich war in Spanien. Sie sind spät dran. Wieso eigentlich?«

»Ich hatte noch was zu erledigen.«

Ich traf Anstalten, mich zu setzen. »Hier sind zu viele Leute«, unterbrach er mich. »Gehn wir in mein Zimmer. Ich hab dort eine Flasche stehen.«

»Gute Idee.«

Ich folgte ihm in sein Zimmer. Er schloß die Tür ab, drehte sich um und betrachtete mich. »Diese Wölbung in Ihrer Tasche verdirbt den seriösen Gesamteindruck. Warum benutzen Sie keinen Halfter?«

Ich grinste. »Der Kerl, dem ich das Ding weggenommen habe, hat keinen gehabt. Wie gehts Ihnen, Jack? Nett, Sie wiederzusehen.«

Er brummte mürrisch. »Sie werden Ihre Ansicht vielleicht noch ändern.« Mit einer schnellen Handbewegung öffnete er einen auf einem Stuhl liegenden Koffer und nahm eine Flasche heraus. Er goß einen tüchtigen Schluck in ein Zahnputzglas und reichte es mir. »Was zum Teufel haben Sie eigentlich angestellt? Sie haben Taggart ganz schön auf die Palme gebracht.«

»Er schien ziemlich geladen, als ich mit ihm sprach«, bestätigte ich und nippte am Whisky. »Die meiste Zeit über wurde ich von Pontius zu Pilatus gejagt.«

»Ist Ihnen jemand hierher gefolgt?« erkundigte er sich schnell.

»Nein.«

»Taggart hat mir erzählt, Sie hätten Philips umgebracht.

Stimmt das?«

»Wenn Philips derjenige war, der sich sowohl Buchner als auch Graham nannte, dann ja.«

Er starrte mich an. »Sie geben es also zu?«

Ich lehnte mich in den Stuhl zurück. »Warum nicht, wenn es stimmt? Aber ich wußte nicht, daß es sich um Philips handelte. Er ging im Dunkeln mit einem Gewehr auf mich los.«

»Cookes Version klingt anders. Er behauptet, Sie hätten auch auf ihn geschossen.«

»Richtig – aber erst, nachdem ich Philips erledigt hatte. Er und Cooke rückten zusammen an.«

»Cooke behauptet was anderes. Er sagt, er habe mit Philips im Wagen gesessen, als Sie ihm auflauerten.«

Ich lachte. »Womit denn?« Ich zog das *sgian dubh* aus dem Strumpf und schleuderte es durch das Zimmer. Es blieb zitternd in der Platte des Toilettentisches stecken. »Damit vielleicht?«

»Er sagt, Sie hätten ein Gewehr gehabt.«

»Woher sollte ich ein Gewehr haben? Trotzdem hat er recht. Ich nahm Philips das Gewehr ab, nachdem ich ihn mit dem Messerchen fertiggemacht hatte. Ich habe drei Schüsse auf Cookes Wagen abgegeben und den Drecksack verfehlt.«

»Heiliges Kanonenrohr!« stieß Case hervor. »Kein Wunder, daß Taggart außer sich ist. Sind Sie völlig übergeschnappt?«

Ich seufzte. »Jack, hat Taggart etwas von einem Mädchen gesagt?«

»Er sagte, Sie hätten ein Mädchen erwähnt. Aber er wußte nicht, ob er Ihnen glauben sollte.«

»Er täte gut daran«, erwiderte ich. »Das Mädchen hält sich hier in der Nähe auf und hat eine Schußwunde in der Schulter, die ihr Philips verpaßt hat. Um Haaresbreite hätte er sie umgebracht. Das alles ist ziemlich eindeutig, ich kann Sie zu ihr führen und Ihnen die Verletzung zeigen. Cooke behauptet, ich hätte ihm aufgelauert. Halten

Sie es für wahrscheinlich, daß ich so etwas tue, während meine Verlobte zuschaut? Und warum zum Teufel sollte ich ihm überhaupt auflauern?« Ich versuchte es mit einer Fangfrage: »Was will er denn mit Philips' Leiche gemacht haben?«

Case runzelte die Stirn. »Ich glaube nicht, daß das zur Sprache kam.«

»Natürlich nicht«, sagte ich. »Als ich Cooke zuletzt sah, fegte er davon wie ein Irrer – und da war keine Leiche in seinem Wagen. Ich bin sie später losgeworden.«

»Alles schön und gut«, erwiderte Case. »Aber das passierte alles nach Akureyri, und dort sollten Sie Philips ein Päckchen übergeben. Das haben Sie nicht getan, und Cooke haben Sie es auch nicht ausgehändigt. Warum nicht?«

»Weil die ganze Geschichte zum Himmel stinkt«, erklärte ich und berichtete alles im Detail.

Ich redete zwanzig Minuten lang, und am Ende quollen Case die Augen aus dem Kopf. Er schluckte, und sein Adamsapfel zuckte krampfhaft. »Halten Sie Cooke wirklich für einen russischen Agenten? In meinem ganzen Leben habe ich noch keine solche Räuberpistole gehört.«

»Ich bin Cookes Anweisungen in Keflavik gefolgt«, wiederholte ich geduldig. »Daraufhin wurde ich von Lindholm fast um die Ecke gebracht. Cooke schickte Philips hinter mir her nach Asbyrgi – woher konnte er wissen, daß die Russen das falsche Päckchen bekommen hatten? Und da ist die Sache mit dem Calvados. Da ist . . .«

Case hob die Hände. »Überflüssig, noch einmal alles aufzuzählen. Lindholm hätte Glück haben und Sie erwischen können. Niemand kann wissen, ob die Straßen um Keflavik herum nicht alle beschattet wurden. Cooke behauptet, er habe Sie in Asbyrgi nicht angreifen wollen. Was den Calvados betrifft . . . das ist Ihre Version.«

»Was zum Teufel sind Sie eigentlich, Jack? Staatsanwalt, Richter und Geschworener zugleich? Oder bin ich bereits verurteilt und Sie sind der Henker?«

166

»Immer mit der Ruhe«, erwiderte er erschöpft. »Ich versuche nur dahinterzukommen, wie kompliziert das Durcheinander ist, das Sie angerichtet haben. Was passierte, nachdem Sie Asbyrgi verlassen hatten?«

»Wir fuhren südwärts in die Wildnis. Und dann tauchte Kennikin auf.«

»Der Calvados-Trinker? Der, mit dem Sie in Schweden aneinandergeraten sind?«

»Ja. Mein alter Freund Vaslav. Wirklich komischer Zufall! Finden Sie nicht, Jack? Woher konnte Kennikin so genau wissen, welchen Weg er einschlagen mußte? Cooke wußte das natürlich. Er wußte, welche Route wir nehmen würden, nachdem wir Asbyrgi verlassen hatten.«

Case betrachtete mich nachdenklich. »Hören Sie, manchmal können Sie ganz schön überzeugend reden. Wenn ich nicht aufpasse, nehme ich Ihnen am Ende diese alberne Geschichte noch ab. Aber Kennikin hat Sie nicht erwischt.«

»Ich bin ihm nur um Haaresbreite entkommen. Und die elenden Yanks waren auch nicht gerade eine Hilfe.«

Case richtete sich auf. »Was haben die denn damit zu tun?«

Ich zog Fleets Paß heraus und warf ihn Case hin. »Dieser Bursche hat auf eine beachtliche Entfernung ein Loch in meinen Reifen geschossen. Als es mir endlich gelang, wegzukommen, war Kennikin nur noch zehn Minuten von mir entfernt.« Ich erzählte Case alle Einzelheiten.

Cases Mund war eine einzige verbissene Linie. »Jetzt sind Sie wirklich völlig übergeschnappt. Am Ende behaupten Sie noch, Cooke sei auch Mitglied des CIA«, sagte er sarkastisch. »Warum sollten die Amerikaner Sie aufhalten? Nur damit Kennikin Sie erwischt?«

»Das weiß ich nicht. Ich wollte, ich wüßte es«, seufzte ich auf.

Case studierte den Paß »Fleet – den Namen kenne ich – er tauchte auf, als ich letztes Jahr in der Türkei war. Er ist ein CIA-Heckenschütze und sehr gefährlich.«

»In den nächsten vier Wochen wird er langsamtreten müssen. Ich habe seinen Schädel angeknackst.«

»Was geschah dann?«

Ich zuckte die Achseln. »Ich machte mich so schnell wie möglich aus dem Staub, während Kennikin und seine Jungs ihr Bestes taten, mir auf den Auspuff zu klettern. Es gab eine kleine Rauferei an einem Fluß, und hinterher verlor ich ihn aus den Augen. Wahrscheinlich treibt er sich irgendwo hier herum.«

»Und Sie haben das Päckchen nach wie vor.«

»Nicht hier bei mir, Jack«, entgegnete ich ruhig. »Aber ganz in der Nähe.«

»Ich möchte es nicht haben.« Er stand auf und ging durchs Zimmer, um mir mein leeres Glas abzunehmen. »Die Pläne sind geändert worden. Sie sollen das Päckchen nach Reykjavik bringen.«

»Einfach so? Und wenn ich nicht will?«

»Seien Sie kein Idiot. Taggart möchte es, und Sie täten gut daran, ihn nicht noch mehr zu verärgern. Sie haben nicht nur die Operation verpfuscht, sondern auch Philips umgebracht. Dafür könnte er Ihren Kopf fordern. Ich soll Ihnen ausrichten, daß Sie das Päckchen nach Reykjavik bringen sollen. Danach ist Ihnen verziehen.«

»Es muß sich offenbar wirklich um etwas Wichtiges handeln.« Ich begann an den Fingern abzuzählen. »Rechnen wir mal nach. Ich habe zwei Männer liquidiert, einem dritten beinahe das Bein abgeschossen und möglicherweise zwei Schädel zertrümmert – und Taggart behauptet, das alles könne er unter den Teppich kehren?«

»Die Iwans und Amis sollen sich um ihren eigenen Dreck scheren – und dabei ihre Toten begraben, falls das erforderlich sein sollte«, antwortete Case brutal. »Aber nur Taggart – nur er – kann Ihnen auf unserer Seite eine weiße Weste verschaffen. Da Sie Philips erledigt haben, könnten Sie für uns zu einer ganz legitimen Zielscheibe erklärt werden. Tun Sie bloß, was Taggart sagt, sonst wird er die Hunde auf Sie hetzen.«

Ich erinnerte mich, eine ähnliche Formulierung verwendet zu haben, als ich mit Taggart sprach. »Wo ist Cooke jetzt?« fragte ich.

Case wandte sich von mir ab, dabei klirrte sein Glas gegen die Flasche. »Ich weiß nicht. Als ich London verließ, versuchte Taggart immer noch, mit ihm Verbindung aufzunehmen.«

»Er kann also nach wie vor in Island sein«, erwiderte ich nachdenklich. »Was mich, offen gestanden, nicht besonders glücklich machen würde.«

Case fuhr herum. »Ihr Glück spielt in diesem Zusammenhang überhaupt keine Rolle. Meine Güte, was ist eigentlich in Sie gefahren, Alan? Hören Sie, bis Reykjavik sind es runde hundert Kilometer. In zwei Stunden können Sie dort sein. Nehmen Sie das elende Päckchen und verduften Sie.«

»Ich weiß was Besseres«, schlug ich vor. »Sie nehmen es.«

Er schüttelte den Kopf. »Unmöglich, Taggart möchte, daß ich nach Spanien zurückkehre.«

Ich lachte. »Jack, der nächste Weg nach Keflavik führt über Reykjavik. Sie könnten das Päckchen unterwegs abgeben. Warum ist es denn so wichtig, daß ich und das Päckchen zusammenbleiben?«

Er zuckte die Achseln. »Meine Order lautet, Sie sollen es dorthin bringen. Fragen Sie mich nicht warum, ich weiß nichts.«

»Was ist in dem Päckchen?«

»Auch das weiß ich nicht. Und wie sich diese ganze Geschichte anläßt, will ich es auch lieber gar nicht wissen.«

»Jack«, erinnerte ich ihn, »ich habe Sie früher einmal meinen Freund genannt. Eben haben Sie versucht, mich mit diesem Quatsch, daß sie angeblich sofort nach Spanien zurückkehren müssen, an der Nase herumzuführen, aber ich glaube Ihnen kein Wort. Aber eins nehme ich Ihnen ab, nämlich, daß Sie nicht wissen, was hier gespielt wird. Vermutlich weiß das bei diesem Unternehmen bis auf einen überhaupt niemand.«

Case nickte. »Taggart hält alle Fäden in der Hand. Weder Sie noch ich brauchen viel zu wissen, um unsere Aufträge zu erledigen.«

»Ich hab nicht Taggart gemeint«, erwiderte ich. »Ich bin überzeugt, er hat keine Ahnung von dem, was hier vorgeht. Vielleicht bildet er sich das ein, aber es ist nicht so.« Ich blickte auf. »Ich denke an Cooke. Dieses ganze absurde Unternehmen ist eindeutig eine Ausgeburt seiner verqueren Denkweise. Ich habe früher schon mit ihm zusammengearbeitet und weiß, wie seine Gehirnwindungen funktionieren.«

»Womit wir wieder bei Cooke angelangt wären«, stöhnte Case. »Sie sind geradezu von ihm besessen, Alan.«

»Vielleicht, aber Sie können Taggart die frohe Botschaft ausrichten, ich würde das verdammte Päckchen nach Reykjavik bringen. Wo soll ich es abliefern?«

»Das klingt schon besser.« Case warf einen Blick auf mein Glas, das er noch immer selbstvergessen in der Hand hielt. Er reichte es mir. »Kennen Sie die Reiseagentur Nordri?«

»Ja.« Es handelte sich um das Büro, für das Elin früher gearbeitet hatte.

»Ich kenne den Verein nicht, aber soweit ich weiß, ist in der Agentur auch noch ein großer Souvenirladen.«

»Stimmt.«

»Ich hab hier einen Bogen Geschenkpapier aus dem Laden bei mir. Schlagen Sie das Päckchen darin ein. Dann gehen Sie in den Laden, und zwar nach hinten, wo die Wollsachen verkauft werden. Dort wird ein Mann mit eine Ausgabe der *New York Times* in der Hand stehen, der hat ein identisches Päckchen unter dem Arm. Sie fangen ein belangloses Gespräch mit ihm an und sagen: ›Hier ist es kälter als in den Staaten‹ – darauf wird er antworten . . .«

»Sogar noch kälter als in Birmingham. Das hab ich alles

schon mal durchexerziert.«

»Gut. Wenn Sie sich gegenseitig identifiziert haben, legen Sie Ihr Päckchen auf den Ladentisch. Er wird dasselbe tun. Danach müssen sie die beiden nur noch vertauschen.«

»Und wann soll dieser Austausch stattfinden?«

»Morgen mittag.«

»Angenommen, ich bin morgen mittag nicht dort. Nach dem, was ich weiß, halte ich es glatt für möglich, daß da hundert Russen jeweils im Abstand von einem Kilometer an der Straße postiert sind!«

»Jeden Mittag wird ein Mann im Laden sein, so lange, bis Sie aufgetaucht sind.«

»Taggarts Glaube an mich hat etwas Rührendes«, entgegnete ich. »Cooke zufolge leidet das Department unter chronischer Unterbesetzung, und hier spielt der Boss den fröhlichen Verschwender. Was passiert eigentlich, wenn ich ein Jahr lang nicht aufkreuze?«

Case ließ sich nicht beirren. »Taggart hat auch daran gedacht. Wenn Sie innerhalb einer Woche nicht da sind, wird jemand nach Ihnen forschen. Und das würde ich bedauern, denn trotz der schnoddrigen Bemerkung, die Sie über unsere Freundschaft gemacht haben, kann ich Sie nach wie vor ganz gut leiden, Sie Knallkopf.«

»Sie könnten wenigstens ein bißchen lächeln, wenn Sie so was sagen, Fremder.«

Er grinste und setzte sich wieder. »Lassen Sie uns noch mal alles durchgehen, ganz von Anfang an – von dem Moment an, als Cooke Sie in Schottland aufsuchte.«

Ich wiederholte meine Leidensgeschichte in allen Details, mit allen Pros und Contras, und hinterher diskutierten wir noch lange. Schließlich sah mich Case ernst an: »Wenn Sie recht haben, und Cooke ist tatsächlich übergelaufen, dann wäre das eine Riesenschweinerei.« Ich schüttelte den Kopf.

»Ich bezweifle, daß er übergelaufen ist – meiner Ansicht nach ist er von jeher ein russischer Agent gewesen. Aber was anderes beunruhigt mich mindestens so sehr wie Cooke – was haben die Amerikaner damit zu tun? Es sieht ihnen gar nicht ähnlich, mit Leuten wie Kennikin Händchen zu halten.«

Case winkte ab. »Die sind nicht das Hauptproblem bei diesem speziellen Unternehmen. Bei Cooke liegt der Fall anders. Er ist jetzt ein großes Tier und hat seine Finger in der Politik. Wenn er die morsche Stelle im Department ist, muß es von Grund auf reorganisiert werden.« Plötzlich machte er eine abwehrende Handbewegung. »Himmel, Sie haben mich wirklich in die Zange genommen! Ich fange tatsächlich an, Ihnen zu glauben. Aber das ist doch alles Unsinn, Alan!«

Ich streckte ihm mein leeres Glas hin. »Ich könnte noch einen Schluck vertragen. Diese Geschichte macht Durst.« Während Case die Flasche hob, fuhr ich fort: »Lassen Sie mich's mal so sagen. Das Mißtrauen ist jetzt da, man kann es nicht mehr rückgängig machen. Wenn Sie meine Vorwürfe gegen Cooke bei Taggart vorbringen, so wie ich sie formuliert habe, dann wird er gezwungen sein, etwas zu unternehmen. Er kann sich gar nicht leisten, nichts zu tun. Er wird Cooke unter die Lupe nehmen müssen, und ich glaube nicht, daß er einer näheren Inspektion standhält.«

Case nickte. »Noch eins, Alan. Achten Sie um Himmels willen darauf, daß Sie Ihren Verdacht nicht allzu öffentlich äußern. Ich weiß, weshalb Sie das Department verlassen haben, und auch, weshalb Sie Cooke so hassen. Sie sind voreingenommen. Sie haben eine ernste Beschuldigung erhoben und wenn Cooke mit schneeweißer Weste daraus hervorgeht, dann stecken Sie sehr tief in der Tinte. Er wird Ihren Kopf auf einem silbernen Tablett verlangen – und ihn kriegen.«

»Mein Kopf stünde ihm dann auch zu«, erwiderte ich. »Aber dazu wird es nicht kommen. Er hat zentnerweise Dreck am Stecken.« Meine Stimme mag zuversichtlich geklungen haben, aber in mir nagte die Furcht, ich könnte mich doch getäuscht haben. Cases Vorwurf, ich sei voreingenommen, war nur allzu berechtigt. Hastig ließ ich mir noch einmal alle meine Beschuldigungen durch den Kopf gehen. Ich konnte keinen schwachen Punkt finden.

Case blickte auf seine Uhr. »Elf Uhr dreißig.«

Ich stellte das Whiskyglas unberührt hin. »Es ist schon spät. Ich mache mich besser auf den Weg.«

»Ich werde Taggart alles berichten«, sagte Case. »Auch über Fleet und McCarthy. Vielleicht kann er über Washington etwas in Erfahrung bringen.«

Ich holte das *sgian dubh* aus dem Toilettentisch und steckte es in meine kniehohen schottischen Socken. »Jack, wissen Sie wirklich nicht, worum es bei diesem Unternehmen geht?«

»Ich hab keinen blassen Schimmer«, sagte er. »Bis ich aus Spanien herausgeholt wurde, wußte ich überhaupt nichts davon. Taggart war wütend und meiner Ansicht nach zu Recht. Er sagte, Sie hätten ihm nicht einmal sagen wollen, wo Sie seien. Sie hätten sich lediglich bereit erklärt, sich hier mit mir zu treffen. Ich bin nichts weiter als ein Botenjunge, Alan.«

»Als das hat Cooke auch mich bezeichnet«, erwiderte ich düster.

»Ich habe es satt, blindlings in der Gegend herumzurennen. Wenn ich mal zur Abwechslung stur an einer Stelle bliebe, ginge es mir wahrscheinlich besser.«

»Davon würde ich abraten«, erwiderte Case. »Befolgen Sie lieben die Instruktionen und schaffen Sie das Päckchen nach Reykjavik.« Er zog sein Jackett an. »Ich begleite Sie zu Ihrem Wagen. Wo ist er?«

»Weiter oben an der Straße.«

Er wollte gerade die Tür aufschließen, als ich ihn anhielt: »Jack, ich glaube nicht, daß Sie mir gegenüber völlig offen gewesen sind. Sie sind mir ein paarmal ausgewichen. In der letzten Zeit sind sehr eigenartige Dinge vorgefallen, zum Beispiel ist ein Mitglied des Departments mit dem Gewehr auf mich losgegangen – aber merken Sie sich eins: Aller Wahrscheinlichkeit nach werde ich auf dem Weg nach Reykjavik gestoppt, und wenn Sie daran in irgendeiner Weise beteiligt sind, dann kenne ich keine Gnade, Freundschaft hin, Freundschaft her. Hoffentlich haben Sie das verstanden.«

Er lächelte. »Meine Güte, Alan – Sie haben wirklich eine blühende Phantasie.«

Aber das Lächeln war verkrampft, und auf seinem Gesicht lag ein Ausdruck, den ich nicht recht definieren konnte und der mich beunruhigte. Erst viel später wurde mir klar, was ihm damals zu schaffen machte. Es war Mitleid. Aber als ich es begriff, war es schon zu spät.

KAPITEL 7

I

Als wir hinaustraten, war es so dunkel, wie es in einer isländischen Sommernacht überhaupt nur sein kann. Der Mond schien nicht, aber dafür herrschte gespenstisches Zwielicht. In den heißen Teichen um uns herum blubberte es. Das geisterhafte Phantom des Strokkur erhob sich in die Luft und löste sich in vom Wind verwehte Fetzen auf. Es stank nach Schwefel.

Ich schauderte plötzlich. Kein Wunder, daß die Landkarte Islands voller Namen ist, die an riesige Trolle erinnern, die tief im Gebirge hausen, und daß die alten Leute noch immer Sagen erzählen, in denen Menschen mit Geistern in Konflikt geraten. Die jungen Isländer, für die Transistorradios und Flugzeuge Selbstverständlichkeiten sind, lachen darüber und nennen es Aberglaube. Sie scheinen ganz und gar Kinder des Zwanzigsten Jahrhunderts zu sein. Aber mir ist aufgefallen, daß ihr Gelächter manchmal gezwungen und einigermaßen unbehaglich klingt. Mir persönlich ist jedenfalls völlig klar, wenn ich als alter Wikinger in einer dunklen Nacht unerwartet auf den Strokkur gestoßen wäre, so wäre ich in einen Zustand panischer Angst geraten.

Ich glaube, auch auf Case wirkte die Atmosphäre, denn er blickte zu dem geisterhaft flatternden Wassernebel hinüber, und als der Strokkur wieder verschwand, wandte er sich mir zu: »Ist das nicht phantastisch?«

»Ja«, erwiderte ich kurz. »Der Wagen ist dort drüben. Ziemlich weit weg.«

Der Lavakies knirschte unter unseren Füßen, als wir über die Straße und an der langen Säulenreihe vorübergingen, hinter denen die Teiche lagen. Das Brodeln des heißen Wassers war jetzt deutlicher zu hören, und der Geruch von Schwefel nahm ständig zu. Bei Tageslicht betrachtet waren die Teiche erstaunlich farbig, manche weiß und klar wie Gin, andere in durchsichtigem Blau oder Grün – und alle kurz vorm Siedepunkt. Selbst in der Dunkelheit konnte ich den weißen Dunst in die Luft steigen sehen.

»Was Cooke betrifft«, sagte Case, »was war der . . .«

Ich sollte das Ende der Frage nicht mehr hören, denn vor uns tauchten plötzlich drei große Schatten auf. Einer packte mich und zischte: *Stewartsen, stanna! Förstar Ni?*« Etwas Hartes bohrte sich in meine Seite.

Gehorsam blieb ich stehen, aber anders, als es von mir erwartet wurde. Ich machte mich schlaff, genau so wie McCarthy, als ich ihm mit dem Totschläger einen Schlag verpaßt hatte. Meine Knie knickten ein und ich ging zu Boden. Ein gedämpfter Ausruf des Erstaunens folgte. Der Griff um meinen Arm lockerte sich, und die unerwartet heftige Bewegung ließ auch die Pistole von meinen Rippen abgleiten.

Sobald ich am Boden war, warf ich mich, das eine Bein angewinkelt, das andere starr ausgestreckt, herum. Mit letzterem trat ich meinem schwedisch sprechenden Freund mit großer Wucht in die Kniekehle, so daß er seinerseits zu Boden stürzte. Seine Pistole war offensichtlich schußbereit, denn ich hörte einen Knall und das Winseln einer abprallenden Kugel.

Ich rollte mich zur Seite, bis ich gegen eine der Säulen stieß. Da ich mich allzu deutlich gegen den weißen Stein abheben mußte, robbte ich von der Straße weg ins Dunkel, wobei ich die Pistole aus der Tasche zerrte. Hinter mir rief jemand: »*Speshite!*« und eine andere Stimme sagte etwas leiser. »*Net! Slushayte!*« Ich verhielt mich mucksmäuschenstill, dann hörte ich dumpfe Schritte, die sich schnell in Richtung des Hotels entfernten.

Nur Kennikins Bande konnte mich mit ›Stewartsen‹ und auf schwedisch anreden. Jetzt geiferten sie auf russisch. Ich preßte den Kopf gegen den Boden und drehte mich zur Seite, um zu sehen, ob sich nicht eine Silhouette gegen den helleren Himmel abhob. Ganz in der Nähe bewegte sich etwas, Schritte knirschten auf dem Kies. Ich schoß in diese Richtung, raffte mich auf und rannte um mein Leben.

Das war verdammt gefährlich, denn in der Dunkelheit konnte ich sehr leicht kopfüber in das tiefe, brodelnde Wasser stürzen. Ich zählte meine Schritte und versuchte, mir die heißen Teiche vorzustellen, so wie ich sie bei Tag und unter weniger heiklen Umständen gesehen hatte. Sie variieren, was die Größe anbelangt, von winzigen Pfützen bis zu kleinen Seen mit rund zwanzig Meter Durchmesser. Durch die unterirdische vulkanische Tätigkeit aufgeheizt, quillt unablässig Wasser aus der Erde, um sich zu einem Netzwerk heißer Bäche zu vereinen, die die ganze Umgebung durchziehen.

Nach ungefähr hundert Metern hielt ich an und kauerte mich hin. Vor mir stieg Dampf auf und breitete sich wie eine Decke über die Erde. Ich vermutete, daß es der große Geysir persönlich war. Das bedeutete, daß sich der Strokkur schräg links hinter mir befinden mußte. Ihm wollte ich nicht in die Quere kommen – in seiner Nähe war es gefährlich.

Ich drehte den Kopf, aber ich konnte nichts erkennen. Doch hörte ich Schritte, die mir folgten, und andere zu meiner Rechten, die sich mir ebenfalls näherten. Mir war unklar, ob meine Gegner das Terrain kannten und ob sie mich absichtlich oder zufällig in die Teiche trieben. Der Mann zu meiner Rechten knipste eine Taschenlampe von der Größe eines Miniaturscheinwerfers an. Zu meinem Glück richtete er den Strahl auf den Boden. Offensichtlich wollte er in erster Linie seine Verwandlung in Suppenfleisch verhindern.

Ich hob die Pistole und gab drei Schüsse auf das Licht ab. Es erlosch schlagartig. Ich hatte ihn anscheinend nicht getroffen, aber es muß ihm wohl plötzlich gedämmert haben, daß sein Scheinwerfer eine ideale Zielscheibe abgab. Das Geknalle kümmerte mich nicht weiter. Je mehr Lärm, desto besser – von meinem Standpunkt aus. Fünf Schüsse waren bereits gefallen, fünf zu viel für eine ruhige isländische Nacht. Im Hotel blitzten Lichter in den Fenstern auf, und irgend jemand rief etwas heraus.

In diesem Augenblick gab der Mann hinter mir zwei Schüsse ab, doch er traf mich nicht. Ein Geschoß verschwand Gott weiß wo, das zweite verursachte einen kleinen Springbrunnen im Teich des Geysirs. Ich erwiderte das Feuer nicht, sondern rannte nach links, um den Teich herum. Dabei stolperte ich durch ein Rinnsal mit heißem Wasser, aber es war kaum fünf Zentimeter tief, und mir passierte nichts. Was mich weit mehr beunruhigte, war die Frage, ob das platschende Geräusch nicht meine Position verraten würde.

Vom Hotel her hörte man es rufen, und immer mehr Fenster wurden geöffnet. Irgend jemand ließ einen Motor an, Scheinwerfer blitzten auf. Ich achtete kaum darauf, sondern rannte weiter, in der Absicht, im Bogen zurück zur Straße zu gelangen. Wer immer den Anlasser betätigt hatte, hatte einen glänzenden Einfall gehabt. Der Wagen bog nämlich ein und fuhr auf die Teiche zu, wobei seine Scheinwerfer das gesamte Gelände erhellten.

Das war mein Glück, denn es bewahrte mich davor, in einen der Teiche hineinzurennen. Gerade noch rechtzeitig sah ich das sich im Wasser reflektierende Licht, bremste ab und blieb einen gefährlichen Moment lang schwankend am Rand stehen. Dieser Balanceakt wurde noch riskanter, als jemand aus unerwarteter Richtung – nämlich von der anderen Seite des Teichs her – auf mich schoß. Doch auf mich wirkte es nur wie ein Zupfen am Ärmel.

Obwohl die Scheinwerfer des verdammten Wagens mich hell anstrahlten, war mein Gegner in einer weit schlimmeren Situation, denn er stand zwischen mir und dem Licht und gab eine prachtvolle Silhouette ab. Ich schoß auf ihn, er zuckte zusammen und trat den Rückzug an. Die Scheinwerfer schwenkten flüchtig zur Seite, und ich rannte hastig um den Teich herum, während mein

Freund ziemlich exakt eine Kugel dorthin plazierte, wo ich eben noch gestanden hatte.

Wieder richteten sich die Scheinwerfer auf uns, und ich sah, wie sich mein Gegner weiter zurückzog und sich dabei nervös suchend umblickte. Er konnte mich gar nicht sehen, weil ich inzwischen platt auf dem Bauch lag. Der Mann wich langsam zurück, als er plötzlich mit dem Fuß in heißes Wasser trat – es war nicht tiefer als zwanzig Zentimeter – und zusammenfuhr. Er reagierte blitzschnell, aber doch nicht schnell genug, denn die große Gasblase, die jeweils den nächsten Ausbruch des Strokkur ankündigt, erhob sich hinter ihm wie ein Ungeheuer aus der Tiefe des Teichs.

Der Strokkur explodierte mit aller Macht. Dampf, durch das geschmolzene Magma tief im Erdinnern überhitzt, trieb eine Säule kochenden Wassers etwa zwanzig Meter hoch in die Luft, um dann als tödlicher Regenschauer wieder herabzustürzen. Der Mann stieß einen fürchterlichen Schrei aus, der sich im Gebrüll des Strokkur verlor. Die Arme flogen zur Seite, und er stürzte rücklings in den Teich.

In einem weiten Bogen rannte ich aus dem Bereich der gefährlichen Scheinwerfer auf die Straße zu. Verwirrte Rufe waren zu hören, Wagen wurden gestartet, die mit ihren Scheinwerfern zur Erhellung der Szene beitrugen, und ein paar Leute liefen auf den Strokkur zu. An einem Teich angelangt, warf ich die Pistole und die Reservemunition hinein. Jedem, der in dieser Nacht mit einer Waffe angetroffen wurde, konnte blühen, daß er den Rest seines Daseins im Gefängnis verbrachte.

Schließlich erreichte ich die Straße und mischte mich unter die Menge.

»Was ist passiert?« fragte jemand.

»Ich weiß nicht.« Ich zeigte auf den Teich. »Ich habe Schüsse gehört.«

Der Mann stürmte an mir vorüber – sensationslüstern – wahrscheinlich wäre er bei einem Autounfall ebenso schnell gelaufen –, und ich verdrückte mich diskret in die Dunkelheit hinter einer Reihe geparkter Wagen mit aufgeblendeten Scheinwerfern.

Nachdem ich etwa hundert Meter in Richtung des Volkswagens gegangen war, blickte ich zurück. Hinter mir herrschte ein wildes Durcheinander. Über dem Dunst der heißen Teiche lagen lange Schatten, und in der Nähe des Strokkur bewegte sich eine Gruppe von Leuten, die sich jedoch nicht allzunahe herantrauten, da der Geysir ungefähr alle sieben Minuten zum Ausbruch kommt. Mit Erstaunen wurde mir klar, daß seit dem Zeitpunkt, als Case und ich das Hotel verlassen hatten, bis zu dem Augenblick, als der Mann in den Teich gefallen war, nur sieben Minuten verstrichen sein konnten.

Dann sah ich Cooke.

Er stand deutlich sichtbar im Scheinwerferlicht eines Wagens und blickte zum Strokkur hinüber. Ich bereute, die Pistole weggeworfen zu haben, denn sonst hätte ich ihn ohne Rücksicht auf Verluste an Ort und Stelle erschossen. Sein Begleiter hob den Arm und deutete irgendwohin. Cooke lachte. Der Mann neben ihm drehte sich um. Ich erkannte Jack Case.

Ich merkte, wie ich am ganzen Leib zitterte. Es kostete mich ungeheure Anstrengung, mich weiter die Straße entlangzuschleppen und nach dem Volkswagen Ausschau zu halten. Er stand da, wo ich ihn verlassen hatte. Ich rutschte hinters Lenkrad, ließ den Motor an und blieb noch einen Augenblick lang ruhig sitzen, um mich zu entspannen. Den Menschen müßte ich erst noch kennenlernen, der seinen Gleichmut behält, wenn aus nächster Nähe auf ihn geschossen wird. Sein autonomes Nervensystem verhindert das. Die Drüsen sondern im Übermaß Sekrete ab, Blutkreislauf und Muskeltonus verändern sich, und der Magen rebelliert; und wenn die Gefahr vorüber ist, wird es erst recht schlimm.

Meine Hände zitterten so heftig, daß ich sie auf das Lenkrad legte. Gleich darauf wurden sie ruhig und ich fühlte mich besser. Ich hatte eben den ersten Gang eingelegt, als ich in meinem Nacken einen kalten Eisenring spürte und eine scharfe, wohlbekannte Stimme sagte: *God dag, Herr Stewartsen. Var forsiktig.*«

Ich seufzte und stellte den Motor ab. »Hallo, Vaslav«.

II

»Ich bin von Vollidioten umgeben«, schimpfte Kennikin. »Ihr ganzes Gehirn steckt in ihren Zeigefingern, wenn sie sie am Abzug haben. Zu unserer Zeit war das anders, was Stewartsen?«

»Ich heiße jetzt Stewart«, berichtigte ich ihn.

»Ah ja? Na schön, Herr Stewart. Lassen Sie den Motor an und fahren Sie los. Ich dirigiere Sie. Die Burschen sollen sehen, wie sie allein zurechtkommen.«

Der Druck des Pistolenlaufs in meinem Nacken verstärkte sich. Ich startete den Wagen. »Wohin?«

»Richtung Laugarvatn.«

Langsam fuhr ich aus Geysir heraus. Der Pistolenlauf war zwar nicht mehr zu spüren, aber ich wußte, daß er nicht weit von meinem Nacken entfernt war. Außerdem kannte ich Kennikin zu gut, um irgendwelche Befreiungsversuche zu unternehmen. Offenbar war er auf leichte Unterhaltung eingestellt. »Sie haben uns eine Menge Scherereien gemacht, Alan – aber über einen Punkt können Sie mich aufklären, der ist mir noch unklar. Was ist eigentlich aus Tadeusz geworden?«

»Wer zum Teufel ist Tadeusz?«

»Er sollte Sie in Keflavik aufhalten.«

»So, das war also Tadeusz – bei mir hat er sich als Lindholm eingeführt. Tadeusz – das klingt irgendwie polnisch.«

»Er ist Russe. Seine Mutter ist, glaube ich, Polin.«

»Er wird ihr fehlen«, erwiderte ich kurz angebunden.

»Ah so.« Er schwieg eine Weile. Dann fuhr er fort:

»Dem armen Yuri ist heute früh das Bein amputiert worden.«

»Der arme Yuri hätte sich was Besseres einfallen lassen sollen, als mit einer Erbsenkanone auf einen Mann mit Gewehr loszugehen.«

»Aber Yuri konnte nicht wissen, daß Sie eins hatten«, entgegnete Kennikin. »Jedenfalls nicht *dieses* Gewehr. Es war ein ziemlicher Schock.« Er schnalzte mit der Zunge. »Meinen Jeep hätten Sie auch nicht gerade so zurichten müssen. Das war wirklich nicht nett.«

Nicht *dieses* Gewehr! Ein Gewehr hatte er schon erwartet, aber nicht das Prachtstück, das ich Fleet weggenommen hatte. Das war interessant, denn das einzige Gewehr, das ich besaß, war das von Philips. Wie hatte er das erfahren? Doch nur von Cooke. Wieder ein Beweis für meine Theorie.

»War der Motor kaputt?« fragte ich.

»Die Batterie war durchschossen. Und der Kühler war hin. Außerdem haben wir das ganze Wasser verloren. Das muß ja ein tolles Gewehr sein.«

»Ja. Und ich hoffe, ich werde es bald wieder gebrauchen.«

Er lachte leise. »Das bezweifle ich. Diese kleine Episode war sehr peinlich. Ich mußte mir den Mund fusselig reden, um mich da herauszuwinden. Zwei neugierige Isländer stellten eine Menge Fragen, die ich keinesfalls beantworten wollte. Zum Beispiel, wieso das Floß festgekettet worden war, und was mit dem Jeep passiert sei. Und dann war da noch das Problem, Yuri dazu zu bringen, sich still zu verhalten.«

»Es muß äußerst unangenehm gewesen sein«, pflichtete ich bei.

Kennikin fuhr fort: »Und jetzt haben Sie uns schon wieder Ärger gemacht. Dazu noch in aller Öffentlichkeit. Was ist dort hinten eigentlich tatsächlich vorgefallen?«

»Einer Ihrer Knaben hat sich in Suppenfleisch verwandelt«, erklärte ich. »Er ging zu nahe an einen Geiser heran.«

»Sehen Sie, was ich meine«, fauchte Kennikin. »Untaugliche Trottel, alle miteinander. Man sollte meinen, bei drei gegen einen hätten sie gute Chancen gehabt, was? Aber nein – sie pfuschen.«

Das Verhältnis war drei zu zwei gewesen. Aber was war aus Jack Case geworden? Er hatte keinen Finger gerührt, um mir zu helfen. Ich rief mir ins Gedächtnis, wie er mit Cooke redete. Zorn stieg in mir hoch. Jedesmal, wenn ich mich an jemanden gewandt hatte, dem ich glaubte vertrauen zu können, war ich verraten worden. Diese Erkenntnis brannte wie giftige Säure in mir.

Buchner/Graham/Philips konnte ich verstehen. Er hatte zum Department gehört und war von Cooke hereingelegt worden. Aber Case wußte Bescheid – ich hatte ihm von meinem Verdacht gegen Cooke erzählt –, und er hatte nicht das geringste unternommen, um mir beizustehen, als ich von Kennikins Leuten angegriffen wurde. Und zehn Minuten später hatte er freundschaftlich mit Cooke geplaudert. Es war, als ob das gesamte Department bereits infiltriert sei. Taggart ausgenommen, war Case der letzte Mensch, den ich als Überläufer verdächtigt hätte. Bitter überlegte ich, daß vielleicht sogar Taggart selbst auf Moskaus Lohnliste stand. Das hätte das Bild hübsch abgerundet. Kennikin unterbrach meine Überlegungen.

»Ich bin froh, daß ich Sie nicht unterschätzt habe, ich dachte mir schon, daß Sie diesen Idioten entwischen würden, die man mir da aufgehalst hat. Deshalb habe ich Ihren Wagen beschattet. Ein bißchen Vorsicht zahlt sich immer aus, finden Sie nicht auch?«

»Wohin fahren wir?«

»Das brauchen Sie nicht so genau zu wissen«, antwortete er. »Konzentrieren Sie sich einfach aufs Fahren. Und seien Sie vorsichtig, wenn Sie Laugarvatn durchqueren. Achten Sie auf die Geschwindigkeitsbegrenzungen, und ziehen Sie keinerlei Aufmerksamkeit auf sich. Fangen Sie zum Beispiel nicht plötzlich an zu hupen.« Der kalte Stahl berührte flüchtig meinen Nacken. »Verstanden?«

»Ja.« Ich verspürte plötzliche Erleichterung. Ich hatte schon befürchtet, daß er wußte, wo ich die letzten vierundzwanzig Stunden verbracht hatte, und daß wir zu Gunnars Haus fuhren. Überrascht hätte es mich nicht allzusehr. Kennikin schien sonst alles zu wissen. Er hatte in Geysir auf der Lauer gelegen – ein hübscher Trick. Der Gedanke an Elin, die sicher mitgenommen worden wäre, und die Vorstellung, was man möglicherweise Sigurlin angetan hätte, ließ mir das Blut in den Adern gerinnen.

Wir fuhren durch Laugarvatn durch und weiter nach Thingvellir in Richtung Reykjavik. Nach acht Kilometern befahl Kennikin mir, rechts auf eine Landstraße abzubiegen. Diese Straße kannte ich gut, sie führte zum Thingvallavatn-See. Ich fragte mich, wohin zum Teufel wir eigentlich fuhren.

Ich wurde nicht lange im Ungewissen gelassen, denn Kennikin befahl mir, noch einmal abzubiegen. Ein holpriger Weg führte auf den See und auf die Lichter eines kleinen Hauses zu. Es gehört zu den Statussymbolen der Reykjaviker, ein Sommerhäuschen am Thingvallatavatn zu haben. Sie werden immer kostbarer. Da für die Gegend ein Bauverbot besteht, sind die Preise enorm angestiegen. Ein Chalet am Thingvallavatn genießt heutzutage das gleiche Ansehen wie ein Rembrandt an der Wohnzimmerwand.

Ich hielt vor dem Haus. »Hupen Sie«, befahl Kennikin.

Ich gehorchte, und gleich darauf kam jemand heraus. Kennikin hielt mir die Pistole an den Kopf. »Vorsicht, Alan«, mahnte er. »Seien Sie schön vorsichtig.«

Er seinerseits war es auch. Ich wurde ins Innere des Hauses geführt, ohne die geringste Chance für einen Ausbruchsversuch zu haben. Das Zimmer war im modernen schwedischen Stil eingerichtet. In England würden die Möbel ein bißchen fehl am Platz wirken, aber in den nordischen Ländern sehen sie natürlich und gut aus. Es gab einen Kamin, in dem ein Feuer brannte, was einigermaßen überraschend war. Da Island weder über Kohle noch über Bäume verfügt, ist ein offenes Feuer eine Rarität. Viele Häuser werden mit Hilfe des von der Natur gespendeten heißen Wassers geheizt, alle übrigen haben Ölbrenner. Hier handelte es sich um ein Torffeuer, über dessen roter Glut bläuliche Flammen züngelten.

Kennikin machte eine Bewegung mit der Pistole. »Setzen Sie sich ans Feuer, Alan. Wärmen Sie sich auf. Aber zuerst wird Ilyich Sie durchsuchen.«

Ilyich war ein untersetzter Mann mit breitem, flächigem Gesicht. Seine Augen hatten etwas Asiatisches, was mich vermuten ließ, daß zumindest ein Elternteil von jenseits des Urals stammte. Er tastete mich gründlich ab, wandte sich dann Kennikin zu und schüttelte den Kopf.

»Keine Waffe?« fragte Kennikin. »Sehr weise von Ihnen.« Er lächelte Ilyich freundlich zu und wandte sich dann an mich. »Sehen Sie, was ich meine, Alan? Ich bin von Idioten umgeben. Ziehen Sie ihr linkes Hosenbein hoch und zeigen Sie Ilyich Ihr hübsches Messerchen.«

Ich gehorchte. Ilyich guckte erstaunt, während Kennikin ihn zusammenstauchte. Was Beschimpfungen anbelangt, so ist der russische Wortschatz sogar noch reichhaltiger als der englische. Das *sgian dubh* wurde konfisziert, und Kennikin bedeutete mir, mich zu setzen, während Ilyich mit knallrotem Gesicht hinter mich trat.

Kennikin steckte seine Pistole ein. »Was wollen Sie trinken, Alan Stewart?«

»Scotch – wenn Sie welchen haben.«

»Haben wir.« Er öffnete den Schrank neben dem Kamin und goß ein Glas halb voll. »Pur oder mit Wasser? Bedaure, wir haben kein Soda.«

»Wasser genügt. Machen Sie ihn ja nicht zu stark, wenn's geht.«

Er lächelte ironisch. »Ah ja, Sie müssen natürlich einen klaren Kopf behalten. Abschnitt vier, Vorschrift fünfunddreißig. Wenn Ihnen der Gegner einen Drink anbietet, verlangen Sie einen schwachen Drink.« Er goß Wasser ins Glas und brachte es mir.

»Ist es recht so?«

Ich nippte vorsichtig und nickte. Kennikin kehrte zum Schrank zurück und goß sich isländischen *brennivin* ein. Er leerte das halbe Glas in einem Zug. Ich beobachtete erstaunt, wie er den Rachenputzer hinunterschüttete, ohne eine Miene zu verziehen. Wenn Kennikin so in aller Öffentlichkeit soff, ging es mit ihm schnell bergab. Es wunderte mich nur, daß man im Department davon nichts wußte.

»Kriegen Sie hier auf Island keinen Calvados, Vaslav?« fragte ich.

Er grinste und hielt das Glas in die Höhe. »Das ist mein erster Drink seit vier Jahren, Alan. Ich habe allen Grund zum Feiern.« Er ließ sich mir gegenüber auf einem Stuhl nieder. »Ich habe wirklich Grund. In unserem Beruf passiert es nicht allzuoft, daß sich alte Freunde treffen. Behandelt das Department Sie gut?«

Ich nippte an dem wäßrigen Scotch und stellte das Glas auf das Tischchen neben meinen Stuhl. »Ich hab mit dem Department seit vier Jahren nichts mehr zu tun.«

Er hob die Brauen. »Da habe ich aber was anderes gehört.«

»Vielleicht«, sagte ich, »Aber es stimmt nicht. Ich bin ausgetreten, als ich Schweden verließ.«

»Ich bin auch nicht mehr dabei«, fuhr Kennikin fort. »Das hier ist mein erster Auftrag seit vier Jahren. Den habe ich Ihnen zu verdanken.« Seine Stimme klang gelassen. »Ich habe nicht etwa aus freiem Willen aufgehört, Alan. Man hat mich nach Ashkhabad geschickt, um Papiere zu ordnen. Wissen Sie, wo das liegt?«

»In Turkestan.«

»Ja.« Er schlug sich gegen die Brust. »Ich – Vaslav Viktorovich Kennikin – wurde weggeschickt, um an der Grenze nach Rauschgiftschmugglern zu fahnden, und um auf einem Schreibtisch in Papieren zu kramen.«

»Der Sturz des Mächtigen«, konstatierte ich. »Sie sind also für dieses Unternehmen wieder ausgegraben worden. Bestimmt eine große Freude für Sie.«

Er streckte die Beine aus. »O ja. Es hat mich außerordentlich gefreut zu hören, daß Sie hier sind. Wissen Sie, ich hab mir mal eingebildet, Sie sind mein Freund.« Seine Stimme hob sich. »Sie waren fast wie mein eigener Bruder.«

»Werden Sie bloß nicht sentimental«, erwiderte ich. »Sie wissen doch selber nur zu gut, daß Geheimagenten keine Freunde haben.« Mir fiel Jack Case ein, und ich dachte voller Bitterkeit, daß es mir ähnlich wie Kennikin gegangen war.

Er fuhr fort, ohne mich zu beachten. »Näher als mein Bruder. Ich hätte mein Leben in Ihre Hände gelegt. Ich habe es ja wirklich getan.« Er starrte auf die farblose Flüssigkeit in seinem Glas. »Und Sie haben mich verraten.« Abrupt hob er das Glas und leerte es mit einem Zug.

»Fassen Sie sich, Vaslav«, spottete ich. »In meiner Situation hätten Sie genau das gleiche getan.«

Er starrte mich an. »Aber ich habe Ihnen vertraut«, erwiderte er fast kläglich. »Das tut weh.« Er stand auf, ging zum Schrank und drehte sich zu mir um: »Sie kennen meine Leute. Fehler sind unverzeihlich. Und deshalb...« Er zuckte die Achseln. »Der Schreibtisch in Ashkhabad. Meine Fähigkeiten wurden einfach vergeudet.« Seine Stimme klang rauh.

»Es hätte noch schlimmer kommen können. Man hätte Sie nach Sibirien verfrachten können. Oder nach Katanga zum Beispiel.«

Als er zu seinem Stuhl zurückging, war das Glas wieder voll.

»Es war nahe daran«, murmelte er. »Aber meine Freunde halfen mir – meine wahren russischen Freunde.« Mit sichtlicher Anstrengung kehrte er in die Gegenwart zurück. »Aber wir vergeuden hier kostbare Zeit. Sie haben ein elektronisches Gerät in ihrem Besitz, und zwar unrechtmäßig. Wo ist es?«

»Ich weiß nicht, wovon Sie reden.«

Er nickte. »Klar, daß Sie das erst einmal sagen. Ich habe auch nichts anderes erwartet. Aber Sie wissen ja, daß Sie es mir im Endeffekt doch geben werden.« Er nahm ein Zigarettenetui aus der Tasche. »Nun?«

»Na gut«, lenkte ich ein. »Ich weiß, daß ich es habe, und Sie wissen es auch. Es hat keinen Sinn, wie die Katze um den heißen Brei herumzuschleichen. Dazu kennen wir uns zu gut, Vaslav. Sie werden es nicht kriegen.«

Er nahm eine lange russische Zigarette aus dem Etui. »Da bin ich anderer Ansicht, Alan. Ich weiß es sogar.« Er steckte das Etui weg und durchforschte seine Taschen nach einem Feuerzeug. »Sehen Sie, das hier ist kein gewöhnlicher Auftrag für mich. Ich habe alle möglichen Gründe, Ihnen mit Vergnügen Schmerzen zuzufügen. Gründe, die gar nichts mit diesem elektronischen Gerät zu tun haben. Ich bin sicher, daß ich es bekommen werde. Ganz sicher.«

Seine Stimme war eisig. Mir lief es prompt ebenso eiskalt über den Rücken. *Kennikin wird Sie liebend gern mit einem scharfen Messer traktieren.* Das waren Cookes Worte und Cooke hatte mich an dieses Messer geliefert.

Er gab einen verärgerten Laut von sich, als er nichts fand, womit er seine Zigarette anzünden konnte. Ilyich trat hinter mir vor, ein Feuerzeug in der Hand. Kennikin neigte den Kopf, um sich die Zigarette anzünden zu lassen. Aber das Ding funktionierte nicht.

»Schon gut.« Kennikin wandte sich gereizt ab und beugte sich vor, nahm ein Stück Papier vom Kaminrand, hielt es ans Feuer und zündete sich damit seine Zigarette an.

Ich interessierte mich mehr für das, was Ilyich tat. Er war nicht auf seinen Posten hinter meinem Stuhl zurückgekehrt, sondern zum Schrank gegangen, in dem der Alkohol aufbewahrt wurde – hinter Kennikin.

Kennikin zog an der Zigarette, blies eine Rauchwolke in die Luft und blickte dann auf. Als er merkte, daß Ilyich außer Sicht war, erschien die Pistole in seiner Hand. »Ilyich, was tust du da?« Die Waffe war regungslos auf mich gerichtet.

Ilyich drehte sich mit einem kleinen Gaszylinder in der Hand um. »Ich fülle das Feuerzeug auf.«

Kennikin blies die Backen auf und rollte die Augen zur Decke. »Das ist unwichtig«, bestimmte er. »Geh nach draußen und durchsuche den Volkswagen. Du weißt schon, wonach.«

»Ilyich wird sich selbst überzeugen.«

Der Mann legte den Gaszylinder wieder in den Schrank und verließ den Raum. Kennikin steckte die Pistole nicht weg, lockerte aber seinen Griff. »Hab ich's nicht gesagt? Das Team, das sie mir aufgehalst haben, ist die reinste Ausschußware. Was mich nur wundert, ist, daß Sie denen nicht entwischt sind.«

»Wenn Sie nicht dagewesen wären, hätte ich es vielleicht geschafft.«

»Ah ja«, murmelte er. »Wir kennen uns sehr genau. Vielleicht zu genau.« Er legte die Zigarette auf den Rand eines Aschenbechers und griff nach seinem Glas. »Ich bin mir noch nicht einmal sicher, ob es mir wirklich Vergnügen machen wird, Sie fertigzumachen. Wie heißt es doch bei euch in England so schön – ›es schmerzt mich ebenso wie dich‹, oder so ähnlich?« Er machte eine Bewegung mit der Hand, die das Glas hielt. »Habe ich das richtig zitiert?«

»Ich bin kein Engländer, ich bin Schotte«, betonte ich.

»Ein Unterschied, der keine Rolle spielt, ist kein Unterschied. Aber ich will Ihnen was sagen – *Sie* haben in meinem Leben eine große Rolle gespielt.« Er trank einen Schluck *brennivin*. »Sagen Sie – dieses Mädchen, mit dem Sie sich da rumtreiben. Elin Ragnarsdottir – lieben Sie sie?«

Ich spürte, wie alles in mir erstarrte. »Sie hat mit der Sache nichts zu tun.«

Er lachte. »Keine Angst. Ich habe nicht vor, ihr etwas anzutun. Es wird ihr kein Haar gekrümmt werden. Ich glaube zwar nicht an die Bibel, aber ich bin bereit, darauf zu schwören.« Seine Stimme wurde schärfer. »Ich schwöre sogar auf die Werke Lenins, wenn Ihnen das lieber ist. Glauben Sie mir?«

»Ja«, erwiderte ich. Ich glaubte ihm. Kennikin und Cooke ließen sich nicht vergleichen. Cooke hätte ich kein Wort geglaubt, selbst wenn er auf tausend Bibeln geschworen hätte. Aber Kennikin vertraute ich in dieser Beziehung, wie er einmal mir vertraut hatte. Ich kannte ihn, verstand ihn und schätzte seinen Stil. Er war ein Gentleman – bösartig, aber ein Gentleman.

»Dann beantworten Sie meine Frage. Lieben Sie sie?«

»Wir werden heiraten.«

Er lachte. »Das ist nicht gerade eine exakte Antwort, aber sie genügt.« Er beugte sich vor. »Schlafen Sie mit ihr, Alan? Wenn Sie nach Island kommen, liegen Sie da beide zusammen unter den Sternen, umarmen Sie sich und pressen Sie ihre Körper aneinander, bis sich Ihr Schweiß mischt? Flüstern Sie einander Worte zu, die süß und zärtlich sind, vereinen Sie sich bis zu diesem letzten ekstatischen Ausbruch, der dann in herrlicher Mattigkeit verebbt? Ist es so, Alan?«

Seine Stimme klang wie das grausame Schnurren einer Katze. »Erinnern Sie sich an unser letztes Zusammentreffen im Wald, als Sie versuchten, mich umzubringen? Ich wollte, Sie wären ein besserer Schütze gewesen. Ich war lange Zeit im Krankenhaus in Moskau, da hat man mich wieder zusammengeflickt. Aber eins konnten sie dort nicht wieder zusammenflicken, Alan. Und deshalb werden Sie – falls Sie überhaupt lebend aus dieser Sache herauskommen, darüber habe ich noch nicht entschieden – weder für Elin Ragnarsdottir noch für irgendeine andere Frau was taugen.«

»Bitte noch einen Drink«, bat ich.

»Diesmal werde ich weniger Wasser zugießen«, sagte er. »Ich habe das Gefühl, Sie brauchen was Stärkeres.« Er kam herüber, nahm mein Glas und ging damit zum Schrank. Er ließ die Waffe nicht aus der Hand, während er den Whisky einschenkte. Dieses Mal goß er nur wenig Wasser hinzu. Er brachte mir das Glas. »Damit Sie etwas mehr Farbe im Gesicht bekommen.«

Ich nahm das Glas aus seiner Hand. »Ich kann Ihre Verbitterung verstehen, aber jeder Soldat muß damit rechnen, verwundet zu werden. Das ist das Berufsrisiko. Im Grunde wurmt Sie doch nur, daß Sie verraten wurden. Hab ich recht, Vaslav?«

»Teilweise, ja«, gab er zu.

Ich nippte an dem Whisky. Diesmal war er stark. »In einem Punkt irren Sie sich – nämlich in der Person des Schuldigen. Wer war damals Ihr Boß?«

»Bakayev – in Moskau.«

»Und wer war mein Boß?«

Er lächelte. »Dieser hervorragende britische Edelmann, Sir David Taggart.«

Ich schüttelte den Kopf. »Nein, Taggart war nicht interessiert. Der hatte damals wesentlich größere Fische an der Angel. Sie wurden von Bakayev, Ihrem eigenen Boß, in Zusammenarbeit mit meinem Boß reingelegt. Ich war lediglich das Werkzeug.«

Kennikin brüllte vor Lachen. »Mein lieber Alan, Sie haben zu viel Fleming gelesen.«

»Sie haben noch gar nicht gefragt, wer mein Boß war«, erinnerte ich ihn.

Er bebte noch immer vor unterdrücktem Gelächter. »Na schön – wer war's denn?«

»Cooke.«

Das Gelächter verstummte plötzlich.

»Es war sehr sorgfältig geplant«, fuhr ich fort. Sie wurden geopfert, um Cooke zu Ansehen zu verhelfen. Das Ganze mußte gut aussehen – authentisch wirken. Deshalb wurden Sie auch im dunkeln gelassen. Wenn man alles in Betracht zieht, haben Sie sich gar nicht so schlecht geschlagen. Aber immer wieder wurde Ihnen der Teppich unter den Füßen weggezogen, weil Bakayev alle Informationen an Cooke weitergab.«

»Das ist Unsinn, Stewartsen«, protestierte Kennikin. Aber sein Gesicht war bleich geworden und die Narbe auf seiner Wange trat bläulich hervor.

»Sie *mußten* versagen«, fuhr ich fort. »Und natürlich mußten Sie auch bestraft werden, sonst hätte das Ganze nicht echt gewirkt. Ja, wir wissen, wie Ihre Leute arbeiten, und wenn Sie nicht nach Ashkhabad oder sonstwohin geschickt worden wären, so wären wir mißtrauisch geworden. Darum verbrachten Sie vier Jahre im Exil, um den Schein zu wahren. Vier Jahre Papierkram, nur weil Sie Ihre Pflicht getan hatten. Man hat Sie an der Nase herumgeführt, Vaslav.«

Seine Augen waren steinern. »Ich kenne diesen Cooke nicht«, erwiderte er kurz.

»Sie müßten ihn eigentlich kennen. Er ist der Mann, von dem Sie in Island Befehle entgegennehmen. Sie fanden es vielleicht ganz normal, daß Sie bei dieser Operation nicht das Kommando bekommen haben. Einen Versager betraut man nicht mit der ausschließlichen Verantwortung. Und jetzt hoffen Sie, sich zu rehabilitieren, indem Sie Ihren Auftrag erfolgreich ausführen.« Ich lachte. »Und wen setzt man Ihnen als Boß vor die Nase? Keinen anderen als den Mann, der Sie in Schweden torpediert hat.«

Kennikin stand auf. Die Pistole war unbeweglich auf meine Brust gerichtet. »Ich weiß, wer die Operation in Schweden ruiniert hat«, sagte er. »Und ich kann denjenigen von hier aus berühren.«

»Ich habe nur Befehle ausgeführt«, erwiderte ich. »Die Kopfarbeit hat Cooke geleistet. Erinnern Sie sich an Jimmy Birkby?«

»Nie von ihm gehört«, antwortete Kennikin starr.

»Natürlich nicht. Sie kannten ihn besser unter dem Namen Sven Hornlund. Er war der Mann, den ich getötet habe.«

»Der britische Agent«, sagte Kennikin. »Ich erinnere mich. Seinetwegen habe ich Ihnen damals mein volles Vertrauen geschenkt.«

»Es war Cookes Idee. Ich hatte keine Ahnung, wen ich da umbrachte. Deshalb verließ ich hinterher auch das Department. Es gab einen wilden Krach.« Ich beugte mich vor. »Vaslav, es paßt alles zusammen, sehen Sie das denn nicht? Cooke opferte einen guten Mann, um Sie dazu zu bringen, mir zu vertrauen. Wie viele unserer Agenten umkamen, kümmerte ihn nicht. Aber er und Bakayev opferten Sie, um Taggarts Vertrauen in Cooke zu zementieren.«

Kennikin sah mich aus seinen grauen Kieselsteinaugen völlig unbeweglich an. Nur der eine Mundwinkel zuckte, da wo die Narbe verlief.

Ich lehnte mich in den Stuhl zurück und griff nach meinem Glas. »Cooke sitzt jetzt hübsch fest im Sattel. Hier in Island hält er auf beiden Seiten die Fäden in der Hand. Mein Gott, was für eine Position! Aber die Szene geriet durcheinander, als eine der Marionetten sich weigerte, seiner Regie zu folgen, als er an den Fäden zog. Das muß ihm einen ziemlichen Schrecken eingejagt haben.«

»Ich kenne diesen Cooke nicht«, wiederholte Kennikin eisern.

»Nein? Warum sind Sie dann so erregt?« Ich grinste ihn an. »Ich kann Ihnen nur eins empfehlen – fragen Sie ihn doch, wenn Sie ihn das nächste Mal sehen, nach der Wahrheit. Nicht, daß er Ihnen etwas sagen würde. Cooke hat in seinem ganzen Leben noch nie die Wahrheit gesagt. Aber vielleicht kann ein so scharfer Beobachter wie Sie ihn besser durchschauen.«

Durch die zugezogenen Vorhänge waren Lichter zu sehen. Ein Wagen fuhr draußen vor. Ich sah Kennikin beschwörend an. »Denken Sie an die Vergangenheit, Vaslav. Denken Sie an die vergeudeten Jahre in Ashkhabad. Versetzen Sie sich in Bakayevs Lage und überlegen Sie mal, was wichtiger ist – eine Operation in Schweden, die jederzeit wiederholt werden kann, oder die Gelegenheit, einem Mann in der Hierarchie des britischen Geheimdienstes einen hohen Rang zuzuschustern – so hoch, daß er mit dem britischen Premierminister speist?«

Kennikin war es sichtlich unbehaglich zumute, und ich wußte, daß ich ihn empfindlich getroffen hatte. Er brütete vor sich hin, und die Pistole war nicht mehr direkt auf mich gerichtet. »Nur interessehalber«, fragte ich, »wie lange hat es denn gedauert, bis die neue schwedische Gruppe aufgebaut wurde? Nicht lange, wette ich. Ich möchte sogar behaupten, daß Bakayev bereits eine Parallelorganisation eingesetzt hatte, die in Aktion trat, als Sie ausfielen.«

Das war ein Schuß ins Ungewisse, aber er traf. Es war, als ob ich jemanden beobachtete, der bei einem Geldspielautomaten den Haupttreffer erwischt. Die Räder drehen sich, es surrt und klickt, es klingelt laut und deutlich. Auch bei Kennikin klingelte es. Er holte tief Luft und wandte sich ab. Er starrte ins Feuer, und die Hand, die die Pistole hielt, sank seitlich herab.

Ich spannte sprungbereit die Muskeln. »Man traute Ihnen nicht, Vaslav. Bakayev traute Ihnen nicht zu, daß Sie Ihre eigene Organisation ruinieren und damit die Sache glaubwürdig erscheinen lassen würden. Auch mir traute man nicht, aber ich wurde von Cooke hereingelegt, der Ihrer Seite angehört. Bei Ihnen liegt der Fall anders. Sie bekamen von Ihren eigenen Leuten einen Tritt in den Hintern. Was empfindet man dabei?«

Vaslav Kennikin war wirklich ein guter Mann – ein guter Agent –, er hatte sich in der Kontrolle. Er wandte mir das Gesicht zu und sah mich ausdruckslos an. »Ich habe mir Ihre Räuberpistole mit großem Interesse angehört. Diesen Cooke kenne ich nicht. Ihr Märchen war fein ausgedacht, Alan, aber Sie können sich damit nicht aus der Schlinge ziehen. Sie sind nicht . . .«

Die Tür öffnete sich, und zwei Männer traten ein. Kennikin drehte sich ungeduldig um. »Ja?«

Der Größere der beiden sagte auf russisch: »Wir sind gerade zurückgekommen.«

»Das sehe ich«, entgegnete Kennikin ungerührt. Er

wies auf mich. »Darf ich euch Alan Stewartsen vorstellen, den Mann, den ihr hierherbringen solltet? Was ist passiert? Wo ist Igor?«

Die beiden schauten sich an, schließlich sagte der Größere: »Er wurde in ein Krankenhaus gebracht. Er hat sich schlimm verbrannt, als er . . .«

»Ausgezeichnet«, bemerkte Kennikin bissig. »Prächtig!« Er wandte sich an mich. »Was halten Sie davon, Alan? Yuri brachten wir heimlich und sicher zum Kutter, aber Igor muß natürlich in ein Krankenhaus geschafft werden, wo man ihn ausfragen kann. Was würden Sie mit solchen Idioten anfangen?«

Ich grinste. »Erschießen«, schlug ich hoffnungsvoll vor.

»Ich bezweifle, daß eine Kugel ihre dicken Schädel überhaupt durchdringen würde«, erwiderte Kennikin in beißendem Ton. Er warf einen drohenden Blick auf den großen Russen. »Und warum, verdammt nochmal, habt ihr zu schießen angefangen? Das klang ja, als ob eine Revolution ausgebrochen wäre.«

Der Mann wies hilflos auf mich. »Er hat damit angefangen.«

»Dazu hätte es gar nicht erst kommen dürfen. Wenn drei Mann nicht einmal in aller Seelenruhe mit einem einzigen fertig werden können, dann . . .«

»Sie waren zu zweit.«

»Oh!« Kennikin warf mir einen Blick zu. »Was ist aus dem anderen geworden?«

»Ich weiß nicht, der ist weggerannt«, erwiderte der große Russe.

»Das ist nicht weiter verwunderlich«, bemerkte ich beiläufig. »Es war nur ein Hotelgast.« Innerlich kochte ich. Case war also einfach davongelaufen und hatte mich im Stich gelassen. Ich wollte ihn nicht an Kennikin verraten, aber wenn ich je heil aus der Schweinerei herauskam, gab es da eine Rechnung zu begleichen.

»Wahrscheinlich hat er im Hotel Alarm geschlagen«, vermutete Kennikin. »Könnt ihr denn nie einen Auftrag richtig ausführen?«

Der Große wollte etwas einwenden, aber Kennikin schnitt ihm das Wort ab. »Was macht Ilyich?«

»Er nimmt einen Wagen auseinander«, antwortete der Russe verdrossen.

»Dann hilf ihm dabei. Du, Gregor, bleibst hier und behältst Stewartsen im Auge.« Er reichte dem Kleineren die Pistole.

»Kann ich noch einen Drink haben, Vaslav?« fragte ich.

»Warum nicht? Es besteht keine Gefahr, daß Sie noch Alkoholiker werden. Dafür leben Sie nicht mehr lange genug. Laß ihn nicht aus den Augen, Gregor.«

Er verließ das Zimmer und schloß die Tür hinter sich. Gregor pflanzte sich davor auf und betrachtete mich ausdruckslos. Ich zog langsam die Beine an und stand auf. Gregor hob die Waffe. Ich grinste ihn an und hielt mein leeres Glas hoch. »Sie haben gehört, was der Boß gesagt hat. Ich hab Anspruch auf einen letzten Drink.«

Der Pistolenlauf senkte sich. »Ich bleibe hinter Ihnen«, brummte er.

Ich ging zum Schrank und redete dabei unentwegt. »Ich wette, Sie sind von der Krim, Gregor. Den Akzent kenne ich. Stimmt's?«

Er schwieg, aber ich plapperte unverdrossen weiter. »Wodka scheint es hier nicht zu geben, Gregor. *Brennivin* kommt ihm am nächsten, aber es ist gar kein Vergleich. Ich mache mir selbst nichts daraus. Wenn ich es mir genau überlege, mache ich mir eigentlich auch aus Wodka nicht viel. Scotch ist eher was für mich. Warum auch nicht, schließlich bin ich Schotte.«

Ich klirrte mit den Flaschen und hörte Gregors Atem dicht hinter mir. Der Scotch plätscherte ins Glas, gefolgt von Wasser. Ich drehte mich um. Gregor stand einen Meter weit von mir entfernt und hatte die Waffe auf meinen Nabel gerichtet. Wie gesagt, unter gewissen Umständen sind Pistolen angebracht, und das war augenblicklich der Fall. In geschlossenen Räumen sind sie recht wirkungsvoll. Wenn ich auf die alberne Idee gekommen wäre, ihm den Drink ins Gesicht zu schütten, hätte er mir glatt das Rückgrat durchschossen.

Ich hob das Glas. »*Skal* – wie wir in Island sagen.« Dabei hielt ich die Hand hoch, damit der kleine Gaszylinder nicht aus meinem Ärmel rutschte. Einigermaßen affektiert durchquerte ich das Zimmer und ließ mich wieder in meinem Sessel nieder. Gregor betrachtete mich verächtlich.

Ich nippte am Whisky und manövrierte das Glas in meine andere Hand. Als ich endlich ruhig saß, steckte der Gaszylinder in der Spalte zwischen dem Sitz und der Armlehne. Ich toastete Gregor erneut zu und blickte dann interessiert in das flackernde Torffeuer.

Auf jedem Gaszylinder zum Nachfüllen steht die ernst zu nehmende Warnung: »ÄUSSERST LEICHT ENTZÜNDLICH. NICHT IN DER NÄHE VON OFFENEM FEUER BENÜTZEN. VON KINDERN FERNHALTEN. NICHT ANSTECKEN ODER ANZÜNDEN.« Die Firmen schätzen solche schreckenerregenden Vorschriften auf ihren Erzeugnissen gar nicht und bringen sie nur auf Grund strenger gesetzlicher Vorschriften an, woraus man schließen kann, wie gerechtfertigt solche Warnungen sind.

Im Kamin brannte das Feuer mit einer dicken roten Glut. Wenn ich den Gaszylinder hineinwarf, so gab es zwei Möglichkeiten. Entweder würde er explodieren wie eine Bombe oder in die Luft zischen wie eine Rakete – und beides konnte mir nur recht sein. Schwierig war nur, daß ich nicht wußte, wie lange es dauern würde, bis es soweit war. Es konnte nicht schwer sein, das Ding ins Feuer zu praktizieren, aber wenn jemand blitzschnell reagierte – Gregor zum Beispiel –, konnte er den Zylinder auch schnell wieder herausholen. Kennikins Jungens konnten wirklich nicht so unfähig sein, wie er sie hinstellte.

Kennikin kehrte zurück. »Sie haben die Wahrheit gesagt«, erklärte er.

»Das tue ich immer. Es ist nur ärgerlich, daß die meisten Leute das nicht merken. Sie sind also einer Meinung mit mir, was Cooke betrifft?«

Er runzelte die Stirn. »Ich meine nicht diese alberne Geschichte. Das, was ich suche, ist nicht in Ihrem Wagen. Wo ist es?«

»Das werden Sie nicht von mir erfahren, Vaslav.«

»Doch.«

Irgendwo klingelte ein Telefon. »Wollen wir wetten?« fragte ich.

»Ich will nicht, daß der Teppich hier mit Blut verschmiert wird«, erwiderte er. »Stehn Sie auf.« Jemand nahm den Telefonhörer ab.

»Kann ich nicht erst austrinken?«

Ilyich öffnete die Tür und winkte Kennikin, der mich ansah. »Bis ich zurückkomme, müssen Sie ausgetrunken haben.«

Er verließ das Zimmer, Gregor kam auf mich zu und blieb vor mir stehen. Das war ärgerlich, denn es hinderte mich daran, den Gaszylinder ins Feuer zu werfen. Ich berührte meine Stirn, die schweißbedeckt war.

Gleich darauf kehrte Kennikin zurück und betrachtete mich nachdenklich. »Sie sagten, der Mann, mit dem Sie in Geysir zusammen waren, sei ein Hotelgast gewesen?«

»Stimmt.«

»Sagt Ihnen der Name John Case irgendwas?«

Ich blickte ihn verdutzt an. »Nicht das geringste.«

Er lächelte mitleidig. »Und Sie behaupten, Sie würden immer die Wahrheit sagen.« Er setzte sich. »Anscheinend ist das, wonach ich suche, nicht mehr wichtig. Oder vielmehr, seine Wichtigkeit hat im Verhältnis zu Ihnen selbst abgenommen. Wissen Sie, was das bedeutet?«

»Keinen Schimmer.« Ich meinte es ehrlich, das war ein neuer Dreh.

»Ich hätte alles getan, um die erforderliche Information aus Ihnen herauszuholen. Aber meine Instruktionen haben sich geändert. Sie können sich beruhigen, Sie werden nicht gefoltert, Stewartsen.«

Ich atmete tief aus. »Danke«, sagte ich aus vollem Herzen.

Er schüttelte den Kopf. »Ihren Dank können Sie sich sparen. Meine Anweisung lautet, Sie sofort zu liquidieren.«

Wieder klingelte das Telefon.

Meine Stimme war nur noch ein Krächzen. »Warum?«

Er zuckte die Schultern. »Sie werden langsam lästig.«

Ich schluckte. »Müssen Sie nicht ans Telefon gehen? Vielleicht werden die Instruktionen noch einmal geändert.«

Er lächelte starr. »Eine Gnadenfrist in letzter Minute, Alan? Das glaube ich kaum. Wollen Sie wissen, weshalb ich Ihnen von dieser Anweisung erzählt habe? Im allgemeinen ist das nicht üblich, wie Ihnen sicher bekannt ist.«

Ich wußte es ganz genau, wollte ihm jedoch nicht die Genugtuung bereiten, es zuzugeben. Das Telefon hatte aufgehört zu klingeln.

»Es gibt ein paar wirklich gute Stellen in der Bibel«, fuhr er fort. »Zum Beispiel ›Auge um Auge, Zahn um Zahn‹. Ich hatte, was Sie betrifft, meine Pläne gemacht und bedaure zutiefst, daß ich sie nicht in die Tat umsetzen kann. Aber wenigstens ist es mir vergönnt zuzusehen, wie Sie jetzt schwitzen.«

Ilyich steckte den Kopf durch die Tür. »Reykjavik.«

Kennikin machte eine verärgerte Geste. »Ich komme.« Er stand auf. »Lassen Sie sich alles durch den Kopf gehen – und schwitzen Sie noch ein bißchen mehr.«

Ich streckte die Hand aus. »Haben Sie eine Zigarette?«

Er hielt inne und lachte laut. »Ah, sehr gut, Alan. Ihr Briten seid ja so für Traditionen. Natürlich bekommen Sie ordnungsgemäß Ihre letzte Zigarette.« Er warf mir sein Etui zu. »Haben Sie sonst noch einen Wunsch?«

»Ja«, erwiderte ich. »Ich würde gern den Sylvesterabend des Jahres 2020 am Trafalgar Square erleben.«

»Bedaure«, sagte er und verließ den Raum.

Ich öffnete das Etui, steckte eine Zigarette in den Mund

und klopfte hilflos meine Taschen ab. Dann bückte ich mich sehr langsam, um einen Papierfetzen aufzuheben. »Ich will nur meine Zigarette anzünden«, erklärte ich Gregor und hoffte inständig, er würde sich nicht von der Tür wegbewegen.

Ich hielt den Fidibus in der linken Hand und beugte mich vor, so daß die Rechte durch meinen Körper verdeckt war. Dann warf ich den Gaszylinder in die Glut. Gleichzeitig hob ich den Fidibus auf und kehrte zu meinem Stuhl zurück. Um Gregors Blicke vom Kamin abzulenken, schwenkte ich das brennende Papier in einem eleganten Bogen zur Spitze meiner Zigarette, sog den Rauch ein und blies eine Wolke in Richtung des Russen. Dann ließ ich die Flamme absichtlich niederbrennen, bis sie mir die Finger verbrannte.

»Autsch!« rief ich und schüttelte heftig die Hand – alles nur, um Gregor vom Kaminfeuer abzulenken. Es kostete mich allerdings meine gesamte Willenskraft, nicht selbst einen Blick hinüberzuwerfen.

Der Telefonhörer wurde auf die Gabel geschmissen, und Kennikin kam mit steifen Schritten zurück. »Diplomaten!« schimpfte er vor sich hin. »Als ob ich nicht sowieso schon genug Scherereien hätte.« Er deutete auf mich. »Los, aufstehen!«

Ich hielt die Zigarette hoch. »Was ist damit?«

»Die können Sie draußen zu Ende rauchen. Dazu wird gerade noch genügend . . .«

Der Knall des explodierenden Gaszylinders klang ohrenbetäubend in dem geschlossenen Raum. Die Torfglut stob im ganzen Zimmer umher. Da ich damit gerechnet hatte, faßte ich mich schneller als die anderen. Ich achtete auch nicht auf die rotglühenden Partikel, die meinen Hals versengten. Nur Gregor schien das Stück heißen Torfs, das seinen Handrücken verbrannte, nicht so gut ertragen zu können. Er stieß einen Schrei aus und ließ die Waffe fallen.

Ich stürzte in seine Richtung, packte die Pistole und

schoß ihm zweimal in die Brust. Dann fuhr ich herum, um Kennikin festzunageln, bevor er sich von seiner Verblüffung erholt hatte. Er hatte sich die glühenden Torfstückchen vom Jackett geschlagen, drehte sich nun aber nach den beiden Schüssen um. Ich hob die Pistole. Er griff nach einer Tischlampe und schleuderte sie nach mir. Ich duckte mich, mein Schuß ging daneben. Die Lampe segelte über meinen Kopf weg und traf Ilyich, der gerade die Tür aufmachte, um nachzusehen, was los war, direkt ins Gesicht.

Das ersparte mir die Mühe, sie selbst zu öffnen. Ich stieß ihn mit der Schulter zur Seite und taumelte in den Flur hinaus. Die Haustür stand offen. Kennikin hatte mir übel zugesetzt, und so gerne ich den Kampf endgültig mit ihm ausgetragen hätte, jetzt war nicht der richtige Zeitpunkt dafür. Ich raste aus dem Haus, vorbei am Volkswagen, dem sämtliche vier Räder abmontiert worden waren. Im Vorbeilaufen gab ich einen Schuß auf den großen Russen ab. Das sollte ihn ermuntern, den Kopf unten zu halten. Dann rannte ich in die Dunkelheit hinein – die nicht so dunkel war, wie ich es mir gewünscht hätte –, ins offene Land hinaus.

Das offene Land bestand aus Lavabrocken, die mit dikken Moosschichten bedeckt waren und auf denen manchmal kleine Gruppen von Zwergbirken standen.

Am Tage konnte ein Mann höchstens anderthalb Kilometer pro Stunde zurücklegen, ohne sich den Knöchel zu brechen. Bei diesem Gedanken brach mir der Schweiß aus. Wenn mir das passierte oder ich mir auch nur den Fuß verrenkte, konnte man mich leicht einholen. Vermutlich würde man mich dann gleich an Ort und Stelle abknallen.

Ich war etwa einen halben Kilometer gelaufen, als ich im rechten Winkel vom See abbog, auf die Straße zulief und dann stehenblieb.

Ich blickte zurück und konnte die Fenster des Zimmers sehen, in dem man mich gefangengehalten hatte. Hinter ihnen flackerte es merkwürdig, und plötzlich gingen die

Vorhänge in Flammen auf. Rufe drangen zu mir herüber, und jemand lief am Fenster vorbei, aber anscheinend verfolgte mich niemand. Wahrscheinlich wußte keiner der Russen, in welche Richtung ich gerannt war.

Einige Überreste alter Lava versperrten mir die Sicht. Meiner Schätzung nach mußte die Straße dahinterliegen. Da die Morgendämmerung in Kürze beginnen würde, war es besser, außer Sichtweite des Hauses zu sein. Ich rannte auf den Lavawall zu, kroch darüber und richtete mich erst auf, als ich auf der anderen Seite angekommen war. In der Ferne war eine gerade dunkle Linie zu erkennen, die nur die Straße sein konnte. Ich wollte mich eben dorthin in Bewegung setzen, als sich ein Würgegriff um meinen Hals legte. Zur gleichen Zeit wurde mein Handgelenk so gepreßt, als wolle man mir die Knochen zerquetschen.

»Lassen Sie die Pistole los«, flüsterte eine heisere Stimme auf russisch.

Ich ließ die Waffe fallen und wurde sofort weggestoßen, so daß ich stolperte und hinfiel. Ich starrte in den hellen Lichtstrahl einer Taschenlampe, der eine auf mich gerichtete Pistole beleuchtete.

»Himmel. Sie sind's«, staunte Jack Case.

»Machen Sie das verfluchte Licht aus«, fuhr ich ihn an und massierte mir den Hals. »Wo zum Teufel waren Sie eigentlich, als sie in Geysir über mich hergefallen sind?«

Die Lampe wurde ausgeknipst, und ich hörte Jacks Stimme aus der Dunkelheit: »Ich wollte Ihnen helfen, indem . . .«

»Den Teufel haben Sie getan!« zischte ich ihn an. »Sie sind ins Hotel zurückgerannt. Wie sind Sie hierhergekommen?«

»Als sie Kennikins Jungs abgeschüttelt hatten, sah ich, wie einer von ihnen auf einen Wagen zulief. Ich folgte ihm und kam hierher.«

Das klang nicht sehr wahrscheinlich, aber ich ließ es dabei bewenden. »Ich sah Sie mit Cooke reden. Seit wann hat er sich in Geysir herumgetrieben?«

»Tut mir leid«, erwiderte Case. »Er war im Hotel, als ich eintraf.«

»Aber Sie sagten doch . . .«

Cases Stimme klang gereizt. »Verdammt, ich konnte Ihnen wirklich nicht sagen, daß er da war. So wie Sie gelaunt waren, hätten Sie ihn ja glatt abgeschlachtet.«

»Sie sind wirklich ein großartiger Freund«, konstatierte ich erbittert. »Aber ich möchte jetzt gar nicht näher darauf eingehen. Wo ist Ihr Wagen? Reden können wir später noch.«

»Gleich dahinten neben der Straße.« Er steckte seine Pistole weg.

Ich entschied mich blitzschnell. Ich konnte niemandem mehr trauen, auch Case nicht. »Jack, Sie können Taggart ausrichten, ich würde sein Päckchen nach Reykjavik bringen.«

»Na schön. Aber machen wir, daß wir von hier wegkommen.«

Ich trat dicht an ihn heran. »Ich traue Ihnen nicht, Jack«, war alles, was er zu hören bekam, bevor ich ihm meine Finger ins Zwerchfell rammte. Er krümmte sich vor Schmerz. Ich verpaßte ihm noch einen Handkantenschlag in den Nacken, worauf er vor meinen Füßen zu Boden sackte. Jack und ich waren im unbewaffneten Kampf immer gleichwertig gewesen, und vermutlich wäre ich nicht so leicht mit ihm fertig geworden, wenn er geahnt hätte, was ihm bevorstand.

In der Ferne wurde ein Motor angelassen, und rechts von mir konnte ich die Lichtkegel der Scheinwerfer sehen. Ich warf mich blitzartig zu Boden. Der Wagen kam den Zufahrtsweg zur Straße entlang, bog an der Straße ab und entfernte sich in entgegengesetzter Richtung – nach Thingvellir.

Kaum war der Wagen außer Hörweite, begann ich fieberhaft, Cases Taschen zu durchsuchen. Ich nahm seine Wagenschlüssel sowie die Pistole samt Halfter an mich.

Gregors Waffe wischte ich säuberlich ab und warf sie weg. Dann machte ich mich auf die Suche nach Cases Wagen.

Es war ein Volvo, den ich ganz in der Nähe fand. Der Motor sprang sofort an, und ich fuhr los, ohne die Scheinwerfer einzuschalten. Ich mußte um den ganzen Thingvallavatn herumfahren. Es würde ein ziemlich weiter Weg nach Laugarvatn sein. Aber ich hatte nicht die geringste Lust, wieder die Route einzuschlagen, auf der ich gekommen war.

KAPITEL 8

I

Kurz vor fünf Uhr traf ich in Laugarvatn ein und parkte den Wagen in der Einfahrt. Beim Aussteigen sah ich, wie sich die Vorhänge am Fenster bewegten. Elin trat aus dem Haus und lief direkt in meine Arme, noch bevor ich die Haustür erreicht hatte. »Alan!« rief sie. »Mein Gott, du hast ja Blut im Gesicht.«

Ich berührte meine Wange und spürte verkrustetes Blut, das von einem Schnitt stammte. Ich mußte ihn mir zugezogen haben, als der Gaszylinder explodierte. »Laß uns reingehn«, schlug ich vor.

Im Flur trafen wir auf Sigurlin, die mich von oben bis unten musterte. »Ihre Jacke ist angesengt«, stellte sie fest.

Ich warf einen Blick auf die Brandlöcher im Stoff. »Ja«, sagte ich.

»Ziemlich unachtsam, wie?«

»Was ist passiert?« drängte Elin.

»Ich . . . ich hatte eine Unterhaltung mit Kennikin«, fing ich an. Ich stockte, denn urplötzlich setzte die Reaktion auf das Vorhergegangene ein, und ich fühlte mich zu Tode erschöpft. Dagegen mußte ich dringend etwas unternehmen, denn zum Ausruhen war keine Zeit. »Haben Sie Kaffee?« fragte ich Sigurlin.

Elin packte mich am Arm. »Was ist geschehen? Was hat Kenni . . .«

»Ich erzähl dir das später.«

»Sie sehen aus, als hätten Sie eine Woche lang nicht geschlafen«, meinte Sigurlin. »Oben steht ein Bett.«

Ich schüttelte den Kopf. »Nein. Ich . . . wir fahren weg.«

Sie und Elin wechselten Blicke. Schließlich bemerkte Sigurlin sachlich: »Kaffee können Sie trotzdem trinken. Er ist fertig – wir haben das Zeug die ganze Nacht über in uns hineingegossen. Kommen Sie in die Küche.«

Ich ließ mich am Küchentisch nieder und löffelte eine große Portion Zucker in die dampfende Kaffeetasse. Es schien mir das herrlichste Getränk, was ich je zu mir genommen hatte. Sigurlin trat ans Fenster und blickte auf den Volvo in der Zufahrt. »Wo ist der Volkswagen?«

Ich zog eine Grimasse. »Den können Sie abschreiben.« Der große Russe hatte gesagt, Ilyich hätte ihn auseinandergenommen, und soweit ich das beurteilen konnte, hatte er das auch getan. Ich steckte die Hand in die Tasche, um mein Scheckbuch herauszuholen. »Was ist er wert, Sigurlin?«

Sie machte eine ungeduldige Handbewegung. »Das hat Zeit.« In ihrer Stimme lang eine ungewohnte Schärfe. »Elin hat mir alles erzählt. Über Cooke, von Kennikin – alles.«

»Das hättest du nicht tun sollen, Elin«, seufzte ich.

»Ich mußte mit jemandem darüber reden«, platzte sie heraus.

»Sie müssen zur Polizei gehen«, meinte Sigurlin.

Ich schüttelte den Kopf. »Bis jetzt ist das eine Auseinandersetzung unter Ausschluß der Öffentlichkeit gewesen. Verluste hat es nur unter den Profis gegeben – unter Männern, die die Risiken kennen und sie akzeptieren. Bisher sind keine unschuldigen Passanten zu Schaden gekommen. Ich möchte, daß das so bleibt. Jeder, der sich in diese Sache einmischt, ohne zu wissen, was wirklich gespielt wird, bekommt Schereteien, ob er nun Polizeiuniform trägt oder nicht.«

»Aber das Ganze müßte nicht auf dieser Ebene ausgetragen werden. Überlassen Sie es doch den Politikern – den Diplomaten.«

Ich seufzte und lehnte mich in meinen Stuhl zurück. »Als ich zum erstenmal in dieses Land kam, erzählte mir jemand, es gäbe drei Dinge, die kein Isländer einem anderen begreiflich machen könne – nicht einmal einem Landsmann: das politische System Islands, das isländische Wirtschaftssystem und die isländischen Alkoholgesetze. Die letzten machen mir im Augenblick kein Kopfzerbrechen, aber Politik und Wirtschaft stehen obenan in meiner Liste.«

»Ich weiß wirklich nicht, wovon du redest.« Elin sah mich verwundert an.

»Ich rede vom Kühlschrank«, erwiderte ich. »Und von der elektrischen Kaffemühle dort. Vom Wasserkessel und vom Transistorradio. Sie sind alle importiert, und um euch das leisten zu können, müßt ihr Fische, Hammel und Wolle exportieren. Die Heringsschwärme haben sich tausen Meilen weit verzogen, und eure Fischereiflotte schaut in den Mond. Sind die Dinge nicht schon schlimm genug? Wollt ihr sie noch schlimmer machen?«

Sigurlin runzelte die Stirn. »Was meinen Sie damit?«

»Drei Nationen sind beteiligt – Großbritannien, Amerika und Rußland. Angenommen, man versucht so etwas auf diplomatischer Ebene mit einem Notenaustausch zu lösen – das heißt dann so: ›Hört auf, eure Kämpfe auf isländischem Territorium auszutragen!‹ Glauben Sie wirklich, so was könnte geheimgehalten werden? Jedes Land hat seine politischen Amokläufer – Island ist da bestimmt keine Ausnahme –, und alle würden das für ihre politischen Zwecke ausschlachten.«

Ich stand auf. »Die Anti-Amerikaner würden wegen der Luftwaffenbasis in Keflavik ein Geschrei anstimmen. Das würde den Anti-Kommunisten neuen Zündstoff liefern. Und wahrscheinlich würdet ihr den Fischereikrieg mit England wieder aufnehmen. Eine Menge Isländer sind mit den bisher getroffenen Vereinbarungen sowieso nicht einverstanden.

Ich sah Sigurlin an. »Während des Fischereikriegs wurde euren Kuttern die Zufahrt zu den britischen Häfen verwehrt, deshalb habt ihr verstärkte Handelsbeziehungen zu Rußland aufgenommen, die heute noch bestehen. Was halten Sie von den Russen als Handelspartnern?«

»Ich glaube, sie sind sehr gut«, erwiderte sie schnell.

»Sie haben viel für uns getan.«

»Wenn Ihre Regierung gezwungen wird, von dem, was sich hier abspielt, offiziell Notiz zu nehmen, dann könnten diese guten Beziehungen gefährdet werden. Wollen Sie das?«

Sie sah völlig konsterniert aus. »Wenn diese Affäre je an die Öffentlichkeit dringt«, sagte ich warnend, »dann erlebt Island den größten politischen Skandal seit 1809, als Sam Phelps versucht hat, Jorgen Jorgensen als König einzusetzen.«

Elin und Sigurlin blickten einander hilflos an. »Er hat recht«, meinte Sigurlin zögernd.

Ich wußte, daß ich recht hatte. Unter der ruhigen Oberfläche der isländischen Gesellschaft gibt es Mächte, mit denen man sich besser nicht einläßt. Da schlummern noch einige Ressentiments bei der älteren Generation – und es braucht nicht viel, um sie wieder zum Leben zu erwecken. »Je weniger die Politiker davon wissen, desto besser wird es für alle Beteiligten sein. Ich mag dieses Land, verdammt. Und ich möchte nicht, daß irgendwelcher Dreck aufgerührt wird.« Ich griff nach Elins Hand. »Ich werde versuchen, diese Sache bald in Ordnung zu bringen. Und ich glaube, ich weiß sogar schon wie.«

»Gib ihnen das Päckchen«, drängte sie. »Bitte, Alan, gib es ihnen doch endlich.«

»Das habe ich auch vor«, beruhigte ich sie. »Aber ich werde es auf meine Weise tun.«

Es gab eine Menge zu überlegen. Da war zum Beispiel der Volkswagen. Es konnte nicht lange dauern, bis Kennikin anhand des polizeilichen Kennzeichens herausfinden würde, woher der Wagen stammte. Das bedeutete, daß er wahrscheinlich vor dem Abend hier eintreffen würde.

»Sigurlin, können Sie mit einem Pony zu Gunnar reiten?« fragte ich.

Sie war verblüfft. »Aber warum . . .?« Dann begriff sie. »Der Volkswagen?«

»Ja. Möglicherweise bekommen Sie unerwünschten Besuch. Es ist besser, wenn Sie aus dem Weg sind.«

»Gunnar hat mir gestern abend, kurz nachdem Sie weggefahren waren, eine Nachricht zukommen lassen. Er bleibt noch drei Tage weg.«

»Das ist gut. In drei Tagen müßte der ganze Spuk eigentlich vorbei sein.«

»Wohin fahren Sie?«

»Stellen Sie keine Fragen«, warnte ich. »Sie wissen bereits zu viel. Verziehen Sie sich irgendwohin, wo Ihnen niemand Fragen stellt.« Ich schnippte mit den Fingern. »Den Landrover werde ich auch wegfahren, ich muß ihn irgendwo loswerden, aber es ist besser, wenn er nicht hier gefunden wird.«

»Sie können ihn in den Ställen unterstellen.«

»Gute Idee. Ich werde ein paar Sachen aus dem Landrover in den Volvo umpacken. In ein paar Minuten bin ich zurück.«

Ich ging in die Garage und nahm das kleine elektronische Gerät, die beiden Gewehre und die gesamte Munition heraus. Die Gewehre packte ich in ein großes Stück Sackleinwand, das ich dort fand, und ließ alles im Kofferraum des Volvo verschwinden.

Elin kam heraus. »Wohin fahren wir eigentlich? Ich komme mit dir.«

»Du gehst mit Sigurlin.«

Ihr Gesicht hatte wieder den vertrauten eigensinnigen Muli-Ausdruck. »Mir hat gefallen, was du drinnen gesagt hast. Nämlich, daß du meinem Land keine Schwierigkeiten machen möchtest. Aber es ist mein Land, und ich kann ebenso gut dafür kämpfen wie jeder andere.«

Ich hätte fast laut gelacht. »Elin, was verstehst du schon von kämpfen?«

»So viel wie jeder andere Isländer«, entgegnete sie trotzig.

Da war was dran. »Du weißt ja gar nicht, was eigentlich los ist.«

»Weißt du es denn?«

»Langsam dämmert es mir. Ich habe so gut wie bewiesen, daß Cooke ein russischer Agent ist – und Kennikin habe ich auch die Augen über Cookes Rolle geöffnet. Wenn die beiden zusammentreffen, dann knallt's – und dann möchte ich nicht in Cookes Haut stecken. Kennikin war immer für schnelles Handeln.«

»Was ist gestern nacht passiert? War es schlimm?«

Ich schlug den Deckel des Kofferraums zu. »Es war nicht gerade die glücklichste Nacht meines Lebens«, antwortete ich kurz. »Am besten packst du jetzt zusammen. Das Haus muß in einer Stunde leer sein.« Ich nahm eine Landkarte und breitete sie aus.

»Wohin fährst du?« Elin war wirklich beharrlich.

»Nach Reykjavik, aber vorher möchte ich nach Keflavik.«

»Aber das ist der verkehrte Weg«, wandte sie ein. »Erst kommt Reykjavik. Es sei denn, du fährst südlich über Hveragerdi.«

»Das ist ja eben das Problem«, erwiderte ich und betrachtete stirnrunzelnd die Karte. Das enge Straßennetz, das ich mir vorgestellt hatte, existierte tatsächlich, aber nicht in dem erwarteten Ausmaß. Ich wußte nicht, ob das mit der angeblichen Personalknappheit des Departments stimmte. Wenn ja, litt Kennikin offensichtlich nicht darunter. Insgesamt hatte ich zehn verschiedene Männer gezählt, die zu seiner Organisation zu gehören schienen.

Aus der Karte ging hervor, daß man die gesamte Reykjanes-Halbinsel spielend gegen Osten abriegeln konnte – man brauchte nur an zwei Punkten Männer zu postieren – in Thingvellir und Hveragerdi. Wenn ich mit normaler Geschwindigkeit durch eine dieser Städte fuhr, mußte man mich einfach entdecken. Und wenn ich wie ein Verrückter durchraste, würde ich dementsprechendes Aufsehen erregen. Das sonst so nützliche Funktelefon würde nun gegen mich arbeiten. Ich würde die ganze Meute auf den Fersen haben.

»Verdammt, es ist einfach unmöglich«, fluchte ich vor mich hin.

Elin lachte mich vergnügt an. »Ich weiß einen ganz einfachen Ausweg, einen, auf den Kennikin nicht kommen wird.«

Ich sah sie mißtrauisch an. »Welchen denn?«

»Übers Meer.« Sie deutete auf einen Punkt auf der Karte. »Wenn wir nach Vik fahren, kann ich dort einen alten Bekannten bitten, uns mit dem Boot nach Keflavik zu bringen.«

Zweifelnd betrachtete ich die Karte. »Es ist weit nach Vik, und außerdem ist es die falsche Richtung.«

»Um so besser. Kennikin wird nicht damit rechnen, daß du dorthin fährst.«

Je länger ich die Karte studierte, desto mehr sagte mir die Idee zu.

»Nicht schlecht«, gab ich schließlich zu.

»Natürlich«, fuhr Elin in unschuldigem Ton fort, »muß ich mitkommen, um dich meinem Freund vorzustellen.«

Sie hatte es wieder mal geschafft.

II

Es war eine komische Art, nach Reykjavik zu fahren, nämlich genau in die entgegengesetzte Richtung. Ich trat kräftig aufs Gaspedal, und mir fiel ein Stein vom Herzen, als ich die Brücke über den Thjórsá-Fluß überquerte. Dies war eine kritische Stelle, die Kennikin meiner Ansicht nach im Auge behalten würde. Aber wir kamen unbehelligt hinüber, und ich atmete auf.

Trotzdem hatte ich, nachdem wir Hella hinter uns gebracht hatten, einen verspäteten Anfall von Nervosität und verließ die Hauptstraße, um mich in das Netzwerk holpriger Fahrwege von Landeyjasandur zu begeben. Dort, so hatte ich das Gefühl, mußte jeder, der mich in diesem Labyrinth ausfindig machen wollte, über ein außergewöhnliches Wahrnehmungsvermögen verfügen.

Gegen Mittag sagte Elin in energischem Ton: »Kaffee.«

»Ja? Hast du vielleicht einen Zauberstab?«

»Nein, eine Thermosflasche. Und Brot und Salzheringe. Ich habe Sigurlins Küche ausgeraubt.«

»Bin ich froh, daß du mitgekommen bist. An so was hätte ich nie gedacht.« Ich hielt an.

»Männer sind nicht so praktisch wie Frauen«, behauptete Elin.

Während wir aßen, studierte ich die Landkarte, um festzustellen, wo wir uns befanden. Wir hatten soeben einen kleinen Fluß überquert und waren an einem Gehöft vorbeigekommen, das Bergthórshvoll hieß. Mein Erstaunen war groß, als mir klar wurde, daß wir im Land der Njal-Sage waren. Nicht weit von uns entfernt lag Hlidarendi, wo Gunnar Hamundarsson von Hallgerd, seiner Frau, verraten worden war und im Kampf sein Ende gefunden hatte. Der vom Tode gezeichnete und von Dämonen getriebene Skarp-Hedin war mit erhobener Kriegsaxt über das Land geschritten. Und hier, in Bergthórshvoll, waren Njal und seine Frau Bergthóra mit ihrer gesamten Familie verbrannt worden.

All dies lag tausend Jahre zurück, und wehmütig dachte ich, daß die Menschen eigentlich immer noch dieselben waren. Wie Gunnar und Skarp-Hedin schwebte ich in ständiger Gefahr, von meinen Feinden überfallen zu werden, und war selbst jederzeit bereit, sie anzugreifen, sobald sich eine Gelegenheit dazu bot. Es gab noch eine weitere Ähnlichkeit. Ich bin Kelte, und Njal hatte einen keltischen Namen, die nordische Abwandlung von Neil. Ich konnte nur hoffen, daß die Sage vom verbrannten Njal nicht ihre Parallele in der Sage vom verbrannten Stewart finden würde.

Energisch schüttelte ich die deprimierenden Gedanken ab. »Wer ist dein Freund in Vik?« fragte ich Elin.

»Valtýr Baldvinsson, einer von Bjarnis Schulfreunden. Er ist Meeresbiologe und erforscht die Küsten-Ökologie.

Er will die Veränderung registrieren, die durch die Ausbrüche des Katla entstehen.«

Vom Katla hatte ich gehört. »Daher das Boot«, sagte ich. »Und wieso bist du so überzeugt, daß er uns nach Keflavik fahren wird?«

Elin warf den Kopf zurück. »Wenn ich ihn darum bitte, tut er's.«

Ich grinste. »Wer ist bloß diese Frau mit ihrer verhängnisvollen Macht über Männer? Das kann doch nur Mata Hari, die große Spionin sein?«

Sie wurde rot, aber ihre Stimme klang gleichmütig, als sie fortfuhr:

»Valtýr wird dir gefallen.«

Das stimmte. Er war ein vierschrötiger Mann, der abgesehen von der Farbe seiner Haare und Augen so wirkte, als habe man ihn aus einer Säule isländischen Basalts herausgehauen. Auf seinem gedrungenen Körper saß ein kantiger Schädel, und seine Hände hatten kurze, plumpe Finger, die zu ungeschickt für die feine Arbeit schienen, mit der er beschäftigt war, als wir ihn in seinem Labor aufsuchten. Er blickte von dem Objektträger auf, den er soeben mit irgendeiner undefinierbaren Substanz versehen hatte, und brüllte: »Elin! Was tust du denn hier?«

»Wir sind auf der Durchfahrt. Das ist Alan Stewart aus Schottland.«

Meine Hand verschwand in seiner Pranke. »Freut mich, Sie kennenzulernen.« Ich hatte sofort das Gefühl, daß er es ehrlich meinte.

Er wandte sich an Elin. »Du hast Glück, mich hier noch anzutreffen. Ich fahre morgen weg.«

Elin hob die Brauen. »Ja? Wohin denn?«

»Endlich wird ein neuer Motor in das Wrack eingebaut, das sie mir als Boot zumuten. Ich bringe es nach Reykjavik.«

Elin warf mir einen Blick zu, und ich nickte. Ab und zu im Leben muß man eben auch Glück haben. Ich hatte mir sowieso schon den Kopf zerbrochen, wie Elin ihn dazu bringen würde, uns nach Keflavik zu befördern, ohne Verdacht zu erregen. Nun war uns die Chance geradezu in den Schoß gefallen.

Elin lächelte ihn strahlend an. »Hättest du was gegen zwei Passagiere einzuwenden? Ich habe Alan schon den Mund wäßrig gemacht, weil ich ihm erzählte, du würdest uns vielleicht mal einen Blick auf Surtsey werfen lassen. Aber wir hätten nichts dagegen, wenn du uns weiter nach Keflavik mitnehmen würdest. Alan muß dort sowieso in zwei Tagen jemanden treffen.«

»Ich freue mich, wenn ich Gesellschaft habe«, antwortete Valtýr munter. »Es ist ziemlich weit bis dorthin, und ich hab nichts dagegen, wenn ich am Steuer mal abgelöst werde. Wie geht's deinem Vater?«

»Danke, gut.«

»Und Bjarni? Hat Kristin ihm endlich seinen Sohn geboren?«

Elin lachte. »Noch nicht, aber bald. Und woher weißt du, daß es nicht eine Tochter sein wird?«

»Es wird ein Sohn«, sagte er voller Überzeugung. »Sind Sie auf Urlaub hier, Alan?« erkundigte er sich auf englisch.

»In gewisser Weise ja«, antwortete ich aus isländisch. »Ich komme jedes Jahr hierher.«

Er sah verblüfft aus und grinste dann. »Es gibt hier nicht viele, die das Land so lieben wie Sie.«

Ich sah mich im Labor um. Es sah aus wie alle Labors, Regale und Chemikalienflaschen, eine Waage, zwei Mikroskope und Reihen von Testproben hinter Glas. Es roch nach Formalin.

»Was tun Sie hier?« fragte ich.

Er faßte mich am Arm, zog mich ans Fenster und deutete nach draußen. »Da vor uns ist die See mit einer Unmasse Fische drin. Jetzt ist es diesig, aber bei gutem Wetter können Sie Vestmannaeyjar sehen. Kommen Sie mal gerade hierher.«

Er führte mich zu einem Fenster an der anderen Seite

des Raums und wies auf den Mýrdalsjökull. »Dort oben ist das Eis, und unter dem Eis liegt ein gewaltiger Bursche namens Katla. Haben Sie schon von ihm gehört?«

»Wer hätte in Island noch nicht von Katla gehört«, erwiderte ich.

Er nickte. »Gut. Ich habe das Wasser vor dieser Küste mit all seinen Tieren darin, groß und klein, untersucht. Und die Pflanzen auch. Wenn der Katla ausbricht, fließen sechzig Kubikkilometer Schmelzwasser hier ins Meer. Das bedeutet, daß innerhalb einer Woche ebensoviel frisches Wasser hier an dieser Stelle in die See dringt wie aus allen Flüssen Islands zusammengenommen in einem Jahr. Das ist schlecht für die Tiere und Pflanzen, denn so viel Frischwasser auf einmal sind sie nicht gewöhnt. Ich möchte herausfinden, wie sehr sie davon betroffen werden und wie lange sie brauchen, um sich davon zu erholen.«

»Aber dann müssen Sie ja warten, bis der Katla ausbricht. Das kann lange dauern.«

Er lachte lauthals. »Ich bin seit fünf Jahren hier – vielleicht dauert es noch mal zehn, aber das glaube ich nicht. Der Kerl ist längst überfällig.« Er boxte mich leicht in den Arm. »Vielleicht bricht er morgen aus – dann wird nichts aus Keflavik.«

»Ich werde deswegen bestimmt keine schlaflose Nacht verbringen«, entgegnete ich trocken.

»Elin!« rief er durchs Labor, »dir zu Ehren nehme ich mir den Tag frei.« Mit drei großen Schritten war er bei ihr, umarmte sie und hob sie hoch, bis sie um Gnade schrie.

Ich achtete nicht sonderlich darauf, denn mein Blick war auf die Schlagzeile einer Zeitung gefallen, die auf dem Arbeitstisch lag. Es war ein Morgenblatt aus Reykjavik, und auf der ersten Seite prangte eine Überschrift in Großbuchstaben: SCHIESSEREI IN GEYSIR.

Ich las den Artikel schnell durch. Ihm zufolge war in Geysir anscheinend der Krieg ausgebrochen, und Unbekannte hatten sämtliche Waffen mit Ausnahme von leichter Artillerie eingesetzt. Es gab ein paar Augenzeugenberichte, unzutreffend wie immer, und es schien, daß ein russischer Tourist, ein gewisser Igor Volkov, nun im Krankenhaus lag, nachdem er dem Strokkur zu nahe gekommen war. Mr. Volkov hatte keinerlei Schußverletzungen. Der sowjetische Botschafter hatte bei dem isländischen Außenminsiter wegen dieses in keiner Weise provozierten Angriffs auf einen russischen Bürger Protest eingelegt.

Ich blätterte weiter, um zu sehen, ob es einen Leitartikel zu diesem Vorfall gab, und fand ihn auch prompt. Der Verfasser verlangte energisch Aufklärung darüber, aus welchem Grund besagter russischer Bürger, Igor Volkov, eigentlich zu diesem Zeitpunkt bis an die Zähne bewaffnet gewesen sei. Außerdem lägen keinerlei Unterlagen darüber vor, daß die Waffen den Zollbehörden bei seiner Einreise angegeben worden seien.

Ich zog eine Grimasse, Kennikin und ich taten unser Bestes, Sand ins Getriebe der isländisch-sowjetischen Beziehungen zu streuen.

III

Wir verließen Vík ziemlich spät am folgenden Morgen. Meine Stimmung war mäßig, weil ich einen Brummschädel hatte. Valtýr hatte sich als unschlagbarer Trinker erwiesen, und da ich todmüde war, hatten meine Bemühungen, mit ihm Schritt zu halten, katastrophale Folgen gezeigt. Er hatte mich unter schadenfrohem Gelächter zu Bett gebracht und war am Morgen munter wie ein Fisch im Wasser aufgewacht, während ich einen Geschmack im Mund hatte, als hätte ich das Formalin aus seinen Gläsern mit den Testproben getrunken.

Meine Laune verbesserte sich keineswegs, als ich versuchte, Taggart in London anzurufen, nur um zu erfahren, daß er nicht da sei. Der Mensch mit der gleichgültigen

Bürostimme weigerte sich, mir mitzuteilen, wo er sich aufhielt, war jedoch bereit, eine Nachricht weiterzuleiten. Dies wiederum lehnte ich ab. Dank des seltsamen Verhaltens von Case drängte sich mir die Frage auf, wer in diesem Department eigentlich noch vertrauenswürdig war. Deshalb wollte ich mit niemandem außer Taggart sprechen.

Valtýrs Boot lag in einem kleinen Fluß ganz in der Nähe der offenen See verankert. Wir fuhren im Beiboot hinaus. Der Biologe warf neugierige Blicke auf die beiden langen, mit Sackleinen umwickelten Pakete, die ich mit an Bord brachte, enthielt sich aber jeden Kommentars. Ich hoffte insgeheim, daß sich ihr Inhalt nicht verriet. Auf keinen Fall wollte ich die Gewehre zurücklassen, denn mir schwante, daß ich sie noch einmal brauchen würde.

Das Boot war gut acht Meter lang und hatte eine winzige Kajüte sowie eine dürftige Holzüberdachung, die den Mann am Steuerrad vor der Unbill der Elemente schützen sollte. Ich hatte mir die Entfernung zwischen Vik und Keflavik auf der Karte ausgerechnet. Das Boot schien keineswegs zu groß zu sein.

»Wie lange werden wir brauchen?« fragte ich.

»Rund zwanzig Stunden«, antwortete Valtýr und fügte vergnügt hinzu: »Sofern diese lahme Ente von Motor funktioniert. Wenn er nicht mehr anspringt, dauert es ungefähr ein Leben lang. Werden Sie seekrank?«

»Das weiß ich nicht. Ich habe nie Gelegenheit gehabt, es herauszufinden.«

»Die werden Sie jetzt bekommen.« Er bog sich vor Lachen.

Wir verließen die Flußmündung, und das Boot begann, auf alarmierende Weise in der Dünung zu schwanken. Elins Haar flatterte in der frischen Brise. Valtýr deutete über den Bug. »Heute ist es klarer. Sie können Vestmannaeyjar sehen.«

Ich blickte zu der Inselgruppe vor uns hinüber und erinnerte mich an die Rolle, die Elin mir zugedacht hatte.

»Wo liegt Surtsey?«

»Ungefähr zwanzig Kilometer südwestlich von Heimaey – der großen Insel. Davon können Sie jetzt noch nicht viel sehen.«

Und weiter ging's durch die Wellen; ab und zu bohrte das kleine Boot den Bug ins Wasser und versprühte einen Gischtschauer, wenn es wieder auftauchte. Ich bin alles andere als ein Seemann, und das ganze Unternehmen schien mir äußerst riskant, aber Valtýr reagierte völlig gelassen und Elin ebenfalls. Der Motor tuckerte fröhlich vor sich hin. Gelegentlich wurde er von dem Biologen durch einen Stiefeltritt aufgemuntert, wenn er Anstalten traf auszusetzen, was für meinen Geschmack zu oft geschah. Es war begreiflich, daß Valtýr die Aussicht auf eine neue Maschine erfreute.

Wir brauchten sechs Stunden, um nach Surtsey zu gelangen. Valtýr fuhr um die Insel herum, wobei er nahe am Ufer blieb, während ich passende Fragen stellte.

»Ich darf Sie hier nicht an Land setzen«, sagte er.

Surtsey, unter donnernden Explosionen und Flammen aus dem Grund des Meeres geboren, ist ausschließlich für Wissenschaftler reserviert, die herausfinden wollen, wie Leben in einer sterilen Umgebung Fuß faßt. Natürlich will man nicht, daß Touristen dort herumtrampeln und an ihren Schuhen Samen und Keime einschleppen.

»Schon gut«, entgegnete ich. »Ich habe es auch gar nicht erwartet.«

Er lachte plötzlich. »Erinnern Sie sich an den Fischereikrieg?«

Ich nickte. Bei dem sogenannten Fischereikrieg handelte es sich um einen Streit zwischen Island und Großbritannien wegen der Fischereigrenzen vor der Küste. Zwischen den beiden Fischereiflotten hatte es sehr viel böses Blut gegeben. Schließlich war die Sache beigelegt worden, wobei die Isländer ihre Hauptforderung, die Anerkennung einer Zwölfmeilengrenze, durchgesetzt hatten.

»Surtsey tauchte auf und schob unsere Fischereigrenze

um dreißig Kilometer nach Süden«, fuhr Valtýr grinsend fort. »Ein englischer Kapitän erklärte mir, das sei ein mieser Trick – als ob wir es absichtlich gemacht hätten. Daraufhin erzählte ich ihm, was mir ein Geologe gesagt hatte: In einer Million Jahren wird unsere Fischereigrenze bis Schottland reichen.« Er lachte wieder schallend.

Als wir uns von Surtsey entfernten, gab ich mein vorgeschütztes Interesse auf und verschwand in der Kajüte, um mich hinzulegen. Ich war todmüde, und mein Magen vollführte die wildesten Purzelbäume. Dankbar streckte ich mich aus und versank in einen tiefen Schlaf, so als hätte mir jemand einen Schlag auf den Kopf verpaßt.

IV

Ich muß ziemlich lange geschlafen haben, denn als Elin mich weckte, verkündete sie: »Wir sind beinahe da.«

Ich gähnte. »Wo?«

»Valtýr setzt uns bei Keflavik ab.«

Ich richtete mich auf und schlug mir beinahe den Schädel an einem Querbalken ein. Über uns lärmte eine Düsenmaschine, und als ich ins Freie trat, sah ich, daß das Ufer ganz nahe war. Ein Flugzeug setzte eben zur Landung an.

Ich streckte mich. »Wieviel Uhr ist es?«

»Acht Uhr«, antwortete Valtýr. »Sie haben nicht schlecht geschlafen.«

»Das habe ich nach der Sitzung mit Ihnen auch nötig gehabt«, erwiderte ich. Er grinste.

Um acht Uhr dreißig legten wir an. Elin sprang auf den Pier, und ich reichte ihr die eingewickelten Gewehre hinaus. »Danke für die Fahrt, Valtýr.«

Er machte eine abwehrende Handbewegung. »Gern geschehen. Vielleicht kann ich es mal arrangieren, daß Sie nach Surtsey kommen. Ein Besuch dort lohnt sich. Wie lange bleiben Sie?«

»Noch den ganzen Sommer. Aber ich weiß nicht, wo ich sein werde.«

»Lassen Sie mal wieder von sich hören«, erwiderte er.

Wir standen auf dem Pier und sahen ihm nach. »Was tun wir hier?« fragte Elin.

»Ich möchte mit Lee Nordlinger sprechen. Das ist zwar etwas riskant, aber ich will wissen, was das für ein Gerät ist, das ich da mit mir herumschleppe. Glaubst du, daß Bjarni hier ist?«

»Das bezweifle ich. Meistens fliegt er vom Flughafen Reykjavik aus.«

»Bitte geh nach dem Frühstück zum Icelandair Büro im Flughafen«, sagte ich. »Finde heraus, wo Bjarni ist und bleib dort, bis ich nachkomme.« Ich rieb mir die Wangen und fühlte meine Bartstoppeln. »Und geh bloß nicht in die Schalterhalle. Kennikin läßt mit Sicherheit den Flughafen Keflavik beschatten, und ich möchte nicht, daß du gesehen wirst.«

»Zu allererst frühstücken wir«, bestimmte sie. »Ich weiß ein gutes Café hier.«

Als ich in Nordlingers Büro trat und die Gewehre in die Ecke stellte, blickte er mich erstaunt an. Weder entgingen ihm meine vom Gewicht der Munition durchhängenden Taschen, noch mein stachliges Kinn und mein mitgenommenes Äußeres. Seine Augen glitten zur Ecke hinüber. »Ziemlich kompakt für Angelgeräte«, bemerkte er. »Sie sehen ja ganz schön abgewrackt aus, Alan.«

»Ich reise ja auch in einem rauhen Land«, entgegnete ich und setzte mich. »Können Sie mir vielleicht einen Rasierapparat borgen? Außerdem möchte ich, daß Sie sich was ansehen.«

Er zog eine Schublade seines Schreibtischs auf und nahm einen elektrischen Rasierapparat heraus, den er mir hinschob. »Der Waschraum ist zwei Türen weiter unten im Gang«, erklärte er.

»Was soll ich mir denn ansehen?«

Ich zögerte. Schließlich konnte ich Nordlinger nicht gut

bitten, unter allen Umständen den Mund zu halten. Das wäre einer Aufforderung gleichgekommen, seine Dienstpflichten zu verletzen, wozu er mit Sicherheit nicht bereit war. Da half nur ein Sprung ins kalte Wasser. Ich kramte die Blechdose aus der Tasche, riß den Klebstreifen ab und ließ das kleine Gerät herausgleiten. Dann legte ich es vor ihn hin. »Was ist das, Lee?«

Er betrachtete es lange Zeit, ohne es zu berühren. Dann fragte er:

»Was wollen Sie darüber wissen?«

»Praktisch alles«, antwortete ich. »Aber beginnen wir mal von vorn – woher stammt es?«

Er nahm das Ding und drehte es in den Händen. Wenn einer mir etwas darüber sagen konnte, dann Commander Lee Nordlinger. Er war Elektronik-Offizier im Flugstützpunkt Keflavik und hatte die Radar- und Funkstationen unter sich, sowohl für den Boden, als auch für die Luft. Nach allem, was ich gehört hatte, war er erstklassig bei seiner Arbeit.

»Es stammt mit absoluter Sicherheit aus Amerika«, konstatierte er und zeigte mit dem Finger drauf. »Ich erkenne ein paar Bauteile – diese Widerstände zum Beispiel sind in den USA hergestellt – Standardausführung.« Wieder drehte er das Gerät. »Und die Eingangsenergie hat die in den USA übliche Spannung, fünfzig Hertz.«

Ich sah ihn fragend an. »Na gut, und was ist das Ganze?«

»Das kann ich nicht so ohne weiteres sagen. Um Himmels willen, Sie bringen mir da einen Haufen komplizierte Elektronik und erwarten auch noch, daß ich das auf Anhieb klassifiziere. Ich bin nicht schlecht in meinem Fach, aber so gut auch wieder nicht.«

»Können Sie mir vielleicht sagen, was es *nicht* ist?« fragte ich geduldig.

»Jedenfalls kein Transistorradio für Teenager, soviel ist schon mal sicher«, seine Stirn legte sich in Falten. »Ehrlich gesagt habe ich so was überhaupt noch nie gesehen.« Er tippte auf das seltsam geformte Metallstück in der Mitte des Geräts.

»Können Sie es testen?«

»Natürlich.« Seine hagere Gestalt hinter dem Schreibtisch erhob sich. »Wir leiten mal Strom durch und sehen, ob es vielleicht ›The Star-Spangled-Banner‹ spielt.«

»Kann ich mitkommen?«

»Warum nicht?« meinte Nordlinger leichthin. »Auf in die Werkstatt.« Während wir den Korridor entlanggingen, fragte er: »Woher haben Sie das Ding?«

»Jemand hat es mir gegeben«, bemerkte ich zurückhaltend.

Er warf mir einen nachdenklichen Blick zu, schwieg jedoch. Wir gingen durch eine Schwingtür am Ende des Korridors und traten in einen großen Raum, dessen Werkbänke mit elektronischen Geräten vollgestellt waren. Lee winkte einem Feldwebel, der zu ihm herüberkam. »Hallo, Chef. Ich habe hier etwas, das untersucht werden müßte. Haben Sie eine Testbank frei?«

»Klar, Commander.« Der Feldwebel sah sich im Raum um. »Nehmen Sie Nummer fünf.«

Ich blickte zur Testbank hinüber. Sie war voller Hebel, Tasten und Bildschirme, die mir überhaupt nichts sagten. Nordlinger setzte sich. »Setzen Sie sich doch. Wir wollen mal sehen, was passiert.« Er befestigte Klemmen an den Polen des Geräts und hielt dann inne. »Einiges wissen wir bereits mit Sicherheit. Es ist kein Teil von einem Flugzeug. Dort verwendet man keine so hohe Spannung. Aus denselben Gründen ist es vermutlich auch nicht für ein Schiff bestimmt. Es kann sich also nur um ein Bodengerät handeln. Es ist für das normale nordamerikanische Stromsystem geschaffen – möglicherweise wurde es sogar in Kanada hergestellt. Eine Menge kanadischer Firmen benutzen Bauteile, die in amerikanischen Firmen angefertigt werden.«

Ich ermunterte ihn fortzufahren. »Könnte es Bestandteil eines Fernsehers sein?«

»Jedenfalls von keinem Fernseher, den ich kenne.« Er legte ein paar Hebel um. »Hundertzehn Volt – fünfzig Watt . . . es ist keine Ampère-Angabe dabei, wir müssen also vorsichtig sein. Fangen wir ganz unten an.« Er drehte vorsichtig an einem Knopf, und eine dünne Nadel begann an einer Skala kaum merklich zu zittern.

Er sah auf das Gerät hinab. »Es steht unter Strom, aber der reicht nicht mal aus, um bei einer Fliege eine Herzattacke auszulösen.« Er schwieg und sah auf. »Das Ding ist einfach verrückt. Ein Wechselstrom ist bei diesen Bauteilen nicht üblich. Lassen Sie uns mal sehen – anscheinend haben wir es mit drei Verstärkerphasen zu tun, und das ergibt keinen Sinn.«

Er nahm einen an einer elektrischen Leitung befestigten Stromprüfer. »Wenn wir den hier ansetzen, müßten wir eine Sinuswelle auf dem Oszillographen bekommen . . .« Er blickte auf. ». . . Was auch zutrifft. Nun wollen wir mal sehen, was passiert, wenn wir den Strom in dieses komische Ding hineinleiten.«

Er berührte es sachte mit dem Stromprüfer, und die grüne Kurve auf dem Oszillograph hüpfte und bildete ein neues Muster. »Eine Rechteckwelle«, Nordlinger schüttelte den Kopf. »Dieser Stromkreis dort fungiert bis jetzt als Chopper – was an sich schon verdammt merkwürdig ist, aus Gründen, auf die ich im Augenblick nicht eingehen will. Nun wollen wir mal sehen, was mit dem Strom geschieht, der aus dem Ding zurück und in diesen Leitungswirrwarr fließt.«

Er hantierte erneut mit dem Spannungsprüfer, und die Oszillograph-Kurve hüpfte wieder, bevor sie sich beruhigte. Nordlinger stieß einen leisen Pfiff aus. »Sehen Sie sich bloß diesen Salat hier an!« Die grüne Linie wurde zu einer phantastischen Wellenlinie verdreht, die rhythmisch hüpfte und bei jedem Sprung die Form veränderte. Nordlinger sah mich kopfschüttelnd an. »Es bedarf einer gründlichen Fourier-Analyse, um der Sache auf den Grund zu kommen. Auf jeden Fall kommen die Impulse aus diesem Ding da.«

»Und was schließen Sie daraus?«

»Nicht das geringste, verdammt«, schimpfte er. »Jetzt versuche ich es einmal mit der Ausgangsstufe. Allem bisherigen nach müßte es nun auf dem Oszillographen nichts als Knoten geben – vielleicht explodiert er.« Er senkte den Spannungsprüfer und wir starrten gebannt auf den Bildschirm.

»Worauf warten Sie?« fragte ich.

»Auf gar nichts.« Nordlinger blickte verdutzt auf den Schirm. »Es gibt keinen Output.«

»Ist das schlimm?«

Er sah mich nachdenklich an. »Es ist unmöglich.«

»Vielleicht ist was kaputt«, überlegte ich.

»Sie verstehen nicht«, entgegnete Nordlinger. »Ein Stromkreis ist genau das, was der Name besagt – ein Kreis. Wenn man ihn irgendwie unterbricht, hört er auf zu fließen.« Wieder setzte er den Spannungsprüfer an. »Hier ist ein Strom in gepulster und komplexer Form.« Auf dem Bildschirm wurde es wieder lebendig. »Und hier, im selben Stromkreis, was bekommen wir hier?«

Ich starrte auf den leeren Bildschirm. »Nichts?«

»Nichts«, bestätigte er nachdrücklich. Er zögerte. »Oder, um es genauer zu sagen, nichts, was wir mit diesem Testgerät nachprüfen können.« Er tippte auf die Metallkapsel. »Darf ich das Ding für eine Weile mitnehmen?«

»Wohin?«

»Ich möchte ein paar gründlichere Tests durchführen. Wir haben noch eine Werkstatt.« Er räusperte sich und schien ein bißchen verlegen. »Äh . . . da dürfen Sie leider nicht mit.«

»Ah – streng geheim.« Es mußte sich um einen der Räume handeln, in die man mit Fleets Ausweis hineinkam. »Gut, Lee. Untersuchen Sie das Ding, während ich mich erst einmal rasiere. Ich warte in Ihrem Büro auf Sie.«

»Augenblick mal, Alan. Woher haben Sie das Gerät?«

»Wenn Sie mir erklären, was für eine Funktion es hat,

dann erzähle ich Ihnen, woher ich es habe.«

Er grinste. »Abgemacht.«

Ich verließ ihn, während er das Gerät von der Testanlage löste, und kehrte in sein Büro zurück. Dort holte ich mir den elektrischen Rasierapparat. Eine Viertelstunde später, nachdem ich meine Bartstoppeln losgeworden war, fühlte ich mich wesentlich besser. In Nordlingers Büro mußte ich lange Zeit warten – insgesamt anderthalb Stunden –, bevor er zurückkam.

Er trug das kleine Gerät vor sich her, als sei es eine Ladung Dynamit, und legte es vorsichtig auf den Schreibtisch. »Ich muß Sie fragen, woher Sie das hier haben.«

»Erst wenn Sie mir erklärt haben, was es mit dem Ding auf sich hat.«

Er ließ sich hinter seinem Schreibtisch nieder und betrachtete das Gewirr aus Plastik und Metall mit unverhohlener Abneigung. »Es tut nichts. Absolut nichts.«

»Aber hören Sie – es muß doch *etwas* tun.«

»Nichts«, wiederholte er. »Es gibt keine meßbare Leistungsabgabe.« Er beugte sich vor. »Alan, hier draußen habe ich Instrumente, die jeden verdammten Bestandteil des elektromagnetischen Spektrums messen können, angefangen von Radiowellen mit unwahrscheinlich niedriger Frequenz bis zu kosmischen Strahlen. Aber aus diesem Apparat kommt einfach gar nichts heraus.«

»Wie ich schon sagte – vielleicht ist was kaputt.«

»Es funktioniert einfach nicht. Ich habe alles nachgeprüft.« Er verpaßte dem Gerät einen kleinen Schubs, so daß es seitlich über den Schreibtisch glitt. »Drei Dinge gefallen mir nicht. Erstens einmal enthält es Bauteile, die nicht im entferntesten jenen gleichen, die ich kenne – Bauteile, deren Funktion ich mir nicht einmal vorstellen kann. Angeblich bin ich ein guter Fachmann auf meinem Gebiet, und schon allein deshalb bin ich irritiert. Zweitens ist das Gerät offensichtlich unvollkommen – nur Bestandteil eines größeren Komplexes –, und doch bezweifle ich, daß ich seinen Zweck begreifen könnte, auch wenn ich alles hätte, was dazugehört. Drittens – und das ist der wichtigste Faktor – es könnte gar nicht funktionieren.«

»Das tut es ja auch nicht.«

Seine Handbewegung drückte seine ganze Verachtung aus. »Vielleicht habe ich einen Fehler gemacht. Irgendeine Reaktion *müßte* es doch geben. Himmel noch mal, man kann nicht Elektrizität in ein Gerät hineinpumpen – Saft, der aufgesogen wird –, ohne ein Ergebnis zu erzielen. Das ist unmöglich.«

»Vielleicht wandelt sie sich in Hitze um.«

Er schüttelte bedrückt den Kopf. »Ich bin fuchsteufelswild geworden und habe wer weiß was alles versucht. Schließlich habe ich einen Tausend-Watt-Strom durchgejagt. Normalerweise, wenn sich die Energie in Hitze verwandelt hätte, hätte das verdammte Ding glühen müssen wie ein elektrischer Heizofen. Aber nein – es blieb eiskalt.«

»Jedenfalls wesentlich kühler, als Sie im Augenblick sind«, stellte ich fest.

Erbittert warf er die Hände in die Luft. »Alan, wenn Sie Mathematiker wären und gerieten eines Tages an eine Gleichung, bei der herauskommt, daß zwei und zwei eindeutig fünf ist – dann könnten Sie jetzt meine Empfindungen verstehen. Es ist, als ob ein Physiker mit einem funktionierenden Perpetuum mobile konfrontiert würde.«

»Moment mal«, unterbrach ich ihn. »Ein Perpetuum mobile schöpft etwas aus dem Nichts – nämlich Energie. Hier ist es genau umgekehrt.«

»Das läuft auf dasselbe hinaus«, erwiderte er. »Energie kann weder geschaffen noch vernichtet werden.« Als ich den Mund öffnen wollte, fügte er schnell hinzu: »Fangen Sie bloß nicht mit Atomenergie an. Materie kann als erstarrte, konzentrierte Energie bezeichnet werden.« Er betrachtete das Gerät mit verständnislosem Blick. »Das Ding hier *vernichtet* Energie.«

Vernichtet Energie! Ich grübelte und versuchte dahinterzukommen, was es bedeuten könnte, jedoch ohne Erfolg.

»Einen Augenblick mal – ruhig Blut«, sagte ich. »Also wir haben es mit elektrischem Strom geladen und heraus kam . . .«

»Gar nichts«, wiederholte Nordlinger.

»Jedenfalls nichts, was Sie messen können«, berichtigte ich. »Sicher haben Sie gute Instrumente hier, Lee, aber bestimmt nicht alles, was es auf diesem Gebiet gibt. Ich möchte wetten, irgendwo sitzt ein Genie, das nicht nur weiß, was bei der Sache herauskommt, sondern auch über eine ähnlich konstruierte Einrichtung verfügt, mit der das Resultat gemessen werden kann.«

»Dann möchte ich gern wissen, was es ist«, erwiderte er. »Denn es liegt völlig außerhalb meiner Erfahrungen.«

»Lee«, entgegnete ich, »Sie sind Techniker und kein Wissenschaftler. Das geben Sie doch zu?«

»Natürlich. Ich bin gelernter Ingenieur.«

»Aha, daher Ihr kurzer Haarschnitt. Aber das hier wurde von einem Langhaarigen entworfen.« Ich grinste. »Oder einem Eierkopf.«

»Trotzdem möchte ich wissen, woher Sie es haben.«

»Sie sollten sich lieber dafür interessieren, wer es bekommen soll. Haben Sie einen Safe – einen wirklich sicheren?«

»Natürlich.« Er begriff plötzlich. »Wollen Sie vielleicht, daß *ich* das aufbewahre?«

»Nur für achtundvierzig Stunden«, bat ich. »Wenn ich es innerhalb dieser Zeit nicht anfordere, liefern Sie es am besten samt Ihren düsteren Ahnungen bei Ihrem nächsten Vorgesetzten ab. Soll der sich darum kümmern.«

Nordlinger musterte mich scharf. »Ich weiß nicht, weshalb ich es ihm nicht sofort geben sollte. Achtundvierzig Stunden können mich meinen Kopf kosten.«

»Wenn Sie das Ding sofort ausliefern, kostet es mit Sicherheit meinen«, knurrte ich.

Er griff nach dem Gerät. »Dies hier ist amerikanischer Herkunft und gehört nicht nach Keflavik. Ich möchte wissen, wohin es wirklich gehört.«

»Sie haben recht, sicher nicht hierher«, pflichtete ich bei. »Aber ich möchte wetten, daß es russischer Herkunft ist – und daß die Russen es zurückhaben wollen.«

»Aber um Himmels willen – es ist voller Bauteile, die aus Amerika stammen.«

»Vielleicht haben die Russen vom amerikanischen Verteidigungsministerium eine Lektion über Kosteneffektivität gelernt. Vielleicht kaufen sie einfach auf dem besten Markt ein. Mir ist es völlig egal, ob die Bauteile im Kongo hergestellt wurden oder sonstwo – ich möchte einfach, daß Sie das Ding aufbewahren.«

Er legte das Gerät sehr vorsichtig wieder auf den Schreibtisch. »Okay. Ich gebe Ihnen vierundzwanzig Stunden. Und auch dann bekommen Sie es nicht zurück, ohne vorher eine erschöpfende Erklärung dafür abzugeben.«

»Schön, damit muß ich mich wohl zufrieden geben«, räumte ich ein. »Vorausgesetzt allerdings, daß Sie mir einen Wagen leihen. Ich habe den Landrover in Laugarvatn gelassen.«

»Sie haben vielleicht Nerven.« Nordlinger zog einen Wagenschlüssel aus der Tasche und warf ihn auf den Schreibtisch. »Er steht auf dem Parkplatz neben dem Tor – ein blauer Chevrolet.«

»Ich kenne ihn.« Ich zog meine Jacke an und ging zur Ecke, wo die Gewehre standen. »Lee, kennen Sie einen Mann namens Fleet?«

Er überlegte einen Augenblick. »Nein.«

»Oder McCarthy?«

»Der Feldwebel, den Sie im Werkraum trafen, heißt McCarthy.«

»Den meine ich nicht«, erwiderte ich. »Das nächste Mal müssen wir zusammen angeln gehn, Lee.«

»Passen Sie auf, daß Sie nicht im Gefängnis landen.«

Ich blieb an der Tür stehen. »Wie kommen Sie darauf?«

Seine Hand umschloß die Metallkapsel. »Jeder, der mit

einem solchen Ding herumläuft, gehört ins Gefängnis«, sagte er im Brustton der Überzeugung.

Ich lachte und verließ ihn, während er noch immer auf das Gerät in seiner Hand starrte. Nordlingers Gerechtigkeitssinn war verletzt. Er war Ingenieur, kein Wissenschaftler, und Ingenieure halten sich streng an Regeln, an eine lange Liste von Wahrheiten, welche durch die Jahrhunderte hindurch erprobt und als solche anerkannt wurden. Solche Leute vergessen, daß diese Liste ursprünglich von Wissenschaftlern angelegt wurde, die nichts dabei fanden, die damaligen Regeln zu durchbrechen, sobald sich die Gelegenheit ergab, Neuland im geheimnisvollen Universum zu entdecken. Jeder Mensch, der erfolgreich den Übergang von Newtons Lehren zur Quantenphysik kapierte und bewältigte, ohne aus dem Takt zu geraten, war jederzeit für alles Neue empfänglich. Lee Nordlinger gehörte nicht zu diesen Leuten, aber ich war bereit, jede Wette einzugehen, daß der Erfinder dieses geheimnisvollen Geräts dazu gehörte.

Ich fand den Wagen und legte Gewehre und Munition in den Kofferraum. Nach wie vor trug ich Jack Cases Pistole im Halfter, so daß nichts mehr den guten Sitz meiner Jacke verdarb. Aber davon abgesehen sah ich immer noch nicht sonderlich repräsentabel aus. An der Stirn hatte ich Brandwunden, die von den Torfstückchen aus Kennikins Kamin herrührten. Dann war da ein Riß in einem meiner Ärmel, der davon herrührte, daß mich in Geysir eine Kugel gestreift hatte. Ich sah von oben bis unten immer mehr wie ein Landstreicher aus.

Während ich langsam in Richtung des Internationalen Flughafens fuhr, grübelte ich über all das nach, was Nordlinger über das Gerät *nicht* hatte sagen können. Lee zufolge war es ein unlogisches Gerät. Diese Tatsache machte es wiederum für die Wissenschaft wichtig. So wichtig, daß Männer deshalb sterben mußten, daß ihnen die Beine weggeschossen wurden und sie in kochendem Wasser verbrühten.

Ein Gedanke ließ mich besonders schaudern. Kurz bevor es mir gelungen war, aus dem Haus am Thingvallavatn zu entkommen, hatte ich Kennikins letzten Worten entnommen, daß meine Person inzwischen wichtiger war als das kleine Gerät. Er wollte mich sogar umbringen, bevor er das Gerät in Händen hatte, und obwohl er annehmen mußte, daß das Gerät, sobald ich tot war, für alle Zeiten verschwunden bleiben würde.

Ich hatte Nordlingers Bestätigung, daß das Gerät von außerordentlicher wissenschaftlicher Wichtigkeit sein mußte. Wieso konnte meine Person dann noch wichtiger sein? In dieser trübseligen technologischen Welt geschieht es nicht oft, daß ein einzelner Mensch wichtiger wird als eine wissenschaftliche Entdeckung. Vielleicht waren wir im Begriff, in eine Welt geistiger Gesundung zurückzukehren? Doch das konnte ich einfach nicht glauben.

Man konnte das Büro der Icelandair auch durch einen Seiteneingang betreten und so die Schalterhalle vermeiden. Ich parkte den Wagen und ging hinein. An der Tür prallte ich aufs angenehmste mit einer Stewardeß zusammen, und nachdem ich mich entschuldigt hatte, fragte ich sie: »Ist Elin Ragnarsdottir hier?«

»Elin? Die sitzt im Warteraum.«

Ich trat dort ein. Sie sprang auf. »Alan, du warst ewig lange weg.«

»Es hat länger gedauert, als ich dachte.« Ihr Gesichtsausdruck war angespannt. Sie schien sehr beunruhigt. »Hast du Schwierigkeiten gehabt?«

»Nein, ich nicht. Hier ist die Zeitung.«

»Was ist denn los?«

»Es ist besser . . . es ist vielleicht besser, wenn du die Zeitung liest«.

Sie wandte sich ab.

Ich faltete die Zeitung auseinander, und mein Blick fiel auf ein Foto auf der ersten Seite. Es war die exakte Wiedergabe meines *sgian dubh*. Darunter stand in dicken, schwarzen Buchstaben: ›HABEN SIE DIESES MESSER GESEHEN?‹

Es hatte im Herzen eines Mannes gesteckt, der in einem Wagen auf der Zufahrt zu einem Haus in Laugarvatn sitzend entdeckt worden war. Man hatte ihn als den englischen Touristen John Case identifiziert. Das Haus und der Volkswagen, in dem Case aufgefunden worden war, gehörten Gunnar Arnarsson, der im Augenblick mit der Leitung einer Pony-Expedition betraut und unterwegs ist. Offensichtlich war in das Haus eingebrochen worden und man hatte es durchsucht. Da Gunnar Arnarsson und seine Frau Sigurlin Asgeirsdottir abwesend waren, war nicht festzustellen, ob etwas gestohlen worden war. Beide wurden aufgefordert, sich mit der Polizei in Verbindung zu setzen.

Das Messer hatte eine so ungewöhnliche Form, daß die Polizei die Zeitung ersucht hatte, ein Foto davon zu veröffentlichen. Jeder, der dieses Messer oder ein ähnliches gesehen hatte, sollte dies bei der nächsten Polizeistation melden. Daneben war noch ein weiterer kurzer Artikel, in dem das Messer korrekt als schottisches *sgian dubh* bezeichnet wurde, gefolgt von pseudohistorischem Blabla.

Außerdem suchte die Polizei einen grauen Volvo mit einer Reykjaviker Nummer. Jeder, der ihn gesehen hatte, sollte das sofort melden. Die Wagennummer war angegeben.

Ich sah Elin an. »Schöne Schweinerei, was?«

»*Ist* es der Mann, den du in Geysir aufgesucht hast?«

»Ja.« Ich dachte daran, wie ich Jack Case mißtraut und ihn bewußtlos in der Nähe von Kennikins Haus zurückgelassen hatte. Vielleicht hatte er doch mehr Vertrauen verdient, denn ich machte mir keine Illusionen darüber, wer ihn umgebracht hatte. Kennikin war im Besitz des *sgian dubh* gewesen und hatte auch den Volkswagen gehabt. Wahrscheinlich war er auf der Suche nach mir über Case gestolpert.

Aber warum war er umgebracht worden?

»Das ist scheußlich«, empörte sich Elin. »Wieder einer ermordet.« Aus ihrer Stimme klang Verzweiflung.

»Ich habe ihn nicht umgebracht«, verteidigte ich mich.

Sie nahm die Zeitung. »Woher weiß die Polizei von dem Volvo?«

»Routine«, erklärte ich. »Sobald Case identifiziert worden war, hat sich die Polizei erkundigt, was er seit seiner Ankunft auf Island getrieben hat. Natürlich ist man sofort darauf gestoßen, daß er sich einen Wagen geliehen hat – und zwar nicht den VW, in dem er gefunden wurde.«

Ich war froh, daß der Volvo in Valtýrs Garage in Vik gut aufgehoben war. »Wann kehrt Valtýr zurück?« fragte ich.

»Morgen«, antwortete Elin.

Mir war, als habe sich alles gegen mich verschworen. Lee Nordlinger hatte mir ein auf vierundzwanzig Stunden befristetes Ultimatum gestellt. Es war abwegig, sich der Hoffnung hinzugeben, Valtýr würde nach seiner Rückkehr nach Vik nicht sofort den Volvo bemerken. Vielleicht ging er sogar noch in Reykjavik zur Polizei, sofern er überzeugt war, daß es sich um den Wagen handelte, der gesucht wurde. Und wenn die Polizei Sigurlin zu fassen bekam, dann war der Bart mit Sicherheit ab. Ich konnte mir nicht vorstellen, daß sie angesichts einer vor ihrem Haus geparkten Leiche den Mund halten würde.

Elin berührte meinen Arm. »Was willst du jetzt tun?«

»Keine Ahnung«, stöhnte ich. »Im Augenblick möchte ich mich einfach hinsetzen und nachdenken.«

Wieder einmal begann ich, die einzelnen Fragmente zusammenzusetzen, und allmählich konnte ich sie zu einer Art von Bild zusammenfügen. Es erklärte auch Kennikins plötzlichen Sinneswandel, nachdem er mich in seine Gewalt gebracht hatte. Zuerst war er vor allem scharf darauf gewesen, mir das Gerät abzunehmen, und hatte sich mit sadistischem Entzücken auf die Ausführung der Operation gefreut. Aber urplötzlich hatte er alles Interesse an dem Gerät verloren und verkündet, mein Tod sei wichtiger – und das, kurz nach einem Telefonanruf.

Ich ließ die Ereignisse chronologisch Revue passieren. In Geysir hatte ich Case von meinem Verdacht gegen Cooke erzählt. Case hatte sich bereit erklärt, diese Nachricht an Taggart weiterzugeben. Ganz gleich, was geschah, die Folge davon mußte eine gründliche Durchleuchtung Cookes sein. Aber ich war Zeuge gewesen, wie Cooke sich, kurz bevor Kennikin mich erwischte, mit Case unterhalten hatte. Angenommen, Case hatte in irgendeiner Form Cookes Verdacht erregt? Cooke war ein raffinierter und gerissener Bursche, gewohnt, Menschen zu manipulieren, und vielleicht hatte Case unbewußt seine Karten aufgedeckt.

Was hätte Cooke in diesem Fall getan? Er hätte mit Kennikin Verbindung aufgenommen, um herauszukriegen, ob ich erwischt worden war. Er würde darauf bestehen, daß seine Vertrauensstellung als Taggarts rechte Hand nicht erschüttert wurde, koste es, was es wolle. Das war wichtiger als das Gerät. Vermutlich hatte er gesagt: ›Bringen Sie den Dreckskerl um!‹ Und das war wohl der Grund für Kennikins veränderte Haltung gewesen.

Genauso wichtig war es, Jack Case umzubringen, bevor er mit Taggart reden konnte!

Ich hatte Cooke geradewegs in die Hände gespielt. Ich hatte Case zurückgelassen, so daß Kennikin ihn finden konnte, und der hatte ihn mit meinem Messer erstochen. Kennikin hatte herausgefunden, woher der VW stammte und nach mir Ausschau gehalten, und danach hatte er Cases Leiche in ihm zurückgelassen. Terroristentaktik.

Alles paßte zusammen, abgesehen von einer unerklärlichen Tatsache, die mir Kopfzerbrechen machte. Warum hatte mich Jack Case im Stich gelassen, als Kennikins Bande sich in Geysir an mich heranmachte? Er hatte keinen Finger gerührt, um mir zu helfen. Obwohl er bewaffnet gewesen war, hatte er nicht einen Schuß zu meiner Verteidigung abgegeben. Ich kannte Jack, und das sah ihm gar nicht ähnlich. Dies und seine anscheinende Busenfreundschaft mit Cooke waren der Grund für mein

Mißtrauen gegen ihn gewesen. Dieser Tatbestand beunruhigte mich sehr.

Doch das gehörte jetzt der Vergangenheit an, und ich hatte an die Zukunft zu denken und Entscheidungen zu treffen. »Hast du dich wegen Bjarni erkundigt?« fragte ich Elin.

Sie nickte niedergeschlagen. »Er fliegt die Strecke Reykjavik–Höfn. Heute nachmittag kommt er nach Reykjavik zurück.«

»Ich brauche ihn hier«, sagte ich. »Und du bleibst in diesem Büro, bis er eintrifft. Auch zum Essen darfst du den Raum nicht verlassen. Du kannst dir was kommen lassen. Auf keinen Fall gehst du in die Schalterhalle. Dort halten zu viele Augen nach dir Ausschau.«

»Aber ich kann doch nicht bis in alle Ewigkeit hierbleiben!« protestierte sie.

»Nur bis Bjarni eintrifft. Dann kannst du ihm alles erzählen, was du für richtig hältst – sogar die Wahrheit. Und danach sagst du ihm, was er tun muß.«

Sie runzelte die Stirn. »Und das wäre?«

»Er soll dich an Bord einer Maschine bringen und von hier wegschaffen. Es muß völlig unauffällig geschehen – vermeidet die übliche Flugabfertigung. Von mir aus soll er dich als Stewardeß verkleiden und so an Bord schmuggeln. Unter keinen Umständen darfst du in die Schalterhalle gehen wie die anderen Fluggäste.

»Aber ich glaube nicht, daß er das tun kann.«

»Heiliger Bimbam«, schimpfte ich, »wenn er Kisten voll Carlsberg-Bier nach Grönland einschmuggeln kann, dann kann er dich auch hinausschmuggeln. Wenn ich es mir genau überlege, wäre Grönland eigentlich gar keine schlechte Idee. Du könntest in Narsassuaq bleiben, bis der ganze Zauber hier vorbei ist. Nicht einmal unser cleverer Cooke würde drauf kommen, dich dort zu suchen.«

»Ich will nicht weg.«

»Du gehst«, bestimmte ich. »Ich will dich aus dem Weg haben. Wenn du glaubst, die letzten Tage sind schon schlimm gewesen, dann würden sie dir, verglichen mit den nächsten vierundzwanzig Stunden, wie ein gemütlicher Urlaub vorkommen. Ich will dich aus der Sache heraushalten, Elin, und bei Gott, du wirst tun, was ich sage.«

»Ich bin also keine Hilfe für dich«, erwiderte sie bitter.

»Nein. Du hast in den letzten Tagen das Gegenteil bewiesen. Alles, was du in dieser Zeit getan hast, ging dir völlig gegen den Strich, aber du hast zu mir gehalten. Man hat auf dich geschossen, und du wurdest auch getroffen, aber du hast mir trotzdem geholfen.«

»Weil ich dich liebe.«

»Ich weiß – und ich liebe dich. Deshalb mußt du hier weg. Ich möchte nicht, daß du umgebracht wirst.«

»Und was ist mit dir?« fragte sie.

»Das ist was anderes. Ich bin ein Profi. Ich weiß, was ich tun muß und wie ich es tun muß. Du nicht.«

»Case war auch ein Profi, und jetzt ist er tot. Genau wie Graham oder wie er sonst hieß. Und wie dieser Mann, Volkov, der in Geysir verletzt wurde. Du hast selbst gesagt, bis jetzt seien nur die Profis zu Schaden gekommen. Ich will nicht, daß dir was zustößt, Alan.«

»Ich habe auch immer gesagt, daß keine Unbeteiligten verletzt werden sollen. Jedenfalls hast du mit dem Ganzen nichts zu tun – daran darf sich nichts ändern.«

Ich mußte etwas unternehmen, um ihr den Ernst der Situation klarzumachen. Nachdem ich mich vergewissert hatte, daß wir allein waren, zog ich die Jacke aus und nahm den Halfter und die Pistole ab. »Weißt du, wie man mit so was umgeht?«

Ihre Pupillen weiteten sich. »Nein!«

Ich deutete auf den Schlitten. »Wenn du den zurückziehst und losläßt, wird eine Patrone in die Kammer geschoben. Du drückst diesen Hebel zurück, die Sicherung, dann zielst du und drückst auf den Abzug. Jedesmal, wenn du schießt, kommt eine Hülse heraus – achtmal hintereinander. Hast du das kapiert?«

»Ich glaube ja.«

»Wiederhole es.«

»Ich ziehe das Oberteil von der Waffe zurück, ich entsichere und drücke dann auf den Abzug.«

»Gut. Es wäre besser, wenn du richtig auf den Abzug drücken würdest, aber für solche Mätzchen ist jetzt keine Zeit.« Ich steckte die Pistole wieder in den Halfter und schob beides in ihre widerstrebenden Hände. »Wenn jemand versucht, dich zu etwas zu zwingen, was dir nicht recht ist, ziele einfach mit der Waffe auf ihn und schieße. Vielleicht schießt du daneben, aber zumindest kriegt dein Gegenüber ein paar graue Haare.«

Vor nichts graut einem Profi mehr als vor einer Waffe in den Händen eines Amateurs. Wenn ein Profi auf einen schießt, weiß man wenigstens, was man zu erwarten hat, und es besteht immer die Möglichkeit, ihn auszumanövrieren. Amateure können einen durch reinen Zufall umbringen.

»Geh aufs Klo und leg den Halfter unter deiner Jacke an«, schlug ich vor. »Wenn du zurückkommst, bin ich weg.«

Sie akzeptierte meine Entscheidung und nahm die Pistole an sich.

»Wohin fährst du?«

»Ich habe es satt, wie ein gehetztes Wild wegzurennen. Jetzt werde ich den Jäger spielen. Drück mir die Daumen.«

Sie trat dicht an mich heran und küßte mich sanft. Tränen standen in ihren Augen. Ich gab ihr einen Klaps aufs Hinterteil. »Mach los.« Ich sah ihr nach, als sie sich umdrehte und wegging. Als sich die Tür hinter ihr geschlossen hatte, verschwand ich ebenfalls.

KAPITEL 9

I

Nordlingers Chevrolet war zu lang, zu breit und zu weich in der Federung, und im *Óbyggdir* hätte ich ihn um nichts in der Welt fahren wollen. Aber er war genau das, was ich für die einzig anständig geteerte Straße der Insel, nämlich die nach Reykjavik, brauchte. Ich legte die knapp vierzig Kilometer nach Hafnarfjördur im Hundertzwanzigkilometertempo zurück und fluchte, als ich im dichten Verkehr um Kópavogur herum aufgehalten wurde. Ich hatte am Mittag eine Verabredung im Souvenirladen der Reiseagentur Nordri, und die wollte ich einhalten.

Die Agentur liegt in der Hafnarstraeti. Ich parkte den Wagen in einer Seitenstraße und ging bergab ins Stadtzentrum. Ich hatte nicht die Absicht, in das Nordri-Gebäude hineinzugehen. Wozu auch, da Nordlinger das kleine Gerät sicher in seinem Safe aufbewahrte? In der Hafnarstraeti betrat ich einen Buchladen gegenüber von der Agentur. Eine Treppe führte direkt in ein Café im oberen Stock. Ich kaufte eine Zeitung und ging hinauf.

Der Mittagsbetrieb hatte noch nicht eingesetzt, deshalb war noch ein Fensterplatz frei. Ich bestellte Pfannkuchen und Kaffee. Dann schlug ich die Zeitung auf und blickte durch das Fenster auf die belebte Straße unter mir. Wie beabsichtigt, konnte ich die Reiseagentur auf der anderen Seite bequem im Auge behalten. Die Stores verhinderten, daß mich jemand von der Straße aus erkennen konnte.

Unten herrschte reger Betrieb. Die Sommersaison hatte bereits begonnen, und die ersten Touristen plünderten die Souvenirläden. Obwohl sie leicht an ihren Kameras und Landkarten zu erkennen waren, inspizierte ich jeden einzelnen von ihnen ganz genau, denn der Mann, nach dem ich Ausschau hielt, würde sich wahrscheinlich als waschechter Tourist tarnen.

Diese Vorsichtsmaßnahme erschien mir nötig, denn die Erfahrung hatte mich gelehrt, daß überall, wo ich in Island war, auch meine Gegner auftauchten. Nach meiner Ankunft hatte ich die Instruktionen befolgt und den Umweg nach Reykjavik benutzt – und Lindholm hatte mir aufgelauert. Ich hatte mich in Asbyrgi versteckt, und Graham war aus dem Nichts aufgekreuzt. Sicher, die am Landrover angebrachte Wanze hatte mich verraten – aber dennoch war es passiert. Fleet hatte auf der Lauer gelegen und auf den Landrover geschossen – weshalb, war mir jetzt noch schleierhaft. Aber sowohl er wie Lindholm hatten gewußt, *wo* sie auf mich warten mußten. Kennikin hatte mich in Geysir überfallen, und nur um Haaresbreite war es mir gelungen, mich aus seinen Fängen zu befreien.

Und nun erwarteten sie mich in der Reiseagentur Nordri. Nach allem Vorgefallenen war es fast schon logisch, daß auch dieser Ort beschattet wurde. Folglich widmete ich meine ganze Aufmerksamkeit den Leuten, die unten auf der Straße so emsig die Schaufenster betrachteten, und konnte nur hoffen, daß es mir gelingen würde, Kennikins Mann – sofern es einen solchen gab – zu identifizieren. Er konnte ja nicht eine ganze Armee mit nach Island gebracht haben, und ich hatte bereits eine beträchtliche Anzahl seiner Leute zu Gesicht bekommen.

Es dauerte gut eine halbe Stunde, bis ich ihn entdeckte. Ein Gesicht, das man im Fadenkreuz eines Zielfernrohrs gesehen hat, vergißt man nicht so leicht, aber erst, als der Bursche den Kopf hob, erkannte ich in ihm einen der Männer, die mit Kennikin auf der anderen Seite des Tungnaá-Flusses gestanden hatten.

Er lungerte unten herum, sah sich die Schaufensterauslagen neben der Reiseagentur an und wirkte überhaupt wie der perfekte Tourist, komplett mit Kamera, Straßenkarte und einem Stapel Ansichtskarten in der Hand. Ich winkte der Kellnerin und bezahlte, so daß ich jederzeit aufbrechen konnte, reservierte mir den Tisch jedoch noch für eine Weile, indem ich einen weiteren Kaffee bestellte.

Bei einem Unternehmen wie diesem hätte ich wetten können, daß der Kerl dort unten nicht allein war, und daher begann ich mich für die anderen Passanten zu interessieren.

Er wurde sichtlich unruhiger, während die Zeit verstrich. Immer wieder blickte er auf seine Uhr, und Punkt eins wurde meine Geduld belohnt. Er hob die Hand und winkte. Ein Mann tauchte in meinem Blickfeld auf und überquerte die Straße.

Ich trank die Tasse aus, ging die Treppe runter und trieb mich am Zeitungsstand herum, während ich meine Freunde durch die Glastür des Buchladens beobachtete. Ein dritter Mann war inzwischen zu ihnen getreten, den ich sofort erkannte – es war kein anderer als Ilyich, der mich unwissentlich mit der Gasbombe versorgt hatte. Die drei unterhielten sich eine Weile, dann hob Ilyich den Arm und zeigte auf seine Uhr, wobei er mißbilligend den Kopf schüttelte. Plötzlich brachen sie alle auf und gingen die Straße entlang. Ich folgte ihnen unauffällig. Aus Ilyichs Verhalten schloß ich, daß sie nicht nur den Treff-, sondern auch den vereinbarten Zeitpunkt kannten. Es hätte mich nicht weiter überrascht, wenn sie auch die Parolen gekannt hätten.

An der Ecke der Posthusstraeti stiegen zwei von ihnen in einen dort parkenden Wagen und fuhren weg. Ilyich wandte sich nach rechts, überquerte die Straße und ging eilig auf das Hotel Borg zu. Er verschwand darin wie ein Karnickel in seinem Bau. Ich zögerte einen Augenblick und folgte ihm dann.

Er holte gar nicht erst einen Schlüssel am Empfang ab, sondern stieg sofort die Treppe in den ersten Stock hinauf. Ich folgte ihm. Er ging einen Korridor entlang und klopfte an eine Tür. Ich machte kehrt und ging die Treppe wieder runter, um mich in der Lounge an einem strategisch günstigen Punkt mit Blick auf die Halle niederzulassen. Das bedeutete eine weitere Tasse des obligatorischen Kaffees, der mir bereits bis oben hin stand. Aber so was gehört nun mal zu den trüben Begleiterscheinungen eines Beschattungs-Jobs. Ich hielt mich hinter der aufgeschlagenen Zeitung verborgen und wartete, daß Ilyich wieder auftauchte.

Es dauerte nicht lang, höchstens zehn Minuten. Als er erschien, wurde mir triumphierend bewußt, daß mein Verdacht und alles, was ich auf Island unternommen hatte, gerechtfertigt waren. Ilyich kam herunter und redete dabei mit jemandem, und dieser Jemand war Cooke!

Die beiden gingen durch die Halle zum Speisesaal und kamen dabei in zwei Meter Entfernung an mir vorüber. Es war vorauszusehen gewesen, daß Cooke in seinem Zimmer auf eine Nachricht, positiv oder negativ, warten und sich dann ins Getümmel stürzen würde. Ich drehte mich um und beobachtete, wo sich die beiden hinsetzten. Und sobald sie saßen, machte ich mich aus dem Staub.

Zwei Minuten später war ich im ersten Stock und klopfte an dieselbe Tür wie vorher Ilyich, wobei ich hoffte, daß niemand antworten würde. Es öffnete auch tatsächlich niemand, und mit Hilfe einer kleinen Plastikfolie aus meiner Brieftasche gelang es mir, ins Zimmer zu kommen. Das hatte ich vom Department gelernt.

So dumm, Cookes Gepäck zu untersuchen, war ich nicht. Wenn er so gerissen war, wie ich annahm, dann hatte er seine Koffer durch eine Vorrichtung gesichert, die ihm sofort verriet, ob sie geöffnet worden waren. Das gehört zum Agenten-Einmaleins, und Cooke war hier doppelt im Vorteil – er war von beiden Seiten geschult worden. Ich untersuchte den Kleiderschrank nach feinen Härchen, die mit etwas Spucke festgeklebt waren und abfallen würden, sowie die Tür geöffnet wurde. Da ich nichts fand, machte ich die Tür auf, trat hinein und ließ mich im Dunkeln nieder, um zu warten.

Es dauerte lange. Ich hatte nichts anderes erwartet, denn ich wußte, wie sehr Cooke gutes Essen liebte. Was mochte er wohl von den isländischen Spezialitäten halten, die, um es milde auszudrücken, eines robusten Magens bedurften. Man muß schon Isländer sein, um *hakarl* – rohes Haifischfleisch, das mehrere Monate lang im Sand vergraben wurde – mit Genuß zu verspeisen. Oder gepökelten Walfischspeck.

Erst um viertel vor drei kehrte er zurück, und inzwischen protestierte mein eigener Magen. Er hatte eine Menge Kaffee eingetrichtert bekommen, aber nur sehr wenig solides Essen. Auch Ilyich kam herein, und es erstaunte mich nicht, daß Cooke russisch sprach, so als sei er in Moskau zur Welt gekommen. Der Kerl war wahrscheinlich tatsächlich Russe, genau wie Gordon Lonsdale, ein anderer Kumpel aus Cookes Fakultät.

»Dann können wir also bis morgen nichts unternehmen?« fragte Ilyich.

»Nein. Es sei denn, Vaslav kreuzt mit etwas Neuem auf«, erwiderte Cooke.

»Das Ganze muß ein Irrtum sein«, bemerkte Ilyich. »Ich bezweifle, daß Stewartsen zur Reiseagentur kommt. War die Information überhaupt zuverlässig?«

»Ja«, sagte Cooke kurz. »Und innerhalb der nächsten vier Tage wird er dort sein. Wir alle haben Stewartsen unterschätzt.«

Ich lächelte ins Dunkel hinein. Es ist höchst selten, daß man unaufgefordert ein so ordentliches Führungszeugnis bekommt. Mir entging, was er als nächstes sagte, ich hörte aber Ilyichs Stimme: »Natürlich werden wir wegen des Päckchens, das er bei sich hat, nichts unternehmen. Wir warten, bis er es in der Agentur abgegeben hat, folgen ihm und versuchen dann, ihn allein zu erwischen.«

»Und dann?«

»Bringen wir ihn um«, entgegnete Ilyich ungerührt.

»Ja«, bestätigte Cooke. »Man darf bloß keine Leiche finden. Es hat sowieso schon zu viel Publicity gegeben. Kennikin war wütend, daß wir Cases Leiche vor dem Haus gelassen haben.« Ein kurzes Schweigen folgte, dann fügte er nachdenklich hinzu: »Ich frage mich, was Stewart mit Philips gemacht hat?«

Auf diese rhetorische Frage gab Ilyich keine Antwort, und Cooke fuhr fort: »Na gut. Sie und die anderen sind morgen um elf an der Agentur Nordri. Sobald Stewart auftaucht, muß ich umgehend telefonisch benachrichtigt werden. Ist das klar?«

»Wir werden Sie informieren«, erwiderte Ilyich. Ich hörte, wie die Tür geöffnet wurde. »Wo ist Kennikin?« fragte er.

»Was Kennikin tut, geht Sie nichts an«, antwortete Cooke in scharfem Ton. »Gehen Sie jetzt.«

Die Tür wurde zugeschlagen.

Ich wartete. Papier raschelte, es knarrte, dann folgte ein metallisches Klicken. Ich öffnete die Schranktür einen Spalt breit und spähte ins Zimmer. Cooke saß in einem Sessel, eine Zeitung auf den Knien und hielt ein brennendes Feuerzeug an eine dicke Zigarre. Als das untere Ende zu seiner Zufriedenheit glühte, sah er sich nach einem Aschenbecher um. Auf dem Toilettentisch stand einer. Er erhob sich und rückte seinen Stuhl so, daß er bequem an ihn herankam.

Das paßte mir auch sehr gut, denn dadurch wandte er mir seinen Rücken zu. Ich nahm meinen Kugelschreiber aus der Tasche und öffnete damit sehr langsam die Schranktür. Das Zimmer war so klein, daß ich mit zwei Schritten hinter ihn treten konnte. Ich legte die Strecke lautlos zurück. Vielleicht war es die kaum merkliche Veränderung des Lichts im Zimmer, die Cooke veranlaßte, den Kopf zu wenden. Aber bevor es soweit war, rammte ich ihm die Spitze des Kugelschreibers in seinen speckigen Nacken und donnerte: »Rühren Sie sich nicht. Sonst sind Sie einen Kopf kürzer.«

Cooke erstarrte. Ich ließ meine andere Hand über seine Schulter in die Innenseite seines Jacketts gleiten, wo ich auch prompt eine Pistole in einem Halfter fand. Heutzutage scheint jedermann ein Schießeisen bei sich zu tragen, und allmählich avancierte ich zum Entwaffnungsexperten.

»Bewegen Sie sich ja nicht«, drohte ich und trat zurück. Ich überzeugte mich, ob die Pistole geladen war, und entsicherte sie. »Aufstehen.«

Er gehorchte und blieb stehen, die Zeitung hielt er noch immer in der Hand. »Gehn Sie an die Wand da drüben, und lehnen Sie sich dagegen. Arme spreizen und Hände hoch.«

Ich beobachtete ihn aufmerksam. Er wußte, was ich vorhatte; dies war die sicherste Methode, einen Mann zu durchsuchen. Aber Cooke würde es garantiert mit irgendeinem Trick versuchen, und deshalb sagte ich: »Die Füße weiter nach hinten, und lehnen Sie sich mehr gegen die Wand.« Das bedeutete, daß er erst einmal um sein Gleichgewicht kämpfen mußte, wenn er etwas im Schilde führte – was mir ein paar Sekunden Vorsprung geben würde – und auf die kam es jetzt an.

Er rutschte mit den Füßen ein Stück weiter nach hinten, und ich sah am Zittern seiner Handgelenke, daß er sich verstärkt abstützen mußte. Dann durchsuchte ich ihn schnell und warf den Inhalt seiner Taschen auf das Bett. Er hatte keine weitere Waffe bei sich. Nur eine Injektionsspritze sowie eine Tasche mit Ampullen. Links grüne, die einen Menschen mit Sicherheit für sechs Stunden in Tiefschlaf versetzen, rechts rote, die ihn mit gleicher Sicherheit innerhalb von dreißig Sekunden ins Jenseits befördern können.

»Jetzt gehn Sie ganz langsam in die Hocke.«

Er beugte die Knie, und ich beförderte ihn in dieselbe Stellung, in der auch Fleet gewesen war – Bauch auf dem Boden, mit ausgebreiteten Armen. Um mich aus dieser Position anzufallen, hätte es eines besseren Mannes als Cooke bedurft. Fleet hätte es vielleicht geschafft, wenn ich ihm nicht den Gewehrlauf ins Kreuz gerammt hätte. Aber Cooke war nicht mehr der Allerjüngste, und sein Bauch war wesentlich dicker.

Er lag da, den Kopf auf der Seite, und die rechte Wange gegen den Teppich gepreßt. Sein linkes Auge starrte mich böse an. Dann machte er zum erstenmal den Mund auf. »Woher wollen Sie denn wissen, daß ich heute nachmittag keinen Besuch kriege?«

»Sie haben allen Grund, das zu befürchten«, knurrte ich. »Wenn jemand durch diese Tür kommt, sind Sie tot.« Ich lächelte ihm zu. »Ein Jammer, wenn es das Zimmermädchen wäre, denn dann müßten Sie ganz überflüssigerweise ins Gras beißen.«

»Was zum Teufel tun Sie da eigentlich, Stewart?« schnauzte er mich an. »Sind Sie übergeschnappt? Höchstwahrscheinlich sind Sie's – das habe ich auch Taggart gesagt, und er war ganz meiner Meinung. Stecken Sie die Pistole weg und lassen Sie mich aufstehen.«

»Sie versuchen es wirklich mit allen Mitteln«, bewunderte ich ihn. »Aber wenn Sie auch nur einen Muskel rühren und versuchen aufzustehen, erschieße ich Sie.«

Sein eines Auge zuckte nervös. »Das wird Sie Kopf und Kragen kosten, Stewart; Landesverrat ist nach wie vor ein Kapitalverbrechen.«

»Wie schade«, erwiderte ich. »Zumindest werden *Sie* nicht hängen, denn was Sie betreiben, ist kein Landesverrat – nur Spionage. Ich glaube nicht, daß Spione gehängt werden, wenigstens nicht in Friedenszeiten. Wenn Sie Engländer wären, wäre es Landesverrat. Aber Sie sind ja Russe.«

»Sie sind wirklich total verrückt«, entgegnete er angewidert. »Ich – ein Russe!«

»Sie sind ebenso Engländer wie Gordon Lonsdale Kanadier war.«

»Warten Sie, bis Taggart Sie zu fassen kriegt. Er wird Sie durch die Mangel drehen.«

»Wieso haben Sie so intimen Umgang mit dem Gegner, Cooke?« fragte ich.

Er brachte tatsächlich genügend künstliche Entrüstung auf, um zornig herauszuplatzen: »Verdammt, das ist schließlich mein Job, Sie haben seinerzeit dasselbe getan – Sie waren Kennikins rechte Hand. Ich befolge nur Anweisungen. Was mehr ist, als man von Ihnen behaupten kann.«

»Das ist ja hochinteressant«, sagte ich. »Ihre Anweisungen sind sehr eigenartig. Erzählen Sie mir mehr darüber.«

»Ich werde einem Verräter ganz bestimmt nichts sagen«, erklärte er tugendhaft.

Ich muß gestehen, daß ich Cooke in diesem Augenblick zum erstenmal bewunderte. Da lag er nun in einer äußerst würdelosen Stellung, hatte einen Pistolenlauf an der Schläfe; aber er gab nicht auf und war bereit, bis zum letzten Atemzug zu kämpfen. Damals in Schweden war ich in der gleichen Lage gewesen, als ich mich an Kennikin heranmachte, und wußte, was für ein nervenaufreibendes Dasein das war. Nie war man sicher, ob nicht am nächsten Tag alles aufflog. Da lag er also und versuchte, mich zu überzeugen, daß er so unschuldig war wie ein neugeborenes Lamm. Wenn ich ihn auch nur den Bruchteil einer Sekunde aus den Augen ließ und er die Oberhand gewann, so wäre ich im selben Augenblick auch schon eine Leiche gewesen. Ich verstärkte den Druck des Pistolenlaufs.

»Lassen Sie den Quatsch, Cooke, ich war Zeuge, wie Sie Ilyich die Order gaben, mich umzubringen. Behaupten Sie bloß nicht, Taggart habe das angeordnet.«

»Doch«, widersprach er, ohne mit der Wimper zu zucken. »Er ist überzeugt, daß Sie übergelaufen sind. So wie Sie sich benehmen, kann ich es ihm nicht verdenken.«

Diese Unverschämtheit brachte mich beinahe zum Lachen. »Herrgott, Sie sind eine Wucht. Da liegen Sie nun auf Ihrem fetten Bauch und erzählen *mir* so was. Vermutlich hat Taggart Ihnen die Anweisung gegeben, Sie sollen die Iwans die Arbeit für ihn erledigen lassen.«

Cookes Wange verzog sich zu einem Lächeln. »So was ist früher auch schon passiert. Sie haben Jimmy Birkby umgebracht.«

Unwillkürlich spannte sich mein Finger am Abzug, und

ich mußte einmal tief Luft holen, bevor ich mich gefaßt hatte. Ich versuchte, möglichst gelassen zu klingen: »Nie waren Sie dem Tod näher, Cooke. Birkby hätten Sie nicht erwähnen sollen. Das ist ein wunder Punkt. Hören wir mit der Komödie auf. Sie sind erledigt, das wissen Sie ganz genau. Sie werden mir eine Menge Dinge mitteilen, an denen ich interessiert bin, und zwar schnell. Los reden Sie!«

»Zum Teufel mit Ihnen«, fluchte er.

Jetzt war es an mir zu explodieren: »Eins will ich Ihnen mal sagen, mir persönlich ist es scheißegal, ob Sie Engländer oder Russe, Landesverräter oder Spion sind. Patriotismus spielt für mich keine Rolle, das habe ich hinter mir. Dies ist eine rein persönliche Angelegenheit – eine Sache von Mann zu Mann, wenn Sie so wollen. Der Anlaß für die meisten Morde. Elin wurde auf Ihren Befehl hin in Asbyrgi beinahe getötet, und gerade eben habe ich gehört, wie Sie einem Mann befahlen, mich umzubringen. Wenn ich Sie jetzt meinerseits umlege, dann ist das reine Notwehr.«

Cooke hob den Kopf ein wenig und drehte ihn so, daß er mich direkt ansehen konnte. »Aber Sie werden es nicht tun.«

»Nein?«

»Nein«, erwiderte er in überzeugtem Ton. »Ich habe es Ihnen früher schon mal gesagt – Sie sind viel zu weich. Unter anderen Umständen würden Sie mich vielleicht umbringen; wenn ich zum Beispiel wegrennen würde, oder wenn wir beide aufeinander schießen würden. Aber Sie werden es nicht tun, solange ich hier liege. Sie sind ein englischer Gentleman.« Es klang wie eine Beschimpfung. Ich verzog das Gesicht zu einer Grimasse.

»Darauf würde ich keine Wette eingehen, vielleicht sind Schotten anders.«

»So groß ist der Unterschied nicht«, erwiderte er gelassen.

Er blickte in den Pistolenlauf, ohne eine Miene zu verziehen, und wider Willen war ich wieder von ihm beeindruckt. Cooke war ein Menschenkenner und durchschaute mich, was meine Einstellung zum Töten betraf. Er wußte auch, daß ich ihn erschießen würde, sobald er sich auf mich stürzte. Solange er schutzlos auf dem Boden lag, war er sicher.

Er lächelte. »Sie haben das bereits bewiesen. Sie haben Yuri ins Bein geschossen – warum nicht ins Herz? Laut Kennikin hätten Sie mit Ihren Schießkünsten jedem der Männer jenseits des Flusses eine Gratisrasur verpassen können. Sie hätten Yuri umbringen können, taten es aber nicht.«

»Vielleicht war ich da nicht in der richtigen Stimmung. Gregor habe ich umgebracht.«

»In der Aufregung des Kampfes. Entweder Sie oder er. In so einem Fall würde sich jeder so entscheiden.«

Ich hatte das unbehagliche Gefühl, daß mir allmählich die Initiative entrissen wurde. Dagegen mußte ich etwas unternehmen. »Wenn Sie tot sind, können Sie nicht reden – und Sie werden reden. Fangen wir mal mit dem elektronischen Spielzeug an – was ist es?«

Er warf mir einen verächtlichen Blick zu und preßte die Lippen zusammen.

Ich blickte auf die Pistole in meiner Hand. Der Himmel wußte, warum Cooke sie mit sich herumschleppte, denn es war eine 32er – genauso schwer wie eine 38er, aber ohne deren Durchschlagskraft. Möglich, daß er ein so ausgezeichneter Schütze war, daß er sowieso immer sein Ziel traf. Gewiß spielte eine Rolle, daß in einer belebten Umgebung ein Schuß, der aus ihr abgegeben wurde, wesentlich leiser war und selbst in einer verkehrsreichen Straße kaum wahrgenommen werden würde.

Ich fixierte ihn, als ich ihm eine Kugel in seinen rechten Handrücken jagte. Seine Hand zuckte zurück, und er stieß einen unterdrückten Schrei aus, als ich anschließend den Pistolenlauf wieder auf seinen Kopf richtete. Nicht einmal die Fenster hatten bei dem Knall gezittert.

»Vielleicht werde ich Sie nicht töten«, sagte ich. »Aber ich werde Sie Stück für Stück in Fetzen schießen, wenn Sie sich nicht ordentlich benehmen. Kennikin kann Ihnen bestätigen, daß ich äußerst geschickt bei Amputationen vorgehe. Es gibt viel Schlimmeres, als erschossen zu werden. Sie können sich bei Kennikin gelegentlich danach erkundigen.«

Blut quoll aus seinem Handrücken und rann auf den Teppich, aber er rührte sich nicht, sondern starrte unverwandt auf die Pistole. Er fuhr sich mit der Zunge über die trockenen Lippen. »Scheißkerl«, zischte er.

Das Telefon klingelte.

Wir starrten einander an. Es klingelte viermal. Ich ging um Cooke herum, wobei ich in sicherem Abstand von seinen Beinen blieb, nahm den Apparat herunter und stellte ihn neben ihn hin. »Sie werden sich melden, und dabei zwei Dinge nicht vergesesen. Ich möchte *beide* Seiten des Gesprächs hören, und es gibt eine Menge Stellen an Ihrer fetten Anatomie, die ich bearbeiten könnte.« Ich bewegte die Waffe. »Nehmen Sie den Hörer ab.«

Ungeschickt griff er mit der Linken danach. »Ja?«

Wieder schwenkte ich die Pistole und er hielt den Hörer so, daß ich die krächzende Stimme seines Gesprächspartners verstehen konnte. »Hier Kennikin.«

»Benehmen Sie sich natürlich«, flüsterte ich.

Cookes Zunge fuhr erneut über die Lippen. »Was ist?« fragte er heiser.

»Was ist denn mit Ihrer Stimme los?« fragte Kennikin.

Cooke, das Auge auf die Pistole gerichtet, brummte: »Ich bin erklältet. Was wollen Sie?«

»Ich habe das Mädchen.«

Stille folgte. Ich spürte, wie mein Herz gegen die Rippen schlug.

Cooke wurde bleich, als er sah, wie mein Finger krampfhaft den Abzug umschloß. »Wo war sie?« flüsterte ich.

Cooke hustete nervös. »Wo haben Sie sie gefunden?«

»Im Flughafen von Keflavik – im Büro von Icelandair versteckt. Wir wissen, daß ihr Bruder da Pilot ist, und ich kam auf die Idee, dort nachzusehen. Wir haben sie ohne jede Mühe herausgeholt.«

Das klang wahrscheinlich. »Wo ist sie?« flüsterte ich in Cookes Ohr und preßte ihm die Pistole in den Nacken.

Er gab die Frage weiter. »Am üblichen Ort«, sagte Kennikin. »Wann kann ich Sie erwarten?«

»Sie fahren sofort hin«, murmelte ich und drückte den Lauf noch kräftiger in seinen Fettwulst. Er schauderte spürbar.

»Ich komme sofort hin«, sagte Cooke, und ich unterbrach die Verbindung, indem ich die Gabel heruntergedrückte.

Danach sprang ich schnell zurück für den Fall, daß er irgendwas im Schilde führte. Aber er lag einfach da und starrte auf das Telefon. Am liebsten hätte ich geschrien, aber dazu war jetzt keine Zeit. »Cooke«, sagte ich. »Sie haben sich getäuscht – ich *kann* Sie töten. Das wissen Sie jetzt, oder nicht?«

Zum erstenmal spürte ich Angst in ihm. Seine Backen zitterten, und seine Unterlippe bebte, so daß er aussah wie ein dicker Junge, der gleich in Tränen ausbrechen wird.

»Wo ist der übliche Ort?«

Er starrte mich haßerfüllt an und schwieg. Ich steckte in der Klemme. Wenn ich ihn umbrachte, konnte ich nichts mehr aus ihm herausholen. Andererseits war es besser, ihn nicht zu sehr zu verwunden, wenn ich wollte, daß er, ohne großes Aufsehen zu erregen, durch Reykjavik gehen konnte. Da er aber mein Problem nicht kannte, sagte ich: »Zwar werden Sie noch am Leben sein, wenn ich mit Ihnen fertig bin, aber wahrscheinlich wären Sie dann lieber tot.«

Ich schoß haarscharf an seinem linken Ohr vorbei, und er zuckte heftig zurück. Wieder war der Schuß erstaunlich leise. Vermutlich hatte er die Patronen präpariert und ihnen Pulver entzogen, um den Lärm zu dämpfen. Das ist ein uralter Trick, wenn man schießen möchte, ohne alle Blicke auf sich zu lenken.

»Ich bin ein guter Schütze«, bemerkte ich, »aber so gut nun auch wieder nicht. Ich habe genau dahin geschossen, wohin ich wollte, aber nur Sie kennen die Zielgenauigkeit dieser Waffe. Vermutlich hat sie einen leichten Linksdrall. Wenn ich versuche, Ihr rechtes Ohr anzukratzen, laufen Sie Gefahr, eine Kugel in den Schädel zu bekommen.«

Ich hob die Pistole etwas an und zielte. Seine Nerven gaben nach. »Hören Sie um Himmels willen auf!« Dieser Form eines russischen Roulettes war er nicht gewachsen.

Ich zielte weiter auf sein rechtes Ohr. »Wo ist der ›übliche Ort‹?«

Schweißperlen bildeten sich auf seiner Stirn. »In Thingvallavatn.«

»Das Haus, in das ich nach Geysir gebracht wurde?«

»Ja.«

»Hoffentlich stimmt das«, sagte ich. »Denn ich habe keine Zeit, sinnlos in Südisland herumzujagen.« Ich senkte die Waffe, worauf sich auf Cookes Gesicht Erleichterung breitmachte. »Fangen Sie nicht gleich an zu jubilieren«, warnte ich ihn. »Sie glauben doch nicht im Ernst, daß ich Sie hierlasse?«

Ich ging zu dem Gestell am Fußende des Bettes, öffnete Cookes Koffer und nahm ein frisches Hemd heraus, das ich ihm zuwarf. »Reißen Sie ein paar Streifen ab und verbinden Sie Ihre Hand. Bleiben Sie auf dem Boden und kommen Sie ja nicht auf die raffinierte Idee, mit dem Hemd nach mir zu werfen.«

Während er es ungeschickt in Streifen riß, kramte ich in seinem Koffer und fand zwei Pistolenmagazine mit 32er Munition. Ich schob sie in meine Tasche und ging zum Schrank, um Cookes Mantel herauszuholen, dessen Taschen ich bereits durchsucht hatte. »Stellen Sie sich mit dem Gesicht zur Wand und ziehen Sie das hier an.«

Ich behielt ihn, auf jeden Trick gefaßt, scharf im Auge.

Eine einzige falsche Bewegung meinerseits würde er zu seinem vollen Vorteil nutzen. Ein Mann, dem es gelungen war, bis ins Herz des britischen Geheimdienstes vorzudringen, war mit Sicherheit hochintelligent. Die Fehler, die ihm unterlaufen waren, hätten ihm normalerweise kaum geschadet. Darüber hinaus hatte er sein Bestes getan, die Scharte auszuwetzen, indem er mich zur Strecke brachte. Wenn ich nicht sehr vorsichtig war, konnte er den Spieß immer noch umdrehen.

Ich nahm seinen Paß und seine Brieftasche und steckte beides ein. Dann warf ich ihm seinen Hut vor die Füße. »Wir machen einen Spaziergang. Sie stecken Ihre verbundene Hand in die Tasche und spielen ausnahmsweise den englischen Gentleman, der Sie nicht sind. Eine falsche Bewegung, und ich erschieße Sie ohne Rücksicht auf Verluste, und wenn es mitten auf der Hafnarstraeti ist. Sie sind sich hoffentlich darüber klar, daß Kennikin mit der Entführung Elins genau das Falsche getan hat.«

Cooke sprach gegen die Wand: »In Schottland habe ich Sie davor gewarnt. Ich habe Ihnen geraten, sie nicht in die Sache zu verwickeln.«

Ich konnte mir nicht verkneifen zu spotten: »Wie besorgt Sie sind. Aber wenn ihr etwas zustößt, sind Sie ein toter Mann. Vielleicht haben Sie meine Einstellung zum Töten vorhin richtig beurteilt, aber jetzt verlassen Sie sich besser nicht darauf, denn ein abgeschnittener Fingernagel von Elin ist mir wichtiger als Ihr gesamter feister Wanst. Es wäre besser für Sie, wenn Sie mir das glauben. Ich beschütze das, was zu mir gehört.«

Ich sah, wie er schauderte. »Ich glaube Ihnen«, erwiderte er ruhig.

Cooke hatte mich also verstanden. Er wußte, daß er hier auf etwas Ursprünglicheres als Patriotismus oder die Loyalität eines Mannes gegenüber seiner Gruppe gestoßen war. Dies saß viel tiefer. Ich hätte ihn vielleicht nicht umgebracht, nur weil er Spion war, doch hätte ich ohne zu zögern jeden umgebracht, der sich zwischen Elin und mich stellte. Ich ging auf die Tür zu.

»Gut, nehmen Sie Ihren Hut, dann gehen wir.«

Ich begleitete ihn in den Korridor, befahl ihm, die Tür zu verschließen, und nahm den Schlüssel an mich. Ich hatte sein Jackett über meinen Arm gelegt, um die Pistole zu verbergen, und blieb nur einen Schritt weit hinter ihm auf der rechten Seite. Wir verließen das Hotel und wanderten durch die Straßen Reykjaviks zu der Stelle, wo Nordlingers Wagen stand. »Sie fahren«, sagte ich.

Das Einsteigen glich einem verzwickten Ballett. Während ich aufschloß und Cooke hinters Lenkrad rutschen ließ, durfte ich ihn keinen Augenblick aus den Augen lassen. Zugleich mußte unser Verhalten den Passanten einigermaßen normal erscheinen. Schließlich saß er vorne auf dem Fahrersitz und ich hinter ihm.

»Fahren Sie los«, befahl ich.

»Aber meine Hand!« protestierte er. »Ich glaube nicht, daß ich das kann.«

»Sie werden fahren. Mir ist es egal, wie weh es Ihnen tut, aber Sie werden fahren, und zwar keinen Moment lang schneller als fünfzig Stundenkilometer. Und kommen Sie ja nicht auf die Idee, den Wagen in einen Graben zu steuern oder ihn auf andere Weise in Schrott zu verwandeln. Der Grund, weshalb Sie das nicht tun werden, ist das hier.« Ich berührte seinen Nacken mit dem kalten Pistolenlauf. »Die Waffe bleibt die ganze Zeit über auf Sie gerichtet. Stellen Sie sich vor, Sie seien ein Gefangener und ich einer von Stalins Jungens in der schlimmen alten Zeit. Die bewährte Hinrichtungsmethode war damals ein unerwarteter Schuß in den Hinterkopf, stimmt's? Wenn Sie es wagen, aus der Reihe zu tanzen, dann ist Ihnen die Kugel sicher. Fahren Sie schon los, aber vorsichtig. Mein Zeigefinger ist allergisch gegen plötzliches Rucken.«

Ich brauchte ihm nicht zu sagen, wohin es ging. Er fuhr die Tjarnargata entlang, am Tjörnin-See mit seinen zahllosen Enten und an der Universität vorbei, hinein nach Miklabraut und aus der Stadt hinaus. Cooke schwieg die ganze Zeit über, und als wir Reykjavik hinter uns gelassen hatten, behielt er folgsam die befohlene Geschwindigkeit von fünfzig Stundenkilometern bei. Allerdings geschah das vermutlich weniger aus Gehorsam als wegen der Schmerzen, die ihm das Schalten der Gänge bereitete.

Nach einer Weile tat er den Mund auf. »Was wollen Sie damit erreichen, Stewart?«

Ich antwortete nicht, denn ich untersuchte gerade den Inhalt seiner Brieftasche. Sie enthielt nichts von Interesse – keine Pläne für die neueste Langstreckenrakete oder irgendwelche Laserstrahlen, wie man es von einem anständigen Meisterspion und Doppelagenten hätte erwarten können. Das dicke Bünde Banknoten und die Kreditkarten ließ ich in meiner eigenen Brieftasche verschwinden – ich war bei diesem Unternehmen knapp bei Kasse –, und falls Cooke entkam, würde er wenigstens die Einschränkung seiner finanziellen Bewegungsfreiheit als Handicap empfinden.

Er versuchte es noch mal. »Kennikin wird Ihnen kein Wort glauben. Er läßt sich nicht bluffen.«

»Aber von Bluff ist gar keine Rede.«

»Es wird Ihnen nicht gelingen, Kennikin davon zu überzeugen.«

»Das warten Sie besser mal ab«, erwiderte ich frostig. »Vielleicht überzeuge ich ihn dadurch, daß ich ihm Ihre rechte Hand bringe – die mit dem Ring am Mittelfinger.«

Das stopfte ihm für eine Weile den Mund, und er konzentrierte sich aufs Fahren. Der Chevrolet wippte und schwankte auf seiner weichen Federung, während wir über die Straße fuhren, die wie ein überdimensionales Wellblechband wirkte. Wenn wir schneller gefahren wären, wäre es angenehmer gewesen, aber so bekamen wir jede winzige Bodenwelle und jede Vertiefung voll mit. So sehr mich danach verlangte, zu Elin zu kommen, wagte ich es doch nicht, Cooke zu schnellerem Fahren aufzufordern. Bei einer Geschwindigkeit von fünfzig Stundenkilometern konnte ich ihn immer gerade noch niederschießen und selber sicher aus dem Wagen kommen, falls er von der Straße weglenkte.

»Ich stelle fest, daß Sie Ihre Unschuldsbeteuerungen aufgegeben haben«, unterbrach ich die Stille nach einiger Zeit.

»Sie würden mir doch nicht glauben, ganz gleich, was ich sage. Warum soll ich mich also anstrengen?«

Damit hatte er nicht unrecht. »Ich hätte aber doch gern ein paar Dinge geklärt. Woher wußten Sie, daß ich mich mit Jack Case in Geysir treffen würde?«

»Wenn Sie schon ein offenes Funkgespräch mit London führen, müssen Sie damit rechnen, daß andere Leute zuhören«, antwortete er.

»Sie haben zugehört und Kennikin Bescheid gesagt.«

Er wandte mir halb das Gesicht zu. »Woher wollen Sie wissen, daß Kennikin nicht selbst das Gespräch abgehört hat?«

»Behalten Sie die Straße im Auge«, entgegnete ich scharf.

»Na schön, Stewart, es hat keinen Sinn, weiter Versteck zu spielen, ich gebe alles zu. Sie haben völlig recht. Nützen wird es Ihnen nicht viel – Sie werden aus Island nicht mehr hinauskommen.« Er hustete. »Womit habe ich mich verraten?«

»Mit dem Calvados.«

»Mit dem Calvados?« wiederholte er verblüfft. »Was zum Teufel soll das heißen?«

»Sie wußten, daß Kennikin Calvados trinkt. Außer mir wußte das niemand.«

»Ah – deshalb fragten Sie Taggart nach Kennikins Trinkgewohnheiten. Darüber habe ich mich gewundert.« Seine Schultern sanken eine Spur nach vorne. »Immer sind es die Kleinigkeiten«, grübelte er. »Man zieht jede Möglichkeit in Betracht. Man trainiert sich jahrelang, man schafft sich eine neue Identität, man wird ein neuer Mensch – und bildet sich ein, man sei sicher.« Er schüttelte nachdenklich den Kopf. »Und dann taucht da so eine

Bagatelle wie eine Flasche Calvados auf, die man einen Mann vor Jahren hat trinken sehen. Aber das war doch wohl nicht alles?«

»Er brachte mich jedenfalls zum Nachdenken. Aber da waren auch noch andere Dinge. Lindholm stand so haargenau zum richtigen Zeitpunkt an der richtigen Stelle. Doch das hätte immer noch ein Zufall sein können. Ich fing erst an, Sie zu verdächtigen, als Sie Philips nach Asbyrgi schickten. Das war ein schwerer Fehler. Sie hätten Kennikin auf mich hetzen sollen.«

»Der stand damals nicht zur Verfügung.« Cooke schnalzte mit der Zunge. »Ich hätte selbst gehen sollen.«

Ich lachte leise. »Dann wären Sie jetzt dort, wo Philips ist. Sie sollten auch für die kleinen Wohltaten dankbar sein, Cooke.« Ich blickte durch die Windschutzscheibe und beugte mich dann vor, um die Position von Cookes Händen und Füßen zu prüfen. Ich wollte sicher sein, daß er mich nicht hereinlegte, während er mich mit seiner Unterhaltung einlullte. »Vermutlich hat es einen Mann namens Cooke wirklich gegeben.«

Cooke nickte. »Einen Jungen. Wir fanden ihn während des Kriegs in Finnland. Damals war er fünfzehn. Seine Eltern waren Engländer, die bei einem Bombenangriff durch unsere Stormoviks umgekommen waren. Wir nahmen uns seiner an. Später wurde er durch jemand anderen ersetzt – durch mich.«

»So ähnlich wie bei Gordon Lonsdale. Ich bin übrigens überrascht, daß Sie bei dem Aufruhr nach dem Fall Lonsdale so ungeschoren alle Durchleuchtungen überstanden.«

»Ich auch«, antwortete er düster.

»Was wurde aus dem jungen Cooke?«

»Vielleicht ist er in Sibirien. Aber das glaube ich nicht.«

Ich glaubte es auch nicht. Der junge Cooke war sicher zu einem endgültigen Abschiedsgespräch herbeizitiert und anschließend in irgendeinem Erdloch verscharrt worden.

»Wie heißen Sie eigentlich – ich meine, wie ist Ihr richtiger russischer Name?«

Er lachte. »Ach wissen Sie, den habe ich ganz vergessen. Ich bin den größten Teil meines Lebens über Cooke gewesen, so daß mir mein früheres Dasein in Rußland sehr unwirklich vorkommt.«

»Unsinn. Niemand vergißt seinen Namen.«

Er sah mich von der Seite her verschlagen an. »Ich betrachte mich selbst als Cooke. Dabei wollen wir es belassen.«

Seine Hand machte sich am Knopf des Handschuhfachs zu schaffen. »Und Ihre Hand lassen Sie besser am Lenkrad«, erinnerte ich ihn. »Eins werden Sie im Handschuhfach mit Sicherheit finden, nämlich ein schnelles, schmerzloses Ende.«

Ohne allzu große Eile zog er die Hand zurück und legte sie dahin, wohin sie gehörte – ans Lenkrad. Offensichtlich hatte er seine erste Angst überwunden und sein Selbstvertrauen wiedergewonnen. Um so schärfer mußte ich ihn im Auge behalten.

Eine Stunde, nachdem wir Reykjavik verlassen hatten, kamen wir an die Abzweigung zum Thingvallavatn-See, die zu Kennikins Haus führte. Ich sah, wie Cooke versuchte, sie zu ignorieren.

»Keine faulen Tricks«, mahnte ich. »Sie kennen den Weg.«

Hastig trat er auf die Bremsen und bog rechts ab. Wir ratterten über die Straße, die noch schlimmer war als die vorige. Soweit ich mich von der Nachtfahrt mit Kennikin her erinnerte, mußte das Haus rund acht Kilometer von der Abbiegung entfernt sein. Ich beugte mich vor und blickte abwechselnd auf den Kilometerzähler sowie auf die Landschaft in der Hoffnung, etwas wiederzuerkennen, und auf Cooke. Drei Augen wären mir außerordentlich nützlich gewesen, aber ich mußte mit zweien auskommen.

Schließlich entdeckte ich das Haus in der Ferne, oder

zumindest glaubte ich, es zu erkennen. Ganz sicher war ich mir nicht, denn ich hatte es ja nur bei Dunkelheit gesehen. Ich verstärkte den Druck der Pistole in Cookes Nakken. »Fahren Sie daran vorbei. Im gleichen Tempo, nicht schneller und nicht langsamer, bis ich Ihnen sage, daß Sie halten sollen.«

Im Vorbeifahren warf ich einen Blick auf die Zufahrt des Hauses. Es stand ungefähr vierhundert Meter von der Straße entfernt. Jetzt war ich sicher, daß es Kennikins Haus war. Der Lavawall, hinter dem ich Jack Case getroffen hatte, verscheuchte meine letzten Zweifel. Ich tippte Cooke an die Schulter. »Gleich links sehen Sie eine ebene Stelle – da wo man die Lava für den Straßenbau herausgeschlagen hat. Fahren Sie dorthin und halten Sie.«

Ich trat mit dem Fuß gegen die Tür und fluchte laut, als ob ich mir wehgetan hätte. Ich wollte damit nur das Geräusch übertönen, das durch die Herausnahme des Magazins und der im Lauf befindlichen Patrone aus der Pistole entstand. Cooke brauchte nicht unbedingt zu wissen, daß ich wehrlos war. Ich wollte ihm einen harten Schlag mit dem Pistolengriff verpassen, und wenn die Waffe geladen ist, kriegt man dabei leicht selbst eine Bohne in die Eingeweide.

Er fuhr von der Straße hinunter, und noch bevor der Wagen zum Stillstand kam, landete ich einen kurzen, harten Schlag auf Cookes Nackenansatz. Er stöhnte, kippte nach vorne, und seine Füße glitten von den Pedalen ab. Einen beunruhigenden Augenblick lang bockte der Wagen und kam ins Schlingern, aber dann starb der Motor ab, und der Chevrolet blieb stehen.

Ich schob einen vollen Ladestreifen in die Pistole, bevor ich Cooke genauer untersuchte. Es sah fast so aus, als hätte ich ihm das Genick gebrochen, aber dann merkte ich, daß sein Kopf nur nach vorne baumelte, weil er bewußtlos war. Ich ergriff seine verletzte Hand und preßte sie kräftig. Er zuckte nicht einmal zusammen. Wahrscheinlich hätte ich ihn umbringen sollen. Die Informationen über das Department, die er jahrelang gesammelt hatte, bildeten eine tödliche Gefahr, und es wäre wohl meine Pflicht gewesen, ihn ein für allemal zum Schweigen zu bringen. Aber der Gedanke kam mir gar nicht. Ich brauchte Cooke als Geisel für ein Austauschgeschäft. Und ich hatte nicht die Absicht, tote Geiseln auszutauschen.

E. M. Forster hat einmal gesagt: ›vor die Wahl gestellt, entweder sein Land oder seinen Freund zu verraten, müsse man den Mut aufbringen, sein Land zu verraten‹. Elin war mehr als ein Freund – sie war mein Leben. Wenn die einzige Möglichkeit, sie zu retten, darin bestand, auf Rache an Cooke zu verzichten, dann war ich dazu bereit.

Ich stieg aus dem Wagen und öffnete den Kofferraum. Ich riß die Sackleinwand, mit der ich die Gewehre umwickelt hatte, in Streifen und fesselte damit Cookes Handgelenke und Knöchel. Dann legte ich ihn in den Kofferraum und schlug den Deckel zu.

Den Remington Karabiner, den ich Philips weggenommen hatte, versteckte ich in einer Lavaspalte in der Nähe des Wagens, zusammen mit der dazugehörigen Munition. Fleets leichte Artillerie hängte ich mir um und ging auf das Haus zu. Aller Wahrscheinlichkeit nach würde ich die Kanone brauchen.

II

Als ich das letzte Mal in der Nähe dieses Hauses gewesen war, war es zappenduster gewesen. Ich war davongestürzt, ohne die Gegend zu kennen. Nun, bei Tageslicht, entdeckte ich, daß ich mich der Haustür bis auf rund hundert Meter nähern konnte, ohne meine Deckung aufgeben zu müssen. Der Boden war zerklüftet. Drei große Lavaströme hatten sich vor Tausenden von Jahren über das Land ergossen. Mitten im Fluß waren sie erstarrt und bildeten jetzt gezackte Grate voller Ritzen und Höhlen. Das unvermeidliche Moos überwucherte alles und bedeckte die Lavaspitzen mit weichen Polstern. Ich kam nur langsam voran. Es dauerte eine halbe Stunde, bis ich so nahe am Haus war, wie ich es wagen konnte.

Ich legte mich aufs Moos und studierte das Haus vor mir. Es war tatsächlich Kennikins Schlupfwinkel. Ich erkannte die zerbrochene Fensterscheibe des Zimmers, in dem man mich gefangengehalten hatte. Die Vorhänge fehlten, und ich erinnerte mich, daß sie bei meinem letzten Besuch gerade in Flammen aufgegangen waren.

Vor der vorderen Haustür stand ein Wagen. Mir fiel auf, daß die Luft über der Motorhaube schwach flimmerte, was bedeutete, daß der Motor noch heiß und der Wagen eben erst eingetroffen war. Obwohl wir nur langsam vorangekommen waren, hatte Kennikin von Keflavik aus den weiteren Weg zurücklegen müssen. Ich rechnete mir aus, daß er noch keine Gelegenheit gehabt haben konnte, meinen Aufenthaltsort aus Elin herauszupressen. Wahrscheinlich wollte er warten, bis Cooke eingetroffen war. Jedenfalls hoffte ich das.

Ich löste ein großes Stück Moos und schob Fleets Gewehr samt Munition darunter. Ich hatte es aus Sicherheitsgründen mitgebracht – im Kofferraum des Wagens war es sowieso nutzlos. Auch im Haus hätte ich es nicht gebrauchen können. Aber nun lag es einen Katzensprung von der Haustür jederzeit griffbereit in seinem Versteck.

Der Rückzug über die Lavaflächen bis zur Zufahrt war mühsam. Niemals zuvor war mir ein Weg länger vorgekommen, als der bis zur Haustür. Ich fühlte mich wie ein Mann auf dem Weg zum Schafott. Völlig ungeschützt näherte ich mich der Eingangstür, und falls jemand Wache hielt, konnte ich nur hoffen, daß der Betreffende neugierig genug war, mich wenigstens zu fragen, warum ich hier auftauchte, statt mich einfach stillschweigend zehn Schritt vor der Schwelle abzuknallen.

Meine Schuhsohlen knirschten auf dem Kies, als ich auf den Wagen zuging und wie beiläufig die Hand ausstreckte. Ich hatte recht gehabt; der Motor war noch war. Hinter einem der Fenster bewegte sich etwas. Ich wanderte weiter auf die Haustür zu. Dort angekommen drückte ich auf den Klingelknopf und hörte das sanfte Glockengeläute im Innern.

Eine Weile geschah gar nichts, aber dann hörte ich das Knirschen von Stiefeln auf dem lockeren Lavakies. Ich blickte zur Seite und sah einen Mann um die linke Ecke des Hauses auf mich zukommen. Ich wandte den Kopf. Von der rechten Seite her näherte sich mir ebenfalls ein Mann. Beide hatten einen sehr gespannten Gesichtsausdruck.

Ich lächtelte ihnen zu und drückte erneut auf den Klingelknopf. Wieder ertönte weiches Glockengeläute. Die Tür öffnete sich, und Kennikin stand vor mir. Er hielt eine Pistole in der Hand. Ich grinste ihn an: »Ich bin der Mann von der Feuerversicherung. Wie steht's mit Ihren Prämien, Vaslav?«

KAPITEL 10

I

Kennikin betrachtete mich ausdruckslos. Seine Pistole war auf mein Herz gerichtet. »Warum bringe ich Sie eigentlich nicht gleich um?«

»Genau darüber möchte ich mit Ihnen reden«, erwiderte ich. »Es wäre wirklich schlecht, wenn Sie das tun würden.«

Hinter mir hörte ich Schritte, als die beiden Männer bedrohlich näher rückten.

»Sind Sie gar nicht neugierig zu hören, warum ich hier bin? Weshalb ich einfach hierhergekommen bin und geklingelt habe?«

»Ich gebe zu, daß das merkwürdig ist«, antwortete Kennikin. »Haben Sie was gegen eine kleine Durchsuchung einzuwenden?«

»Keineswegs.« Ich spürte, wie mich schwere Hände abtasteten. Sie nahmen mir Cookes Pistole und die Munition weg. »Mit Ihrer Gastfreundschaft ist es nicht weit her«, fuhr ich fort. »Wollen Sie mich einfach an der Tür stehenlassen? Was werden denn die Nachbarn dazu sagen.«

Kennikin sah mich verdutzt an. »Sie sind ja sehr gelassen, Stewartsen. Ich glaube, Sie haben nicht mehr alle Tassen im Schrank. Aber kommen Sie herein.«

»Danke.« Ich folgte ihm in den vertrauten Raum, in dem wir schon einmal miteinander gesprochen hatten. Ich warf einen Blick auf die Brandflecken auf dem Teppich. »Haben Sie inzwischen noch ein paar ordentliche Explosionen erlebt?«

»Das war sehr clever«, gab Kennikin zu. Er winkte mit seiner Pistole. »Setzen Sie sich. Sie werden bemerken, daß kein Kaminfeuer brennt.« Er ließ sich mir gegenüber nieder. »Bevor Sie etwas sagen, müssen Sie wissen, daß ich das Mädchen habe – Elin Ragnarsdottir.«

Ich streckte die Beine aus. »Wozu zum Kuckuck brauchen Sie sie?«

»Um an Sie heranzukommen. Aber das scheint jetzt nicht mehr nötig zu sein.«

»Dann können Sie sie ja gehen lassen.«

Kennikin lächelte. »Sie sind wirklich komisch. Stewartsen. Es ist ein Jammer, daß sich die englische Music Hall so im Niedergang befindet; Sie hätten sich Ihren Lebensunterhalt spielend als Komödiant verdienen können.«

Ich grinste ihn fröhlich an. »Sie sollten mal meine Bombenerfolge in den Gewerkschaftsclubs miterleben. Einem guten Marxisten wie Ihnen müßte das eigentlich gefallen. Aber ich mache keine Witze, Vaslav. Elin wird dieses Haus unversehrt verlassen, und Sie werden nichts dagegen unternehmen.«

Er kniff die Augen zusammen. »Das müssen Sie mir näher erklären.«

»Ich bin hier mutterseelenallein hereingekommen«, fuhr ich fort. »Sie glauben doch wohl nicht im Ernst, daß ich das getan hätte, wenn ich nicht einen Trumpf in der Hand hätte. Sehen Sie, ich habe nämlich Cooke. Auge um Auge, Zahn um Zahn.«

Seine Pupillen weiteten sich, und ich fügte hinzu: »Aber ich habe völlig vergessen – Sie kennen ja gar keinen Mann namens Cooke. Das haben Sie mir selbst gesagt, und wir alle wissen, daß Vaslav Victorovich Kennikin ein ehrenwerter Mann ist, der niemals lügt.«

»Angenommen, ich kenne diesen Cooke, was für Beweise haben Sie dafür? Ihr Wort?«

Ich streckte die Hand in die Brusttasche und hielt schlagartig inne, als er die Pistole hob. »Keine Sorge«, sagte ich. »Aber haben Sie was dagegen, wenn ich ein bißchen Beweismaterial hervorkrame?« Ich nahm die leichte Bewegung mit der Waffe als Zustimmung, zog Cookes Paß aus der Tasche und warf ihn Kennikin hin.

Er bückte sich, hob ihn vom Boden auf und blätterte die Seiten mit einer Hand um. Eingehend betrachtete er das

Foto und klappte dann den Paß wieder zu. »Er ist auf den Namen Cooke ausgestellt. Das beweist nicht, daß er dem Mann auch gehört. Ein Paß ist als Dokument sowieso bedeutungslos. Ich selbst besitze viele Pässe, die auf alle möglichen Namen ausgestellt sind. Wie dem auch sei, ich kenne keinen Cooke. Der Name sagt mir gar nichts.«

Ich lachte. »Sieh mal einer an – so kenne ich Sie gar nicht. Tatsache ist, daß Sie vor noch nicht zwei Stunden mit einem nichtexistenten Mann im Hotel Borg in Reykjavik gesprochen haben. Ich kann Ihnen die Unterhaltung wiederholen.« Ich zitierte die Unterhaltung wörtlich. »Natürlich kann ich mich in dem, was Cooke gesagt hat, täuschen, denn der Mann existiert ja gar nicht.«

Kennikins Gesicht wurde starr. »Sie verfügen über gefährliche Kenntnisse.«

»Mehr als das – ich habe Cooke. Ich hatte ihn schon, als er mit Ihnen sprach. Der Lauf meiner Pistole war auf seinen fetten Nacken gerichtet.«

»Wo ist er jetzt?«

»Du lieber Himmel, Vaslav – Sie sprechen mit mir, nicht mit einem stumpfsinnigen Halbaffen und Muskelprotzen wie Ilyich.«

Er zuckte die Achseln. »Versuchen mußte ich's.«

Ich grinste. »Dann müssen Sie sich was wesentlich Besseres einfallen lassen. Aber eins kann ich Ihnen sagen – wenn Sie sich nach ihm auf die Suche machen, so wird er zu dem Zeitpunkt, an dem Sie ihn finden, ein Kadaver sein. Ich habe entsprechende Anweisungen gegeben.«

Kennikin nagte, in tiefe Gedanken versunken, an seiner Unterlippe. »Anweisungen, die Sie erhalten – oder die Sie selbst gegeben haben?«

Ich beugte mich vor, heroisch zu einer handfesten Lüge entschlossen. »Damit Sie ganz klar sehen, Vaslav. Es handelt sich um meine Anordnungen. Wenn Sie oder jemand, der auch nur ähnlich riecht wie sie, Cooke zu nahe kommt, dann stirbt er. So lauten die Anweisungen, die ich hinterlassen habe. Sie können Gift darauf nehmen, daß sie befolgt werden.«

Unter keinen Umständen durfte er zu dem Schluß kommen, daß ich Befehle bekommen hatte. Der einzige Mann, der mir welche erteilen konnte, war Taggart. Wenn ich sie von ihm erhalten hätte, wäre das Spiel aus gewesen, soweit es Cooke betraf. Wenn Kennikin auch nur eine Minute lang glaubte, Taggart hätte Cooke durchschaut, dann würde er Elin und mich auf der Stelle umlegen und sich so schnell wie möglich in Richtung Sowjetunion aus dem Staub machen.

Ich versuchte, meine Argumente zu untermauern. »Vielleicht werde ich ein paar auf die Finger kriegen, wenn mich das Department erwischt, aber bis dahin gelten diese Anordnungen. Cooke kriegt eine Kugel in den Kopf, wenn Sie in seine Nähe kommen.«

Kennikin lächelte höhnisch. »Und wer wird ihn erschießen? Sie sagten, daß Sie unabhäng von Taggart arbeiten, und ich weiß, daß Sie allein sind.«

»Unterschätzen Sie die Isländer nicht, Vaslav«, warnte ich. »Ich kenne sie in- und auswendig, und ich habe eine Menge Freunde hier, und Elin Ragnarsdottir ebenfalls. Den Leuten paßt nicht, was Sie hier in ihrem Land anstellen. Und noch weniger schätzen sie es, wenn ihre eigenen Leute in Gefahr gebracht werden.«

Ich lehnte mich in meinen Stuhl zurück. »Betrachten Sie die Angelegenheit mal folgendermaßen . . . Island ist ein ziemlich großes Land mit einer kleinen Bevölkerung. Jeder kennt jeden. Verdammt, wenn man weit genug zurückgeht – und das tun die Isländer –, dann ist sogar jeder mit jedem verwandt. Ich kenne außer den Schotten kein Volk, das so versiert in Genealogie ist. Deshalb kümmert sich auch jeder darum, was mit Elin Ragnarsdottir geschieht. Dies hier ist keine Massengesellschaft, in der die Menschen nicht einmal ihren nächsten Nachbarn kennen. Durch die Entführung von Elin Ragnarsdottir haben Sie sich mehr als unbeliebt gemacht.«

Kennikin sah nachdenklich aus. Ich hoffte, er würde

sich an diesem Brocken die Zähne ausbeißen, aber darauf konnte ich mich nicht verlassen, die Zeit war zu knapp. Ich bohrte nach. »Ich möchte, daß das Mädchen hierher in dieses Zimmer kommt – unversehrt. Wenn Sie ihr bereits etwas angetan haben, haben Sie einen unverzeihlichen Fehler begangen.«

Er blickte mich durchdringend an. »Ganz offensichtlich haben Sie die isländischen Behörden nicht alarmiert. Sonst wäre die Polizei schon hier.«

»Selbstverständlich nicht. Ich habe es aus gutem Grund unterlassen. Erstens hätte das einen internationalen Aufruhr ausgelöst, was bedauerlich wäre. Zweitens, und das ist viel wichtiger, können die Behörden Cooke lediglich deportieren. Meine Freunde sind da hartgesottener – sie bringen ihn, falls nötig, um.« Ich beugte mich wieder vor und tippte Kennikin mit dem Zeigefinger kräftig gegen das Knie. »Und danach werden meine Freunde Sie bei der Polizei verpfeifen. Sie werden zwischen Uniformen und Diplomaten eingeklemmt sein, Vaslav.« Ich richtete mich auf. »Ich möchte das Mädchen sehen, und zwar sofort.«

»Sie nehmen kein Blatt vor den Mund. Aber das haben Sie eigentlich nie getan . . .« Seine Stimme wurde leise. »Bis Sie mich verraten haben.«

»Ich sehe keinen Ausweg für Sie«, erwiderte ich. »Um noch deutlicher zu werden – es gibt auch eine zeitliche Grenze. Wenn Elin nicht innerhalb von drei Stunden bei meinen Freunden auftaucht, wird Cooke umgelegt.«

Ich sah, wie Kennikin mit sich kämpfte. Er mußte eine Entscheidung treffen, die ihm gewaltig zu schaffen machte. »Wissen Ihre isländischen Freunde, wer Cooke ist?«

»Sie meinen, ob sie wissen, daß er beim sowjetischen Geheimdienst ist?« fragte ich. »Oder beim britischen vielleicht?« Ich schüttelte den Kopf. »Sie wissen lediglich, daß er eine Austauschgeisel für Elin ist. Weiter habe ich ihnen nichts über ihn erzählt. Sie halten Sie und Ihre Leute für eine Bande von Gangstern, und weiß der Himmel, damit liegen sie gar nicht so falsch.«

Ich hatte ihn da, wo ich ihn haben wollte. Er war jetzt überzeugt, ich sei isoliert und nur Elin und ich wüßten von Cookes Rolle als Doppelagent. Unter dieser Voraussetzung konnte er beruhigt den Kuhhandel abschließen. Er stand vor der Wahl, Cooke zu opfern, der sich in langen Jahren erfolgreich zu einem wertvollen Trojanischen Pferd entwickelt hatte, oder ihn gegen ein unbedeutendes isländisches Mädchen einzutauschen. Die Wahl konnte ihm nicht schwerfallen. Seine Lage war nicht schlechter als vor Elins Entführung, und sein cleveres Gehirn arbeitete vermutlich schon fieberhaft, um mich hereinzulegen.

Er seufzte. »Vorerst können Sie das Mädchen ruhig einmal sehen.« Er winkte dem Mann, der hinter ihm stand, worauf dieser sofort das Zimmer verließ.

»Diese Sache haben Sie ja wirklich ganz schön verpfuscht, Vaslav«, sagte ich. »Ich glaube kaum, daß sich Bakayev darüber freuen wird. Diesmal werden Sie mit Sicherheit nach Sibirien verfrachtet – wenn es nicht noch schlimmer kommt. Und das alles wegen Cooke. Komisch, nicht? Sie haben seinetwegen vier Jahre in Ashkhabad verbracht – und was steht Ihnen jetzt bevor?«

Mir war, als entdeckte ich fast so etwas wie Schmerz in seinen Augen. »Stimmt es, was Sie über Cooke und Schweden sagten?«

»Ja, Vaslav. Es war Cooke, der Ihnen den Teppich unter den Füßen weggezogen hat.«

Er schüttelte gereizt den Kopf. »Eines verstehe ich nicht. Sie sagten, Sie seien bereit, Cooke gegen das Mädchen einzutauschen. Warum sollte ein Mitglied Ihres Departments so etwas tun?«

»Verdammt, Sie haben mir nicht richtig zugehört. Ich bin kein Mitglied des Departments mehr. Ich bin vor vier Jahren ausgetreten.«

Er grübelte. »Wem sind Sie dann verpflichtet?«

»Meine Verpflichtungen gehen nur mich etwas an«, antwortete ich kurz.

»Und das alles nur einer Frau wegen?« fragte er spöttisch. »Ich bin davon kuriert worden – und Sie waren mein Arzt.«

»Nun reiten Sie nicht schon wieder auf der Sache herum«, wies ich ihn zurecht. »Wenn Sie damals nicht hochgesprungen wären, anstatt sich fallen zu lassen, dann wären Sie auf anständige Weise umgekommen.«

Die Tür öffnete sich, und Elin kam unter Bewachung herein. Ich wollte aufstehen, unterließ es aber, als Kennikin warnend die Pistole hob. »Hallo, Elin. Entschuldige, wenn ich sitzen bleibe.«

Sie war bleich, und als sie mich sah, verfinsterte sich ihr Gesichtsausdruck. »Du auch!«

»Ich bin freiwillig hier«, erklärte ich. »Wie geht's dir? Ich hoffe, sie haben dir nichts getan?«

»Es geht. Sie haben mir nur den Arm umgedreht.« Sie legte eine Hand auf die verletzte Schulter.

Ich lächelte ihr zu. »Ich will dich mitnehmen. Wir gehen bald.«

»Das ist Ansichtssache«, bemerkte Kennikin. »Wie wollen Sie das bewerkstelligen?«

»Wie sich das gehört – wir verschwinden durch die Haustür.«

»Einfach so.« Kennikin lächelte. »Was ist mit Cooke?«

»Sie kriegen ihn unverletzt zurück.«

»Mein lieber Alan! Vor gar nicht langer Zeit warfen Sie *mir* vor, unrealistisch zu sein. Sie werden sich bessere Austauschmodalitäten einfallen lassen müssen.«

Ich grinste ihn an. »Ich habe auch nicht im Ernst geglaubt, daß Sie darauf hereinfallen würden, aber wie Sie selbst vorhin sagten, man muß es wenigstens versuchen. Ich bin überzeugt, wir können etwas Angemessenes ausknobeln.«

»Zum Beispiel?«

Ich rieb mir das Kinn. »Zum Beispiel Elin wegschicken. Sie wird sich mit unseren Freunden in Verbindung setzen, und dann tauschen Sie Cooke gegen mich aus. Das kann telefonisch arrangiert werden.«

»Das klingt ganz logisch. Aber ist bestimmt nicht sehr vernünftig. Zwei für einen, Alan?«

»Ein Jammer, daß Sie Cooke nicht fragen können, ob das vernünftig ist oder nicht.«

»Ganz richtig.« Kennikin rutschte unruhig auf seinem Stuhl hin und her. Er versuchte, den Haken an der Sache zu finden. »Wir bekommen Cooke unverletzt zurück?«

Ich lächelte entschuldigend. »Äh . . . nun ja, nicht ganz. Er hat ein Loch abgekriegt, und da ist auch ein bißchen Blut geflossen. Aber die Verletzung ist belanglos und keineswegs tödlich. Vielleicht hat er auch Kopfweh – aber das kann Ihnen doch egal sein.«

»Ja, wirklich.« Kennikin stand auf. »Ich glaube, ich kann auf Ihre Vorschläge eingehen, aber ich würde gern noch darüber nachdenken.«

»Nicht zu lange«, warnte ich. »Vergessen Sie nicht die vereinbarte Frist.«

»Hast du Cooke wirklich erwischt?« fragte Elin.

Ich starrte sie beschwörend an und versuchte, ihr eine drahtlose Meldung zukommen zu lassen in der Hoffnung, sie würde mich nicht im Stich lassen. »Ja. Unsere Freunde kümmern sich um ihn. Valtýr hat das Kommando.«

»Valtýr.« Sie nickte. »Der wird mit jedem fertig.«

Ich richtete den Blick wieder auf Kennikin und bemühte mich, meine Erleichterung über Elins schnelle Reaktion zu verbergen.

»Nun mal los, Vaslav. Sie vergeuden Ihre Zeit.«

Er kam schnell zu einem Entschluß. »Na gut, wie Sie vorschlagen.« Er blickte auf seine Uhr. »Ich werde ebenfalls eine Frist festlegen. Wenn innerhalb von zwei Stunden kein Telefonanruf kommt, müssen Sie dran glauben, ganz gleich, was aus Cooke wird.« Er drehte sich auf dem Absatz um und sah Elin an. »Denken Sie daran, Elin Ragnarsdottir.«

»Da ist noch ein Punkt«, wandte ich ein. »Ich muß mit Elin reden, bevor sie geht, damit sie weiß, wo sie Valtýr findet. Das weiß Sie ja bis jetzt nicht.«

»Dann sagen Sie es ihr, während ich dabei bin.«

Ich warf ihm einen gequälten Blick zu. »Seien Sie kein Idiot. Dann wüßten Sie ebensoviel wie ich, und das wäre unklug. Sie wüßten, wo Cooke ist, und kämen vielleicht in Versuchung, ihn herauszuholen. Entweder spreche ich mit Elin unter vier Augen oder gar nicht. Ich weiß, daß uns das aufhält, Vaslav, aber Sie werden sicher begreifen, daß ich meine eigene Haut retten muß.«

»Ja, das tun Sie allerdings«, sagte er verächtlich. Er machte eine Bewegung mit der Pistole. »Sie können dort in der Ecke miteinander reden, aber ich bleibe im Zimmer.«

»Das genügt völlig.« Ich nickte Elin zu und wir gingen in die angewiesene Ecke. Dabei wandte ich Kennikin den Rücken zu, denn man konnte nicht wissen, ob er nicht auch ein Fachmann im Lippenablesen war.

»Hast du Cooke wirklich?« flüsterte Elin.

»Ja, aber Valtýr weiß nichts davon und auch sonst niemand. Ich habe Kennikin eine Geschichte aufgetischt, die nicht ganz stimmt. Aber Cooke habe ich *wirklich*.«

Sie legte die Hand auf meine Brust. »Sie haben mich überrumpelt. Ich konnte nichts dagegen tun. Ich hatte Angst, Alan.«

»Das spielt jetzt keine Rolle mehr. Du gehst einfach hier weg und machst folgendes. Du . . .«

»Aber du bleibst hier.« Sie sah mich angsterfüllt an.

»Nicht lange, wenn du tust, was ich sage. Hör gut zu. Du verläßt das Haus hier, gehst die Straße entlang und biegst nach links ab. Nach ungefähr achthundert Metern kommst du zu einem großen amerikanischen Straßenkreuzer. Öffne auf gar keinen Fall den Kofferraum – egal was passiert. Steig einfach ein und fahr, so schnell du kannst, nach Keflavik. Verstanden?«

Sie nickte. »Und was soll ich dort machen?«

»Such Lee Nordlinger auf. Schlag Krach und verlange einen Agenten des CIA zu sprechen. Lee und alle übrigen werden bestreiten, einen solchen Artikel auf Lager zu haben, aber wenn du beharrlich bleibst, werden sie schließlich einen entsprechenden Mann ausgraben. Du kannst Lee sagen, es handle sich um das kleine Gerät, das er getestet hat. Das hilft vielleicht. Erzähle dem CIA-Mann die ganze Geschichte und fordere ihn auf, den Kofferraum des Wagens zu öffnen.«

»Und was ist drin?«

»Cooke«, sagte ich.

Sie starrte mich ungläubig an. »Er ist *hier*, gleich vor diesem Haus?«

»Was anderes blieb mir in der kurzen Zeit nicht übrig. Ich mußte schnell handeln.«

»Aber was ist mit dir?«

»Bring den CIA-Mann dazu, das bewußte Telefongespräch mit Kennikin zu führen. Wenn du hier abfährst, hast du nur noch zwei Stunden Zeit. Du mußt also deine ganze Überredungskunst einsetzen. Wenn du es nicht rechtzeitig schaffst, oder der CIA-Agent nicht auf den Vorschlag eingeht, dann ruf du selber an und binde Kennikin irgendeinen Bären auf. Vereinbare einen Treffpunkt, an dem ich gegen Cooke ausgetauscht werden soll. Das braucht nicht zu stimmen, aber ich gewinne Zeit.«

»Was ist, wenn mir die Amerikaner nicht glauben?«

»Erzähl ihnen, daß du über Fleet und McCarthy Bescheid weißt. Erkläre ihnen, du würdest die Sache an die isländischen Zeitungen weitergeben. O ja – und sage ihnen, alle deine Freunde wüßten genau, wo du dich im Augenblick aufhältst. Nur sicherheitshalber.« Ich bemühte mich, alle Möglichkeiten in Betracht zu ziehen.

Sie schloß die Augen, wie um sich meine Anweisungen besser einzuprägen. Langsam öffnete sie sie wieder. »Lebt Cooke noch?«

»Natürlich. In dieser Beziehung habe ich Kennikin die Wahrheit gesagt. Er ist zwar verletzt, aber nicht tot.«

»Möglicherweise wird der CIA-Agent eher Cooke als mir glauben. Vielleicht kennt Cooke die CIA-Leute in Keflavik persönlich?«

»Ich weiß. Das Risiko müssen wir auf uns nehmen. Deshalb mußt du dem Agenten die ganze Geschichte erzählen, bevor du ihn zu Cooke führst. Du mußt die Initiative ergreifen. Wenn du überzeugend wirkst, werden sie ihn nicht laufenlassen.«

Sie schien nicht gerade glücklich über den Auftrag zu sein, und ich war es ebensowenig. Aber etwas Besseres fiel mir im Augenblick nicht ein. »Beeil dich«, drängte ich. »Aber bau keinen Unfall.« Ich legte ihr die Hand unters Kinn und hob ihren Kopf. »Alles wird gut, du wirst schon sehen.«

Sie schaute mich eindringlich an. »Ich muß dir noch was sagen. Die Pistole, die du mir gegeben hast – die habe ich noch.«

»Überrascht stieß ich hervor: »*Was?*«

»Ich bin nicht durchsucht worden. Ich habe sie noch bei mir – im Halfter unter dem Anorak.«

Ich sah sie an. Der Anorak war zugegebenermaßen ziemlich weit, deshalb konnte man die Waffe wohl nicht sehen. Da hatte wieder jemand gepfuscht. Es war höchst unwahrscheinlich, daß eine Isländerin eine Waffe bei sich tragen würde, trotzdem hätte das einem guten Agenten nicht passieren dürfen. Kein Wunder, daß Kennikin sich in regelmäßigen Abständen über die Qualität seines Teams aufregte.

»Kann ich sie dir irgendwie zuschmuggeln?« fragte Elin.

»Leider nicht«, flüsterte ich bedauernd, und dachte dabei an den hinter mir lauernden Kennikin. Mit Sicherheit paßte er wie ein Luchs auf, und eine Smith & Wesson 38er Pistole würde seinen flinken Augen kaum entgehen. »Behalt sie lieber. Wer weiß, vielleicht brauchst du sie noch.«

Ich legte die Hand auf ihre heile Schulter und zog sie an mich. Ihre Lippen fühlten sich kalt an, und sie zitterte leicht. Ich hob den Kopf. »Du gehst jetzt besser.« Dann wandte ich mich zu Kennikin um.

»Sehr rührend«, spottete er.

»Da ist noch was«, sagte ich. »Die Frist ist zu kurz. Zwei Stunden reichen nicht.«

»Sie müssen reichen«, er war unerbittlich.

»Seien Sie vernünftig, Vaslav. Sie muß bis nach Reykjavik fahren. Es ist nicht mehr früh, und bis Elin die Stadt erreicht, ist es nach fünf und Hauptverkehrszeit. Sie werden Cooke doch wohl nicht einer Verkehrsstauung wegen einbüßen wollen, oder?«

»Sie denken gar nicht an Cooke. Sie denken an sich selbst. An die Kugel, die Sie dann im Kopf haben werden.«

»Vielleicht. Aber Sie täten gut daran, an Cooke zu denken, denn wenn ich tot bin, ist er es auch.«

Er nickte kurz. »Drei Stunden. Aber keine Minute länger.«

Kennikin war ein logisch denkender Mensch und vernünftigen Argumenten gegenüber zugänglich. Ich hatte Elin eine weitere Stunde Zeit verschafft, während der sie die großen Bosse in Keflavik überzeugen mußte. »Sie fährt allein«, erinnerte ich ihn. »Niemand folgt ihr.«

»Das versteht sich.«

»Dann geben Sie ihr die Telefonnummer, unter der sie anrufen soll. Es wäre ein Jammer, wenn sie ohne die Nummer wegführte.«

Kennikin nahm ein Notizbuch heraus, kritzelte eine Nummer auf ein leeres Blatt und riß es heraus. »Keine faulen Tricks«, sagte er. »Vor allem keine Polizei. Wenn sich hier verdächtig viele Fremde herumtreiben sollten, dann stirbt Stewartsen. Ich meine es ernst.«

»Das ist mir klar.« Ihre Stimme war tonlos. »Es wird keine faulen Tricks geben.«

Als sie zu mir herübersah, lag ein Ausdruck in ihren Augen, der mir fast das Herz brach. Kennikin ergriff sie beim Ellbogen und zog sie zur Tür. Kurz darauf sah ich durchs Fenster, wie sie die Zufahrt entlang zur Straße hinüberging.

Kennikin kehrte zurück. »Sie werden wir an einen sicheren Ort befördern«, verkündete er und machte eine Kopfbewegung zu dem Mann hinüber, der mich mit einer Pistole in der Hand bewachte. Ich wurde in den oberen Stock in einen leeren Raum geführt. Kennikin betrachtete die kahlen Wände und schüttelte betrübt den Kopf. »Im Mittelalter wurde das viel besser gemacht.«

Mir war nicht gerade nach leichter Konversation zumute, aber ich ging auf seinen Ton ein. Der Gedanke kam mir, daß er vielleicht gar nicht so viel dagegen hatte, wenn Cooke nicht mehr auftauchte. Dann würde er sich der für ihn reizvollen Arbeit zuwenden können, mich umzubringen, und zwar langsam. Diesen Gedanken hatte ich selbst in ihm genährt, als ich versucht hatte, ihn gegen Cooke aufzustacheln. Möglicherweise war mir das nur allzugut geglückt.

»Was meinen Sie damit?« fragte ich.

»Damals wurde mit Stein gebaut.« Er schlenderte zum Fenster und schlug gegen die hölzerne Außenwand. Es gab einen dumpfen, hohlklingenden Laut. »Das Haus hier ist so stabil wie eine Eierschale.«

Das stimmte. Die Chalets rund um Thingvallavatn sind Sommerhäuschen und nicht als Dauerwohnsitze gebaut. Ein Holzgerüst mit dünnen Brettern verschalt, dazwischen eine Schaumgummischicht zum Isolieren und innen mit dürftigem Verputz versehen, damit es hübsch aussieht. Alles in allem nicht viel mehr als ein einigermaßen haltbares Zelt.

Kennikin ging zur anderen Wand hinüber und klopfte dagegen. Sie hörte sich noch hohler an. »Sie könnten in einer Viertelstunde mit bloßen Händen die Trennwand durchstoßen. Deshalb wird Sie jemand bewachen.«

»Keine Sorge«, erwiderte ich mürrisch. »Ich bin kein James Bond.«

»Sie brauchen kein James Bond zu sein, um die Kretins hereinzulegen, mit denen man mich bei diesem Auftrag bedacht hat«, entgegnete Kennikin ebenso mürrisch. »Das haben Sie sowieso schon bewiesen. Aber ich denke, die Befehle, die ich jetzt geben werde, durchdringen auch den dicksten Schädel.« Er wandte sich an den Mann mit der Pistole. »Stewartsen wird in dieser Ecke dort sitzen. Du bleibst vor der Tür stehen. Verstanden?«

»Ja.«

»Wenn er sich rührt, schieße. Verstanden?«

»Ja.«

»Wenn er spricht, schieße. Verstanden?«

»Ja.«

»Wenn er sonst irgendwas macht, schieße. Verstanden?«

»Ja«, wiederholte der Mann mit der Pistole stur.

Kennikins Anweisungen ließen nicht viel Spielraum für Manöver. Nachdenklich sagte er: »Habe ich was vergessen? Ach ja. Sie sagten doch, Cooke hätte ein Loch abgekriegt?«

»Ganz harmlos«, sagte ich. »In die Hand.«

Er nickte. »Wenn du auf ihn schießt«, sagte er zu dem Wächter, »bring ihn nicht um. Schieß ihm in den Bauch.« Er drehte sich auf dem Absatz um und verließ das Zimmer. Die Tür schlug hinter ihm zu.

II

Ich blickte den Wächter an, und er starrte zurück. Seine Pistole war regungslos auf meinen Bauch gerichtet. Mit der anderen Hand wies er wortlos auf die Ecke. Ich wich dorthin zurück, bis meine Schulterblätter die Wand berührten. Dann ging ich langsam in die Hocke und blieb so sitzen.

Er sah mich ausdruckslos an. »Setzen«, befahl er lakonisch.

Ich setzte mich hin. Er ließ sich nicht bluffen. Wie eine uneinnehmbare Festung postierte er sich in ungefähr vier Meter Entfernung vor der Tür. Offensichtlich war er ein Mann, der Befehle buchstabengetreu ausführte. Wenn ich mich auf ihn stürzte, würde ich eine Kugel verpaßt bekommen. Sicher konnte ich ihn nicht einmal dazu verleiten, eine Dummheit zu begehen. Drei endlose Stunden lagen vor mir.

Kennikin hatte recht. Wenn man mich im Zimmer allein gelassen hätte, dann wäre es mir bestimmt gelungen, durch die Trennwand zu kommen. Das hätte mich nicht einmal eine Viertelstunde gekostet. Dann wäre ich natürlich immer noch im Haus gewesen, aber wenigstens an einer Stelle, an der mich niemand vermutet hätte. Und mit dem Überraschungsmoment kann man, wie alle Generäle wissen, Schlachten gewinnen. Nach Elins Verschwinden war ich bereit, alles zu versuchen, um von hier wegzukommen, und Kennikin wußte das.

Ich blickte zum Fenster. Alles, was ich sehen konnte, war ein kleiner Fetzen blauen Himmels und Schäfchenwolken, die vorüberzogen. Die Zeit schleppte sich wie eine zähflüssige Masse dahin. Nach schätzungsweise einer halben Stunde hörte ich das Knirschen von Reifen auf dem Kies, als draußen ein Wagen vorfuhr. Ich wußte nicht, wie viele Männer sich im Haus aufgehalten hatten, als ich eintraf. Gesehen hatte ich nur drei, aber zusammen mit den Neuankömmlingen mußten es jedenfalls mehr sein, und das bedeutete für mich, daß die Übermacht entsprechend gewachsen war.

Langsam drehte ich das Handgelenk und schob den Ärmel zurück, um auf die Uhr zu blicken, wobei ich inständig hoffte, der Wächter würde das nicht als verdächtige Bewegung empfinden. Ich hielt die Augen auf ihn gerichtet, und er starrte ausdruckslos zurück. Dann wagte ich es, auf die Uhr zu sehen. Es war erst eine Viertelstunde verstrichen. Die drei Stunden dauerten noch länger, als ich befürchtet hatte.

Nach weiteren fünf Minuten klopfte es an die Tür, und ich hörte Kennikins Stimme. »Ich bin's.«

Der Wächter trat beiseite, als sich die Tür öffnete. Kennikin trat ein. »Ich sehe, Sie sind schön brav gewesen.« Irgend etwas an seiner Stimme gefiel mir nicht. Er war so verdammt aufgekratzt. »Ich möchte das, was Sie mir erzählt haben, noch einmal durchgehen«, fuhr er fort. »Ihrer Aussage nach wird Cooke also bei Freunden festgehalten – isländischen Freunden sagten Sie, glaube ich. Diese Freunde werden ihn umbringen, es sei denn, Sie werden gegen ihn ausgetauscht. Ich meine, mich zu erinnern, daß dies Ihr Vorschlag war. Habe ich recht?«

»Ja.«

Er lächelte. »Ihre Freundin wartet unten. Sollen wir zu ihr gehen?« Er machte eine ausholende Handbewegung. »Sie können aufstehen. Es wird nicht auf Sie geschossen.«

Steifbeinig erhob ich mich. Dabei überlegte ich angestrengt, was zum Teufel schiefgelaufen war. Ich wurde hinuntergeführt und sah Elin, die vor dem Kamin stand. In ihrer unmittelbaren Nähe Ilyich. Sie war wachsbleich und flüsterte: »Tut mir leid, Alan.«

Ich hatte mich kaum von meiner Verblüffung erholt, da hörte ich Kennikins Stimme: »Sie müssen mich wirklich für dumm halten. Sie dachten doch wohl nicht im Ernst, ich würde Ihnen abnehmen, daß Sie zu Fuß hierhergekommen sind? Als Sie auf die Haustür zukamen, habe ich mich gleich gefragt, wo Sie wohl Ihren Wagen gelassen haben. Sie mußten einen haben – in diesem Land geht man nämlich nicht zu Fuß. Folglich schickte ich einen Mann weg, um ihn zu suchen, noch bevor Sie klingelten.«

»Sie konnten schon immer logisch denken«, erwiderte ich anerkennend.

Er amüsierte sich köstlich. »Und was glauben Sie, hat mein Mann gefunden? Einen großen amerikanischen Wagen samt Schlüsseln. Er war noch nicht lange dort, als diese junge Lady in großer Eile ankam, also brachte er sie – und den Wagen – hierher zurück. Wissen Sie, er hatte ja keine Ahnung von der Vereinbarung, die wir getroffen hatten. Das kann man ihm nicht übelnehmen, oder?«

»Natürlich nicht«, stimmte ich zu. *Hatte er den Kofferraum geöffnet?*

»Ich weiß nicht, inwiefern das eine Rolle spielt.«

»Sicher nicht. Aber mein Mann hatte seine Anweisungen. Er wußte, daß wir nach einem kleinen Päckchen suchen, das ein elektronisches Gerät enthält, und deshalb durchsuchte er den Wagen. Das Päckchen fand er nicht.«

Kennikin hielt inne und sah mich erwartungsvoll an. Sichtlich genoß er die Situation.

»Haben Sie was dagegen, wenn ich mich setze?« fragte ich. »Und um Himmels willen geben Sie mir eine Zigarette – ich habe keine mehr.«

»Mein lieber Alan – aber natürlich«, erwiderte er in besorgtem Ton. »Setzen Sie sich auf Ihren gewohnten Stuhl.« Er zog sein Etui heraus, bot mir eine Zigarette an und gab mir vorsichtig Feuer. »Mr. Cooke ist sehr böse mit Ihnen. Er mag Sie ganz und gar nicht.«

»Wo ist er?«

»In der Küche. Er läßt sich die Hand verbinden. Sie sind ein sehr guter Diagnostiker, Alan. Er hat *tatsächlich* Kopfschmerzen.«

Mein Magen fühlte sich an, als hätte ich eine Bleikugel verschluckt. Ich zog an der Zigarette. »Na gut. Was geschieht jetzt?«

»Wir machen da weiter, wo wir in der Nacht, als wir von Geysir kamen, aufgehört haben. Nichts hat sich geändert.«

Da täuschte er sich. Elin war da. »Dann erschießen Sie mich doch«, forderte ich ihn auf.

»Vielleicht. Cooke möchte zuerst mit Ihnen sprechen.« Er blickte auf. »Ah, da ist er ja.«

Cooke sah übel aus. Sein Gesicht war grau, und er taumelte leicht, als er eintrat. Er schien auch irgendwelche Sehschwierigkeiten zu haben. Vermutlich litt er an einer Gehirnerschütterung. Seine Hand war fein säuberlich verbunden, aber seine Kleidung war zerknittert und fleckig, und sein Haar stand wirr um seinen Kopf. Da er normalerweise viel auf sein Äußeres hielt, irritierte ihn dies wahrscheinlich sehr.

Ich sollte verdammt schnell herausfinden, wie irritiert er war.

Er kam auf mich zu, sah auf mich herab und machte eine Geste mit der linken Hand. »Bringt ihn dort hinüber – zur Wand.«

Bevor ich mich rühren konnte, drehte mir jemand von hinten den Arm am Rücken hoch. Ich wurde vom Stuhl hochgezerrt und durch den Raum geschoben. Nachdem man mich gegen die Wand gestoßen hatte, fragte Cooke: »Wo ist meine Pistole?«

Kennikin zuckte die Achseln. »Woher soll ich das wissen?«

»Sie müssen sie Stewart abgenommen haben.«

»Ach die meinen Sie.« Kennikin zog sie aus der Tasche. »Diese hier?«

Cooke nahm die Waffe und kam zu mir herüber. »Haltet seine rechte Hand gegen die Wand«, befahl er und hielt mir seine eigene bandagierte Pfote unter die Nase. »Das ist Ihr Werk, Stewart. Sie wissen also, was Ihnen blüht.«

Eine eiserne Faust preßte mein Handgelenk gegen die Wand, und Cooke hob seine Pistole. Ich besaß gerade noch genügend Geistesgegenwart, um meine Faust zu öffnen und die Finger zu spreizen, damit sie nicht auch noch durchschossen wurden. Cooke drückte ab, und die Kugel fuhr mir durch die Handfläche. Seltsamerweise tat es nach dem ersten stechenden Schmerz nicht mehr weh. Zwischen Schulter und Fingerspitzen breitete sich eine seltsame Fühllosigkeit aus. Sobald der Schock vorüber war, würde es verdammt schmerzhaft sein, aber im Augenblick spürte ich nichts.

In meinem Kopf verschwamm alles. Ich hörte Elin schreien, aber der Schrei schien aus weiter Ferne zu kommen. Als ich die Augen öffnete, sah ich, wie Cooke mich kalt betrachtete. »Bringt ihn zu seinem Stuhl zurück«, befahl er kurz. Es hatte sich um einen reinen Racheakt gehandelt. Nachdem er erledigt war, konnte man wieder zur Tagesordnung übergehen.

Ich wurde auf einen Stuhl gesetzt und hob den Kopf, um zu Elin hinüberzublicken. Sie lehnte am Kamin, und die Tränen strömten ihr übers Gesicht. Dann trat Cooke zwischen uns, und ich konnte sie nicht mehr sehen.

»Sie wissen zu viel, Stewart«, sagte er. »Deswegen müssen Sie sterben – das wissen Sie doch.«

»Mir ist klar, daß Sie Ihr Bestes tun werden«, antwortete ich dumpf. Ich begriff jetzt, wieso Cooke im Hotelzimmer zusammengebrochen war. Ich merkte, daß ich nicht mehr klar denken konnte. Außerdem hatte ich solche Kopfschmerzen, daß ich kaum aus den Augen sehen konnte. Eine Kugel im Körper hat diese Nebenwirkungen.

»Wer weiß über mich Bescheid – außer dem Mädchen?« fragte Cooke.

»Niemand«, antwortete ich. »Was ist mit dem Mädchen?«

Er zuckte die Achseln. »Sie werden im selben Loch verscharrt werden.« Er wandte sich an Kennikin. »Vielleicht sagt er die Wahrheit. Er war auf der Flucht und hatte keine Gelegenheit, jemanden zu informieren.«

»Vielleicht hat er einen Brief geschrieben«, überlegte Kennikin. »Das ist ein Risiko, das ich auf mich nehmen muß. Ich glaube nicht, daß Taggart Verdacht geschöpft hat. Vielleicht ist er verärgert, weil ich aus seinem Blickfeld verschwunden bin. Aber mehr nicht. Ich werde den braven Jungen mimen und mit der nächsten Maschine nach London zurückfliegen.« Er hob die verletzte Hand und grinste Kennikin leicht verkrampft an. »Und das hier werde ich Ihnen in die Schuhe schieben. Ich wurde verwundet, als ich versuchte, diesen Trottel hier zu retten.« Er trat mir gegen das Schienbein.

»Was ist mit dem elektronischen Gerät?«

»Was soll damit sein?«

Kennikin nahm sein Etui heraus und wählte sorgfältig eine Zigarette aus.

»Es wäre ein Jammer, die Operation nicht wie geplant zu Ende zu führen. Stewartsen weiß, wo das Ding ist, und ich kann die Information aus ihm herausholen.«

»Ja, das könnten Sie«, meinte Cooke nachdenklich. Er blickte zu mir herab. »Wo ist es, Stewart?«

»Da, wo Sie es nicht finden werden.«

»Der Wagen wurde nicht durchsucht«, gab Kennikin zu bedenken. »Als wir Sie im Kofferraum fanden, war alles andere vergessen.« Er erteilte in barschem Ton Befehle, und seine zwei Männer verließen das Zimmer. »Wenn es im Wagen ist, werden sie es finden.«

Cooke schüttelte den Kopf. »Ich glaube nicht, daß es dort ist.«

»Ich dachte auch nicht, daß *Sie* im Wagen sein würden«, entgegnete Kennikin boshaft. »Ich wäre nicht überrascht, wenn es doch dort wäre.«

»Vielleicht haben Sie recht.« Cookes Stimme verriet, daß er das keineswegs glaubt. Er beugte sich über mich. »Sie werden sterben, Stewart, verlassen Sie sich darauf. Aber es gibt verschiedene Möglichkeiten umzukommen. Sagen Sie uns, wo das Päckchen ist, und Sie werden schnell und relativ schmerzlos sterben. Wenn nicht, liefere ich Sie Kennikin aus.«

Ich hielt den Mund fest verschlossen. Wenn ich ihn geöffnet hätte, so hätte ihm das Zittern meiner Unterlippe meine Furcht verraten.

Er trat beiseite. »Na gut. Sie können ihn haben, Kennikin.« Ein gehässiger Unterton kam in seine Stimme. »Am besten schießen Sie ihn langsam in Fetzen. Das hat er *mir* nämlich angedroht.«

Kennikin trat vor mich hin, die Pistole in der Hand. »Na schön, Alan. Dann wären wir also endlich am Ziel. Wo ist das Radar-Gerät?«

Trotz des auf mich gerichteten Pistolenlaufs schnappte ich diese interessante Neuigkeit auf. *Radar-Gerät*. Ich verzog das Gesicht zu einem mühsamen Lächeln. »Haben Sie noch eine Zigarette, Vaslav?«

Er erwiderte das Lächeln nicht. Seine Augen waren düster, und sein Mund bildete eine scharfe Linie. Das Gesicht eines Henkers. »Für eine Henkersmahlzeit ist jetzt keine Zeit mehr – den Quatsch haben wir hinter uns.«

Ich blickte an ihm vorbei. Elin stand da, vergessen und verlassen. Ihr Gesicht hatte einen verzweifelten Ausdruck. Aber ihre Hand steckte im Anorak, schob sich dann langsam heraus und hielt etwas umklammert. Schlagartig kam mir zum Bewußtsein, daß sie noch die Pistole hatte!

Plötzlich war ich wie umgewandelt. Wenn alles verloren scheint und man dem Tod ins Auge sieht, droht man im Morast des Fatalismus zu versinken. Aber schon der leiseste Schimmer von Hoffnung läßt das Blut wieder pulsieren. Ich mußte handeln. Mein Handeln bestand aus Reden und nochmals Reden, so schnell ich konnte.

Ich drehte den Kopf und wandte mich an Cooke. Ich mußte unbedingt seine Aufmerksamkeit auf mich lenken, damit er gar nicht erst auf den Gedanken kam, zu Elin hinüberzusehen. »Können Sie ihn nicht stoppen?« flehte ich.

»Sie können ihn stoppen. Sie brauchen ihm nur zu sagen, was wir wissen wollen.«

»Ich weiß nichts«, behauptete ich. »Sie bringen mich ja sowieso um.«

»Aber sanfter. Schnell und schmerzlos.«

Wieder schaute ich Kennikin an und sah hinter seinem Rücken, daß Elin jetzt die Pistole herausgezogen hatte. Sie hantierte damit herum, und ich schickte ein Stoßgebet zum Himmel, daß sie sich an meine Anweisungen erinnerte.

»Vaslav«, flehte ich, »Sie können das einem alten Kumpel nicht antun. Sie nicht.«

Seine Pistole war auf meinen Bauch gerichtet und senkte sich dann noch tiefer. »Sie können ganz leicht erraten, wohin die erste Kugel trifft.« Seine Stimme war von tödlicher Gelassenheit. »Ich folge lediglich Cookes Anordnungen – und meiner eigenen Neigung.«

»Raus mit der Sprache«, drängte Cooke und beugte sich vor.

Ich hörte das metallische Klicken, als Elin durchlud. Kennikin schien es auch zu hören und wollte sich umdrehen. Elin umklammerte die Pistole mit beiden Händen und hielt sie auf Armeslänge von sich weg. Als Kennikin sich bewegte, schoß sie – und schoß immer weiter.

Deutlich hörte ich den Einschlag des ersten Geschosses in Kennikins Rücken. Seine Hand krampfte sich um die Pistole, die unmittelbar vor meinem Gesicht losging. Die Kugel bohrte sich dicht neben meinem Ellbogen in die Armlehne meines Stuhls. Jetzt kam ich in Schwung. Mit einem Hechtsprung warf ich mich auf Cooke und rammte ihm den Kopf in den Bauch. Mein Schädel war härter als sein Wanst. Er klappte zusammen und blieb keuchend auf dem Boden liegen. Ich rollte zur Seite und merkte, daß Elin noch immer feuerte. Die Geschosse spritzten nur so durch das Zimmer.

»Hör auf!« schrie ich.

Ich hob Cookes Erbsenkanone auf und erwischte Elins Handgelenk. »Um Himmels willen, mach Schluß!«

Ich glaube, sie hatte einfach das ganze Magazin leergeschossen. Die Wand ihr gegenüber sah aus, als sei sie von Pockennarben übersät. Kennikin lag auf dem Rücken vor dem Stuhl, auf dem ich gesessen hatte. Seine Augen starrten blicklos zur Decke. Elin hatte ihn noch zwei weitere Male getroffen, was mich nicht überraschte. Sie hatte aus knapp zwei Meter Entfernung auf ihn gezielt. Genaugenommen konnte ich von Glück reden, daß sie nicht auch mich mit einer Kugel bedacht hatte. In Kennikins Stirn war ein gezackter roter Fleck, der bewies, daß er noch genügend Lebenskraft besessen hatte, sich umzudrehen und zu versuchen zurückzuschießen. Eine weitere Kugel hatte ihm die untere Gesichtshälfte weggerissen.

Er war mausetot.

Ich konnte jetzt nicht darüber nachsinnen, daß wir offensichtlich mitten im Leben vom Tod umfangen sind, sondern zerrte Elin hinter mir her zur Tür. Die Burschen draußen hatten möglicherweise schon mit einem Schuß gerechnet, vor allem nach Cookes kleiner Demonstration, aber das Geknatter, das Elin veranstaltet hatte, mußte sie zu Nachforschungen veranlassen, die ich sofort im Keim ersticken mußte.

An der Tür ließ ich Elins Handgelenk los und nahm die Pistole, die ich bisher in meiner verletzten Rechten gehalten hatte, in die linke Hand. Mit einem Loch in der Hand konnte ich unmöglich schießen, nicht einmal mit einer Waffe, die so wenig Rückschlag hatte wie die von Cooke. Schon unter den günstigsten Umständen bin ich ein miserabler Pistolenschütze, aber wenn ich dabei allein auf meine Linke angewiesen bin, ist es nahezu aussichtslos. Doch Gott sei Dank fragt der Mann, auf den man anlegt, nicht erst nach dem Waffenschein, bevor er sich duckt.

Ich warf einen Blick auf Elin. Ganz offensichtlich war sie in einem Zustand des Schocks. Niemand erschießt so mir nichts dir nichts einen Menschen, ohne innerlich aufgewühlt zu werden – besonders beim ersten Mal – und besonders, wenn man eine Frau ist. So scharf wie möglich sagte ich: »Du tust jetzt genau das, was ich dir sage. Du folgst mir nach draußen und dann rennst du los, so schnell du kannst.«

Sie unterdrückte ein Schluchzen und nickte atemlos. Ich ging schießend durch die Haustür. Irgend jemand ballerte noch aus dem Innern des Hauses auf uns, und eine Kugel fuhr dicht neben meinem Ohr in den Türrahmen. Es war keine Zeit, sich jetzt noch darüber Gedanken zu machen, denn die beiden Männer, die den Chevrolet durchsuchen sollten, kamen auf mich zu.

Ich schoß auf sie, worauf sie aus meinem Blickfeld verschwanden und sich nach links und rechts auf den Boden warfen. Wir drückten uns zwischen ihnen durch. Glas klirrte. Jemand hinter uns war wohl zu der Erkenntnis gekommen, daß man ein Fenster schneller einschlagen als öffnen kann. Dann zischten die Kugeln um uns herum.

Ich ließ Cookes Pistole fallen, packte Elins Handgelenk und zog sie hinter mir her. Die schweren Schritte unserer Verfolger kamen immer näher.

Dann wurde Elin getroffen. Sie taumelte, ihre Knie gaben nach, doch es gelang mir, sie um die Schulter zu fassen und aufrecht zu halten. Wir waren noch zehn Meter vom Rand des Lavaflusses entfernt, wo ich das Gewehr versteckt hatte. Wie wir die kurze Strecke bewältigten, weiß ich immer noch nicht. Elin konnte Gott sei Dank noch laufen. Wir stolperten zum Grat des Lavawalls, über die bemoosten Knollen weg, bis es mir endlich gelang, die Hände auf den Kolben von Fleets Gewehr zu legen.

Ich lud die Waffe durch, noch bevor ich sie hochgenommen hatte. Elin fiel zu Boden, während ich, das Gewehr in der Linken, herumfuhr. Trotz des Lochs in meiner rechten Hand konnte ich abdrücken, und die Wirkung blieb nicht aus.

Das Magazin enthielt verschiedene Patronen, die ich absichtlich hineingesteckt hatte – Patronen mit Stahlmantel und abgefeilte Patronen. Das erste Geschoß war eins mit Stahlmantel. Es fuhr dem ersten Verfolger in die Brust und durchdrang sie, als existierte sie überhaupt nicht. Der Mann machte noch vier weitere Schritte, bevor seinem Herz klar wurde, daß es durchlöchert war und daß die Zeit gekommen war, stillzustehen. Mit einem Ausdruck der Überraschung auf dem Gesicht sank er vor meinen Füßen zusammen.

Inzwischen hatte ich den Mensch hinter ihm getroffen. Es war ein grausiger Anblick. Ein Mensch, der von einem großen abgefeilten Geschoß von solcher Durchschlagskraft auf zwanzig Meter Entfernung getroffen wird, löst sich praktisch in seine Bestandteile auf. Die Kugel fuhr ihm ins Brustbein und schien sich dort auszubreiten. Der Mann wurde vom Boden gehoben und einen guten Meter weit zurückgeschleudert, bevor sein Rückgrat zerbarst und sich über die Landschaft verteilte.

Plötzlich herrschte Totenstille. Fleets Gewehr hatte allen Beteiligten klargemacht, daß ein neuer Faktor ins Spiel gekommen war. Sie stellten das Feuer ein und versuchten herauszufinden, was eigentlich los war. Ich sah Cooke an der Haustür stehen, die Hand auf den Magen gepreßt. Wieder hob ich das Gewehr und schoß auf ihn, aber zu hastig und mit zitternden Händen. Ich verfehlte ihn, jagte ihm aber offensichtlich einen Mordsschrecken ein. Er duckte sich eilig und verschwand. Es war niemand mehr zu sehen.

Dann zischte mir eine Kugel durch die Haare. Fast hätte sie mir einen Scheitel gezogen. Irgend jemand im Haus mußte ebenfalls ein Gewehr haben. Ich ging zu Boden und griff nach Elin. Sie lag auf dem Moos, das Gesicht vor Schmerz verzerrt, und versuchte, ihren Atem unter Kontrolle zu bringen. Ihre Hand war gegen die eine Seite gepreßt, und als sie sie zurückzog, war sie blutverschmiert.

»Hast du große Schmerzen?« fragte ich.

»Nur wenn ich atme«, keuchte sie. »Nur dann.«

Das war ein schlechtes Zeichen, aber so wie die Wunde lag, konnte die Lunge nicht getroffen worden sein. Im Augenblick konnte ich nichts für Elin tun. In den nächsten Minuten mußte ich erst einmal dafür sorgen, daß wir überhaupt am Leben blieben. Es hat wenig Sinn, sich über die mögliche Gefahr einer Sepsis in der nächsten Woche den Kopf zu zerbrechen, wenn einen innerhalb der nächsten dreißig Sekunden die tödliche Kugel trifft.

Ich fischte nach der Patronentasche, nahm das Magazin aus dem Gewehr und lud nach. Meine Rechte war keineswegs mehr gefühllos, sondern schmerzte höllisch. Als ich versuchsweise den Zeigefinger krümmte, war mir, als führe ein Stromstoß durch meinen Arm. Ich bezweifelte, daß ich noch lange schießen konnte. Und doch ist es immer überraschend, was man zuwege bringt, wenn einem nichts anderes übrigbleibt.

Vorsichtig schob ich den Kopf um eine Lavaplatte herum und spähte zum Haus hinüber. Nichts rührte sich. Vor mir lagen die Leichen der von mir erschossenen Männer, der eine so, als ob er nur friedlich schliefe, der andere scheußlich zerfetzt. Vor dem Haus standen zwei Wagen, Kennikins Auto schien in Ordnung zu sein, aber Nordlingers Chevrolet war kaum mehr als ein Wrack. Die Kerle hatten auf der Suche nach dem Päckchen die Sitze herausgerissen, und die beiden Türen klafften weit auf. Allmählich mußte die Rechnung, die ich für die Zerstörung der Autos anderer Leute zu bezahlen hatte, astronomisch sein.

Die beiden Wagen standen keine hundert Meter weit entfernt, und so sehr ich mich nach einem von ihnen sehnte, so hoffnungslos war es doch, sich an sie heranzupirschen. Aber zu Fuß konnten wir auch nicht weg. Abgesehen davon, daß eine Wanderung über Lavaablagerungen ein Sport ist, auf den nicht einmal die Isländer selbst scharf sind, mußte ich an Elin denken. Ich konnte sie nicht zurücklassen, und wenn wir versucht hätten auszubrechen, würden wir sicherlich innerhalb einer Viertelstunde erwischt.

Da weder die Mounties noch die US-Kavallerie wie im Film zu unserer Rettung am fernen Horizont auftauchten, blieb mir nur eins übrig. Ich mußte den Kampf gegen eine unbekannte Anzahl sicher im Haus versteckter Männer aufnehmen und gewinnen.

Ich studierte das Gebäude. Kennikin hielt es für kein gutes Gefängnis. *Gebaut wie eine Eierschale* hatte er gesagt. Ein paar Bretter, ein dünner Verputz und ein paar Zentimeter Schaumgummi. Die meisten Leute halten Häuser irrtümlicherweise für kugelsicher. Aber ich amüsiere mich jedesmal, wenn ich einen Western sehe, in dem der Held Zuflucht in einer Holzhütte sucht und die Bösewichter auf die Fenster zielen.

Schon die Neunmillimeterkugel einer Luger durchdringt aus sehr naher Entfernung einen gut zwanzig Zentimeter dicken Balken – und das ist eine Erbse gegen das 44er Geschoß aus einem Western-Colt. Mit ein paar gut plazierten Schüssen könnte man mühelos die Hütte unseres Helden in Sägespäne verwandeln.

Wie lange würden wohl diese dünnen Wände Fleets Artillerie standhalten? Die Plattnasen konnten nicht viel ausrichten. Meistens zerspringen sie beim Aufprall. Nur die Stahlmantelgeschosse hatten eine phantastische Durchschlagskraft. Das würde sich zu gegebener Zeit herausstellen, aber zuerst mußte ich den Schützen dort ausfindig machen.

Ich zog den Kopf zurück und schaute Elin an. Sie atmete ruhiger, und es schien ihr besser zu gehen. »Wie fühlst du dich?«

»Mein Gott«, antwortete sie, »wie soll ich mich schon fühlen.«

Ich grinste sie erleichtert an. Der Temperamentsausbruch verriet, daß sie sich tatsächlich wohler fühlte. »Jetzt wird alles gut.«

»Schlimmer kann es jedenfalls kaum mehr werden.«

»Danke für das, was du dort im Haus getan hast. Du warst sehr tapfer.« Wenn man ihre frühere Einstellung zum Töten bedachte, war sie mehr als das gewesen.

Sie schauderte. »Es war entsetzlich«, erwiderte sie leise. »Solange ich lebe, werde ich das Bild vor mir sehen.«

»Nein«, widersprach ich ihr energisch. »Die menschliche Psyche neigt dazu, solche Dinge zu verdrängen. Deshalb gibt es auch immer wieder neue, lange Kriege. Aber kannst du mir noch einen Gefallen tun?«

»Was?«

Ich wies auf den Lavabrocken oberhalb ihres Kopfes. »Kannst du den über den Rand stoßen, wenn ich es dir sage? Aber paß auf, daß die vom Haus dich nicht sehen, sonst kriegst du eine Kugel ab.«

Sie blickte auf den Klumpen. »Ich werd's versuchen.«

»Erst wenn ich es dir sage.« Ich schob das Gewehr vor mich hin und spähte zum Haus hinüber. Nach wie vor rührte sich dort nichts. Was Cooke wohl im Schilde führte? »Jetzt«, sagte ich. »Stoß zu.«

Mit großem Gepolter löste sich der Felsbrocken und

rollte den Hang des erstarrten Lavaflusses hinunter. Ein Schuß ging los, und eine Kugel surrte über den Grat weg. Eine zweite, besser gezielte, löste eine kleine Steinsplitterexplosion weiter links aus. Der Schütze verstand was von seinem Fach, aber wenigstens hatte ich ihn ausfindig gemacht. Er hielt sich in einem der oberen Zimmer auf und, der schattenhaften Bewegung nach zu urteilen, die ich gesehen hatte, kniete er vor dem Fenster, so daß nur sein Kopf zu erkennen war.

Ich zielte – nicht auf das Fenster, sondern schräg links auf die Wand darunter. Dann drückte ich ab und sah durch das Zielfernrohr, wie die Holzsplitter nach allen Richtungen spritzten. Ein schwacher Schrei. Plötzlich war der Mann deutlich sichtbar. Er stand aufrecht, die Hände gegen die Brust gepreßt. Dann taumelte er zurück und verschwand.

Ich hatte recht gehabt – Fleets Gewehr schoß auch durch Wände hindurch.

Danach richtete ich das Zielfernrohr auf die unteren Räume und jagte methodisch eine Kugel nach der anderen in die Wand neben jedes Fenster des Erdgeschosses, an die Stellen, wo sich vernünftigerweise ein in Deckung gegangener Mann aufhalten würde. Jedesmal, wenn ich abdrückte, protestierten die zerrissenen Sehnen meiner Hand wütend. Ich machte meinerseits meinen Gefühlen Luft, indem ich aus Leibeskräften brüllte.

Ich spürte, wie Elin an meinem Hosenbein zerrte. »Was ist los?« fragte sie besorgt.

»Halt einen Mann nicht von der Arbeit ab«, erwiderte ich und zog mich zurück. Ich nahm das leere Magazin heraus. »Füll nach – für mich ist das eine Schinderei.« Diese Zwischenräume mit leergeschossenem Gewehr irritierten mich, und ich wünschte, Fleet hätte ein Reservemagazin gehabt. Ein Überfall auf uns in diesem Augenblick hätte katastrophale Folgen gehabt.

Als ich sah, daß Elin das Magazin mit den richtigen Patronen füllte, spähte ich wieder zum Haus hinüber. Ich hörte lautes Jammern und verwirrte Rufe. Zweifellos herrschte einige Bestürzung bei unseren Gegnern. Der Gedanke, daß eine Kugel geradewegs durch eine Wand schlägt und den Mann dahinter trifft, ist für die Betroffenen äußerst unbehaglich.

»Hier.« Elin reichte mir das volle Magazin mit fünf Schuß. Ich schob es ins Gewehr und hielt die Waffe wieder vor mich – gerade rechtzeitig, um zu sehen, wie ein Mann aus der Haustür stürmte und hinter dem Chevrolet Stellung bezog. Durch das Zielfernrohr konnte ich seine Füße sehen. Die vordere Wagentür stand weit offen, und mit stiller Entschuldigung an die Adresse Lee Nordlingers jagte ich eine Kugel durch den Wagen und durch das Blech der gegenüberliegenden Tür. Die Füße bewegten sich. Der Mann kam in Sicht, und ich erkannte Ilyich. Er preßte eine Hand gegen den Hals. Zwischen den Fingern quoll Blut hervor. Er taumelte nach vorne, sackte in sich zusammen, rollte zur Seite und lag still.

Allmählich tat es höllisch weh, mit meiner kaputten Hand durchzuladen. »Kannst du zu mir herüberkriechen?« fragte ich Elin. Sie schob sich an meine rechte Seite.

»Versuch, das Gewehr durchzuladen. Drück das Schloß hoch, zieh es zurück und schieb es wieder vor«, sagte ich. »Aber laß dabei den Kopf unten.«

Elin lud durch, während ich das Gewehr fest in der Linken hielt, und schrie auf, als ihr die leere Patronenhülse unerwartet ins Gesicht sprang. Dank dieser Arbeitsteilung konnte ich drei weitere Schüsse auf sorgfältig ausgesuchte Ziele im Haus abgeben – nämlich dorthin, wo sie meiner Vermutung nach den größten Schaden anrichteten. Als Elin die letzte Patrone in den Lauf schob, nahm ich das Magazin heraus und wies sie an, es neu zu füllen.

Jetzt fühlte ich mich besser gewappnet. Während ich eine Art Zwischenbilanz zog, ließ ich das Haus nicht aus den Augen. Drei Männer hatte ich inzwischen getötet, einen weiteren verwundet – nämlich den im ersten Stock –

und vermutlich noch einen verwundet – dem Stöhnen nach zu schließen, das nach wie vor aus dem Haus drang. Das waren fünf bis sechs, wenn man Kennikin mitzählte. Ich bezweifelte, daß sich noch mehr Männer im Haus aufhielten, was jedoch nicht bedeutete, daß keine Verstärkung unterwegs war. Es konnte jemand telefoniert haben.

Ich überlegte, ob es Cooke war, der da stöhnte. Obwohl ich seine Stimme kannte, konnte ich die unartikulierten und verschwommenen Laute nicht identifizieren.

»Beeil dich«, drängte ich Elin.

Sie fuchtelte verzweifelt mit dem Magazin herum. »Eine klemmt.«

»Streng dich an.« Wieder steckte ich meinen Kopf um den Felsblock und sah, wie sich hinter dem Haus etwas bewegte. Jemand tat das, was alle gleich zu Anfang hätten tun sollen – er machte sich nach hinten aus dem Staub. Wahrscheinlich war es infolge meiner unerwarteten Gewehrsalven nicht schon früher geschehen. Für mich bedeutete das neue Gefahr, ich konnte nun leicht von der Seite her angegriffen werden.

Ich stellte das Zielfernrohr auf stärkere Vergrößerung ein und zielte auf die ferne Gestalt. Es war Cooke, und bis auf seine bandagierte Hand schien er unverletzt. Er flüchtete mit atemberaubender Geschwindigkeit über die Lavafelder. Sein Jackett flatterte und seine Arme ruderten in der Luft. Mit Hilfe des bequemen, ins Visier eingebauten Entfernungsmessers schätzte ich, daß er knapp dreihundert Meter weit weg war und daß sich der Abstand mit jeder Sekunde beachtlich vergrößerte.

Ich holte tief Luft, atmete langsam aus, um völlig ruhig zu werden, und zielte sorgfältig. Die Schmerzen wurden immer unerträglicher, und es fiel mir schwer, das zitternde Visier unter Kontrolle zu bringen. Dreimal war ich nahe daran abzudrücken und dreimal lockerte ich den Druck auf den Abzug, weil das Visier vom Ziel abgeglitten war. Als ich zwölf war, hatte mein Vater mir mein erstes Gewehr gekauft und sich klugerweise für eine einschüssige 22er entschieden. Wenn ein Junge Kaninchen jagt und weiß, daß er nur einen Schuß zur Verfügung hat, so weiß er auch, daß er sofort treffen muß. Einen besseren Schießunterricht gibt es nicht. Dies war dieselbe Situation. Ich hatte nur eine einzige Patrone zur Verfügung. Aber diesmal hatte ich kein Kaninchen im Visier – eher einen Tiger.

Ich konnte mich kaum noch konzentrieren, so benommen fühlte ich mich, und plötzlich wurde es mir schwarz vor den Augen. Ich blinzelte, dann ging es wieder, und Cooke war unnatürlich klar im Zielfernrohr zu sehen. Er hatte einen Haken geschlagen, und ich folgte ihm mit dem Visier, bis er genau im Fadenkreuz war. Das Blut hämmerte in meinen Ohren, und wieder wurde mir schwindlig.

Mühsam drückte ich endlich ab. Der Kolben schlug mir gegen die Schulter, und das Schicksal ereilte Cooke mit einer Geschwindigkeit von dreitausend Stundenkilometern. Die ferne Gestalt zuckte zusammen wie eine Marionette, deren Fäden plötzlich durchschnitten werden. Sie kippte nach vorne und verschwand aus meinem Blickfeld.

Ich rollte zur Seite, als das Dröhnen in meinen Ohren zunahm. Die grauen Wogen vor meinen Augen wurden schwarz. Ich sah die Sonne rot durch die Finsternis leuchten, und dann wurde ich ohnmächtig. Als letztes hörte ich Elin meinen Namen schreien.

III

»Das Ganze war ein Täuschungsmanöver«, hörte ich Taggart sagen.

Ich lag in einem Krankenhausbett in Keflavik, und an der Tür stand ein Wachmann. Weniger um mich am Ausbrechen zu hindern, als um mich vor neugierigen Blicken zu schützen. Ich war potentieller *cause célèbre*, ein *casus belli*, oder wie all diese schick klingenden Ausdrücke heißen, mit denen die Leitartikelschreiber der *Times* in Krisenzeiten so bereitwillig um sich werfen. Alles Erdenkliche wurde unternommen, um die Situation zu retten und nichts durchsickern zu lassen. Die beteiligten Parteien wollten die Affäre möglichst schnell unter den Teppich kehren. Selbst wenn die isländische Regierung ahnte, was sich abgespielt hatte, so achtete sie jedenfalls sorgfältig darauf, dies nicht bekanntwerden zu lassen. Taggart war in Begleitung eines anderen Mannes, eines Amerikaners, den er als Arthur Ryan vorstellte. Ich erkannte ihn. Das letzte Mal hatte ich ihn im Zielfernrohr von Fleets Gewehr gehabt. Er hatte neben einem Helikopter auf der anderen Seite des Búdarháls-Berggrats gestanden.

Die beiden suchten mich schon zum zweitenmal auf. Beim erstenmal war ich von Beruhigungsmitteln benommen gewesen und hatte nichts Zusammenhängendes von mir geben können. Immerhin war es mir gelungen, zwei Fragen zu stellen.

»Wie geht es Elin?«

»Alles in Ordnung«, beschwichtigte mich Taggart. »Jedenfalls ist sie in besserer Verfassung als Sie.« Er erklärte mir, daß die Kugel irgendwo abgeprallt war und an Wucht verloren hatte, bevor sie zwischen Elins Rippen steckenblieb. »Sie ist munter wie ein Fisch im Wasser«, fügte Taggart herzlich hinzu.

Ich starrte ihn voller Widerwillen an, war aber zu kraftlos, um ihm eins auf den Deckel zu geben. »Wie bin ich hierhergekommen?« fragte ich.

Taggart warf einen Blick auf Ryan, der eine Pfeife aus der Tasche zog, sie zögernd betrachtete und dann wieder einsteckte. Mit bedächtiger Stimme sagte er: »Ihre Freundin ist eine beachtliche Person, Mr. Stewart.«

»Was ist passiert?«

»Nun ja, als Sie ohnmächtig wurden, wußte sie nicht, was sie tun sollte. Sie dachte ein bißchen nach, dann lud sie das Gewehr neu und schoß noch ein paar Löcher in das Haus.«

Ich dachte an Elins Einstellung zum Töten. »Hat sie jemanden getroffen?«

»Ich glaube nicht«, erwiderte Tyan. »Vermutlich haben Sie den größten Schaden angerichtet. Sie verschoß alle Munition – es war eine ganze Menge – und wartete dann, was geschehen würde. Als nichts passierte, stand sie auf und ging ins Haus. Ich finde das sehr mutig, Mr. Stewart.«

Das fand ich auch.

»Sie entdeckte das Telefon, rief hier im Luftwaffenstützpunkt an und ließ sich mit Commander Nordlinger verbinden«, fuhr Ryan fort. »Sie war äußerst energisch und heizte ihm tüchtig ein. Er wurde noch aufgeregter, als das Telefongespräch plötzlich abbrach.« Er zog eine Grimasse. »Kein Wunder, daß sie ebenfalls ohnmächtig wurde. Um sie herum sah es aus wie in einem Schlachthof. Fünf Tote und zwei Schwerverletzte.«

»Drei Verwundete«, mischte sich Taggart ein. »Hinterher fanden wir noch Cooke.«

Bald danach gingen die beiden; ich war nicht in der Verfassung für ein ernsthaftes Gespräch. Aber nach vierundzwanzig Stunden waren sie wieder da, und Taggart redete von einem Täuschungsmanöver.

»Wann kann ich Elin sehen?« unterbrach ich ihn abrupt.

»Heute nachmittag«, antwortete Taggart. »Es geht ihr wirklich ganz gut.«

Ich starrte ihn eisig an. »Das kann ich nur hoffen.«

Er hustete verlegen. »Wollen Sie gar nicht wissen, worum es sich bei diesem Unternehmen überhaupt gehandelt hat?«

Ich musterte ihn spöttisch. »Doch, ich möchte zu gerne wissen, warum das Department alles darangesetzt hat, mich um die Ecke zu bringen.« Ich sah Ryan an. »Sogar mit Hilfe des CIA.«

»Wie ich schon sagte, es handelte sich um eine bewußte Irreführung, um einen Plan, den zwei amerikanische Wissenschaftler ausgekocht hatten.« Taggart rieb sich das

Kinn. »Haben Sie jemals über die Kreuzworträtsel in der *Times* nachgedacht?«

Ich schüttelte den Kopf. »Um Himmels willen, nein – wirklich nicht.«

Taggart lächelte. »Nehmen wir mal an, daß irgendein besessenes Genie etwa acht Stunden braucht, um ein Kreuzworträtsel auszuknobeln. Dann muß es gesetzt und gedruckt werden. Das nimmt eine ganze Reihe von Leuten für kurze Zeit in Anspruch. Sagen wir mal insgesamt vierzig Arbeitsstunden – die Arbeitswoche eines Mannes.«

»Na und?«

»Nun betrachten Sie das Ganze mal vom Konsum-Standpunkt aus. Nehmen wir an, zehntausend Leser der *Times* strapazieren ihr Gehirn, um das verdammte Rätsel zu lösen, und jeder braucht dazu eine Stunde. Das sind insgesamt zehntausend Stunden – fünf Arbeitsjahre eines Mannes. Sehen Sie, worauf ich hinauswill? Eine Woche Arbeit bewirkt, daß fünf Jahre Kopfzerbrechen auf eine total unproduktive Tätigkeit verwendet werden.« Er warf Ryan einen Blick zu. »Ich glaube, jetzt können Sie weitermachen.«

Ryan hatte eine tiefe, gleichmäßige Stimme. »In der physikalischen Forschung werden eine Menge Entdeckungen gemacht, für die keine sofortige Verwendung möglich ist – wenn sich überhaupt jemals eine Verwendung findet. Ein Beispiel dafür ist ›Silly Putty‹. Haben Sie das Zeug je gesehen?«

»Ich habe davon gehört«, antwortete ich und fragte mich, was das alles sollte. »Gesehen habe ich es nie.«

»Ein komisches Material«, fuhr Ryan fort. »Es läßt sich formen wie Kitt, aber wenn man es in Ruhe läßt, fließt es davon wie Wasser. Wenn Sie mit dem Hammer darauf schlagen, zersplittert es wie Glas. Man sollte denken, eine Substanz mit solch verschiedenen Eigenschaften müßte nützlich sein, aber bis jetzt hat noch kein Mensch das Geringste damit anfangen können.«

»Ich glaube, man stopft es jetzt in Golfbälle hinein«, bemerkte Taggart.

»Ja, ein echter technologischer Durchbruch«, spottete Ryan. »In der Elektronik gibt es auch ein paar solcher Ergebnisse. Ferroelektrikum zum Beispiel ist Träger einer permanenten elektrischen Ladung, so wie ein Magnet Träger eines Magnetfeldes ist. Das ist seit vierzig Jahren bekannt, aber jetzt erst hat man Verwendung dafür gefunden. Als die Wissenschaftler begannen, sich mit der Quantentheorie herumzuschlagen, stellten sich jede Menge seltsamer Ergebnisse ein – die Tunneldiode zum Beispiel, der Josephson-Effekt und vieles andere mehr. Manches davon war nützlich, manches überhaupt nicht. Eine ganze Anzahl dieser Entdeckungen wurden in Labors gemacht, die für Verteidigungsministerien arbeiten, und sie sind nicht allgemein bekanntgeworden.«

Er rutschte unruhig auf seinem Stuhl herum. »Haben Sie was dagegen, wenn ich rauche?«

»Nur zu.«

Dankbar holte er seine Pfeife heraus und begann sie zu stopfen. »Ein Wissenschaftler, ein Bursche namens Davies, machte einige Experimente und kam dabei auf eine Idee. Als Physiker ist er kein besonderes Kirchenlicht – bestimmt nicht erste Garnitur –, aber sein Einfall war originell, selbst wenn das Ganze ursprünglich nur als Schabernack gedacht war. Er fand heraus, daß es möglich war, ein elektronisches Gerät zusammenzubasteln und dabei einige dieser geheimnisvollen, aber nutzlosen Forschungsergebnisse zu verwenden, um damit selbst die Koryphäen unter seinen Kollegen zu verblüffen. Tatsächlich bastelte er ein solches Gerät zusammen, und fünf Spitzenleute im Forschungslabor von Caltech brauchten sechs Wochen, bis sie dahinterkamen, daß sie reingelegt worden waren.«

Endlich begann bei mir der Groschen zu fallen. »Das Täuschungsmanöver.«

Ryan nickte. »Einer der Männer, die sich hatten täuschen lassen, war ein Dr. Atholl, und er sah da plötzlich eine Möglichkeit. Er schrieb an irgend jemand Wichtigen einen Brief, der dann schließlich nach einiger Zeit bei uns landete. Einer der darin enthaltenen Sätze war bemerkenswert. Dr. Atholl behauptete nämlich, bei dieser Sache handle es sich um ein konkretes Beispiel für den Aphorismus: ›Jeder Dummkopf kann eine Frage stellen, die auch der Weiseste nicht zu beantworten vermag‹. Davies' ursprüngliches Gerät war relativ simpel, aber das, was wir dann zustande brachten, war sehr komplex – und dafür geschaffen, überhaupt nichts zu bewirken.«

Ich dachte an Lee Nordlingers Verwirrung und lächelte.

»Was finden Sie so komisch?« wollte Taggart wissen.

»Ach nichts weiter. Fahren Sie fort.«

»Sie sehen das Prinzip, Stewart«, sagte Taggart. »Es ist genau wie beim Kreuzworträtsel in der *Times*. Entwurf und Konstruktion des Geräts waren nicht besonders kompliziert. Drei Wissenschaftler arbeiteten ein Jahr lang daran. Aber gesetzt den Fall, es gelang uns, das Ding den Russen in die Hände zu spielen, dann konnte seine Untersuchung einige ihrer besten Experten für eine verdammt lange Zeit fesseln. Und der Witz an der Sache war, daß das Problem nicht zu lösen war. Man konnte beim besten Willen nichts herausfinden.«

»Aber wir hatten ein Problem«, fuhr Ryan fort. »Das Problem, wie wir das Gerät den Russen in die Hände spielen wollten. Wir fingen an, ihnen durch sorgfältig kontrollierte ›undichte Stellen‹ Nachrichten zukommen zu lassen, in denen es hieß, daß amerikanische Wissenschaftler einen neuen Typ Radar mit faszinierenden Eigenschaften erfunden hätten. Es orte über den Horizont weg, es zeige ein detailliertes Bild und nicht einfach einen grünen Fleck auf dem Schirm, und es würde durch keinerlei Einflüsse auf Bodenhöhe gestört und könne deshalb einen Luftangriff aus sehr niedriger Höhe melden. Jede Nation hätte für ein solches Gerät die Tochter ihres Premierministers an einen Mädchenhändler verkauft. Die Russen begannen anzubeißen.«

Er zeigte aus dem Fenster. »Sehen Sie diese merkwürdige Antenne dort draußen? Sie gehört zum Plan. Das neue Radargerät wurde angeblich hier in Keflavik erprobt, und wir ließen in den letzten Wochen Jets im Umkreis von siebenhundertfünfzig Kilometern im Tiefflug herumsausen, nur um die Sache glaubhaft erscheinen zu lassen. Und damit brachten wir auch euch Briten ins Spiel.«

»Wir verkauften den Russen noch eine weitere Geschichte«, fügte Taggart hinzu. »Angeblich behielten unsere amerikanischen Freunde ihre Radarerfindung für sich, und darüber ärgerten wir uns. So sehr, daß wir beschlossen, uns die Sache selbst anzusehen. Einer unserer Agenten wurde ausgeschickt, um einen Teil der Erfindung zu klauen – einen wesentlichen Teil.« Er deutete auf mich. »Sie nämlich.«

Ich schluckte. »Das soll heißen, daß ich die Russen das Ding erwischen lassen sollte.« Taggart nickte zustimmend.

»Ganz recht. Und Sie wurden eigens dafür ausgesucht. Cooke meinte – und ich pflichtete ihm bei –, daß Sie wahrscheinlich kein guter Agent mehr seien, aber den Vorteil hätten, bei den Russen als guter Agent zu gelten. Alles wurde hübsch eingefädelt, und dann legten Sie alle herein – sowohl uns, als auch die Russen. Sie waren tatsächlich verdammt viel besser, als irgend jemand angenommen hatte.«

Ich spürte, wie Zorn in mir hochstieg. »Sie lausiger, amoralischer Drecksack! Warum haben Sie mich nicht eingeweiht? Das hätte mir eine Menge Scherereien erspart.«

Er schüttelte den Kopf. »Es mußte glaubwürdig wirken.«

»Bei Gott!« stöhnte ich. »Sie haben mich hinters Licht geführt – genau wie damals Bakayev Kennikin in Schweden.« Ich grinste flüchtig. »Die Dinge müssen ganz schön kompliziert geworden sein, als sich herausstellte, daß

Cooke *russischer* Agent war.«

Taggart warf einen verlegenen Seitenblick auf Ryan: »Unsere amerikanischen Freunde sind deshalb auch ein bißchen sauer. Das hat die ganze Operation zunichte gemacht.« Er seufzte und fügte mit klagender Stimme hinzu: »Gegenspionage ist wahre Teufelsarbeit. Wenn wir keine Spione erwischen, ist alles schön und gut. Aber wenn wir unsere Pflicht tun und einen fangen, dann geht gleich das Geschrei los, wir hätten eben unsere Pflicht *nicht* getan.«

»Sie brechen mir das Herz«, erwiderte ich. »*Sie* haben Cooke nicht gefangen.«

Er wechselte schnell das Thema. »Da war nun Cooke – verantwortlich als Leiter der Operation.«

»Ja«, sagte Ryan. Von *beiden* Seiten damit betraut. Was für eine bezaubernde Situation für ihn. Er muß geglaubt haben, es könne gar nichts schief gehen.« Er beugte sich vor. »Sehen Sie, nachdem die Russen Bescheid wußten, entschieden sie, es könne nicht schaden, wenn sie sich das Päckchen trotzdem unter den Nagel rissen, damit wir glaubten, sie seien wirklich hereingelegt worden. Sozusagen ein Doppelbluff.«

Ich starrte Taggart angewidert an. »Was für ein Schwein Sie sind. Sie müssen gewußt haben, daß Kennikin drauf aus war, mich umzubringen.«

»O nein«, beteuerte er ernst. »Von Kennikin wußte ich nichts. Offenbar hat Bakayev realisiert, daß da ein guter Mann aufs Abstellgleis geschoben worden war, und so entschloß man sich, ihm diesen Auftrag zu geben. Vielleicht hatte auch Cooke seine Hand im Spiel.«

»Ganz sicher«, entgegnete ich bitter. »Und weil man mich für ein leichtes Opfer hielt, gab man Kennikin ein mieses Team mit auf den Weg. Er hat sich darüber beklagt.« Ich blickte auf. »Und was war mit Jack Case?«

Taggart zuckte mit keiner Wimper. »Er hatte Befehl, Sie den Russen in die Arme laufen zu lassen. Deshalb hat er Ihnen in Geysir nicht geholfen. Aber als er mit Cooke sprach, hatten Sie ihm bereits von Ihrem Verdacht berichtet. Er muß versucht haben, Cooke auszuholen. Aber der Kerl war zu clever und merkte es. Das bedeutete das Ende von Case. Cooke hat alles unternommen, um sicherzustellen, daß er nicht entlarvt wurde. Am Ende waren Sie für ihn wichtiger als das verdammte Päckchen.«

»Na schön, Jack Case kann also abgeschrieben werden«, sagte ich bitter. »Er war ein guter Mann. Wann sind Sie denn Cooke auf die Sprünge gekommen?«

Taggart sah mich schuldbewußt an. »Da hatte ich eine Spätzündung. Als Sie mich anriefen, dachte ich, Sie seien übergeschnappt. Aber als es Case in Island nicht gelang, Cooke zu treffen, wurde ich stutzig. Er war unerreichbar. Das verstößt gegen alle Regeln, und deshalb begann ich, in seinen Akten nachzuforschen. Als ich herausfand, daß er als Junge in Finnland gelebt hatte und seine Eltern während des Krieges umgekommen waren, fiel mir ein, daß Sie Lonsdale erwähnt hatten. Ich überlegte, ob hier nicht derselbe Trick angewendet worden war.« Er zog eine Grimasse. »Aber als Cases Leiche mit Ihrem Lieblingsmesser im Leib entdeckt wurde, wußte ich wirklich nicht, was ich von der Sache halten sollte.« Er stupste Ryan in die Seite. »Das Messer.«

»Was? Ah ja – das Messer.« Ryan zog das *sgian dubh* aus der Brusttasche. »Es ist uns gelungen, es der Polizei zu entreißen. Sie möchten es sicher gern zurückhaben.« Er streckte es mir hin. »Wirklich hübsch das Messer. Besonders der Stein im Griff gefällt mir.«

Ich nahm es an mich. Ein Polynesier hätte gesagt, es habe *mana*. Meine eigenen frühen Vorfahren hätten es *Weazand Slitter* oder *Bluttrinker* genannt. Aber für mich war es einfach das Messer meines Großvaters, der es wiederum von seinem Großvater hatte. Behutsam legte ich es auf den Nachttisch.

Ich sah Ryan vorwurfsvoll an. »Ihre Leute haben auf mich geschossen, was sollte das bedeuten?«

»Du lieber Himmel«, antwortete er, »Sie spielten verrückt, und das ganze Unternehmen war in Gefahr. Wir flogen mit einem Hubschrauber über diese verdammte Steinwüste, und da sahen wir Sie. Wir sahen auch die Russen, die hinter Ihnen herjagten, und wir befürchteten, Sie würden vielleicht entkommen. Deshalb setzten wir einen Mann ab, um Sie aufzuhalten. Allzu offensichtlich konnten wir das natürlich nicht machen, denn in den Augen der Russen mußte das ja alles glaubhaft wirken. Wir wußten ja zu dem Zeitpunkt noch nicht, daß die ganze Operation im Eimer war.«

Weder Taggart noch Ryan hatten auch nur eine Spur moralischen Empfindens, aber das hatte ich auch nicht erwartet. »Sie können von Glück reden, daß Sie noch am Leben sind«, sagte ich zu Ryan. »Als ich sie das letztemal sah, blickte ich durch das Zielfernrohr von Fleets Gewehr.«

Er lachte. »Himmel, bin ich froh, daß ich das zu dem Zeitpunkt nicht gewußt habe. Apropos Fleet – Sie haben ihn nicht schlecht zusammengedroschen. Aber er wird es überleben.« Er rieb sich die Nase. »Fleet ist übrigens mit diesem Gewehr so gut wie verheiratet. Er hätte es gern zurück.«

Ich schüttelte den Kopf. »Etwas muß schließlich aus dieser Affäre für mich herausspringen. Wenn Fleet Manns genug ist, kann er es sich ja hier abholen.«

Ryan blickte finster drein. »Das bezweifle ich. Wir haben alle die Nase voll von Ihnen.«

Eins wollte ich noch genau wissen. »Cooke ist also noch am Leben?«

»Ja«, antwortete Ryan. »Sie haben ihn durchs Becken geschossen. Wenn er je wieder gehen möchte, braucht er Stahlstifte im Hüftgelenk.«

Taggart schaltete sich ein. »In den nächsten vierzig Jahren wird Cooke im Gefängnishof seine Runden drehen müssen.« Er stand auf. »Dies ist alles strengstens geheim. Es darf nichts davon bekannt werden. Cooke ist schon in England. Er wurde gestern mit einer amerikanischen Maschine dorthin geflogen. Sobald er aus dem Krankenhaus entlassen ist, wird ihm der Prozeß gemacht – aber unter Ausschluß der Öffentlichkeit. Sie werden den Mund halten und Ihre Freundin ebenfalls. Je schneller Sie sie in eine Britin verwandeln, desto besser. Ich möchte sie gern ein wenig unter Kontrolle haben.«

»Heiliges Kanonenrohr«, sagte ich angewidert. »Sie können noch nicht einmal ohne Hintergedanken den Cupido spielen.«

Ryan stellte sich neben Taggart an die Tür. Er drehte sich zu mir um. »Ich finde, Sir David schuldet Ihnen eine ganze Menge, Mr. Stewart. Jedenfalls wesentlich mehr als nur einfach seinen Dank – den er im übrigen gar nicht ausgesprochen hat.« Er sah Taggart von der Seite her an, und mir wurde klar, daß zwischen den beiden nicht gerade warme Zuneigung herrschte.

Taggart blieb ungerührt. Er verzog keine Miene. »Ah ja«, kam es beiläufig, »ich glaube schon, daß sich da was arrangieren läßt. Einen Orden vielleicht – wenn Sie für solche Klunker was übrig haben.«

Ich merkte, wie meine Stimme zitterte. »Ich habe nur einen einzigen Wunsch, nämlich Sie nie wiederzusehen. Ich werde den Mund halten, solange sie mir vom Hals bleiben, aber wenn Sie oder einer der Jungens vom Department auch nur in Rufweite auftauchen, gibt es ein Unglück.«

»Wir werden Sie nicht mehr stören«, erwiderte er. Die Tür schloß sich hinter ihnen. Gleich darauf streckte er den Kopf wieder zur Tür herein. »Ich schicke Ihnen ein paar Trauben.«

IV

Dank der Fürsprache des CIA und der US-Navy wurden Elin und ich in einer von Ryan organisierten Maschine nach Schottland ausgeflogen und konnten auf Grund einer von Taggart beschafften Sondererlaubnis in Glasgow heiraten. Bei der Trauung trugen wir beide noch Verbände.

Ich nahm Elin mit in die Bergschlucht unter dem Sgurr Dearg. Sie war hingerissen von der Landschaft und vor allem von den Bäumen – den herrlichen, völlig un-isländischen Bäumen –, nur das Häuschen gefiel ihr nicht besonders. Es war winzig, und das deprimierte sie, was mich nicht weiter überraschte. Was einem Junggesellen zusagt, taugt nicht unbedingt für ein Ehepaar.

»Im großen Haus werde ich nicht wohnen«, erklärte ich. »Dort verirren wir uns bloß, und außerdem vermiete ich es in der Jagdsaison sowieso immer an Amerikaner. Wir geben das Häuschen irgendeinem Waldhüter und bauen uns ein neues Haus weiter oben in der Schlucht, in der Nähe des Flusses.

Das taten wir auch.

Fleets Gewehr habe ich immer noch. Es hängt nicht etwa als Trophäe über dem Kamin, sondern steht anständig im Schrank neben all dem anderen Handwerkszeug. Manchmal, wenn die Hirschrudel dezimiert werden müssen, benutze ich es. Aber nicht oft. Es läßt den Hirschen kaum eine Chance.

Roman

Als Band mit der Bestellnummer 10 210 erschien:

Irving Wallace

DOPPELSPIEL MIT DAME

Einer der aufregendsten Spionageromane der letzten Jahre! Wochenlang auf der Bestsellerliste!

Ein gewagtes Spiel: Amerikas First Lady wird entführt. Eine Doppelgängerin, die russische Agentin Vera, übernimmt ihre Rolle. Sie soll dem Präsidenten der Vereinigten Staaten das Staatsgeheimnis entlocken, womit das Gleichgewicht der Kräfte drastisch zugunsten der Sowjetunion verschoben würde. Aber Vera muß vorsichtig sein. Ein einziger Fehler kann alles zerstören ...

BASTEI LÜBBE

BASTEI LÜBBE
Taschenbücher

Für jeden das richtige Taschenbuch

- Allgemeine Reihen mit großen Romanen und Erzählungen
- Arztromane
- Sweet Dreams mit Romanen für junge Mädchen
- Bastei-Lübbe Paperback

- Sachbücher
- Biographien
- Geschichte
- Archäologie
- Politik
- Zeitgeschichte
- Pop + Rock
- Ratgeber
- Kochbücher
- Haus- und Spielbücher

- Science Fiction
- Fantasy
- Phantastische Literatur
- John Sinclair
- Kriminalromane
- Jerry Cotton
- Western
- Lassiter
- G.F. Unger
- Robert Ullman

Jeden Monat erscheinen mehr als 30 neue Titel.

Ausführlich informiert Sie das Gesamtverzeichnis der Bastei-Lübbe Taschenbücher. Bitte mit diesem Coupon oder mit Postkarte anfordern.

Senden Sie mir bitte kostenlos das neue Gesamtverzeichnis

Name:

Straße:

PLZ/Ort:

An Bastei-Lübbe Taschenbücher
Postfach 200180 – 5060 Bergisch Gladbach 2